Zur Autorin:

Die preisgekrönte Schriftstellerin sitzt jeden Tag acht Stunden am Schreibtisch. Inzwischen sind mehr als 240 Romane geschrieben, die weltweit regelmäßig auf den Bestsellerlisten landen. Vom New Yorker wurde sie zu »Amerikas Lieblingsautorin« ernannt. Auch in Deutschland erfreut sich Nora Roberts einer großen Fangemeinde. Sie lebt mit ihrem Ehemann in Maryland.

Wintermagie
und
Himmelsleuchten

Nora Roberts

Das schönste Geschenk

Nora Roberts

Tanz der Liebenden

2. Auflage 2022
Neuausgabe im HarperCollins Taschenbuch

Originaltitel: »First Impressions«
Erschienen bei: Silhouette Books, Toronto

Originaltitel: »Considering Kate«
Erschienen bei: Silhouette Books, Toronto

Published by arrangement with
HARLEQUIN ENTERPRISES II B.V./SARL

Umschlaggestaltung von zero Werbeagentur, München
Umschlagabbildung von Shutterstock / Vitalii_Mamchuk
Gesetzt aus der Stempel Garamond
von GGP Media GmbH, Pößneck
Druck und Bindung von GGP Media GmbH, Pößneck
Printed in Germany
ISBN 978-3-365-00063-2
www.harpercollins.de

Klimaneutral
Druckprodukt
ClimatePartner.com/15109-2009-1001

MIX
Papier
FSC FSC® C014496

Nora Roberts

Das schönste Geschenk

Roman

Aus dem amerikanischen Englisch von
Patrick Hansen

HarperCollins

1. Kapitel

Die Morgensonne schien hell über die Berggipfel und ließ mit ihren Strahlen die ersten bunten Herbstblätter im tiefdunklen Grün der Bäume golden erscheinen. Sharon ging den Weg neben den mit Heckenkirschen überwucherten Zäunen entlang. Die letzten Blüten verbreiteten einen süßen Duft, Vögel zwitscherten, und in der Ferne holte ein Bauer auf seinem Feld das letzte Heu ein. Ein Auto fuhr vorbei. Der Fahrer hob freundlich grüßend die Hand. Sharon winkte zurück. Es war schön, wieder zu Hause zu sein.

Wie sie es so oft als Kind getan hatte, brach Sharon im Vorbeigehen eine Blüte der Heckenkirschen ab. Wenn man die rosafarbenen Kelche zwischen den Fingern zerrieb, verstärkte sich der süße Duft, der für Sharon ebenso zum Sommer gehörte wie der Rauch des Gartengrills und der Geruch von frischem grünem Gras. Doch der Sommer neigte sich bereits seinem Ende zu.

Sharon freute sich auf den Herbst, denn dann waren die Berge und Wälder am schönsten. Die Luft war klar und frisch. Und wenn Wind aufkam, wirbelte das bunte Laub durch die Luft, der Waldboden raschelte geheimnisvoll, und es roch nach Holzfeuer.

Nach vier Jahren in der Stadt war Sharon nach Hause zurückgekehrt. Das schmale zweistöckige Haus ihrer verstorbenen Großmutter gehörte jetzt ihr und auch das dazugehörige Wäldchen.

Die Berge und Wälder waren dieselben geblieben, Sharon jedoch hatte sich verändert …

Zwar sah sie noch genauso aus wie damals, als sie Maryland verlassen hatte, um eine Stelle an einer höheren Schule in Baltimore anzunehmen. Sharons zierliche Figur hatte nie die üppigen Kurven entwickelt, die sie sich immer erträumt hatte. Wenn sie lächelte, zeigten sich in ihrem herzförmigen Gesicht mit dem glatten pfirsichfarbenen Teint zwei Grübchen. Dabei hätte Sharon viel lieber hohe Wangenknochen gehabt. Ihre Stupsnase war übersät mit Sommersprossen, die ihrem Gesicht einen lebhaften, fröhlichen Ausdruck verliehen.

Die Augen leuchteten groß und dunkelbraun unter den schmalen geschwungenen Brauen. Jede Gefühlsregung spiegelte sich in ihnen wider. Sharon trug ihr Haar kurz, die honigfarbenen Locken gaben einen reizvollen Rahmen für ihr Gesicht.

Die meisten Leute bezeichneten sie als niedlich. Sharon hasste dieses Wort, aber sie hatte sich inzwischen daran gewöhnt. Sie war eben keine Schönheit mit Sex-Appeal. Daran ließ sich nichts ändern. Ihre Attraktivität bestand in einer gesunden Vitalität.

Als sie um die letzte Wegbiegung kam und der Ort vor ihr auftauchte, sah sie sich sekundenlang als Kind, als junges Mädchen und als fast erwachsene junge Frau diesen Weg gehen. Hier war ihr Zuhause, ihre Heimat.

Fröhlich lief Sharon die letzten Meter und stürmte in das Lebensmittelgeschäft ihrer Freundin Donna. Die Ladenglocke bimmelte laut, als sie ungestüm die Tür hinter sich zuschlug.

»Hallo!«, begrüßte sie die Freundin vergnügt.

»Guten Morgen«, sagte Donna lachend. »Du bist aber heute schon früh unterwegs.«

»Als ich aufstand, merkte ich, dass mir der Kaffee ausgegangen ist.« Sie entdeckte eine Schachtel mit frischen Krapfen auf dem Ladentisch und leckte sich genüsslich die Lippen.

Zielstrebig ging sie auf das frische Gebäck zu. »Oh Donna, sind die mit Konfitüre gefüllt?«

»Ja.« Donna seufzte, während sie mit einem Anflug von Neid zusah, wie Sharon einen Krapfen nahm und herzhaft hineinbiss. Fast zwanzig Jahre lang hatte sie die Freundin jede Menge essen sehen, und dabei hatte Sharon nicht ein Gramm zugenommen.

Obwohl die beiden praktisch zusammen aufgewachsen waren, unterschieden sie sich in jeder Hinsicht voneinander. Sharon war blond, Donna war dunkel, Sharon war klein, Donna war groß und besaß üppige Kurven. Von klein auf hatte sie Sharon die Führungsrolle überlassen. Denn Sharon war immer die Abenteuerlustige gewesen, während Donna sie stets zu bremsen versucht hatte, um dann jedoch jeden Plan, den Sharon ausheckte, mitzumachen.

»Na, hast du dich gut eingelebt?«, erkundigte sich Donna.

»Ziemlich«, erwiderte Sharon mit vollem Mund.

»Ich habe dich seit deiner Rückkehr kaum zu Gesicht bekommen.«

»Es gibt so viel im Haus zu tun. Großmutter hat sich in den letzten Jahren nicht mehr so recht um alles kümmern können.« In ihrer Stimme schwangen Zärtlichkeit und Trauer. »Sie hat sich immer mehr für ihren Garten als für das undichte Dach interessiert. Wenn ich bei ihr geblieben wäre …«

»Oh, fang doch nicht wieder an, dir Vorwürfe zu machen«, unterbrach Donna sie. »Du weißt, wie sehr sie sich wünschte, dass du die Stelle als Lehrerin annahmst. Sie ist vierundneunzig Jahre alt geworden. Den wenigsten Menschen ist ein so langes Leben vergönnt. Und sie war bis zur letzten Minute eine energische alte Dame.«

Sharon lachte. »Da hast du recht. Manchmal habe ich das Gefühl, sie sitzt in ihrem Schaukelstuhl in der Küche und passt auf, dass ich auch das Geschirr spüle.«

»Ich bin froh, dass du wieder hier bist«, meinte Donna lächelnd. »Wir haben dich vermisst.«

Sharon lehnte sich lässig an die Theke. »Wo ist Benji?«

»Dave passt auf ihn auf.« Donna sah richtig stolz aus, wenn sie von ihrem Mann und dem kleinen Sohn sprach. »Wenn ich den Wildfang frei im Laden herumlaufen lasse, gibt es immer Ärger. Nach dem Mittagessen übernimmt Dave das Geschäft, und ich gehe nach oben.«

»Es ist schon sehr praktisch, dass ihr direkt über eurem Laden wohnt«, bemerkte Sharon.

Das war das Stichwort, auf das Donna gewartet hatte. Sofort ging sie auf das Thema ein. »Sharon, trägst du dich immer noch mit dem Gedanken, dein Haus umzubauen?«

»Ich bin fest entschlossen«, erklärte Sharon. »Ein kleiner Antiquitätenladen hat in dieser Gegend bestimmt Aussicht auf Erfolg, zumal mit dem Museum, das ich angliedern will.«

»Aber ein eigenes Geschäft ist ein solches Risiko«, gab Donna zu bedenken, die der Glanz in Sharons Augen beunruhigte. Er zeigte sich immer dann, wenn sie einen ihrer waghalsigen Pläne ausheckte. »Denk doch nur an die Ausgaben ...«

»Ich habe genug Geld«, tat Sharon Donnas pessimistischen Einwand ab. »Und genug Ware, um den Laden fürs Erste zu füllen. Das Haus ist vollgestellt mit Antiquitäten. Ich werde diesen Plan verwirklichen, Donna«, versicherte sie, um die Skepsis der Freundin zu zerstreuen. »Mein eigenes Haus, mein eigenes Geschäft.« Sie deutete auf die gefüllten Regale ringsum. »Gerade du solltest das doch verstehen.«

»Ja, aber ich habe Dave, der mir hilft und in jeder Situation zur Seite steht. Ich glaube nicht, dass ich das Geschäft ganz allein führen könnte.«

»Es wird schon gut gehen. Ich weiß bereits ganz genau, wie alles aussehen wird, wenn es fertig ist.«

Versonnen blickte sie vor sich hin.

»Aber bedenke doch nur die Umbauten.«

»An der Architektur des Hauses werde ich nichts ändern«, erklärte Sharon. »Das Wichtigste sind die Reparaturen, und die hätte ich ohnehin vornehmen müssen.«

»Aber du brauchst einen Gewerbeschein und alle möglichen anderen Papiere.«

»Ich habe bereits alles beantragt.«

Donnas resignierten Seufzer tat sie mit einem sorglosen Lachen ab. »Die Lage meines Ladens ist zwar nicht erstklassig, aber ich weiß genug über Antiquitäten, und ich kann dir jede Schlacht des Amerikanischen Bürgerkrieges auswendig hersagen.«

Donna konnte auf diese Behauptung nicht näher eingehen, denn in diesem Moment bimmelte die Ladenglocke, und ein Kunde trat ein. »Hallo, Stuart«, begrüßte sie den jungen Mann, mit dem sie die nächsten zehn Minuten die Neuigkeiten des kleinen Ortes besprach, während sie seine Einkäufe zusammenpackte und das Geld kassierte.

»Stuart ist noch immer ganz der Alte«, sagte Donna, nachdem der junge Mann den Laden verlassen hatte. »Kannst du dich noch an unsere Schulzeit erinnern? Er war ein paar Klassen über uns, Kapitän der Fußballmannschaft und sogar im verschwitzten Trainingsanzug noch der bestaussehende Junge.«

»Dafür hat er nie viel im Kopf gehabt«, bemerkte Sharon trocken.

»Ich weiß, du warst immer mehr für die intellektuellen Typen. Hej,«, fuhr sie fort, ehe Sharon etwas erwidern konnte, »ich habe vielleicht einen für dich.«

»Was hast du?«

»Einen Intellektuellen. So kommt er mir wenigstens vor. Er ist außerdem dein Nachbar«, fügte sie mit verschmitztem Lächeln hinzu.

»Mein Nachbar?«, fragte Sharon verständnislos.

»Er hat das Haus vom alten Farley gekauft. Letzte Woche ist er eingezogen.«

»Das Haus vom alten Farley?« Fragend hob Sharon die Brauen. »Nach dem Feuer damals ist doch von dem Haus nicht mehr viel übrig geblieben. Welcher Dummkopf kauft denn so einen heruntergekommenen Schuppen?«

»Er heißt Victor Banning und kommt aus Washington«, erklärte Donna.

Sharon zuckte die Schultern. »Das Land ist wahrscheinlich einiges wert, auch wenn mit dem Haus nicht mehr viel anzufangen ist.« Sie ging zu einem Regal, nahm sich ein Pfund Kaffee heraus und stellte die Dose auf den Ladentisch. »Bestimmt hat er das Grundstück gekauft, damit er etwas von der Steuer abschreiben kann.«

»Das glaube ich nicht.« Donna tippte die Preise für den Pfannkuchen und den Kaffee in die Ladenkasse und wartete, bis Sharon ein paar Geldscheine aus ihrer Hosentasche gefischt hatte. »Er renoviert das Haus.«

»Der Typ muss unternehmungslustig sein.« Abwesend steckte Sharon das Wechselgeld ein.

»Und er macht alles ganz allein«, fügte Donna hinzu, während sie ein paar Schachteln mit Süßigkeiten auf dem Ladentisch zurechtrückte. »Ich glaube nicht, dass er viel Geld dafür ausgeben kann. Er hat nämlich keine Arbeit.«

»Oh.« Sofort war Sharons Mitleid geweckt.

»Ich habe gehört, er soll sehr geschickt sein. Archie Moler hat ihm vor ein paar Tagen eine Ladung Bauholz geliefert. Er sagte, dass er die alte Veranda schon durch eine neue ersetzt hätte. Aber der Mann besitzt kaum Möbel. Kisten voller Bücher, sonst nichts. Und …« Sie hielt einen Moment inne und meinte dann verträumt: »Er sieht toll aus.«

»Du bist eine verheiratete Frau. Vergiss das nicht«, erinnerte Sharon sie lachend, während sie bereits überlegte, welche Möbel sie dem Mann abtreten könnte.

»Ich schaue ihn trotzdem gern an«, seufzte Donna. »Er ist groß und dunkelhaarig, mit einem etwas verschlossenen Gesicht, sehr markant. Etwas schüchtern. Und erst seine Schultern!«

»Breite Schultern hast du ja schon immer gemocht.«

Donna lachte. »Mir wäre er ein bisschen zu schlank. Aber mit dem Gesicht würde ich ihn trotzdem nehmen. Er lebt sehr abgeschieden, spricht kaum ein Wort.«

»Es ist nicht einfach hier für Fremde. Vor allem, wenn man keine Arbeit hat. Was glaubst du …«

Hier wurde sie vom Läuten der Ladenglocke unterbrochen. Sie blickte auf und vergaß, was sie die Freundin hatte fragen wollen.

Victor Banning war groß, so wie Donna gesagt hatte. In den wenigen Sekunden, in denen sie sich anschauten, nahm Sharon jedes Detail seiner Erscheinung in sich auf. Ja, er war schlank. Die Schultern waren breit und die Arme muskulös. Sein Gesicht war gebräunt. Sharon fiel das feste energische Kinn auf, das dichte dunkle Haar, das ihm in die hohe Stirn fiel. Und vor allem der Mund. Sein Mund war richtig schön. Seine klaren dunkelblauen Augen blickten kühl. Er hatte etwas Arrogantes, Entrücktes an sich und strahlte doch geballte Energie aus.

Sharon lächelte. Der Mann nickte ihr knapp zu und ging dann in den hinteren Teil des Ladens.

»Wann willst du dein Geschäft eröffnen?«, fragte Donna, während sie aus dem Augenwinkel den Mann beobachtete.

»Was?«, fragte Sharon zerstreut.

»Ich spreche von deinem Geschäft«, erklärte Donna vielsagend.

»Oh, in drei Monaten wahrscheinlich.« Abwesend schaute sie sich um, als sähe sie den Laden ihrer Freundin heute zum ersten Mal. »Es gibt noch eine Menge zu tun, bevor es so weit ist.«

Er kam mit einem Liter Milch zurück, den er auf die Ladentheke stellte, während er seine Brieftasche zog. Als Donna ihm sein Wechselgeld zurückgab, warf sie Sharon einen verstohlenen Blick zu. Und dann verließ der Mann den Laden, ohne dass er auch nur ein einziges Wort gesprochen hatte.

»Das«, erklärte Donna großspurig, »war Victor Banning.«

»Ja«, sagte Sharon und atmete unwillkürlich tief aus. »Das habe ich mir gedacht.«

»Jetzt kannst du dir vielleicht vorstellen, was ich gemeint habe. Er sieht großartig aus, aber als freundlich kann man ihn nicht bezeichnen.«

»Nein.« Mehr sagte Sharon nicht dazu. Sie ging zur Tür. »Bis später, Donna.«

»Sharon!«, rief Donna ihr lachend hinterher. »Du hast deinen Kaffee vergessen.«

»Was? Nein danke«, meinte sie zerstreut. »Ich trinke später eine Tasse.«

Die Tür fiel hinter ihr zu. Donna stand mit der Büchse Kaffee in der Hand da und schaute ihr verständnislos nach. »Was ist denn jetzt in sie gefahren?«, fragte sie sich laut.

Es war, als hätte sie ihr ganzes Leben lang auf dieses kurze stumme Zusammentreffen mit diesem Mann gewartet. Wiedererkennen. Warum kam ihr dieses Wort plötzlich in den Sinn?

Ja, sie hatte ihn erkannt, und zwar nicht aufgrund von Donnas Beschreibung, sondern aus einem instinktiven Wissen um ihre Bedürfnisse und Sehnsüchte heraus. Er war der Mann, auf den sie immer gewartet hatte.

Lächerlich, dachte sie. *Vollkommen idiotisch.* Sie kannte ihn nicht, hatte nicht einmal seine Stimme gehört. Kein vernünftiger Mensch konnte einem Fremden gegenüber so stark empfinden. Wahrscheinlich hatte sie so heftig auf ihn reagiert, weil sie und Donna gerade über ihn gesprochen hatten.

Sie bog von der Hauptstraße ab und stieg den steilen Feldweg bergan, der zu ihrem Haus führte.

Durch die Bäume konnte sie das Gebäude sehen, und wie immer erfüllte sie dieser vertraute Anblick mit Stolz und Freude. Es gehörte ihr. Der Wald, der schmale gewundene Bach, die Felsen, das alles gehörte ihr.

Sanfte grüne Hügelketten, Wälder und die blauen Berge am Horizont bildeten den Hintergrund für das vor über hundert Jahren aus grauem Feldstein errichtete Haus.

Ihre Großmutter hatte stets darauf geachtet, dass niemand in ihre Abgeschiedenheit eindrang. Von ihrem Grundstück aus konnte Sharon kein anderes Gebäude sehen. Wenn sie Gesellschaft haben wollte, musste sie fast einen halben Kilometer laufen. Und wenn sie keine Lust hatte, jemanden zu sehen, blieb sie einfach zu Hause. Nach vier Jahren in überfüllten Klassenzimmern freute sie sich auf das einsame Leben hier draußen.

Und mit etwas Glück würde sie bis Weihnachten ihren Antiquitätenladen eröffnet haben. Sobald das Dach und die Veranda repariert waren, würde sie mit den Umbauten im Haus beginnen. Sie wusste schon ganz genau, wie alles aussehen sollte.

Das Erdgeschoss wollte sie in zwei Bereiche unterteilen. Der eine Teil sollte Museum werden, in dem anderen würde sie ihre Antiquitäten zum Verkauf anbieten. Sie besaß genug Familienerbstücke, um ein kleines Museum damit zu füllen. Darüber hinaus waren die sechs Zimmer des Hauses vollgestopft mit antiken Möbeln. Wenn sie außerdem noch zu ein paar Auktionen ging, um ihren Bestand zu erweitern, würde sie einen guten Start haben.

Sie hatte ein wenig Geld gespart, und da das Haus mit keiner Hypothek belastet und auch ihr Auto abbezahlt war, konnte sie jeden Cent in ihr Geschäft stecken.

Während Sharon auf das Haus zuging, blieb sie kurz stehen und blickte auf den überwucherten Feldweg, der zu dem ehemaligen Besitz des alten Farley führte. Sie war neugierig, was denn dieser Victor Banning mit dem verkommenen Haus anstellte. Und, das gestand sie sich ehrlich ein, sie wollte ihn einfach wiedersehen. Schließlich würden sie Nachbarn sein. Es war vielleicht ratsam, dass sie sich ihm vorstellte, um von Anfang an ein freundschaftliches Verhältnis zu ihm herzustellen.

Das Haus war noch nicht in Sicht, da hörte Sharon bereits das gedämpfte Echo von Hammerschlägen. Ihr gefiel dieses Geräusch. Es bedeutete Arbeit und Fortschritt. Sie beschleunigte ihre Schritte.

Sharon befand sich noch im Schatten der Bäume, als sie Victor Banning sah.

Er stand auf der neu gebauten Veranda und war gerade damit beschäftigt, das Geländer anzubringen. Er hatte sein Hemd ausgezogen, und seine gebräunte Haut glänzte in der Sonne.

Als er das schwere Geländer aufhob und auf die Stützpfosten legte, traten die Muskeln auf seinem Rücken und seinen Schultern hervor. Er konzentrierte sich so auf seine Arbeit, dass er Sharon, die am Waldrand stand und ihn beobachtete, gar nicht bemerkte. Trotz der anstrengenden Arbeit schien er völlig entspannt zu sein. Jetzt wirkte sein Mund nicht mehr hart, und auch der Ausdruck von Kälte war aus seinen Augen verschwunden.

Sharon betrat die Lichtung, und im selben Moment blickte Victor Banning abrupt auf. Sofort nahm sein Gesicht einen verärgerten, misstrauischen Ausdruck an. Doch Sharon sah darüber hinweg. Lächelnd ging sie auf ihn zu.

»Hallo.« Die Grübchen in ihren Wangen vertieften sich. »Ich bin Sharon Abbott. Mir gehört das Haus am anderen Ende des Feldwegs.«

Victor betrachtete sie stumm. Was will sie von mir?, dachte er, während er den Hammer hob, um das Geländer festzunageln.

Sharon lächelte noch immer. Eingehend betrachtete sie das Haus. »Sie haben sich ja ein schönes Stück Arbeit vorgenommen«, erklärte sie unbefangen und steckte die Hände in die Hosentaschen. Sie blickte an dem Haus empor. »Es ist jammerschade, dass das Feuer einen so großen Schaden angerichtet hat. Und dann hat sich jahrelang niemand um das Haus gekümmert.« Interessiert schaute sie ihn an. »Sind Sie Schreiner?«

Victor zögerte einen Moment und zuckte dann gleichgültig die Schultern. Es entsprach ja teilweise der Wahrheit. »Ja«, sagte er knapp.

»Wie praktisch.« Sharon erklärte sich sein Zögern damit, dass es ihm peinlich war, arbeitslos zu sein. »Wenn Sie aus Washington kommen, muss das Leben hier ja eine ziemliche Umstellung für Sie bedeuten.« Als er daraufhin fragend die Brauen hob, lachte sie. »Entschuldigen Sie. Das ist der Fluch der Kleinstadt. Neuigkeiten verbreiten sich rasend schnell. Vor allem, wenn jemand aus dem Flachland zuzieht.«

»Flachland?« Victor lehnte sich an den Pfosten des Geländers.

»Sie kommen aus der Stadt. Das ist für uns Flachland.« Sie lachte vergnügt. »Auch wenn Sie zwanzig Jahre hier wohnen, sind Sie noch ein Zugereister. Genauso wie dieses Haus immer das Haus des alten Farley bleiben wird.«

»Es ist mir ziemlich egal, wie man dieses Haus nennt«, bemerkte er abweisend.

Bei dieser unfreundlichen Antwort fiel ein Schatten über ihr Gesicht. Sie ahnte, dass er viel zu stolz war, um einen Gefallen von ihr anzunehmen. Sie musste es anders anfangen.

»Auch ich renoviere gerade mein Haus«, sagte sie vorsichtig. »Meine Großmutter hat es nie über sich gebracht, etwas wegzuwerfen. Können Sie nicht vielleicht ein paar Stühle gebrauchen? Ich muss sie sonst auf den Dachboden schleppen. Es wäre mir ganz lieb, wenn ich sie loswerden könnte.«

Ausdruckslos schaute er sie an. »Ich habe alles, was ich benötige.«

Sharon hatte mit dieser Antwort gerechnet. »Falls Sie Ihre Meinung ändern, sie stehen auf dem Speicher. Das ist ein hübsches Stück Land«, bemerkte sie, während sie über die grünen Weiden schaute, die zu dem Anwesen gehörten. »Wollen Sie Vieh halten?«

Er betrachtete sie mit gerunzelter Stirn. »Warum?«

Die Frage klang kalt und unfreundlich. Doch Sharon bemühte sich, darüber hinwegzuhören. »Ich kann mich noch daran erinnern, dass es hier einmal Kühe gab. Das war vor dem Feuer. Ich war damals noch ein kleines Mädchen. Wenn ich nachts im Bett lag, konnte ich im Sommer die Kühe muhen hören. Ich fand das wunderschön.«

»Ich habe nicht vor, mir Kühe zu halten«, antwortete er knapp und nahm wieder seinen Hammer in die Hand. Die Geste besagte eindeutig, dass er sie loswerden wollte.

Überrascht schaute Sharon ihn an. Nein, er war nicht schüchtern, sondern ganz einfach grob und unhöflich. »Ich bedaure, Sie bei Ihrer Arbeit gestört zu haben«, erklärte sie kühl. »Da Sie ein Fremder sind, möchte ich Ihnen einen Rat geben: Wenn Sie keine Eindringlinge wünschen, dann stellen Sie Verbotsschilder an den Grenzen Ihres Grundstücks auf.« Damit wandte sie sich ab und verschwand zwischen den Bäumen.

2. Kapitel

So eine naseweise kleine Person, dachte Victor, während er nachdenklich mit dem Hammer gegen seine Hand klopfte. Er wusste, dass er sich unhöflich verhalten hatte, aber das störte ihn nicht im Geringsten. Er hatte nicht ein abgelegenes Stückchen Land in einem gottverlassenen Nest gekauft, um Gäste zu empfangen. Er kam sehr gut ohne Gesellschaft aus, vor allem ohne dieses blonde Naturkind mit seinen großen braunen Augen und den Grübchen.

Was erwartete sie nur von ihm? Wollte sie sich mit ihm unterhalten? Oder das Haus sehen? Er lachte verächtlich. Sie war wohl auf gute Nachbarschaft bedacht. Mit drei heftigen Schlägen trieb er einen Nagel in das Geländer. Er brauchte keine Nachbarn. Was er brauchte, war Zeit für sich selbst. Wie viele Jahre war es her, dass er sich diesen Luxus hatte leisten können?

Erneut schlug er einen Nagel in das Geländer. Es hatte ihm sehr missfallen, dass er sich vorhin in dem Lebensmittelladen sekundenlang so stark zu ihr hingezogen fühlte. Frauen spürten solch eine Schwäche mit sicherem Instinkt. Aber er würde sich nicht noch einmal ausnutzen lassen. Zu viele Narben erinnerten ihn daran, dass sich hinter großen unschuldigen Augen meist Berechnung verbarg.

Jetzt bin ich also Schreiner, dachte er. Das heruntergekommene Haus wieder aufzubauen war eine sinnvolle Arbeit, eine Arbeit, die ihm dabei helfen würde, wieder zu sich selbst zu finden. Der Vizepräsident seines Bauunternehmens konnte die Firma ruhig einmal für ein paar Monate allein führen. Er hatte einen Urlaub nötig. Und die kleine Blonde sollte sich um ihre eigenen Angelegenheiten kümmern. Er war an einer nachbarschaftlichen Beziehung nicht interessiert.

Victor hörte plötzlich Blätter rascheln und drehte sich um. Sharon war zurückgekommen.

Zielstrebig ging sie auf ihn zu. Er fluchte leise vor sich hin. Langsam legte er den Hammer aus der Hand, um sie verärgert anzuschauen. »Nun?«, fragte er.

Sharon ließ sich von Victors Zurückhaltung nicht einschüchtern. An der untersten Verandastufe blieb sie stehen, um seinen abweisenden Blick ebenso zu erwidern. »Ich weiß, dass Sie sehr beschäftigt sind«, erklärte sie kühl. »Aber ich dachte, es würde Sie vielleicht interessieren, dass sich direkt am Weg ein Nest mit Mokassinschlangen befindet, und zwar auf Ihrer Seite des Grundstücks.«

Skeptisch schaute Victor sie an. Unbeweglich hielt sie seinem prüfenden Blick stand. Als er nichts erwiderte, wandte sie sich zum Gehen. Sharon hatte sich kaum zwei Meter von ihm entfernt, als er sie zurückrief. »Warten Sie einen Moment. Sie müssen mir zeigen, wo es ist.«

»Ich muss Ihnen überhaupt nichts zeigen«, fing Sharon an, bevor ihr auffiel, dass er im Haus verschwunden war. Warum hatte sie ihm nur etwas von dem Nest gesagt? Warum war sie nicht einfach weitergegangen und hatte es ignoriert?

Sie hörte die Haustür zufallen und schaute auf. Mit einem Gewehr in der Hand kam Victor auf sie zu. »Gehen wir«, sagte er knapp und ging voraus, ohne sich nach ihr umzuschauen.

Stumm ging Sharon an ihm vorbei, um die Führung zu übernehmen. Nach wenigen Schritten blieb sie stehen und deutete auf ein paar Felsbrocken und vermoderte Blätter. »Hier ist es.«

Victor trat einen Schritt näher. An dem Muster der kupferfarbenen Schlangenleiber konnte er die gefährlichen Tiere erkennen. Er hätte das Nest bestimmt nicht entdeckt. Es sei denn, er wäre direkt hineingetreten.

Schweigend beobachtete Sharon, wie er mit einem dicken Stock die Felsbrocken umdrehte. Im selben Moment hörte sie das drohende Zischen der Schlangen.

Weil Sharon die gereizten Tiere ansah, bemerkte sie nicht, wie Victor das Gewehr anlegte. Als der erste Schuss fiel, zuckte sie zusammen. Erschrocken schaute sie zu, wie Victor mit vier weiteren Schüssen den Giftschlangen den Garaus machte.

Nachdem er die Waffe gesichert hatte, schaute er Sharon an, deren Gesicht eine grünliche Färbung angenommen hatte. »Was ist los?«, erkundigte er sich.

»Sie hätten mich warnen sollen«, sagte sie mit zitternder Stimme. »Dann hätte ich das eben nicht mit ansehen müssen.«

Victor warf einen Blick auf das Bild des Grauens. Im Stillen verwünschte er sich für seine Unachtsamkeit. »Kommen Sie mit mir zurück ins Haus«, sagte er und nahm sie an ihrem Arm.

»Es geht mir schon wieder besser«, entgegnete Sharon abwehrend, während sie sich seinem Griff zu entziehen versuchte. Es war ihr peinlich, dass sie in seiner Gegenwart die Nerven verloren hatte. »Ich brauche Ihre Gastfreundschaft nicht«, setzte sie verärgert hinzu.

»Ich will nur vermeiden, dass Sie auf meinem Grundstück in Ohnmacht fallen«, gab er zurück, fasste ihren Arm fester und zog sie in Richtung der Veranda. »Warum sind Sie nicht einfach weitergegangen, nachdem Sie mir das Nest gezeigt hatten?«

»Oh, entschuldigen Sie«, sagte Sharon betreten. »Sie sind der unfreundlichste, unhöflichste Mann, der mir je begegnet ist.«

»Und ich dachte, meine Manieren seien tadellos«, entgegnete Victor, während er die Haustür öffnete und sie durch einen großen leeren Raum in die Küche führte.

Interessiert schaute sich Sharon in der Küche um. Victor hatte die Fensterrahmen erneuert, sie gebeizt und mit farblosem Lack überzogen. Er hatte die tragenden Balken freigelegt und das Holz aufgearbeitet, den alten Eichenfußboden abgezogen, versiegelt und gewachst. Er schien zu wissen, wie man mit Holz umging. Bei der Veranda hatte es sich nur um einfache Schreinerarbeit gehandelt. Doch die Renovierung der Küche bewies, dass er Stilempfinden und Sinn fürs Detail besaß.

Es erschien ihr unfair, dass ein Mann mit solchen Talenten arbeitslos war. Wahrscheinlich hatte er all seine Ersparnisse aufbringen müssen, um die Anzahlung für das Anwesen zu leisten. Denn selbst wenn er das Haus billig hatte erwerben können, so war das Grundstück erstklassiges Land und bestimmt sehr teuer gewesen. Dass er hier in diesen kahlen Räumen leben musste, tat ihr leid. Mitfühlend schaute sie ihn an.

Victor stellte einen Kessel mit Wasser auf den Herd. »Ich werde Ihnen Kaffee kochen.«

»Vielen Dank«, sagte sie lächelnd.

Victor hatte ihr den Rücken zugekehrt, um einen Becher vom Regal zu nehmen. »Sie müssen sich aber mit Pulverkaffee begnügen«, bemerkte er.

Sharon seufzte. »Mr. Banning … Victor«, verbesserte sie sich nach einigem Zögern und wartete darauf, dass er sich umdrehte. »Vielleicht haben Sie einen falschen Eindruck von mir gewonnen. Ich bin keine neugierige, naseweise Nachbarin. Es hat mich interessiert, was Sie aus dem alten Haus machen und wer Sie sind. Ich kenne jeden hier in einem Umkreis von fünf Kilometern.« Sie zuckte die Schultern und stand auf. »Ich wollte Sie nicht belästigen.«

Als sie an ihm vorbeigehen wollte, fasste Victor sie beim Arm. Sie war noch immer sehr blass, und ihre Haut fühlte sich kalt an. »Setzen Sie sich ... Sharon«, sagte er.

Sekundenlang studierte sie sein Gesicht. Er wirkte distanziert und unnachgiebig, doch sie spürte, dass sich Freundlichkeit dahinter verbarg. Das stimmte sie etwas milder. »Ich trinke meinen Kaffee mit Unmengen von Milch und Zucker«, warnte sie.

Er ließ sich zu einem zurückhaltenden Lächeln herab. »Das ist ja abscheulich.«

»Ja. Ich weiß. Haben Sie Zucker im Haus?«

»Auf dem Küchentisch.«

Victor goss kochendes Wasser in den Becher, und nachdem er einen Moment gezögert hatte, nahm er einen zweiten Becher vom Regal, um auch sich einen Kaffee zu machen. Dann stellte er die beiden Becher auf einen alten Klapptisch und setzte sich zu Sharon.

»Das ist wirklich ein wunderschönes Stück«, meinte Sharon und strich mit den Fingern über die Tischplatte. »Wenn es erst restauriert ist, wird es einiges wert sein.« Sie füllte drei gehäufte Löffel Zucker in ihren Kaffee. »Verstehen Sie etwas von Antiquitäten?«

»Nicht allzu viel.«

»Sie sind meine Leidenschaft. Ich habe vor, einen Antiquitätenladen zu eröffnen.« Abwesend strich sie sich die blonden Locken aus der Stirn. »Komisch, wir lassen uns beide zur gleichen Zeit hier nieder. Ich habe die letzten vier Jahre Amerikanische Geschichte an einer höheren Schule in Baltimore unterrichtet.«

»Und Sie haben Ihren Beruf aufgegeben?« Victor bemerkte, dass ihre Hände ebenso zierlich waren wie ihre übrige Gestalt. Ihre Handgelenke waren schmal, ihre Finger schlank.

»In diesem Beruf muss man sich an zu viele Vorschriften halten«, erklärte Sharon.

»Und Vorschriften mögen Sie nicht?«

»Nur meine eigenen.« Lachend schüttelte sie den Kopf. »Ich war eigentlich eine recht gute Lehrerin. Nur mit der Disziplin hatte ich Probleme.«

»Und Ihre Schüler haben das ausgenutzt?«

Sharon nickte zustimmend. »Bei jeder nur möglichen Gelegenheit.«

»Trotzdem haben Sie vier Jahre lang unterrichtet?«

»Ich konnte doch nicht so schnell aufgeben.« Sie stützte die Ellenbogen auf und legte das Kinn in die Hände. »Wie so viele Leute, die in der Kleinstadt groß geworden sind, habe auch ich mir eingebildet, in der Stadt mein Glück zu finden. Ich wollte teilhaben an dem hektischen Leben, mich amüsieren. Aber die vier Jahre haben mir gereicht.« Sie trank einen Schluck Kaffee. »Und dann wiederum gibt es Leute, die aus der Stadt aufs Land ziehen, um Tomaten zu züchten und sich Ziegen zu halten. Man ist eben nie zufrieden mit dem, was man hat.«

»Da mögen Sie recht haben«, sagte er abwesend, während er sie beobachtete. Victor entdeckte winzige goldene Pünktchen in ihrer Iris.

»Warum sind Sie ausgerechnet nach Sharpsburg gezogen?«, fragte Sharon.

Victor zuckte lässig die Schultern. Fragen zu seiner Person wich er aus. »Ich habe in Hagerstown zu tun gehabt. Dadurch wurde ich auf diese Gegend aufmerksam. Sie gefiel mir.«

»Das Leben in dieser Abgeschiedenheit kann manchmal sehr unbequem sein. Besonders im Winter. Obwohl es mir nie etwas ausgemacht hat, eingeschneit zu werden. Einmal ist der Strom zweiunddreißig Stunden lang ausgefallen.

Großmutter und ich haben uns am Holzofen abgewechselt, wir haben sogar darauf gekocht. Wir hatten das Gefühl, die einzigen Menschen auf der Welt zu sein.«

»Und das hat Ihnen nichts ausgemacht?«

»Zweiunddreißig Stunden lang fand ich es schön«, meinte sie lachend. »Ich bin kein Einsiedler.«

»Sie lieben die Berge, nicht wahr?«

Sharon schaute ihn an. »Ja.«

Sie wollte ihn anlächeln, doch so weit kam es nicht. Als sich ihre Blicke trafen, war es so wie bei ihrem ersten Zusammentreffen in Donnas Laden. Nur viel beunruhigender. Sharon ahnte, dass es immer wieder passieren würde. Sie brauchte Zeit, um zu entscheiden, was sie dagegen unternehmen konnte. Unvermittelt stand sie auf, trug ihren Becher zur Spüle und wusch ihn aus.

Ihre Reaktion gefiel Victor. »Sie sind eine attraktive Frau«, sagte er. Er verstand es, seiner Stimme einen weichen, schmeichelnden Klang zu geben.

Lachend drehte Sharon sich zu ihm um. »Das perfekte Gesicht für eine Haferflockenreklame, was?« Ihr verschmitztes Lächeln war äußerst anziehend. »Ich wäre zwar lieber sexy, aber ein gesundes Aussehen ist auch nicht zu verachten.«

Ihr Verhalten war arglos und unbefangen. Wieder fragte Victor sich, was wohl dahintersteckte. Nachdenklich beobachtete er sie.

Sharon war so damit beschäftigt, die Küche anzuschauen, dass ihr sein prüfender Blick entging. Eifrig drehte sie sich zu ihm um. »Ich habe eine Idee«, verkündete sie. »Bevor ich meinen Laden eröffnen kann, muss ich noch eine Menge Umbauten und Reparaturen vornehmen. Die einfacheren Arbeiten und das Streichen kann ich selbst erledigen, aber mit den Schreinerarbeiten werde ich nicht allein fertig.«

Aha, dachte Victor. Jetzt lässt sie die Katze aus dem Sack. Sie will einen Dummen finden, der ihr die Arbeit macht. Sie mimt das hilflose Weibchen und glaubt damit, an meine Eitelkeit und meine männlichen Beschützerinstinkte zu appellieren.

»Ich habe genug mit meinem Haus zu tun«, erwiderte er kühl.

»Oh, ich weiß, dass Sie nicht viel Zeit aufbringen können. Aber vielleicht finden wir trotzdem einen Weg.« Ihre Idee gefiel ihr so gut, dass sie nicht mehr zu bremsen war. »Ich kann Ihnen natürlich nicht das zahlen, was Sie in der Stadt bekommen würden. Vielleicht fünf Dollar die Stunde? Wenn Sie zehn oder fünfzehn Stunden pro Woche bei mir arbeiten könnten ...« Sie biss sich auf die Unterlippe. Es war ein jämmerlicher Betrag. Aber mehr konnte sie im Moment wirklich nicht aufbringen.

Ungläubig schaute Victor sie an. »Sie wollen mir einen Job anbieten?«

Sharon errötete ein wenig. Sie hatte ihn doch hoffentlich nicht beleidigt? »Nur einen Teilzeitjob, falls Sie daran Interesse hätten. Ich weiß, dass Sie woanders mehr verdienen können, und wenn Sie eine andere Arbeit finden, wäre ich Ihnen nicht böse, wenn Sie bei mir wieder aufhörten. Aber in der Zwischenzeit ...« Sie hielt inne, um seine Reaktion abzuwarten.

»Meinen Sie das ernst?«, fragte Victor nach einer Weile.

»Nun ... ja.«

»Warum?«

»Ich brauche einen Schreiner, und Sie sind einer. Es gibt eine Menge Arbeit in meinem Haus. Vielleicht wollen Sie damit nichts zu tun haben. Aber warum denken Sie nicht darüber nach und kommen morgen bei mir vorbei, um sich das Haus anzusehen?«

Sie ging zur Tür und hatte schon die Klinke in der Hand, da drehte sie sich noch einmal zu ihm um. »Vielen Dank für den Kaffee.«

Nachdem die Tür hinter ihr ins Schloss gefallen war, stand Victor einige Minuten da und blickte nachdenklich die Tür an. Dann fing er an zu lachen. Es war zu komisch, was ihm da gerade widerfahren war.

Am nächsten Morgen stand Sharon schon früh auf. Sie hatte sich eine Menge vorgenommen und wollte ihre Pläne systematisch durchführen.

Sie brauchte eine Aufstellung der Dinge, die sie behalten, zum Verkauf anbieten oder im Museum ausstellen würde.

Sharon hatte beschlossen, im Erdgeschoss anzufangen und sich dann langsam ins zweite Stockwerk vorzuarbeiten. Jetzt stand Sharon mit einem Notizblock im Wohnzimmer und betrachtete ihre Schätze. Sie durfte jetzt nicht sentimental werden. Wäre ihre Großmutter noch am Leben gewesen, dann hätte sie ihr den Rat gegeben, ihren Plan durchzuführen, solange sie von seiner Richtigkeit überzeugt war. Und Sharon wusste, dass ihr Vorhaben richtig war.

An einer Wand hing ein Regal, auf dem ein paar Stücke standen, die für ihr Museum bestimmt waren. Sie riss ein Blatt Papier von ihrem Block. Da lagen eine Soldatenmütze aus dem Bürgerkrieg und eine Gürtelschnalle, eine zerbeulte Trompete, der Säbel eines Kavallerie-Offiziers und eine Feldflasche. Sharon wollte jedes Stück auflisten, datieren und in Glasvitrinen ausstellen.

Ebenso wie ihre Großmutter hing auch Sharon an den Erinnerungsstücken der Geschichte. Doch sie ging bei Weitem nicht so nachlässig damit um. Und deshalb war sie darauf bedacht, diese Dinge endlich angemessen aufzubewahren und auszustellen. Gedankenverloren nahm sie die alte Trompete vom Regal und legte sie in einen Karton. Vorsichtig packte sie ein Stück nach dem anderen in Seidenpapier, bis das Regal fast leer war. Nur auf dem obersten Bord standen noch ein paar Dinge, die sie jedoch nicht erreichen konnte.

Weil sie keine Lust hatte, die schwere Leiter herbeizuschleppen, zog sie sich einfach einen Stuhl heran. Sie war gerade daraufgestiegen und reckte sich nach dem obersten Bord, als es an der Tür klopfte.

»Es ist offen!«, rief sie, während sie einen gefährlichen Balanceakt auf dem Stuhl vollführte. Als sie trotz aller Bemühungen das oberste Bord immer noch nicht erreichte, schimpfte sie unterdrückt. Sie stellte sich auf die Zehenspitzen und versuchte es noch einmal. In diesem Moment packte sie jemand beim Arm. Sie verlor die Balance und wurde im selben Augenblick von Victor Banning aufgefangen. »Sie haben mich zu Tode erschreckt!«, sagte sie vorwurfsvoll.

»Wissen Sie nicht, dass man nie einen Stuhl als Leiter benutzen sollte?« Er fasste sie um die Taille und hob sie vom Stuhl. Ihr Haar war zerzaust, und sie hielt sich an seinen Armen fest, während sie zu ihm auflächelte. Ohne zu überlegen, was er tat, beugte sich Victor zu ihr hinab.

Sharon wehrte sich nicht dagegen. Im Gegenteil, sie stellte fest, dass sie freudig überrascht war. Dann entspannte sie sich. Obwohl sie mit diesem Kuss so früh noch nicht gerechnet hatte, war ihr klar gewesen, dass es irgendwann so kommen musste. Und deshalb gab sie sich ganz ihren Empfindungen hin.

Sein Kuss war hart, ohne jede Spur von Zärtlichkeit, keine Geste der Zuneigung oder gar Liebe. Doch sie fühlte, dass Victor auch zärtlich sein konnte. Sharon hob die Hand, um seine Wange zu streicheln und den Aufruhr der Gefühle zu besänftigen, den sie in ihm spürte. Sofort ließ Victor sie los. Die Berührung ihrer Hand war zu vertraulich gewesen.

Irgendwie ahnte Sharon, dass sie auf sein impulsives Verhalten besser nicht einging. Auch wenn sie sich danach sehnte, noch einmal von ihm in die Arme genommen zu werden. Lächelnd blickte sie zu ihm auf. »Guten Morgen«, sagte sie so unbefangen wie möglich.

»Guten Morgen«, erwiderte er zurückhaltend.

»Ich mache gerade Bestandsaufnahme«, erklärte sie mit einer weit ausholenden Handbewegung. »Ich will jedes Stück auflisten, bevor ich das Erdgeschoss ausräume. In diesem Raum hier möchte ich das Museum einrichten, in den übrigen Zimmern mein Geschäft. Könnten Sie vielleicht das oberste Bord für mich abräumen?«

Schweigend kam Victor ihrem Wunsch nach. Dass sie den Kuss mit keinem Wort erwähnt hatte, verwirrte ihn.

»Die alte Küche hier unten umzubauen und eine neue im ersten Stock einzurichten wird am meisten Zeit in Anspruch nehmen«, fuhr Sharon fort. Sie wusste, dass Victor auf irgendeine Reaktion von ihr wartete, und sie war entschlossen, ihm diese zu versagen. »Natürlich müssen auch ein paar Wände herausgerissen und einige Türrahmen erweitert werden. Aber ich will auf jeden Fall die Atmosphäre des Hauses erhalten.«

»Sie scheinen ja alles schon genau geplant zu haben.« Ist sie wirklich so kühl?, fragte sich Victor im Stillen.

»Selbstverständlich.« Sharon schaute sich im Zimmer um. »Ich habe den notwendigen Papierkram schon erledigt. Das war vielleicht ein Unternehmen! Weil ich absolut keinen Geschäftssinn habe, kostet mich alles doppelt so viel Mühe. Aber ich muss es lernen. Dieser Laden ist meine große Chance.« Bei den letzten Worten hatte ihre Stimme fest und entschlossen geklungen.

»Wann wollen Sie eröffnen?«

»Wenn möglich, Anfang Dezember. Es hängt davon ab, wie schnell ich mit den Umbauten vorankomme. Ich zeige

Ihnen den Rest des Hauses, dann können Sie entscheiden, ob Sie mir bei der Arbeit helfen wollen.«

Ohne auf Victors Zustimmung zu warten, ging Sharon in den hinteren Teil des Hauses. »Die Küche ist ziemlich groß. Wenn die Schränke ausgebaut werden, habe ich eine Menge Platz in diesem Raum.«

Sie betraten das Esszimmer mit seinen hohen altmodischen Fenstern. Victor fiel die Zielstrebigkeit auf, mit der sie sich bewegte. Sie schien genau zu wissen, was sie wollte.

»Der Kamin ist jahrelang nicht benutzt worden. Ich weiß gar nicht, ob er noch funktioniert.« Sie ging zum Esstisch und strich liebevoll über die Tischplatte. »Dies ist das Prunkstück aus der Sammlung meiner Großmutter. Der Tisch wurde vor über hundert Jahren aus England herübergebracht. Die Stühle sind von Hepplewhite.« Sie streichelte die herzförmige Rückenlehne eines der sechs Stühle. »Es tut mir richtig weh, diese Sachen zu verkaufen. Großmutter liebte diesen Tisch und die Stühle ...« Ihre Stimme klang plötzlich wehmütig. »Ich habe keinen Platz, sie unterzustellen. Und den Luxus, sie für mich aufzuheben, kann ich mir nicht leisten. Der Geschirrschrank stammt aus der gleichen Zeit.«

»Sie sollten all diese Sachen behalten, das Haus lassen, wie es ist, und eine Stelle an der hiesigen Schule annehmen«, unterbrach Victor sie.

Es hatte etwas Rührendes, wie sie tapfer die Schultern straffte, während ihre Stimme zitterte. »Nein.« Sharon schüttelte den Kopf. »Ich eigne mich nicht zur Lehrerin. Ich würde nach kurzer Zeit ebenso die Schule schwänzen wie meine Schüler. Sie verdienen ein besseres Vorbild.« Wieder strich sie nachdenklich über die Tischplatte. Dann ging sie langsam durchs Zimmer. »An diesem Raum möchte ich nichts ändern. Nur den Türrahmen etwas erweitern.«

Gegen seinen Willen erwachte in Victor plötzlich Interesse an dem Projekt. Der Umbau dieses Hauses bedeutete eine Herausforderung für ihn, eine Herausforderung ganz anderer Art als die Aufgabe, die er sich mit seinem eigenen Haus vorgenommen hatte, um seine Fähigkeiten zu testen.

Sharon spürte seine veränderte Haltung. Mit sicherem Instinkt nutzte sie die Gunst der Stunde. Sie nahm seinen Arm und zog ihn mit sich fort. »Neben dem Wohnzimmer liegt ein kleiner Sommerraum. Er soll der Eingang zum Geschäft werden. Das Esszimmer wird Ausstellungsraum.«

Der Sommerraum maß kaum mehr als zehn Quadratmeter. Die Tapete war verblichen und die Holzdielen zerkratzt. Doch Victor entdeckte auch hier ein paar wertvolle Möbelstücke. Auf dem kurzen Rundgang hatte er kein Möbel gesehen, das weniger als hundert Jahre alt gewesen wäre. Die Möbel sind ein kleines Vermögen wert, aber die Tür fällt aus den Angeln, dachte er.

»Dieser Raum hat dringend eine Renovierung nötig«, erklärte Sharon, während sie ein Fenster öffnete, um den etwas modrigen Geruch hinauszulassen. »Die Jahre haben ihn arg mitgenommen. Ich nehme an, Sie wissen eher als ich, wie man ihn wieder auf Hochglanz bringen kann.«

Skeptisch betrachtete Victor die abgesplitterten Holzdielen und die unzähligen Sprünge in den Tapetenleisten. Sharon bemerkte, dass ihm nichts entging, und sie hatte außerdem den Eindruck, dass er über den beklagenswerten Zustand des Hauses nicht erfreut war. Und dabei hatte er nicht einmal das Obergeschoss gesehen.

»Das obere Stockwerk sollte ich Ihnen lieber noch nicht zeigen«, bemerkte sie.

»Und warum nicht?«

»Weil es im Obergeschoss doppelt so viel zu tun gibt wie hier unten. Mir liegt sehr viel daran, dass Sie den Job übernehmen, und ich möchte Sie nicht von vornherein entmutigen.«

»Sie brauchen wirklich dringend jemanden, der Ihnen bei der Renovierung hilft«, bemerkte er. Er wusste, dass er mit seinem eigenen Haus mehr als genug zu tun hatte. Der Wiederaufbau würde schwere körperliche Arbeit und viel Zeit erfordern. Sharons Haus hingegen konnte nur von einem Fachmann renoviert werden, der die vorhandene Bausubstanz behutsam zu erhalten suchte. Die Aufgabe reizte ihn.

»Victor …« Sharon zögerte einen Moment und beschloss dann, das Risiko einzugehen. »Ich könnte Ihnen sechs Dollar die Stunde zahlen, plus Mittagessen und so viel Kaffee, wie Sie trinken können. Meine Kunden werden die Qualität Ihrer Arbeit sehen, und das könnte Ihnen zu größeren Aufträgen verhelfen.«

Zu ihrer Überraschung lächelte er amüsiert. Plötzlich bekam sie erwartungsvolles Herzklopfen. Sein jungenhaftes Lächeln machte ihn viel liebenswerter als sein stürmischer Kuss.

»Na gut, Sharon«, stimmte Victor impulsiv zu, »ich nehme den Auftrag an.«

3. Kapitel

Sehr zufrieden mit sich selbst und höchst erfreut über das umgängliche Verhalten, das Victor auf einmal an den Tag legte, beschloss Sharon, ihm doch noch das Obergeschoss zu zeigen. Obwohl sie sich sein belustigtes Lächeln nicht erklären konnte, hielt sie es für angebracht, seine gute Stimmung auszunutzen. Spontan fasste sie ihn bei der Hand, um ihn die steile Treppe hinaufzuführen.

»Hier oben befinden sich drei Schlafzimmer«, erklärte Sharon, als sie auf dem obersten Treppenabsatz angekommen waren. »Meines will ich lassen, wie es ist, aus dem Schlafzimmer meiner Großmutter ein Wohnzimmer machen, und das dritte soll meine Küche werden. Wenn die Hauptarbeit getan ist, kann ich das Streichen und Tapezieren selbst übernehmen.«

Sie blieb stehen und wandte sich zu ihm um.

Victor schaute sie an. Dann hob er spontan die Hand und strich mit der Fingerspitze über ihre Nase. Ihre Blicke trafen sich. »Ihr Gesicht ist ganz staubig«, sagte er leise.

»Oh.« Lachend wischte sich Sharon übers Gesicht.

»Hier.« Mit seinem rauen Daumen strich er über ihre Wange. Ihre Haut fühlte sich genauso an, wie sie aussah, weich und samtig. Wahrscheinlich schmeckt sie auch so, dachte er, während er ihr Kinn berührte. Als er ihre Lippen ansah, merkte er, wie ein Zittern durch ihren schlanken Körper lief. Mit großen Augen sah sie ihn an. Abrupt ließ Victor die Hand sinken.

Sharon räusperte sich. Hastig stieß sie die Schlafzimmertür auf, während sie sich um Fassung bemühte. »Dies war das

Schlafzimmer meiner Großmutter«, sagte sie und fuhr sich nervös mit den Fingern durchs Haar. »Der Fußboden sieht ziemlich verkommen aus. Deshalb möchte ich ihn abziehen.« Erleichtert atmete sie auf. Ihr Pulsschlag normalisierte sich allmählich. »Meine Großmutter hielt nichts von Neuerungen«, erklärte sie. »An diesem Zimmer ist in den dreißig Jahren seit dem Tod ihres Mannes nichts verändert worden. Die Fenster klemmen, das Dach ist undicht, und der Kamin zieht nicht. Außer kleineren Reparaturen ist an diesem Haus nie etwas getan worden.«

»Wann ist Ihre Großmutter gestorben?«, fragte Victor.

»Vor drei Monaten.« Sharon hob den Rand der Patchwork-Decke hoch, die über dem Bett lag, und ließ ihn wieder fallen. »Sie ist einfach eines Morgens nicht mehr aufgewacht. Ich hatte einen Sommerkursus an meiner Schule übernommen und konnte erst jetzt zurückkommen.«

Ihre Worte verrieten, dass sie Schuldgefühle hatte. »Hätten Sie denn etwas ändern können, wenn Sie hier gewesen wären?«, fragte er.

»Nein.« Sharon ging zum Fenster. »Aber dann wäre sie nicht allein gestorben.«

Victor wollte etwas sagen, unterließ es dann aber. Wie sie so vor dem Fenster stand, wirkte sie sehr klein und schutzlos. »Was soll mit den Wänden geschehen?«, erkundigte er sich.

»Was?« Abwesend drehte Sharon sich zu ihm um.

»Die Wände«, wiederholte er. »Möchten Sie welche herausreißen?«

Sekundenlang schaute sie mit verlorenem Blick auf die verblichene Tapete. »Nein ... nein«, wiederholte sie dann mit etwas festerer Stimme. »Aber ich will den Türrahmen verbreitern.«

Prüfend besah sich Victor die Türöffnung. »Ist das eine tragende Wand?«

Sharon verzog das Gesicht. »Ich habe keine Ahnung. Woher soll …«

Ein Klopfen an der Haustür unterbrach sie. »Wer kann denn das sein? Schauen Sie sich doch am besten selbst hier oben um. Ich bin gleich wieder da.« Mit diesen Worten rannte sie die Treppe hinunter.

Wortlos nahm Victor einen Zollstock aus seiner Tasche und maß die Schlafzimmertür aus.

Kaum hatte Sharon die Haustür geöffnet, da schwand ihr freundliches Lächeln. »Carl«, sagte sie gedehnt.

Tadelnd blickte ihr Besucher sie an. »Willst du mich nicht hereinbitten?«, fragte er vorwurfsvoll.

»Oh, natürlich.« Zögernd trat Sharon zur Seite. Vorsichtig schloss sie die Tür, machte aber keine Anstalten, ins Wohnzimmer zu gehen. »Wie geht es dir, Carl?«, fragte sie höflich.

»Ausgezeichnet, ganz ausgezeichnet.«

Natürlich, wie soll es ihm auch sonst gehen?, dachte Sharon verärgert. Carl Trainer junior ging es immer gut. Seine Stimmung war ebenso untadelig wie seine ganze Erscheinung. Und nach der dezenten Eleganz seines Anzugs zu urteilen schien er es inzwischen auch zu Wohlstand gebracht zu haben.

»Und dir, Sharon?«

»Ausgezeichnet, ganz ausgezeichnet.« Sie wusste, dass ihm der Sarkasmus ihrer Worte überhaupt nicht auffallen würde.

»Es tut mir leid, dass ich dich nicht schon letzte Woche besucht habe. Ich hatte es mir fest vorgenommen, aber mein Geschäft ließ mir keine Zeit dazu.«

»Die Geschäfte gehen also gut?«, fragte sie ohne das geringste Interesse. Doch auch ihre Gleichgültigkeit entging ihm.

»Die Leute geben wieder mehr Geld aus.« Er rückte seine Krawatte zurecht. »Der Immobilienmarkt sieht vielversprechend aus, besonders hier auf dem Land.«

Geld steht also immer noch an erster Stelle, dachte Sharon. »Und wie geht es deinem Vater?«, erkundigte sie sich.

»Gut. Er zieht sich langsam aus dem Geschäft zurück. Du solltest ihn einmal besuchen.« Er hielt einen Moment inne, als hätte er ihr eine wichtige Mitteilung zu machen. »Du lässt dich jetzt also hier nieder«, bemerkte er dann beiläufig.

Sharon beobachtete, wie er seinen Blick über ihre Umzugskisten schweifen ließ. »Ja«, sagte sie knapp.

»Weißt du, Sharon, dieses Haus befindet sich in einem beklagenswerten Zustand. Aber dafür ist seine Lage erstklassig.« Sein Lächeln wirkte etwas herablassend. »Ich bin sicher, du könntest einen guten Preis dafür erzielen.«

»Ich bin an einem Verkauf nicht interessiert, Carl. Ist das der Grund deines Kommens? Willst du mein Haus schätzen?«

Auf seinen Zügen malte sich angemessene Bestürzung. »Aber Sharon!«

»Irgendeinen Grund muss dein Besuch doch haben«, sagte Sharon gelassen.

»Ich bin nur vorbeigekommen, um zu sehen, wie es dir geht. Man sagt, du willst versuchen, einen Antiquitätenladen aufzumachen. Aber das ist wahrscheinlich wieder nur ein verrücktes Gerücht.«

»Es ist kein Gerücht, und verrückt ist es schon gar nicht, Carl. Ich werde tatsächlich einen Laden eröffnen.«

Er seufzte und blickte sie dann mit jenem väterlich-nachsichtigen Ausdruck an, den sie so sehr verabscheute. »Sharon, hast du überhaupt eine Vorstellung, wie schwierig, ja riskant es ist, bei der heutigen Wirtschaftslage ein Geschäft zu eröffnen?«

»Ich bin sicher, du wirst es mir gleich erzählen«, murmelte Sharon.

»Meine Liebe«, erwiderte er in ruhigem Ton. »Du bist Lehrerin mit vier Jahren Berufserfahrung. Es ist äußerst unklug, deine Karriere für eine verrückte Laune aufs Spiel zu setzen.«

»Ich habe schon immer sehr unklug gehandelt, nicht wahr, Carl?« Kühl blickte sie ihn an und fuhr schärfer als beabsichtigt fort: »Das hast du mir doch oft vorgehalten, obwohl wir angeblich unheimlich verliebt ineinander waren.«

»Aber Sharon, ich wollte dich doch nur ein wenig in deiner Impulsivität bremsen.«

»Meine Impulsivität bremsen!« Sharon reagierte auf diese Aussage mehr erstaunt als ärgerlich. »Du hast dich nicht verändert, nicht im Geringsten«, bemerkte sie. »Ich wette, du rollst deine Socken noch immer zu ordentlichen kleinen Bällen zusammen und trägst stets ein zweites Taschentuch bei dir.«

»Wenn du je den Wert praktischen Denkens schätzen gelernt hättest ...«, fing er an.

»Dann hättest du mich nicht zwei Monate vor der Hochzeit sitzen lassen, was?«, unterbrach sie ihn wütend.

»Wirklich, Sharon, so darfst du es nicht sehen. Ich habe nur zu deinem Besten gehandelt.«

»Zu meinem Besten!«, brachte sie hervor. »Ich will dir mal was sagen.« Sie stieß ihm mit ihrem staubigen Zeigefinger vor die Brust. »Du kannst dir dein praktisches Denken an den Hut stecken, Carl. Und dein Scheckbuch und deine Schuhständer ebenfalls. Damals habe ich gedacht, du hättest mich verletzt. Heute weiß ich, dass du mir einen großen Gefallen getan hast. Ich hasse praktisches Denken und Zimmer, die nach Putzmittel riechen, und aufgerollte Zahnpastatuben.«

»Ich weiß nicht, was das mit unserer Diskussion zu tun hat.«

»Sehr viel!«, gab sie gereizt zurück. »Und ich werde dir noch etwas sagen: Ich bin fest entschlossen, meinen Laden aufzumachen. Und wenn ich kein Vermögen damit verdienen kann, so wird es mir wenigstens Spaß machen.«

»Spaß?« Carl schüttelte den Kopf. »Das ist keine ausreichende Basis für ein Geschäft.«

»Ich will nichts weiter, als mein eigener Herr zu sein«, gab Sharon zurück. »Ich brauche kein sechsstelliges Einkommen, um glücklich zu sein.«

Abschätzend lächelte er sie an. »Du hast dich nicht verändert.«

Sharon riss die Haustür auf. Finster schaute sie ihn an. »Geh deine Häuser verkaufen«, sagte sie.

Mit einer Würde, um die sie ihn beneidete und die sie gleichzeitig verachtete, ging Carl an ihr vorbei.

Erst als sie die Tür hinter Carl zugeschlagen hatte, machte Sharon ihrer Wut Luft. Heftig hieb sie mit der geballten Faust gegen die Wand.

»Au!«, rief sie und presste die schmerzende Hand an den Mund. Dann drehte sie sich um. Erst jetzt sah sie, dass Victor am Fuß der Treppe stand und sie ernst anschaute. Vor Verlegenheit stieg ihr die Röte in die Wangen. »Ich hoffe, die Vorstellung hat Ihnen gefallen!«, rief sie ihm entgegen und lief in die Küche, wo sie sich geräuschvoll zu schaffen machte. Sie hatte nicht gemerkt, dass Victor hinter ihr hergekommen war. Als er sie behutsam bei der Schulter fasste, wirbelte sie wütend herum.

»Zeigen Sie mir Ihre Hand«, sagte er ruhig.

»Meiner Hand fehlt gar nichts!«, wehrte sie ab.

Mit leichtem Druck presste er seine Finger auf ihre Knöchel. Vor Schmerz hielt Sharon den Atem an. »Es ist Ihnen zum Glück nicht gelungen, sich die Hand zu brechen«, sagte er. »Aber Sie werden einen dicken Bluterguss bekommen.«

»Sie brauchen gar nichts zu sagen«, fuhr Sharon ihn an. »Ich weiß selbst, dass ich mich lächerlich gemacht habe.«

Victor untersuchte noch immer ihre Finger. »Entschuldigen Sie«, sagte er schließlich. »Ich hätte mich bemerkbar machen sollen.«

Sharon atmete tief ein. Dann entzog sie ihm ihre Hand. »Es macht nichts«, sagte sie leise und ging zum Herd, um Teewasser aufzusetzen.

Er betrachtete sie. »Es macht mir keinen Spaß, Sie in Verlegenheit zu bringen.«

»Wenn Sie hier eine Weile wohnen, werden Sie ohnehin von mir und Carl hören. So haben Sie es eben ein bisschen eher erfahren.« Doch im Grunde genommen hatte er gar nichts erfahren. Und sein Interesse an der Geschichte störte ihn. Bevor er jedoch etwas sagen konnte, knallte Sharon den Deckel auf den Teekessel.

»In seiner Gegenwart komme ich mir immer wie ein kompletter Idiot vor.«

»Warum?«

Heftig riss sie eine Schranktür auf. »Er macht stets korrekte i-Punkte und hat immer einen Regenschirm im Kofferraum seines Wagens«, stieß sie zornig hervor.

»Das genügt«, meinte Victor, während er ihre hastigen, ruckartigen Bewegungen verfolgte.

»Und niemals macht er einen Fehler. Er ist immer vernünftig.« Sie stellte laut zwei Becher auf den Tisch. »Hat er mich etwa angeschrien?« Sie fuhr herum und blickte Victor böse an. »Hat er geflucht oder sonst irgendwie die Beherrschung verloren? Der Mann hat eben kein Temperament!«, rief sie voller Wut. »Der kann ja nicht einmal schwitzen!«

»Haben Sie ihn geliebt?«

Sekundenlang blickte Sharon ihn ausdruckslos an. Dann seufzte sie bekümmert. »Ja. Ich habe ihn wirklich geliebt. Als wir uns kennenlernten, war ich sechzehn Jahre alt.« Sie ging zum Kühlschrank, während Victor stillschweigend das Gas unter dem Teekessel anstellte, weil sie das in ihrer Erregung vergessen hatte. »Er war so perfekt, so smart, so gewandt. Carl ist der geborene Verkäufer. Er kann über alles sprechen.«

Schon jetzt war ihm dieser Carl höchst unsympathisch. Auch wenn diese Abneigung ganz und gar unbegründet war. Als Sharon die Keramikschale mit dem Zucker auf den Tisch stellte, schimmerten sekundenlang die weichen blonden Locken im goldenen Sonnenlicht. Victor ertappte sich dabei, wie er ihr fasziniert nachblickte.

»Ich war verrückt nach ihm«, fuhr Sharon fort, und Victor musste sich zusammenreißen, um sich auf ihre Worte zu konzentrieren. Die geschmeidigen Bewegungen ihres Körpers fesselten ihn. »Als ich achtzehn wurde, machte er mir einen Heiratsantrag. Wir besuchten beide das College, und er hielt eine Verlobungszeit von einem Jahr für schicklich. Alles, was Carl tut, ist schicklich«, fügte sie grimmig hinzu.

Was für ein gefühlloser Narr, dachte Victor, während er ihre Brüste betrachtete, die sich deutlich unter dem T-Shirt abzeichneten. Verärgert versuchte er, sich auf ihr Gesicht zu konzentrieren. Doch er konnte nichts dagegen unternehmen, dass sein Pulsschlag sich beschleunigte.

»Ich wollte sofort heiraten, aber wie immer hielt er mir vor, ich sei zu impulsiv. Als ich ihm vorschlug, mit mir zusammenzuziehen, war er schockiert.«

Geräuschvoll stellte sie die Milch auf den Tisch. »Ich war jung und verliebt, und ich begehrte ihn. Er hielt es für seine Pflicht, meine ... niederen Instinkte zu kontrollieren.«

»Der Mann muss ein Vollidiot sein«, sagte Victor leise. Doch da in diesem Moment der Teekessel zu pfeifen anfing, hatte Sharon seine Worte nicht gehört.

»Während unserer Verlobungszeit versuchte er, mich umzuerziehen. Und ich bemühte mich, so zu sein, wie er mich haben wollte: würdevoll und vernünftig. Doch es gelang mir nicht.« Betrübt schüttelte Sharon den Kopf, während sie an jenes lange enttäuschende Jahr zurückdachte. »Wenn ich mit ein paar Kommilitonen eine Pizza essen ging, hielt er mir vor, wir müssten jeden Pfennig zur Seite legen. Er hatte bereits ein Auge auf ein kleines Haus am Stadtrand geworfen. Sein Vater war der Meinung, es sei eine gute Geldanlage.«

»Und Sie fanden es scheußlich«, bemerkte Victor.

Überrascht drehte Sharon sich zu ihm um. »Ich verabscheute es. Es war das perfekte amerikanische Reihenhaus mit weißer Aluminiumverschalung und einer Hecke drum herum. Als ich Carl sagte, dass ich es in diesem Haus nicht aushalten würde, lachte er und strich mir väterlich übers Haar.«

»Warum haben Sie sich nicht von ihm getrennt?«, erkundigte sich Victor.

Sharon warf ihm einen schnellen Blick zu, während sie den Tee in die Becher goss. »Haben Sie schon einmal geliebt?«, fragte sie leise. Da es mehr eine Antwort als eine Frage war, erwiderte Victor nichts darauf. »Wir hatten in diesem Jahr ständig Streit«, fuhr sie fort. »Ich schrieb das den sexuellen Spannungen zu, die das lange Verlobungsjahr mit sich brachte. Er redete mir ein, das würde sich ändern, wenn wir erst einmal verheiratet wären. Und meistens habe ich ihm das auch geglaubt!«

»Er scheint ja wirklich ein langweiliger Idiot zu sein.«

Obwohl die Verachtung in seinem Ton sie überraschte, lächelte Sharon. »Vielleicht. Aber er konnte auch lieb und nett sein. Dann vergaß ich, wie streng und unnachgiebig er war, bis er mich aufs Neue mit seinen Maßregelungen attackierte. Über den Plänen für unsere Hochzeitsreise haben wir uns dann endgültig zerstritten. Ich wollte auf die Fidschi-Inseln fahren.«

»Auf die Fidschi-Inseln?«, wiederholte Victor.

»Ja«, erwiderte Sharon trotzig. »Ich wünschte mir eine exotische, romantische Hochzeitsreise. Schließlich war ich gerade erst neunzehn geworden. Aber er hatte bereits Pläne gemacht. Er wollte in eines dieser Plastik-Hotels für Flitterwöchner fahren. In so ein Ding, wo alle Aktivitäten von der Hotelleitung geplant werden.« Sie setzte sich an den Tisch und trank in einem Zug ihren Tee aus.

Victor stand neben ihr und nippte an seinem Tee, während er sie beobachtete. »Und da haben Sie die Hochzeit abgeblasen?« Er war gespannt, ob sie die Gelegenheit wahrnehmen und auf diese Frage einfach mit Ja antworten oder ob sie ihm die Wahrheit sagen würde.

»Nein.« Sharon schob ihren leeren Becher beiseite. »Wir hatten einen fürchterlichen Streit. Ich lief davon und verbrachte den Abend mit ein paar Freunden in einer kleinen Studentenkneipe. Vorher hatte ich Carl gesagt, dass ich keine Lust hätte, meine erste Nacht als verheiratete Frau mit Bingospielen oder bei einer drittklassigen Hotelshow zu verbringen.«

Victor unterdrückte nur mit Mühe ein amüsiertes Lächeln. »Das leuchtet mir ein«, sagte er.

»Nachdem ich mich beruhigt hatte, gelangte ich zu der Einsicht, dass es völlig unwichtig war, wohin wir fuhren, wenn wir nur endlich zusammen waren. Ich redete mir ein, dass Carl recht hatte, und ging zu ihm nach Hause, um mich zu entschuldigen. Da hat er mir sehr ruhig und mit sehr vernünftigen Worten den Laufpass gegeben.«

Victor schwieg eine Weile, bevor er langsam einen Stuhl heranzog, um sich neben sie zu setzen. »Sie haben mir doch gesagt, er hätte niemals einen Fehler gemacht.«

Sekundenlang schaute Sharon ihn überrascht an. Dann lachte sie. »Danke. Das habe ich gebraucht.« Impulsiv lehnte sie den Kopf an seine Schulter.

Jetzt, wo sie sich alles von der Seele geredet hatte, war ihre Wut auf einmal verflogen.

Die Zärtlichkeit, die er für sie empfand, veranlasste Victor zur Vorsicht. Trotzdem konnte er der Versuchung nicht widerstehen, ihr über die blonden Locken zu streichen. Ihr Haar fühlte sich dick und weich an. Er merkte gar nicht, dass er eine Strähne um seinen Finger gewickelt hatte.

»Lieben Sie ihn noch immer?«, hörte er sich fragen.

»Nein. Aber ich muss ihn nur sehen, und schon komme ich mir wieder wie eine unverantwortliche Romantikerin vor.«

»Sind Sie denn eine?«

Sie zuckte die Schultern. »Meistens.«

»Was Sie vorhin zu ihm gesagt haben, war völlig begründet.« Victor begehrte sie. Und weil er über seinem Verlangen seine Vorsicht vergaß, zog er sie an sich.

»Ich habe ihm eine Menge Dinge an den Kopf geworfen.«

»Dass er Ihnen einen Gefallen getan hat«, sagte Victor leise, während er mit den Fingern ihren Hals streichelte. Sharon seufzte. Er wusste nicht, ob es eine Antwort auf seine Bemerkung oder eine Reaktion auf seine Liebkosung war. »Und dass es Sie wahnsinnig gemacht hätte, seine Socken zu kleinen Bällen aufgerollt zu sehen.«

Lachend legte Sharon den Kopf zurück, um zu ihm aufzublicken. Aus reiner Dankbarkeit küsste sie ihn leicht auf die Wange.

Victor schaute auf sie hinab. Ihr Mund war sehr verlockend. Er begehrte ihre vollen Lippen. Sanft legte er die Hand in ihren Nacken, um sie festzuhalten. Sharon zeigte weder Schüchternheit noch Zurückhaltung. Einladend öffnete sie die Lippen.

Ihre Zungen trafen sich. Sein Kuss wurde heiß und drängend. Er brauchte ihre Süße, ihre unkomplizierte Freigiebigkeit. Er wollte die frische, klare Leidenschaft, die sie ihm so willig darbot, ganz auskosten. Er biss zart in ihre vollen weichen Lippen, und sie zog ihn noch enger an sich.

»Victor«, flüsterte sie benommen.

Sofort ließ er sie los und stand auf. »Ich habe eine Menge Arbeit vor mir«, sagte er knapp. »Ich werde Ihnen eine Liste der Materialien zusammenstellen, die ich für die Renovierung benötige. Sie werden von mir hören.« Und dann war er durch die Hintertür verschwunden, noch ehe Sharon ihm hatte antworten können.

Fassungslos starrte Sharon auf die Tür. Was hatte sie Victor getan, dass er sie so wütend angeschaut hatte? Wie war es möglich, dass er sie in der einen Minute leidenschaftlich küsste und in der nächsten abrupt von sich stieß? Traurig blickte sie vor sich hin. Sie hatte schon immer dazu geneigt, sich etwas vorzumachen.

Aber vielleicht ließen sich ihre Bedürfnisse gar nicht erfüllen. Sie wollte ihre Unabhängigkeit behalten und gleichzeitig ihre romantischen Träume mit einem Mann teilen. Sie wollte für sich selbst verantwortlich sein, aber sich an einer starken Hand festhalten können.

Sharon hatte in der ersten Sekunde gespürt, dass Victor anders war als alle Männer, die sie bisher kannte. Als sie ihn in Donnas Geschäft zum ersten Mal sah, spürte sie: Das ist er.

Plötzlich erschrak sie. Hatte sie ihn etwa beleidigt? Schließlich arbeitete er für sie. Nach dem Kuss dachte er vielleicht, dass sie mehr für ihr Geld wollte als nur die Renovierung ihres Hauses. Bei diesem Gedanken musste sie lachen. Nein, sie war nicht der Typ, der Männer verführte. Und es fiel ihm bestimmt nicht schwer, einer Frau zu widerstehen, deren Gesicht dreckverschmiert war und die vor Wut mit den Fäusten die Wände attackierte. Nein, ihre Fantasie war wohl mit ihr durchgegangen. Seufzend stand sie auf, um ihre Arbeit wieder aufzunehmen.

4. Kapitel

Victor konnte nicht schlafen. Er hatte bis spät in die Nacht hinein gearbeitet, in der Hoffnung, darüber seine Wut und sein Verlangen zu vergessen. Mit der Wut konnte er leben. Er kannte dieses Gefühl zu gut, als dass es ihm den Schlaf rauben konnte. Auch dass er eine Frau begehrte, war nichts Neues für ihn. Aber dass dieses Begehren einer kleinen romantischen Geschichtslehrerin galt, störte und beunruhigte ihn.

Verärgert stand er auf und ging auf die Veranda hinaus. Wenn er geradeaus schaute, konnte er den Waldrand sehen. Auf der anderen Seite des dunklen geheimnisvollen Dickichts schlief Sharon in ihrem alten Bett in dem kleinen Zimmer mit verblichenen Tapeten. Ihr Fenster würde geöffnet sein, um die Düfte und die Geräusche der Nacht hereinzulassen.

Er fluchte leise. Wie konnte er nur solch albernen Gedanken nachhängen! Nein, er hätte diesen Job niemals annehmen dürfen. Ihr Angebot hatte ihn belustigt und gereizt. Sechs Dollar die Stunde! Er lachte kurz auf. Wann hatte er zum letzten Mal für einen Stundenlohn gearbeitet? Er versuchte, sich zu erinnern. Vor fünfzehn Jahren? War die Zeit so schnell vergangen?

Er war damals noch ein Teenager gewesen und arbeitete in der Baufirma seiner Mutter. »Du musst das Handwerk von der Pike auf lernen«, hatte sie zu ihm gesagt, und er stimmte eifrig zu. Holz zu bearbeiten faszinierte ihn schon immer. Er hatte keine Lust gehabt, in Konferenzen zu sitzen und Papierkram zu erledigen.

Doch es war ihm keine Wahl geblieben. Seine Mutter erlitt ganz plötzlich einen Herzinfarkt und erholte sich davon nie wieder vollständig. Sie hatte ihn angefleht, die Leitung der Firma Riverton zu übernehmen. Als Witwe mit nur einem Kind war es ihr größter Wunsch gewesen, die Firma, die sie geerbt hatte, ihrem Sohn zu übergeben. Er konnte ihr die Bitte nicht abschlagen.

Wenn es sich erwiesen hätte, dass er nicht zum Manager taugte, hätte er einen anderen zum Generaldirektor bestellt und sich aus der Geschäftsführung zurückgezogen. Doch unter seiner Leitung war die Firma Riverton zu einem riesigen Unternehmen herangewachsen. Und dann war ihm Amelia begegnet. Er verzog die Lippen zu einem zynischen Lächeln. Die sanfte, verführerische Amelia mit ihrem roten Haar und dem weichen Akzent der Südstaaten. Monatelang hielt sie ihn hin, bis er fast verrückt vor Begehren gewesen war.

Denn wenn er bei Sinnen gewesen wäre, hätte er sie durchschaut, bevor er ihr den Ring an den Finger gesteckt hatte …

Amelia hatte Victors Geld mit vollen Händen ausgegeben, hatte sich Kleider, Pelze und Autos gekauft. Zunächst störte ihn das nicht, im Gegenteil. Er war der Ansicht gewesen, dass ihre überirdische Schönheit nach Luxus verlangte. Und er liebte sie – oder jedenfalls die Frau, als die er sie sah. Es hatte ihm Freude gemacht, sie mit Luxusgütern zu überhäufen, und er bezahlte die Rechnungen stillschweigend, die ununterbrochen ins Haus flatterten. Ein- oder zweimal ermahnte er sie liebevoll, als die Beträge ihm zu hoch erschienen. Wie schrecklich zerknirscht war sie gewesen, und mit welch hinreißendem Charme hatte sie sich bei ihm entschuldigt. Es war ihm kaum aufgefallen, dass weiterhin übermäßig hohe Rechnungen ins Haus kamen.

Dann bemerkte er, dass sie sein Bankkonto plünderte, um die kränkelnde Baufirma ihres Bruders zu unterstützen. Tränenreich reagierte sie auf seine Vorwürfe, liebevoll bat sie um Fürbitte für ihren Bruder. Ihrem Argument, nicht im Luxus leben zu können, während ihr Bruder bankrottging, konnte er nichts entgegensetzen.

Weil ihn ihr Mitgefühl für ihren Bruder gerührt hatte, bot er ihm ein Darlehen an, weigerte sich jedoch, Geld in eine schlecht geführte kleine Firma zu pumpen. Amelia hatte geschmeichelt und geschmollt. Als sie jedoch merkte, dass er sich nicht erweichen ließ, griff sie ihn an wie eine Raubkatze. Mit ihren lackierten Fingernägeln zerkratzte sie ihm das Gesicht, und in ihrer Wut warf sie ihm an den Kopf, warum sie ihn geheiratet hatte. Nicht aus Liebe, sondern nur seines Geldes und seiner Position wegen und weil sie sich durch die Ehe mit ihm Hilfe für die kleine Firma ihrer Familie versprochen hatte. Erst da begriff Victor, was sich hinter der Fassade der sanften kleinen Verführerin verbarg. Es war der erste Schock einer langen Reihe von Schrecken und Enttäuschungen gewesen.

Über zwei Jahre bemühte sich Victor, seine Ehe zu retten. Doch dann sah er ein, dass die Frau, die er geheiratet hatte, ein Trugbild gewesen war.

Schließlich schlug er ihr die Scheidung vor. Mit höhnischem Lachen hatte Amelia zugestimmt. Wenn er ihr die Hälfte seines Vermögens und seiner Firma überschrieb, würde sie ihm sofort seine Freiheit zurückgeben. Aber nicht ohne eine aufsehenerregende Gerichtsverhandlung und viel Publicity.

Da diese Bedingungen unannehmbar für ihn gewesen waren, lebte Victor ein weiteres Jahr mit ihr zusammen. Als er entdeckte, dass Amelia sich Liebhaber nahm, tat es ihm nicht weh. Seine Gefühle für sie waren längst abgestorben. Langsam und diskret begann er, Beweise gegen sie zu sammeln, die ihm seine Freiheit zurückgeben konnten. Um sich selbst und seine Firma vor ihrem Zugriff zu bewahren, war er sogar willens gewesen, den Kampf vor Gericht unter den Augen der Öffentlichkeit auszutragen. Doch so weit war es nicht gekommen. Einer ihrer enttäuschten Liebhaber hatte ihr eine Kugel durch den Kopf geschossen und ihrem Leben ein Ende gesetzt.

Victor hatte auf ihren Tod nicht mit Trauer reagieren können, sondern eher Erleichterung empfunden. Das jedoch hatte ihm Schuldgefühle verursacht, die er mit Arbeit zu betäuben versuchte. Frieden jedoch hatte er nicht gefunden.

Schließlich beschloss er, sich das heruntergekommene Haus in den Bergen zu kaufen, und übertrug die Geschäfte auf unbestimmte Zeit seinem Geschäftsführer. Er sehnte sich nach Einsamkeit, nach der handwerklichen Arbeit, die er liebte. Und jetzt, wo er schon geglaubt hatte, den richtigen Entschluss gefasst zu haben, war ihm Sharon Abbott begegnet.

Sie war keine Schönheit wie Amelia, keine der eleganten, weltgewandten Frauen, mit denen er nach Amelias Tod geschlafen hatte. Sharon war frisch und vital. Instinktiv fühlte er sich von ihrer Großherzigkeit angezogen. Doch das Vermächtnis, das seine erste Frau ihm hinterlassen hatte, bestand aus Zynismus und Misstrauen. Victor wusste, dass nur ein Narr sich zweimal von der Maske der Unschuld täuschen lässt. Und er war kein Narr.

Nachdenklich ging er zurück ins Haus. Nein, er würde sich nicht von einer Frau den Schlaf rauben lassen. Trotzdem warf er sich die ganze Nacht unruhig im Bett hin und her.

Es war ein wunderbarer Morgen. Als Sharon die Fenster aufstieß, strahlte der Himmel in einem tiefen Blau, die Vögel zwitscherten, die Luft war warm, und es duftete nach Blumen. An solch einem Tag konnte sie unmöglich im Haus arbeiten.

Sie zog sich ein altes T-Shirt und ausgeblichene rote Shorts an und ging in den Keller, wo sie tatsächlich einen Eimer mit weißer Farbe und einen Pinsel fand.

Um die vordere Veranda zu reparieren, reichten ihre Talente nicht aus. Doch die hintere war noch ziemlich stabil. Nach zwei neuen Anstrichen würde sie wieder freundlich und einladend aussehen. Sharon holte sich ihr Kofferradio und ging dann mit ihren Utensilien nach draußen. Nachdem sie einen Sender gefunden hatte, der ihr zusagte, stellte sie das Gerät auf volle Lautstärke und begann mit den Vorbereitungen.

Eine halbe Stunde später hatte sie die Veranda gefegt und mit dem Gartenschlauch abgespritzt. Während die Holzplanken in der warmen Sonne trockneten, öffnete sie den Farbeimer, um sorgfältig den weißen Lack umzurühren. Einoder zweimal schaute sie zum Feldweg hinüber und fragte sich, wann sie wohl von Victor hören würde. Dann nahm sie ihren Eimer und den Pinsel und ging ans äußere Ende der Veranda, wo sie sich auf den Boden kniete, um mit der Streichaktion zu beginnen.

Als Victor etwas später auf ihr Haus zuging, blieb er am Ende des Feldwegs stehen und beobachtete Sharon eine Weile. Sie hatte fast ein Drittel der Veranda gestrichen. Ihre Arme waren übersät mit weißen Farbspritzern, das Kofferradio plärrte in voller Lautstärke, und während sie laut mitsang, wiegte sie die Hüften im Takt der Musik. Dabei spannten sich die dünnen Shorts über ihrem kleinen runden Po. Dass sie ihrer Beschäftigung mit wahrer Hingabe nachging, war ebenso offensichtlich wie ihr mangelndes Talent. Als Sharon sich über den Eimer beugte und dabei mit beiden Händen die frisch gestrichenen Holzbohlen berührte, lächelte er belustigt. Sie schimpfte vor sich hin und wischte dann nachlässig die Hände am Hosenboden ab.

»Hatten Sie nicht gesagt, Sie könnten streichen?«, bemerkte Victor, als er herantrat.

Erschrocken fuhr Sharon herum. Dabei hätte sie fast den Eimer mit der Farbe umgestoßen. Fröhlich lächelte sie zu ihm auf. »Ich habe nie behauptet, dass ich besonders talentiert auf diesem Gebiet bin«, gab sie zurück. »Sind Sie gekommen, um mich bei der Arbeit zu beaufsichtigen?«

Er schüttelte den Kopf. »Dazu ist es leider wohl etwas zu spät.«

Sharon hob die Brauen. »Es wird sehr gut aussehen, wenn ich erst einmal fertig bin.«

Victor zog es vor, sich dazu nicht zu äußern. »Ich habe Ihnen aufgeschrieben, was ich an Material brauche. Und ich muss noch ein paar Räume ausmessen.«

»Das ging aber schnell.« Sie beugte sich vor, um das Radio leiser zu stellen. »Es gibt noch ein Problem«, sagte sie. »Die vordere Veranda.«

Victor blickte auf die mehr schlecht als recht gestrichenen Holzplanken. »Haben Sie die etwa auch gestrichen?«

Sharon verzog das Gesicht. »Nein.«

»Gott sei Dank. Was hielt Sie davon ab?«

»Sie fällt auseinander. Vielleicht wissen Sie, was ich dagegen unternehmen kann. Oh, schauen Sie!« Aufgeregt fasste sie ihn bei der Hand, während sie auf eine Wachtelfamilie deutete, die im Gänsemarsch durchs Gras marschierte. »Das sind die ersten Wachteln, die ich seit meiner Rückkehr aus der Stadt sehe.« Fasziniert beobachtete sie die Vögel, bis sie außer Sichtweite waren. »Es gibt auch Rehe hier. Ich habe Spuren gesehen, aber leider noch kein Tier zu Gesicht bekommen.« Plötzlich fiel ihr ein, dass ihre Hand mit weißer Farbe beschmiert war. »Oh Victor, entschuldigen Sie!«, rief sie erschrocken. »Haben Sie Farbe abbekommen?«

Statt einer Antwort hob er die Hand hoch und betrachtete seine weiße Handfläche.

»Es tut mir wirklich leid«, brachte sie unter Lachen hervor. »Warten Sie.« Mit dem Rand ihres T-Shirts wischte sie über seine Handfläche. Dabei zeigte sich ein Stück weiche helle Haut.

»So reiben Sie die Farbe erst richtig hinein«, bemerkte Victor, der sich die größte Mühe gab, nicht dauernd auf ihre nackte Taille zu schauen.

»Es geht ganz leicht ab«, versicherte Sharon, die noch immer lachen musste. »Ich habe bestimmt irgendwo Terpentin.« Obwohl sie sich bemühte, es zu unterdrücken, brach sie erneut in Gekicher aus. »Es tut mir so leid«, versicherte sie und lehnte den Kopf an seine Brust. »Wenn Sie mich nicht so komisch anschauen würden, müsste ich auch nicht lachen.«

»Wie schaue ich Sie denn an?«

»Geduldig.«

»Und das bringt Sie zum Lachen?« Wieso fiel ihm ausgerechnet in diesem Moment ein, dass ihr Mund nach Honig schmeckte? War es, weil ihm der zarte Duft ihres Haares in die Nase stieg?

»Viel zu viele Dinge bringen mich zum Lachen«, gab sie zu. Sie richtete sich auf und holte tief Luft, ließ jedoch die Hand auf seiner Brust liegen.

Plötzlich merkte Sharon, dass Victor seine Hände auf ihre Arme gelegt hatte und mit dem Daumen ihre nackte Haut streichelte, während er sie mit rätselhaftem Gesichtsausdruck beobachtete. Sie schaute zu ihm auf. Er schien sich seiner vertraulichen Geste gar nicht bewusst zu sein. Ihr erster Impuls war, sich auf die Zehenspitzen zu stellen und ihn zu küssen.

Sie begehrte ihn, und sie spürte, dass auch er so empfand. Doch eine innere Stimme warnte sie davor, den ersten Schritt zu tun. Stattdessen blieb sie unbeweglich stehen. Ruhig und offen schaute sie ihm in die Augen. Zu verbergen hatte nur er etwas, das wussten sie in diesem Moment beide.

Als Victor schließlich auffiel, dass er sie festhielt, dass er den Wunsch hatte, sie an sich zu ziehen, ließ er sie abrupt los. »Sie gehen jetzt besser wieder an die Arbeit«, sagte er. »Und ich werde die Räume ausmessen.«

»Okay.« Sharon blickte ihm nach, wie er zur Tür ging. »In der Küche ist heißes Wasser, falls Sie sich einen Tee machen wollen.«

Was für ein seltsamer Mann, dachte sie. Unbewusst strich sie über die Stelle, wo seine Finger ihren Arm berührt hatten. Wieso hatte er ihr so durchdringend in die Augen geschaut? Sie zuckte die Schultern und befasste sich wieder mit ihrer Arbeit.

Victor blieb an der Treppe zum Obergeschoss stehen und warf einen Blick ins Wohnzimmer. Es war blitzsauber und bis auf die Möbel vollständig ausgeräumt. Jeder Gegenstand war weggepackt und in sorgfältig beschrifteten Kartons verstaut worden. Sie muss hart gearbeitet haben, dachte er und stieg die Stufen hinauf.

Sharon musste auch im zweiten Stockwerk wie eine Wilde geschuftet haben. Im Schlafzimmer ihrer Großmutter stapelten sich beschriftete Kartons, und nur vor ihrem Zimmer schien ihre Organisationswut haltgemacht zu haben. Papiere, Listen, Notizblätter und Rechnungen lagen in wüstem Durcheinander auf ihrem alten Schreibtisch herum, auf dem Fußboden häuften sich Antiquitätenkataloge, nicht weit davon standen ein Paar alte Turnschuhe, und über einem Stuhl lag achtlos hingeworfen ihr Nachthemd.

Es bestand kein Zweifel daran, dass Sharons Lebensstil ganz erheblich von ihrem Arbeitsstil abwich.

Victor musste plötzlich an die eleganten, ordentlichen Zimmer von Amelia denken. Sie hatte nirgends auch nur die geringste Unordnung geduldet. Sogar ihre zahllosen Cremetöpfe und Parfumflaschen standen in Reih und Glied auf ihrer Schminkkommode. In Sharons Zimmer gab es so ein Möbel nicht, auf dem Schreibtisch standen an persönlichen Dingen nur ein kleines Emailledöschen, ein gerahmtes Foto und ein einziges Parfumfläschchen. Victor betrachtete die Aufnahme. Es war ein Schnappschuss von Sharon als Teenager und einer weißhaarigen alten Frau in sehr aufrechter Haltung.

Das ist also ihre Großmutter, dachte Victor. Die beiden standen im hohen Gras mit dem Rücken zum Bach. Die Großmutter trug ein Hauskleid, das junge Mädchen ein gelbes T-Shirt und abgeschnittene Jeans. Jene Sharon auf dem Bild unterschied sich kaum von der jungen Frau, die draußen gerade die Veranda strich. Zwar trug sie ihr Haar länger, und sie war etwas dünner, aber das vergnügte Lachen war das gleiche. Victor fand sie mit kurzem Haar attraktiver. Es umschmeichelte so hübsch ihr Gesicht.

Unwillkürlich überlegte er, ob Carl wohl dieses Bild aufgenommen hatte. Die Vorstellung missfiel ihm.

Was hat sie nur an ihm gefunden?, fragte er sich, während er anfing, die Zimmer sorgfältig auszumessen. Dieser Dummkopf hätte sie mit Bestimmtheit den Rest ihres Lebens zu bevormunden versucht, dachte Victor weiter, als er wieder nach unten ging.

Victor maß gerade die vordere Veranda aus, als Sharon sich mit zwei Bechern Tee zu ihm gesellte. »Die Veranda sieht schlimm aus, nicht wahr?«, fragte sie vergnügt.

Victor schaute auf. »Es ist ein Wunder, dass sich hier noch niemand ein Bein gebrochen hat«, bemerkte er.

»Sie wird kaum noch benutzt«, erklärte Sharon, während sie geschickt einigen besonders morschen Holzplanken auswich. »Großmutter hat immer nur die Hintertür benutzt, und alle meine Besucher tun das auch.«

»Aber nicht Ihr Freund.«

Sharon warf ihm einen nachsichtigen Blick zu. »Carl würde niemals die Hintertür benutzen, und außerdem ist er nicht mein Freund. Also, was soll ich machen?«

»Ich denke, Sie haben diese Geschichte schon erledigt, und zwar sehr erfolgreich.«

Nachdem sie ihn einen Moment angeschaut hatte, lachte sie. »Ich spreche nicht von Carl, sondern von der Veranda.«

»Reißen Sie das verdammte Ding ab.«

»Oh.« Sharon setzte sich auf die oberste Verandastufe. »Die ganze Veranda? Ich dachte, ich könnte die schlimmsten Planken erneuern und ...«

»Das Ding wird zusammenbrechen, sobald mehr als drei Leute darauf stehen«, unterbrach Victor sie. »Ich verstehe nicht, wie man etwas so vernachlässigen kann.«

»Regen Sie sich doch nicht auf«, meinte Sharon gelassen und hielt ihm den Becher mit Tee hin. »Wie viel wird mich die Sache kosten?«

Victor überschlug im Kopf die Kosten und nannte ihr dann eine Summe. Er sah die Verzweiflung in ihren Augen, bevor sie tief aufseufzte.

»Okay.« Das letzte Fünkchen Hoffnung, die Esszimmergarnitur ihrer Großmutter doch behalten zu können, schwand. »Na gut, wenn es sein muss, dann erledigen wir es besser gleich. Das Wetter kann jeden Tag umschlagen.« Sie brachte ein halbherziges Lächeln zustande. »Ich möchte schließlich nicht, dass mein erster Kunde durch die Verandaplanken fällt.«

»Sharon.« Mit ernstem Gesicht stellte Victor sich vor sie hin. Da sie auf der obersten Treppenstufe saß, befanden sich ihre Gesichter fast auf gleicher Höhe. Ihr Blick war direkt und offen. Trotzdem zögerte Victor einen Moment, bevor er weitersprach. »Wie viel Geld haben Sie?«, fragte er dann rundheraus.

»Es reicht zum Leben.« Und als er sie nur stumm ansah, fügte sie etwas verlegen hinzu: »Gerade so eben. Aber ich werde schon über die Runden kommen, bis mein Geschäft den ersten Gewinn abwirft.«

Wieder zögerte Victor. Er hatte sich vorgenommen, sich nicht in diese Sache hineinziehen zu lassen. Doch jedes Mal, wenn er Sharon sah, verstrickte er sich mehr. »Ich möchte nicht die gleichen Töne anschlagen wie Ihr Freund«, sagte er.

»Dann unterlassen Sie es«, unterbrach Sharon ihn schnell. »Und er ist nicht mein Freund.«

»Okay.« Nachdenklich blickte er in seinen Teebecher. Wie konnte er Geld von einer Frau annehmen, die jeden Cent umdrehen musste? Er trank einen Schluck Tee und überlegte, wie er ihr ausreden konnte, ihm einen Stundenlohn zu zahlen. »Sharon, was mein Gehalt angeht …«

»Oh Victor, ich kann es im Moment nicht erhöhen.« Verzweifelt schaute sie ihn an. »Später, wenn mein Geschäft erst einmal läuft …«

»Nein.« Verlegen und verärgert legte Victor ihr die Hand auf den Arm. »Ich wollte Sie nicht um eine Lohnerhöhung bitten.«

»Aber …« Sie hielt inne. Sharon dachte daran, wie er sie nach dem Kuss in der Küche verlassen hatte, und glaubte, verstanden zu haben, was er meinte. Plötzlich traten ihr Tränen in die Augen. Hastig stellte sie ihren Teebecher ab und stand auf. »Das ist furchtbar nett von Ihnen«, stammelte sie, während sie sich ein paar Schritte von ihm entfernte. »Aber es ist wirklich nicht notwendig. Ich wollte nicht den Eindruck erwecken, dass ich ...« Sie brach ab und blickte abwesend zu den Bergen hinüber.

Im Stillen verfluchte sich Victor. Er ging zu ihr hinüber und legte ihr die Hände auf die Schultern. »Hören Sie, Sharon ...«

»Nein, bitte.« Abrupt drehte sie sich zu ihm um. Noch immer schimmerten ihre Augen feucht. »Es ist sehr lieb von Ihnen, mir das anzubieten.«

»Nein, das ist es nicht«, erwiderte Victor knapp. »Aber Sharon, verstehen Sie denn nicht? Es ist nicht das Geld ...«

»Sie sind wirklich ein sehr netter Mann«, unterbrach sie ihn. Impulsiv schlang sie die Arme um seine Taille und legte ihr Gesicht an seine Brust.

Victor verstrickte sich immer tiefer in das Chaos seiner Gefühle. »Nein, das bin ich nicht«, sagte er leise. Obwohl er sie von sich stoßen und einen Ausweg aus der Situation finden wollte, legte er ihr erneut die Hände auf die Schultern. Und ohne dass er es merkte, spielte er mit ihrem Haar.

Nein, er konnte Sharon nicht wegstoßen. Nicht, wenn sie ihre kleinen festen Brüste an ihn presste und er ihre blonden Locken um seine Finger kringelte. Wie weich ihr Haar war – wie Seide. Das Verlangen nach ihr übermannte ihn. Er barg sein Gesicht in ihrem Haar und flüsterte ihren Namen.

Irgendetwas in seinem Ton, die leise Verzweiflung, die sie herauszuhören glaubte, erweckte Sharons Mitgefühl. Sie spürte seinen Kummer. Sie schmiegte sich enger an Victor, während sie beruhigend seinen Rücken streichelte. Bei dieser Berührung war es um Victors Beherrschung geschehen. Mit einer einzigen schnellen Bewegung bog er ihren Kopf zurück und presste seinen Mund auf ihre Lippen.

Sharon empfand zunächst nur Angst. Doch dann packte auch sie wilde, elementare Leidenschaft, und heftig erwiderte sie seinen Kuss.

Nichts und niemand hatte sie je an diesen Punkt gebracht, sie in jenes wahnsinnige Begehren, jenes unerträgliche Verlangen getrieben. Als er sie zart in die Unterlippe biss, stöhnte sie vor Erregung auf. Nicht eine Sekunde lang war es ihr in den Sinn gekommen, ihn von sich zu weisen. Sie wusste, dass sie zu ihm gehörte.

Seine Erregung brachte ihn fast um den Verstand. Er musste sie berühren, die Geheimnisse ihres zierlichen Körpers erforschen. Stundenlang hatte ihn in der vergangenen Nacht das Verlangen gequält. Jetzt musste er es befriedigen. Ohne von ihrem Mund zu lassen, schob Victor die Hände unter ihr T-Shirt, um ihre Brüste zu streicheln. Er spürte ihren wilden Herzschlag, und sein Begehren steigerte sich.

Hingebend und zugleich voller Angst klammerte sich Sharon an ihn, während sie voller Leidenschaft seinen fordernden Kuss beantwortete. Seine Handfläche fühlte sich hart und schwielig an, und die raue Liebkosung seiner Finger versetzte sie in einen wahren Taumel. Nichts an ihm war weich oder zärtlich. Victors Mund fühlte sich heiß und unnachgiebig an, sein Körper war hart und gespannt. Aufgestauter Zorn und wilde, ungehemmte Leidenschaft gingen von ihm aus und schienen sie herauszufordern, es mit ihm aufzunehmen.

Doch dann ließ er sie so abrupt los, dass Sharon zurücktaumelte und sich an seinem Arm festhalten musste, um nicht das Gleichgewicht zu verlieren.

Victor sah die Leidenschaft in ihren Augen und die Angst. Ihr Mund war rot und geschwollen. Er hatte noch nie eine Frau so hart angefasst. Im Allgemeinen war er ein rücksichtsvoller Liebhaber. Victor trat einen Schritt zurück. »Es tut mir leid«, sagte er steif.

Nervös strich sich Sharon über die Lippen. »Es braucht Ihnen nicht leidzutun«, flüsterte sie.

Einen Moment schaute er sie unverwandt an. »Es wäre aber besser, wenn es uns beiden leidtäte«, sagte er knapp. Er fasste in seine Hosentasche und zog ein Stück Papier hervor. »Hier ist die Materialliste. Geben Sie mir Bescheid, wenn die Lieferung eingetroffen ist.«

»In Ordnung.« Sharon nahm die Liste entgegen. Als er sich zum Gehen wandte, nahm sie all ihren Mut zusammen. »Victor …« Er blieb stehen und drehte sich zu ihr um. »Es tut mir nicht leid«, sagte sie ruhig.

Er gab keine Antwort, sondern ging ums Haus herum und verschwand.

5. Kapitel

Noch nie in ihrem ganzen Leben hatte Sharon so hart gearbeitet wie in den folgenden drei Tagen. Das Gästezimmer und das Esszimmer waren mit Kisten und Kartons vollgestellt, die sie alle beschriftet, nummeriert und verschlossen hatte. Sie putzte das Haus vom Dachboden bis zum Keller, jedes Möbelstück, jeden Gegenstand des Hauses notierte sie systematisch.

Die Dinge zu datieren und mit einem Preis zu versehen kostete sie mehr Anstrengung als die harte körperliche Arbeit. Sie saß bis in die frühen Morgenstunden über ihren Listen und Katalogen und war schon wieder aufgestanden, wenn die ersten Sonnenstrahlen sie weckten. Doch ihre Energie ließ nicht nach. Im Gegenteil. Je näher sie ihrem Ziel kam, desto eifriger stürzte sie sich in die Arbeit.

Sie hatte mit einem Dachdecker und einem Installateur gesprochen und bereits alle Farben und Lacke besorgt. Und heute Nachmittag waren im strömenden Regen die Baumaterialien für die Renovierung geliefert worden. Natürlich rief sie Victor sofort an, und er versprach ihr, am nächsten Morgen mit der Arbeit bei ihr anzufangen.

Jetzt saß Sharon bei einer Tasse Kakao in der Küche, lauschte dem gleichmäßigen Trommeln des Regens und dachte an Victor. Sein Ton war kurz und geschäftsmäßig gewesen. Doch das störte Sharon nicht. Längst hatte sie gemerkt, dass er ein sehr stimmungsabhängiger Mensch war. Sie überlegte, ob er wohl in diesem Moment auch durch die dunkle Fensterscheibe in den Regen hinausschaute.

Sharon musste sich ehrlich eingestehen, dass sie sich sehr zu ihm hingezogen fühlte. Und ihre Reaktion auf seine Berührung, auf seine erregenden Küsse war nicht nur körperlich. Allein schon seine Gesellschaft regte sie an, das stürmische Temperament, das sich hinter seiner Gelassenheit verbarg.

Sie spürte, dass er es nicht ertrug, untätig zu sein. Die Arbeitslosigkeit musste einem Mann wie ihm schrecklich zusetzen.

Sharon machte sich über Victor Banning keine falschen Vorstellungen. Er war ein schwieriger Mann. Auch wenn er nett und humorvoll sein konnte, würde sie es nicht leicht mit ihm haben. Dazu steckten zu viel Verbitterung, zu viele Energien in ihm. Und während sie ihre Liebe zu ihm akzeptierte, war sie doch vernünftig genug, nicht von ihm die gleichen Gefühle zu erwarten.

Er begehrte sie. Dessen war sie sich sicher. Doch er hielt Abstand zu ihr. Und jene Zurückhaltung, jene wohlüberlegte Vorsicht lagen in ständigem Widerstreit mit seiner Leidenschaft.

Nachdenklich trank Sharon ihren Kakao und blickte in den Regen hinaus. Ihr Problem bestand darin, durch die Schranken, die er um sich errichtet hatte, zu ihm vorzudringen. Sie hatte schon einmal geliebt und mit Schmerz und Leere fertigwerden müssen. Sie war bereit, den Schmerz noch einmal zu ertragen, nicht aber die Leere. Eigentlich war alles ganz einfach. Sie wollte Victor Banning für sich gewinnen. Jetzt kam es nur darauf an, sein Begehren in Liebe umzuwandeln. Lächelnd setzte Sharon ihre Tasse ab. Sie hatte ihre Pläne noch immer erfolgreich verwirklicht.

Als die Lichtkegel zweier Scheinwerfer aus dem Dunkeln auftauchten, stand Sharon überrascht auf und ging zur Hintertür, um nachzusehen, wer der unvermutete Besucher war.

Angestrengt spähte sie nach draußen. Dann erkannte sie das Auto. Erfreut riss sie die Haustür auf und beobachtete lachend, wie ihre Freundin Donna mit gesenktem Kopf, den tiefen Pfützen ausweichend, aufs Haus zurannte.

»Hallo!« Lachend trat Sharon zurück, als Donna an ihr vorbei ins Haus stürmte. »Du bist doch nicht etwa nass geworden?«

»Sehr komisch«, erwiderte Donna nachsichtig, während sie ihren Regenmantel auszog und sich ihrer nassen Schuhe entledigte. »Ich habe mir gedacht, dass du dich hier verkriechst. Hier.« Sie reichte Sharon eine Dose Kaffee.

Neugierig betrachtete Sharon die Dose. »Soll das ein Willkommensgeschenk sein oder eine versteckte Andeutung, dass du eine Tasse Kaffee willst?«

»Weder noch.« Donna fuhr sich mit allen zehn Fingern durch das nasse Haar. »Du hast den Kaffee neulich bei mir gekauft und im Laden stehen lassen.«

»Wirklich?« Sharon dachte einen Moment nach und lachte dann. »Oh ja, das stimmt. Vielen Dank. Wer arbeitet denn im Laden, während du deine Kunden belieferst?« Beide gingen in die Küche.

»Dave.« Seufzend ließ sich Donna auf einem Stuhl nieder. »Seine Schwester passt auf Benji auf.« Sie blickte aus dem Fenster. »Dieser Regen hört ja überhaupt nicht mehr auf.« Fröstelnd betrachtete sie Sharons nackte Füße. »Frierst du nicht?«

»Ich wollte eigentlich ein Feuer im Kamin machen. Aber dann war es mir zu viel Arbeit.«

»Du wirst dir die Grippe holen.«

»Der Kakao ist noch warm«, sagte Sharon, während sie einen zweiten Becher vom Regal nahm. »Möchtest du eine Tasse?«

»Ja, bitte.«

Wieder strich Donna sich nervös durchs Haar. Sie schien ihre Hände überhaupt nicht stillhalten zu können. Plötzlich lächelte sie Sharon strahlend an. »Ich muss es dir erzählen. Ich kann es einfach nicht für mich behalten.«

Neugierig blickte Sharon über die Schultern. »Was musst du mir erzählen?«

»Ich erwarte mein zweites Kind.«

»Oh Donna, das ist ja wunderbar!« Sekundenlang spürte Sharon so etwas wie Neid. Doch schnell verdrängte sie dieses Gefühl. Liebevoll umarmte sie die Freundin. »Wann?«

»In sieben Monaten.« Lachend wischte sich Donna die Regentropfen aus dem Gesicht. »Ich bin genauso aufgeregt wie beim ersten Mal. Und Dave auch, obwohl er sich sehr gelassen gibt. Er hat es heute Nachmittag jedem mitgeteilt, der in den Laden kam.«

Wieder umarmte Sharon sie herzlich. »Weißt du überhaupt, was für ein Glück du hast?«

»Ja«, meinte Donna lächelnd. »Ich habe mir den ganzen Tag Namen überlegt. Was hältst du von Charlotte oder Samuel?«

»Sehr ausgefallen.«

Sharon ging zum Herd. Nachdem sie ihnen Kakao eingegossen hatte, kam sie mit den beiden Tassen an den Tisch zurück. »Trinken wir auf die kleine Charlotte oder den kleinen Samuel. Wie viele Kinder willst du eigentlich haben?«

»Immer jeweils nur eins.« Donna tätschelte stolz ihren Bauch.

Sharon musste über diese Geste herzlich lachen. »Daves Schwester passt also auf Benji auf?«, fragte sie. »Geht sie denn nicht mehr zur Schule?«

»Nein, sie hat diesen Sommer ihr Abitur gemacht und sucht sich gerade einen neuen Job. Eigentlich wollte sie schon das College besuchen, aber das Geld reicht nicht, und außerdem arbeitet sie im Moment noch ganztags. Sie wird zunächst höchstens zweimal in der Woche einen Abendkurs besuchen können. Auf diese Art und Weise wird sie eine ganze Weile für ihr Studium brauchen.«

»Hm.«

Nachdenklich blickte Sharon in ihre Tasse. »Wenn ich mich recht erinnere, war Pat ein intelligentes Mädchen.«

»Sehr intelligent und ungewöhnlich hübsch.«

Sharon nickte. »Sag ihr, sie soll einmal bei mir vorbeikommen.«

»Bei dir?«

»Wenn mein Laden erst läuft, brauche ich eine Halbtagshilfe.« Abwesend schaute sie zum Fenster hinaus. »Ich kann im Moment noch nicht viel für sie tun. Aber wenn sie nach einem Monat noch Interesse hat, könnten wir uns vielleicht einigen.«

»Sharon, sie wird begeistert sein. Aber kannst du es dir denn leisten, jemanden einzustellen?«

Energisch warf Sharon den Kopf zurück. »Nach den ersten sechs Monaten werde ich genau wissen, ob ich es schaffe. Mein Laden wird sieben Tage in der Woche geöffnet sein, wobei ich an den Wochenenden mit dem größten Andrang rechne. Falls es mir gelingt, die Touristen herbeizulocken. Zwischen Verkaufen und Buchführung, Bestandsaufnahme und Einkauf bleibt mir nicht viel Zeit für den Laden. Und wenn ich untergehe, dann im großen Stil«, fügte sie etwas theatralisch hinzu.

»Du hast dich noch nie auf halbe Sachen eingelassen. Das ist nicht deine Art«, bemerkte Donna, in deren Stimme Bewunderung, aber auch Besorgnis mitschwang. »Ich hätte schreckliche Angst.«

»Ich mache mir auch ein wenig Sorgen«, gestand Sharon. »Manchmal sehe ich den Laden vor mir, all die Kunden, die an meinen Sachen herumfummeln, die Formulare, die Rechnungen, den Papierkram. Was gibt mir eigentlich die Gewissheit, alles zu schaffen?«

»Solange ich zurückdenken kann, bist du noch immer mit allem fertiggeworden. Wenn jemand Talent hat, so einen Laden aufzuziehen, dann bist du es«, erklärte Donna.

Sharon blickte von ihrer Tasse auf.

»Warum?«

»Weil du hundertprozentig hinter dieser Sache stehst.«

»Und du glaubst, das ist genug?«

»Ja«, sagte Donna ernst.

»Ich hoffe, du hast recht«, meinte Sharon und schüttelte dann energisch ihre Zweifel ab. »Aber jetzt ist es ohnehin zu spät, sich darüber Gedanken zu machen. Also, was gibt es sonst Neues, außer Charlotte oder Samuel?«

Nachdem sie einen Moment gezögert hatte, platzte Donna mit der Nachricht heraus. »Ich habe neulich Carl gesehen.«

»Ach ja?« Sharon hob die Brauen und nippte an ihrem Kakao. »Ich auch.«

Donna strich sich mit der Zungenspitze über die Lippen. »Er schien sehr besorgt zu sein, was deine Pläne angeht.«

»Zwischen besorgt und skeptisch besteht ein großer Unterschied«, wies Sharon sie zurecht, um gleich darauf nachsichtig zu lächeln, als sie sah, dass Donna errötete. »Mach dir keine Gedanken darüber, Donna. Carl hat meine Ideen noch nie gutgeheißen. Ich will dir mal etwas sagen: Je mehr er meine Pläne kritisiert, desto überzeugter bin ich, das Richtige zu tun. Ich glaube, er ist noch in seinem ganzen Leben kein Risiko eingegangen.« Als Sharon bemerkte, dass Donna nervös auf ihrer Unterlippe herumkaute, schwieg sie einen Moment. Prüfend schaute sie die Freundin an. »Okay, was hast du sonst noch auf dem Herzen?«, fragte sie geradeheraus.

»Sharon ...« Verlegen strich Donna mit der Fingerspitze über den Rand ihrer Tasse. »Ich glaube, ich sollte es dir sagen, bevor du es von jemand anderem erfährst. Carl ...«

Sharon wartete geduldig. Als Donna nicht weitersprach, fragte sie neugierig: »Was ist mit Carl?«

Traurig schaute Donna sie an. »Er ist in letzter Zeit häufig mit Laurie Martin zusammen.« Als sie sah, dass Sharon sie ungläubig anschaute, fuhr sie hastig fort: »Es tut mir ja so leid, Sharon. Aber ich war wirklich der Meinung, du solltest es wissen. Ich dachte, es sei einfacher, wenn du es von mir hörst. Ich glaube ... nun, ich fürchte, es ist ernst zwischen den beiden.«

»Laurie ...«

Sharon unterbrach sich und blickte scheinbar fasziniert in ihre Tasse. »Laurie Martin?«, wiederholte sie nach einer Weile.

»Ja«, bestätigte Donna ruhig und blickte verlegen auf die Tischplatte. »Man sagt, sie wollen nächsten Sommer heiraten.« Betrübt wartete sie auf Sharons Reaktion. Als die Freundin plötzlich in lautes Gelächter ausbrach, schaute sie bestürzt auf.

»Laurie Martin!« Sharon schlug mit beiden Händen auf den Tisch, während sie sich vor Lachen bog. »Oh, das ist ja wunderbar! Geradezu perfekt! Oh Gott, was für ein zauberhaftes Paar!«

»Sharon ...«

Donna machte sich ernsthaft Sorgen um die Freundin, deren unkontrolliertes Lachen sie für einen hysterischen Anfall hielt. Verlegen suchte sie nach den richtigen Worten, um sie zu trösten.

»Oh, hätte ich das nur schon früher gewusst! Dann hätte ich ihm gratulieren können.« Sie legte die Stirn auf den Tisch und schüttelte sich vor Lachen.

Jetzt war Donna überzeugt, dass sie ihr das Herz gebrochen hatte. Tröstend legte sie ihr die Hand aufs Haar. »Sharon, du darfst es dir nicht so zu Herzen nehmen.« Ihre Augen füllten sich mit Tränen, während sie liebevoll über Sharons Haar strich. »Carl ist nicht der richtige Mann für dich. Du verdienst einen besseren.«

Erneut brach Sharon in haltloses Gelächter aus. »Laurie! Laurie Martin!«

Außer sich vor Mitgefühl, hob Donna vorsichtig Sharons Gesicht an. »Sharon, ich …« In diesem Moment bemerkte sie voller Erstaunen, dass Sharon nicht so aufgebracht vor Verzweiflung, sondern überaus amüsiert war.

Fassungslos schaute sie Sharon einen Moment in die blitzenden Augen. »Nun«, bemerkte sie dann trocken. »Ich wusste ja gleich, dass du heftig darauf reagieren würdest.«

Sharon prustete vor Lachen. »Ich werde ihnen eine viktorianische Etagere als Hochzeitsgeschenk verehren. Oh Donna, mit dieser Neuigkeit hast du mir wirklich Freude bereitet. Dachtest du tatsächlich, ich würde Carl noch immer nachtrauern?«

»Ich war mir nicht sicher«, gab Donna zu. »Ihr zwei wart so lange zusammen, und ich wusste, wie dich die Trennung mitgenommen hatte. Und danach hast du nie über ihn gesprochen.«

»Ich brauchte Zeit, um darüber hinwegzukommen. Aber meine Wunden sind längst verheilt. Ja, ich habe ihn geliebt, und er hat mich sehr in meinem Stolz verletzt. Aber ich habe es überlebt.«

»Ich hätte ihn umbringen können«, sagte Donna grimmig. »Zwei Wochen vor der Hochzeit!«

»Besser zwei Wochen davor als zwei Monate später«, meinte Sharon gelassen. »Wir wären niemals miteinander ausgekommen. Aber Carl und Laurie Martin …«

Diesmal brachen beide in Gelächter aus.

»Weißt du, Sharon«, sagte Donna plötzlich ernüchtert, »viele Leute im Ort glauben, dass du noch immer an Carl hängst.«

Gleichgültig zuckte Sharon die Schultern. »Ich habe keinen Einfluss darauf, was die Leute denken. Über kurz oder lang werden sie ein interessanteres Gesprächsthema finden. Ich habe im Moment ganz andere Dinge im Kopf.«

»Das habe ich mir gedacht, als ich das Zeug sah, das du auf der Veranda abgeladen hast. Was ist unter der Segeltuchplane?«

»Bauholz.«

»Und was hast du damit vor?«

»Nichts. Victor Banning hat etwas damit vor. Willst du noch eine Tasse Kakao?«

»Victor Banning!« Fasziniert beugte Donna sich vor. »Erzähl mir mehr darüber.«

»Da gibt es nicht viel zu erzählen. Willst du nun Kakao oder nicht?«

»Was? Nein danke«, meinte sie ungeduldig. »Sharon, was macht Victor Banning mit deinem Bauholz?«

»Er erledigt die Schreinerarbeiten.«

»Wieso?«

»Weil ich ihn eingestellt habe.«

»Aber warum denn?«

Sharon musste mit Mühe ein Lachen unterdrücken. »Schau, Donna«, sagte sie geduldig. »Er ist Schreiner, er ist sehr talentiert, und er hat keine Arbeit. Und ich brauche jemanden, der für einen niedrigen Lohn arbeitet.«

»Was hast du über ihn herausgefunden?« Donna war wie immer scharf auf Neuigkeiten.

»Nicht viel. Eigentlich gar nichts. Er spricht ja kaum.«

Donna verzog das Gesicht und meinte dann: »Das habe ich auch schon gemerkt.«

Sharon lächelte daraufhin nur. »Manchmal ist er sogar richtig unhöflich«, sagte sie dann. »Er ist sehr stolz und kann hinreißend lächeln. Leider tut er es viel zu selten. Und er hat starke Hände«, fügte sie leise hinzu. »Ich weiß, dass sich unter der rauen Schale ein liebevoller Mann verbirgt, und ich glaube, er kann auch über sich selbst lachen. Er hat es nur verlernt. Er ist ein harter Arbeiter. Wenn der Wind aus der Richtung seines Hauses weht, kann ich ihn den ganzen Tag hämmern und sägen hören.«

Sharon blickte aus dem Fenster in die Richtung seines Hauses. »Und ich liebe ihn.«

Donna hielt den Atem an. »Was?«, rief sie fassungslos.

»Ich liebe ihn«, wiederholte Sharon und lächelte sie amüsiert an. »Soll ich dir ein Glas Wasser bringen?«

Es verging eine Minute, während der Donna sie nur bestürzt ansah. Sharon macht Witze, dachte sie. Doch an dem Gesichtsausdruck der Freundin sah sie, dass Sharon es ernst meinte. Sie hielt es für ihre Pflicht als verheiratete Frau mit demnächst zwei Kindern, auf die Gefahren einer solchen Schwärmerei hinzuweisen.

»Sharon«, fing sie in geduldig-mütterlichem Ton an. »Du kennst doch den Mann kaum. Wie kannst du …«

»Ich wusste es in der Minute, in der ich ihn zum ersten Mal in deinem Laden sah«, unterbrach Sharon sie ruhig. »Ich werde ihn heiraten.«

»Ihn heiraten!«, rief Donna fassungslos. »Hat … hat er dir denn einen Heiratsantrag gemacht?«

Geduldig stand Sharon auf, um Donna ein Glas Wasser zu bringen. »Nein, natürlich nicht«, meinte sie lachend, während sie ihr das Glas reichte. »Er ist mir doch gerade erst begegnet.«

Donna gab sich ehrlich Mühe, dieser Logik zu folgen. Sie schloss die Augen und versuchte, sich auf die Worte der

Freundin zu konzentrieren. »Ich bin verwirrt«, gestand sie schließlich.

»Ich habe gesagt, ich werde ihn heiraten«, erklärte Sharon, während sie sich wieder an den Tisch setzte. »Aber das weiß er noch nicht. Erst muss er sich in mich verlieben.«

Donna schob das Wasserglas beiseite. Streng schaute sie Sharon an. »Du bist überanstrengt, Sharon«, bemerkte sie.

»Ich habe eingehend darüber nachgedacht«, fuhr Sharon fort, die Donnas Bemerkung ignorierte. »Hätte ich mich wohl auf den ersten Blick in ihn verliebt, wenn er nicht der richtige Mann für mich wäre? Er muss der Richtige sein, und deshalb wird er sich früher oder später auch in mich verlieben.«

»Und wie willst du das erreichen?«, erkundigte sich Donna.

»Oh, ich kann ihn natürlich nicht dazu bringen«, erklärte Sharon höchst vernünftig. Ihre Stimme klang heiter und zuversichtlich. »Er muss sich ebenso in mich verlieben, wie ich mich in ihn verliebt habe … wenn der richtige Zeitpunkt für ihn gekommen ist.«

»Du hattest schon immer die verrücktesten Ideen, Sharon Abbott. Aber das ist der Gipfel.« Donna verschränkte die Arme vor der Brust. »Da hast du dir also in den Kopf gesetzt, einen Mann zu heiraten, den du kaum eine Woche kennst und der noch gar nichts von seinem Glück weiß. Und in der Zwischenzeit willst du geduldig hier sitzen und darauf warten, dass er irgendwann auf die gleiche verrückte Idee kommt wie du.«

Sharon dachte einen Moment über diese Zusammenfassung ihrer Situation nach. »Ja«, sagte sie schließlich und nickte zustimmend. »So könnte man es ausdrücken.«

»Das ist die lächerlichste Geschichte, die mir je zu Ohren gekommen ist«, erklärte Donna. Plötzlich fing sie an zu lachen. »Und wie ich dich kenne, wirst du dein Ziel wahrscheinlich auch erreichen.«

»Ich rechne fest damit.«

Donna beugte sich vor und nahm Sharons Hände. »Warum liebst du ihn, Sharon?«

»Ich weiß es nicht«, antwortete Sharon aufrichtig. »Das ist ein weiterer Grund, weshalb ich sicher bin, dass er der richtige Mann ist. Ich weiß nichts von ihm, außer dass ich gern mit ihm zusammen bin. Er wird mich verletzen und mir viel Kummer bereiten.«

»Aber warum ...?«

»Doch er wird mich auch zum Lachen bringen«, unterbrach Sharon sie. »Und mich wütend machen.« Sie lächelte, aber ihre Augen blickten ernst. »Ich glaube nicht, dass er mir jemals das Gefühl der Unzulänglichkeit vermittelt. Wenn ich mit ihm zusammen bin, weiß ich einfach, dass es zwischen uns stimmt. Und das genügt mir.«

Donna nickte. Dann drückte sie herzlich Sharons Hände. »Du bist die liebenswerteste Person, die ich kenne, Sharon, und die vertrauensvollste. Das sind wunderbare Charakterzüge. Aber sie sind auch gefährlich. Wenn ich nur mehr über ihn wüsste«, fügte sie leise hinzu.

»Er hat Geheimnisse«, sagte Sharon nachdenklich. »Aber bis er bereit ist, sie mir anzuvertrauen, soll er sie für sich behalten.«

»Sharon, bitte sei vorsichtig«, sagte Donna eindringlich.

Sharon lächelte zuversichtlich. »Aber natürlich, Donna. Mach dir keine Sorgen. Vielleicht bin ich vertrauensseliger als die meisten Menschen, aber ich kann mich auch wehren. Er ist kein einfacher Mensch, Donna, aber ein guter Mensch. Das weiß ich mit Sicherheit.«

»Gott sei Dank«, sagte Donna aufatmend. Im Stillen nahm sie sich vor, ein wachsames Auge auf diesen Victor Banning zu haben.

Lange nachdem Donna gegangen war, saß Sharon noch in ihrer Küche. Noch immer trommelte der Regen gegen die Fensterscheibe. Sie konnte sich nur zu gut vorstellen, wie ihre Worte in Donnas Ohren geklungen hatten. Trotzdem war sie erleichtert, sich mit der Freundin ausgesprochen zu haben.

Langsam stand sie vom Küchentisch auf, knipste das Licht aus und ging durch das dunkle Haus. Sie kannte jede Ecke, jede knarrende Diele. Es war ihr lieb und vertraut. Wenn sie doch auch Victor so gut kennen würde. Aber sie wusste nichts von ihm. Er war ihr fremd, und er beunruhigte sie. Trotzdem liebte sie ihn.

Wäre es eine stille, zärtliche Liebe gewesen, hätte Sharon ihre Gefühle viel leichter akzeptieren können. Aber an dem Sturm, der in ihr tobte, war nichts still und beschaulich.

Trotz ihrer Energie und ihrer Abenteuerlust war Sharon ein Naturkind, das in einer ruhigen, friedlichen Umgebung aufgewachsen war, wo die höchsten Vergnügungen in einem Waldspaziergang oder einer Fahrt auf dem Traktor des Bauern bestanden.

Sich so plötzlich in einen Fremden zu verlieben mochte romantisch klingen. Aber wenn es einem wirklich passierte, dann war es ganz einfach beängstigend.

Wieso bildete sie sich eigentlich ein, dass Victor eines Tages ihre Liebe mit Gegenliebe belohnen würde? Woher nahm sie diese Zuversicht? Sharon ging in ihr Zimmer, knipste das Licht an und stellte sich vor den Spiegel. War sie schön? Verführerisch? Aufmerksam betrachtete sie ihr Gesicht. Sie sah die lustigen Sommersprossen, die großen dunklen Augen und die blonden Locken. Sie sah nicht die faszinierende Vitalität, die samtene Haut und den überraschend sinnlichen Mund.

Ist das ein Gesicht, das einen Mann in Verzückung versetzen kann?, fragte sie sich. Der Gedanke belustigte sie dermaßen, dass sie ihrem Spiegelbild amüsiert zulachte. Nein, sie besaß nicht das Aussehen einer Verführerin. Aber sie wollte auch keinen Mann, dem ein schönes Gesicht wichtiger war als die Persönlichkeit, die sich dahinter verbarg. Was sie zu geben vermochte, war wertvoller als eine tolle Figur oder ein ebenmäßiges Gesicht: sich selbst und ihre Liebe.

Noch einmal lächelte sie ihrem Spiegelbild zu. Dann zog sie sich aus, um ins Bett zu gehen. Sie hatte in der Liebe schon immer das größte Abenteuer gesehen.

6. Kapitel

Schwaches Sonnenlicht drang durch die dicke Wolkendecke. Der Bach neben Sharons Haus war von den heftigen Regenfällen angeschwollen, sodass aus dem sonst friedlich plätschernden Rinnsal ein Wasserfall geworden war, der zischend und schäumend an Sharons Haus vorbeistürzte.

Für Sharon hatte der Morgen mit einer unangenehmen Überraschung begonnen. Am Tag zuvor hatte sie ihr Auto aus der engen Einfahrt ihres Hauses gefahren, damit der Lastwagen, der das Holz lieferte, bis an die Veranda heranfahren konnte. Sie hatte ihren Wagen auf einem kleinen ehemaligen Gemüsebeet abgestellt und über ihrer Arbeit dann völlig vergessen, ihn an seinem Platz zu parken. Jetzt war er tief im Matsch eingesunken und widersetzte sich all ihren Bemühungen, ihn wieder flottzumachen.

Sharon versuchte es behutsam, mit ganz wenig Gas, im ersten und im Rückwärtsgang, sie versuchte es mit Vollgas. Das Auto rührte sich nicht vom Fleck.

Wütend stieg sie aus, wobei sie knöcheltief im Matsch versank. Zornig starrte sie die Reifen an. Schließlich versetzte sie dem Hinterreifen einen heftigen Fußtritt.

»Das nützt ganz bestimmt nichts«, bemerkte Victor, der schon eine geraume Weile ihre vergeblichen Bemühungen mit einer Mischung aus Belustigung und milder Verzweiflung beobachtete. Er freute sich, sie wiederzusehen.

Unzählige Male hatte er in den letzten Tagen an sie gedacht, obwohl er sich dagegen gewehrt hatte.

Die Hände in die Hüften gestemmt, drehte sich Sharon

ungeduldig zu ihm um. Das Missgeschick mit dem Auto war schlimm genug. Das Letzte, was sie jetzt gebrauchen konnte, war ein ungebetener Zuschauer. »Warum haben Sie mir nicht gesagt, dass Sie hier sind?«, fragte sie gereizt.

»Sie waren beschäftigt«, erklärte er mit einem vielsagenden Blick auf ihr Auto.

Sie schaute ihn kühl an. »Jetzt erzählen Sie mir wohl gleich, dass Sie eine bessere Idee haben.«

»Sicher, einige sogar«, stimmte er zu, während er über den Rasen auf sie zukam.

Ihre Stiefel waren matschverschmiert, und die Jeans, die sie über die Waden hochgerollt hatte, sahen kaum besser aus. Sharons Gesichtsausdruck verhieß nichts Gutes.

Ein vorsichtiger Mann hätte sich davor gehütet, einen Kommentar zur Lage abzugeben.

»Wer hat das Auto denn in diesem Dreckloch abgestellt?«, wollte Victor wissen.

»Ich habe es in diesem Dreckloch abgestellt.« Erneut versetzte sie dem Reifen einen Fußtritt. »Und es war kein Dreckloch, als ich gestern hier parkte.«

Er hob die Brauen. »Ist Ihnen entgangen, dass es die ganze Nacht geregnet hat?«

»Oh, lassen Sie mich in Ruhe!« Heftig stieß Sharon ihn zur Seite und stieg wieder ins Auto.

Sie ließ den Motor an, legte den ersten Gang ein und trat das Gaspedal durch. Der Matsch spritzte hoch auf. Und ihr Auto versank noch tiefer im Dreck.

Sekundenlang hieb Sharon hilflos auf das Lenkrad ein. Am liebsten hätte sie Victor erklärt, dass sie auf seine Hilfe verzichten konnte. Nichts machte sie wütender als ein schadenfroher, überlegener Mensch – besonders in so einer Situation. Sie holte tief Luft und stieg wieder aus, um Victors amüsiertem Grinsen mit eisiger Miene zu begegnen.

»Was ist Ihre erste Idee?«, fragte sie kühl.

»Haben Sie zwei Bretter?«

Sharon ärgerte sich furchtbar, dass sie nicht selbst daran gedacht hatte. Zornig stapfte sie zu dem Geräteschuppen, wo sie zwei lange dünne Bretter zutage förderte.

Kommentarlos nahm Victor sie ihr aus der Hand und schob sie dicht an die Vorderreifen heran. Währenddessen verschränkte Sharon die Arme vor der Brust, klopfte mit ihrer matschigen Stiefelspitze auf den Boden und beobachtete ihn.

»Ich hatte auch gerade daran gedacht«, bemerkte sie.

»Vielleicht«, entgegnete er. »Aber es hätte Ihnen nicht viel genutzt. Die Hinterreifen sitzen nämlich hoffnungslos fest.«

»So?«, sagte sie nur.

Es zuckte verräterisch um seine Mundwinkel, doch er verkniff sich das Lachen. »Steigen Sie wieder ein«, befahl er. »Ich werde schieben. Aber bitte gehen Sie diesmal vorsichtig mit dem Gaspedal um. Lassen Sie die Kupplung langsam kommen.«

»Ich weiß, wie man Auto fährt«, schleuderte sie ihm zornig entgegen. Sie stieg ein und schlug die Tür hinter sich zu. Sie schaute in den Rückspiegel, um darauf zu warten, dass er ihr ein Zeichen gab. Als er nickte, ließ sie vorsichtig die Kupplung kommen und trat behutsam aufs Gaspedal.

Langsam fassten die Vorderreifen Halt auf den Brettern. Die Hinterreifen drehten durch, steckten erneut fest, und dann bewegten sie sich wieder ein wenig.

Sharon gab langsam und gleichmäßig Gas. Es war beschämend, absolut beschämend, dass er sie so einfach aus dem Schlamm schob.

»Ein bisschen mehr Gas!«, rief Victor. »Aber behutsam!«

»Was?« Sharon hatte ihn nicht verstanden. Sie kurbelte das Fenster herunter und steckte den Kopf hinaus. Dabei trat sie versehentlich voll aufs Gaspedal.

Mit einem Satz schoss der Wagen aus dem Matsch. Sharon schrie erschrocken auf und machte dann eine Vollbremsung.

Sekundenlang schloss Sharon die Augen und erwog ernstlich die Möglichkeit, einfach davonzulaufen. Sie wagte nicht, in den Rückspiegel zu schauen. Endlich nahm sie ihren Mut zusammen und stieg aus.

Victor kniete im Matsch. Er war von oben bis unten mit Dreck bespritzt und kochte vor Wut. »Was haben Sie sich denn dabei gedacht? Ich habe Ihnen doch gesagt, Sie sollen behutsam mit dem Gaspedal umgehen!«, schrie er, bevor Sharon auch nur irgendetwas sagen konnte.

Damit war er noch lange nicht fertig. Er ließ eine Reihe von Verwünschungen los, die Sharon aber schon gar nicht mehr mitbekam. Sie unterdrückte einen Lachanfall und gab sich wirklich die größte Mühe, ernst und schuldbewusst dreinzuschauen.

Weil sie ahnte, dass es ebenso unklug wie sinnlos war, seine Schimpfkanonade mit Entschuldigungen zu unterbrechen, presste sie die Lippen zusammen, wobei sie sich wiederholt auf die Unterlippe beißen und krampfhaft schlucken musste, doch sein dreckverschmiertes Gesicht reizte sie erst recht zum Lachen.

Schnell blickte Sharon auf ihre Schuhspitzen und hoffte inständig, dass er dies als reuige Geste deuten möge.

»Ich möchte wissen, wer Ihnen erzählt hat, Sie könnten Auto fahren«, fuhr Victor fort. »Und welcher denkende Mensch würde sein Auto in einem Sumpf abstellen?«

»Das war der Gemüsegarten meiner Großmutter«, brachte Sharon hervor. »Aber Sie haben recht, völlig recht. Es tut mir leid, wirklich ...« Hier brach sie ab, weil sie sonst laut herausgeplatzt wäre vor Lachen. Sie räusperte sich umständlich, bevor sie weitersprach. »Entschuldigen Sie, Victor. Das war sehr …« Sharon musste den Blick abwenden, um nicht doch noch die Beherrschung zu verlieren, »… sehr rücksichtslos von mir.«

»Rücksichtslos?«

»Dumm«, verbesserte sie schnell, um ihn damit vielleicht zu beruhigen. »Schrecklich dumm. Es tut mir wirklich leid.« Hilflos hielt sie beide Hände vor den Mund. Aber das Kichern ließ sich nicht mehr zurückhalten. »Ehrlich, es tut mir leid«, beteuerte sie. Als er sie nur böse anstarrte, gab sie auf. Wieder guckte sie nach unten, um ihr Gesicht vor ihm zu verbergen. Die Anstrengung, die es sie kostete, das Lachen zurückzuhalten, machte sie fast schwindlig. »Wirklich«, beteuerte sie und brach dann endlich in erneutes Lachen aus.

»Wenn Sie die Situation so komisch finden …«, sagte Victor grimmig und packte sie bei der Hand. Sekunden später saß sie neben ihm im Schlamm und hielt sich vor Lachen die Seiten.

»Ich habe mich noch gar nicht dafür bedankt, dass Sie mir geholfen haben«, brachte sie unter haltlosem Gelächter hervor.

»Keine Ursache.« Die meisten Frauen würden mit einem Wutanfall auf ein unfreiwilliges Bad im Schlamm reagieren, dachte er. Doch Sharon lachte genauso vergnügt über sich selbst, wie sie vorhin über ihn gelacht hatte. Da konnte auch er nicht länger ernst bleiben. Sein amüsiertes Lächeln kam völlig unerwartet für Sharon. »Freche Göre«, sagte er lachend.

»Oh nein, ich bin nicht frech, wirklich nicht. Ich habe nur diese schreckliche Angewohnheit, immer im falschen Moment zu lachen. Und es tut mir ehrlich leid.« Die letzten Worte gingen schon wieder in einer Lachsalve unter.

»Das sehe ich.«

»Sie haben doch kaum etwas abbekommen.« Mit diesen Worten nahm sie eine Handvoll Matsch und schmierte sie über seine Wange. »Jetzt sehen Sie schon viel besser aus«, kicherte sie.

»Dann will ich Sie auch etwas verschönern«, gab Victor zurück und wischte seine matschigen Hände an ihrem Gesicht ab. Bei dem Versuch, ihm auszuweichen, verlor Sharon die Balance und lag der Länge nach im Dreck. Vergnügt stimmte sie in Victors Gelächter ein. »Jetzt sehen Sie wirklich gut aus«, meinte er. Im selben Moment sah er den Matschklumpen, den sie in der Hand hielt. »Oh nein, das werden Sie nicht tun!«

Mit einem kühnen Sprung wollte er vorwärtshechten. Doch Sharon machte eine kleine Drehung, versperrte ihm den Weg, und schon landete er halb auf der Brust, halb auf der Seite erneut im Schlamm. Er richtete sich auf und blickte sie finster an.

»Stadtjunge«, sagte sie spöttisch. »Wahrscheinlich haben Sie noch nie in Ihrem Leben einen Schlammkampf ausgetragen.« Sharon war viel zu befriedigt über ihr Manöver, um zu bemerken, was auf sie zukam.

Blitzschnell rollte sich Victor herum, packte sie bei den Schultern, drehte sie auf den Bauch und hielt mit einer Hand ihren Kopf fest. Mit weit aufgerissenen Augen starrte Sharon in den Schlamm wenige Zentimeter vor ihrer Nase.

»Oh Victor, das können Sie doch nicht tun!« Auch jetzt kicherte sie noch haltlos vor sich hin, während sie seinem Griff zu entkommen versuchte.

»Nein?« Er drückte ihr Gesicht ein Stückchen tiefer.

»Victor!« Obwohl sie glitschig wie ein Aal war, hielt er sie eisern fest. Als sich die Entfernung zwischen ihrer Nase und dem Schlamm stetig verringerte, schloss Sharon die Augen und hielt den Atem an.

»Geben Sie auf?«, fragte er.

Vorsichtig öffnete Sharon ein Auge. Hin- und hergerissen zwischen dem Wunsch, ihn zu besiegen, und der Angst, mit der Nase im Schlamm zu landen, zögerte sie einen Moment. Sie zweifelte nicht daran, dass er es tun würde. »Ich gebe auf«, erklärte sie widerstrebend.

Sofort drehte Victor sie herum, sodass Sharon auf seinem Schoß zu liegen kam. »Stadtjunge, was?«

»Sie hätten nicht gewonnen, wenn ich nicht dermaßen aus der Übung gewesen wäre«, verteidigte Sharon sich. »Das war nichts als Anfängerglück.«

Sie lächelte ihn spöttisch an. Auf ihrem Gesicht sah er die Schlammspuren seiner Finger, die zierlichen Hände, die sich gegen seine Brust stemmten, waren matschverschmiert. Sein Griff in ihrem Nacken ließ nach und wurde ganz allmählich zu einer sanften Liebkosung. Mit der anderen Hand streichelte er abwesend ihren Oberschenkel, während er seinen Blick auf ihren Mund heftete. Langsam, ohne sich dessen so richtig bewusst zu sein, zog er sie an sich.

Sharon entging die Veränderung, die in ihm vorging, nicht. Plötzlich hatte sie Angst. Konnte sie sich überhaupt gegen ihn wehren, jetzt, wo sie wusste, dass sie ihn liebte? Es ging alles viel zu schnell. Vor lauter Herzklopfen konnte sie kaum atmen. Hastig machte sie sich von ihm los und sprang auf.

»Ich wette, dass ich vor Ihnen am Bach bin!«, rief sie und lief davon.

Während er ihr nachschaute, versuchte Victor, sich ihre plötzliche Flucht zu erklären. Und komischerweise konnte er auch sein eigenes Verhalten nicht mehr deuten. Nie hätte er geglaubt, einem Ringkampf im Schlamm etwas abgewinnen zu können oder eine Frau wie Sharon Abbott anziehend oder begehrenswert zu finden. Nachdenklich stand er auf und ging ums Haus, um sie zu suchen.

Sharon hatte ihre Stiefel ausgezogen und stand bis zu den Knien im schäumenden Wasser. »Es ist eiskalt!«, rief sie, während sie langsam bis zur Taille hineinwatete. »Wenn es ein bisschen wärmer wäre, könnten wir zu Molly's Hole hinunterlaufen und ein wenig schwimmen.«

»Molly's Hole?« Victor saß im Gras und zog sich die Stiefel aus. Dabei ließ er Sharon nicht aus den Augen.

»Es liegt gleich hinter dieser Biegung.« Sie deutete in die Richtung, wo sich die Hauptstraße befand. »Es ist wie ein kleiner See. Fischen kann man dort auch.«

Fröstelnd rieb sie sich den Schlamm von der Bluse. »Wie gut, dass es geregnet hat. So führt der Bach wenigstens genug Wasser. Sonst könnten wir uns jetzt nicht waschen.«

»Wenn es nicht geregnet hätte, wäre Ihr Wagen auch nicht im Matsch stecken geblieben.«

Sharon lächelte ihn verschmitzt an. »Darum geht es ja im Moment nicht.« Sie beobachtete, wie er ins Wasser watete. »Kalt, nicht wahr?«, erkundigte sie sich arglos, als er unwillkürlich zusammenzuckte.

»Ich hätte Ihrem Gesicht vielleicht doch eine Schlammpackung verpassen sollen«, bemerkte er. Er zog sich das Hemd aus und warf es ans Ufer. Dann wusch er sich Arme und Hände.

»Dann hätten Sie jetzt ein schlechtes Gewissen«, erwiderte Sharon, während sie sich energisch das Gesicht abrieb.

»Nein, das hätte ich nicht.«

Sharon blickte auf und lachte ihn fröhlich an. »Ich mag Sie, Victor. Meine Großmutter hätte Sie einen Lumpen genannt.«

Er hob die Brauen. »Ist das ein Kompliment?«

»Ihr höchstes.« Mit wahrer Hingabe versuchte sie, ihre Jeans zu reinigen. Sie klebte ihr an den Beinen, während unter der nassen Bluse nichts von ihren kleinen Brüsten verborgen blieb. Über ihrem fröhlichen Geplauder fiel ihr gar nicht auf, dass sie ebenso gut nackt hätte dastehen können. »Sie mochte Lumpen«, fuhr sie fort. »Deshalb hat sie wohl auch nie die Geduld mit mir verloren. Ich habe ununterbrochen Streiche ausgeheckt.«

»Was für welche?« Victor hatte sich längst abgewaschen. Trotzdem blieb er im kalten Wasser stehen, um sie anzuschauen. Ihre Figur war bezaubernd. Er konnte nicht verstehen, wieso ihm das bisher entgangen war. Sie besaß kleine runde Brüste, eine Wespentaille, schmale Hüften und schlanke Oberschenkel.

»Ich möchte ja nicht angeben. Aber ich kann Ihnen noch immer zeigen, wo man die besten Äpfel klauen kann.« Heftig rieb sie sich den Schlamm vom Blusenärmel. »Und am liebsten bin ich auf Mr. Poffenburgers Milchkühen geritten.« Sie watete zu ihm hinüber. »Ihr Gesicht ist ja noch gar nicht richtig sauber.«

Sharon schöpfte mit der Hand etwas Wasser und fing an, sein Gesicht zu säubern. »Ich habe mir an jedem Zaun im Umkreis von drei Meilen die Hosen aufgerissen«, fuhr sie fort. »Großmutter hat sie immer wieder zusammengeflickt und sich dabei bitter darüber beschwert, dass ich so ein Rowdy sei.«

Mit der einen Hand wischte sie sorgfältig die letzten Schlammspuren aus Victors Gesicht, während sie sich mit der anderen an seiner nackten Brust abstützte. Victor stand ganz still da und beobachtete sie.

»›Die kleine Abbott‹, pflegten die Leute immer zu sagen. Jetzt muss ich sie davon überzeugen, dass ich ein ehrenwertes Mitglied ihrer Dorfgemeinschaft geworden bin, damit sie vergessen, dass ich ihre Äpfel geklaut habe, und nun meine Antiquitäten kaufen. So, jetzt sehen Sie wieder ordentlich aus.« Befriedigt ließ sie ihre Hand sinken. Doch im nächsten Moment hatte Victor sie in seine Arme genommen. Sie wandte den Blick nicht von seinem Gesicht. Plötzlich wurde Sharon sehr still.

Ohne etwas zu sagen, wusch Victor ihr die Schlammspritzer aus dem Gesicht. Mit den Fingern beschrieb er langsame kreisende Bewegungen. Dabei schaute er ihr unverwandt in die Augen. Obwohl sich seine Handfläche rau anfühlte, war seine Berührung zart. Sharon hatte die Lippen ein wenig geöffnet. Sie zitterten. Victor empfand so etwas wie Neugier, als er mit dem nassen Finger ihre weichen Umrisse nachfuhr.

Er spürte das Zittern, das Sharon durchlief. Immer noch langsam, immer noch forschend strich er mit der Fingerspitze über die Innenseite ihrer Unterlippe. Die Sonne kam für kurze Zeit hinter den Wolken hervor. Victor beobachtete das Spiel von Licht und Schatten auf Sharons Gesicht. Dann wurde es wieder trübe.

»Diesmal wirst du mir nicht davonrennen, Sharon«, flüsterte er.

Die vertrauliche Anrede überraschte sie. Doch sie sagte nichts. Sie wagte nicht zu sprechen. Nachdem er die weiche Haut ihres Mundes erforscht hatte, strich er mit der Fingerspitze zart über ihr Kinn, um schließlich den Finger auf die heftig pochende Stelle an ihrem Hals zu legen. Dort verweilte er einen Moment, als wolle er ihre Reaktion auf ihn abschätzen. Schließlich wanderte er mit der Hand noch tiefer, um ihre Brust zu umfassen, die sich unter der nassen Bluse deutlich abzeichnete.

Sharon wurde ganz heiß, obwohl Kälteschauer sie gleichermaßen überrannen und ihre Haut kalt vom eisigen Wasser war. Victor sah alle Farbe aus ihrem Gesicht weichen, während ihre Augen groß und unglaublich dunkel wurden. Aber sie entzog sich nicht seiner Berührung. Er hörte, wie sie kräftig einatmete und dann langsam und unsicher ausatmete.

»Hast du Angst vor mir?«, fragte er leise und legte seine Hand in ihren Nacken.

»Nein«, flüsterte sie. »Vor mir.«

Verwirrt runzelte Victor die Stirn. Dabei wirkte sein Gesicht sekundenlang hart, fast grimmig. Doch in seinen Augen lag nicht die übliche Kälte.

Unzählige Fragen standen darin, und Misstrauen. Durchdringend blickte er sie an.

Trotzdem hatte Sharon keine Angst vor ihm. Sie fürchtete nur ihre eigenen Bedürfnisse und Sehnsüchte, die sie in diesem Moment zu überwältigen drohten.

»Das ist eine seltsame Antwort, Sharon«, sagte er nachdenklich. »Du bist überhaupt eine seltsame Frau.« Er streichelte ihren Nacken, während er in ihrem Gesicht nach Antworten forschte. »Erregst du mich deshalb so sehr?«

»Ich weiß es nicht«, sagte Sharon, der plötzlich das Atmen schwerfiel. »Und ich will es auch nicht wissen. Ich will einfach nur, dass du mich küsst.«

Er beugte sich zu ihr hinab, um mit den Lippen behutsam ihren Mund zu berühren. »Wenn ich nur wüsste, warum ich nicht aufhören kann, an dich zu denken«, flüsterte er. »Ist es der Geschmack deiner Lippen?« Vorsichtig fuhr er mit der Zunge über die volle Unterlippe. »Dein Mund schmeckt nach Regen und dann wieder süß wie Honig.« Langsam strich er mit der Zunge über ihre Lippen. »Ist es deine Haut, die sich anfühlt wie die Unterseite eines Blütenblattes?« Er streichelte ihre Arme und zog sie dabei immer näher an sich.

»Warum musst du den Grund wissen?«, fragte sie mit leiser, unsicherer Stimme. »Nur auf deine Gefühle kommt es an. Küss mich, Victor, bitte küss mich.«

»Du riechst nach Regen«, flüsterte er. Er wollte ihr widerstehen, doch er wusste, dass er es nicht schaffen würde. »Du bist so unkompliziert, so ehrlich. Wenn ich in deine Augen schaue, sehe ich nicht eine einzige Lüge darin. Oder täusche ich mich?«

Bevor sie ihm noch antworten konnte, verschloss er ihren Mund mit einem Kuss. Sharon wurde von einem Schwindelgefühl erfasst. Seine Lippen waren hart, seine Zunge forschend und fordernd. Aus dem Zorn, den sie zuvor in ihm gespürt hatte, war verzehrende Leidenschaft geworden.

Sein Hunger, sein elementares Begehren überwältigten sie. Sie fühlte nicht mehr die Kälte des Wassers. Nur die Wärme seiner Hand, die unablässig über ihren Rücken strich.

Mit den Lippen erforschte er jeden Zentimeter ihres Gesichts. Immer wieder kehrte er jedoch zu ihrem vollen Mund zurück. Victor spürte, dass in ihrem geschmeidigen Körper, hinter ihrer spontanen Bereitwilligkeit eine Leidenschaft schlummerte, die sich an seiner messen konnte, und eine Stärke, deren Ausmaß er nur erahnte.

Er hätte sie jetzt nehmen können, hier, am Ufer des Baches auf dem regennassen Gras. Ihre Lippen waren warm und feucht, und er konnte sich nur zu gut vorstellen, wie es sein würde, sie zu lieben. Sie begehrte ihn ebenso wie er sie. Sie würden einander nichts vorspielen.

Sharon presste ihre Brüste an seinen nackten Oberkörper. Victor glaubte, ihre Sehnsucht zu spüren – oder war es sein eigenes Begehren? Es tobte in ihm, raubte ihm fast den Verstand, bis nur noch Sharon das Ziel seiner Wünsche war. Ihr Mund war so fordernd. Und er hielt seinen wilden, ungestümen Küssen stand, erwiderte sie sogar mit dem gleichen Hunger. Immer tiefer zog sie ihn in ihren Bann. Wenn er sie jetzt nahm, dann war er verloren. Das ahnte er – und das Risiko konnte er noch nicht eingehen.

Als er sie behutsam von sich schob, ließ Sharon den Kopf auf seine Brust sinken. Die Geste hatte etwas rührend Hilfloses, obwohl ihre Arme, die um seine Taille lagen, stark waren. Der Gegensatz erregte ihn. Ebenso das wilde Klopfen ihres Herzens. Eine ganze Weile blieben sie so stehen, während das kalte Wasser um ihre Beine wirbelte und das diesige Sonnenlicht durch die Baumkronen drang.

Sharon fröstelte. Erst jetzt fiel ihm ein, dass sie völlig durchgefroren sein musste. Das brachte ihn mit einem Schlag in die Realität zurück. Abrupt ließ er sie los.

»Komm«, sagte er leise. »Du solltest ins Haus zurückgehen.« Dabei zog er sie mit sich ans Ufer.

Sharon bückte sich, um ihre Stiefel aufzuheben. Als sie sicher war, ihm in die Augen schauen zu können, blickte sie auf. »Du kommst nicht mit?« Es war eigentlich keine Frage, sondern eine Feststellung. Sharon hatte seine veränderte Haltung sehr deutlich gespürt.

»Nein.« Sein Ton war wieder kühl, obwohl er sie unvermindert begehrte. »Ich gehe mich umziehen und komme dann zurück, um mit der Arbeit an der Veranda anzufangen.«

Sharon hatte damit gerechnet, von ihm verletzt zu werden. Doch sie hatte nicht geglaubt, dass es so bald geschehen würde. Die Zurückweisung schmerzte sie. »In Ordnung. Wahrscheinlich werde ich nicht zu Hause sein. Aber lass dich deshalb nicht von der Arbeit abhalten.«

Victor spürte, dass er sie verletzt hatte. Und doch schaute sie ihm direkt in die Augen und sprach ruhig und gefasst. Mit Beschuldigungen hätte er fertigwerden können. Stattdessen war er total verwirrt. Es war das erste Mal seit vielen Jahren, dass ihn eine Frau aus der Fassung gebracht hatte.

»Du weißt, was passieren würde, wenn ich jetzt mit dir hineinkäme.« Seine Worte klangen rau und ungeduldig. Am liebsten hätte er sie bei den Schultern gepackt und geschüttelt.

»Ja.«

»Willst du das etwa?«

Sharon schwieg einen Moment. Dann lächelte sie. Doch ihre Augen blieben ernst. »Ich weiß nur, dass du es nicht willst«, sagte sie ruhig. Sie wandte sich ab, um zum Haus zurückzugehen. Aber Victor fasste sie am Arm und drehte sie zu sich herum. Plötzlich war er wütend auf sie.

»Sharon! Glaubst du etwa, ich begehre dich nicht?«

»Du willst mich aber nicht begehren«, gab sie ruhig zurück. »Darin liegt das Problem.«

»Das kann dir doch egal sein«, sagte er ungeduldig. Dass sie so ruhig blieb, machte ihn verrückt. Er schüttelte sie leicht. Wie konnte sie ihn mit diesen großen tiefgründigen Augen so gelassen ansehen, wenn sie ihm noch vor wenigen Minuten den Kopf verdreht hatte? »Du weißt genau, dass ich dich beinahe auf dem nassen Gras genommen hätte. Reicht es dir nicht, dass du mich so weit treiben konntest? Was willst du noch?«

Sie blickte ihm forschend in die Augen. »Ich habe dich dazu getrieben?«, wiederholte sie ruhig. »Siehst du es wirklich so?«

Er ertrug den Konflikt in seinem Innern nicht. Am liebsten wäre er davongelaufen. »Ja«, sagte er verbittert. »Wie sollte ich es sonst sehen?«

»Ja, wie sonst?«, erwiderte sie mit zitternder Stimme. Sie lachte bitter. »Für manche Frauen wäre das wahrscheinlich ein Kompliment. Aber wie du bereits sagtest: Ich bin eine seltsame Frau.« Seufzend schaute sie ihn an. »Du hast jedes Gefühl in dir abgetötet, Victor. Und das zehrt an dir.«

»Was weißt du schon?«, schleuderte er ihr entgegen. Dass sie die Wahrheit gesprochen hatte, brachte ihn nur noch mehr gegen sie auf.

»Du bist nicht annähernd so hart und kalt, wie du glaubst«, erklärte Sharon ruhig.

»Du weißt überhaupt nichts von mir«, entgegnete er wütend und packte sie erneut beim Arm.

»Und du kannst es nicht ertragen, wenn deine sorgfältig aufgebauten Barrieren ins Wanken geraten«, fuhr Sharon unbeirrt fort. »Der Gedanke, dass du etwas für mich empfinden könntest, ist dir unerträglich. Ich bedränge dich gewiss nicht. Es ist etwas anderes, das dich bedrängt. Nein, ich weiß nicht, was es ist. Aber du weißt es.« Sie holte tief Luft. Dabei schaute sie ihm unverwandt in die Augen. »Du musst den Kampf mit dir selbst austragen, Victor.« Mit diesen Worten wandte sie sich um und ging ins Haus.

7. Kapitel

Victor konnte einfach nicht aufhören, an Sharon zu denken. Er wehrte sich dagegen, doch sie ging ihm nicht aus dem Kopf. Die Wochen vergingen, die Wälder hatten ihre bunte Herbstfärbung angenommen, und die Luft war kühl und klar. Zweimal hatte Victor Sharon durch sein Küchenfenster gesehen.

Er widmete ihrem Haus ebenso viel Zeit wie seinem. Der Umbau bei Sharon ging zügig vonstatten. Das Dach war repariert worden, und der Installateur hatte seine Arbeit erledigt. Die Küche musste jetzt nur noch frisch gestrichen werden. Der Museumsbereich war vollständig fertig, und Sharon räumte bereits eifrig die Schaukästen ein, die vor Kurzem geliefert worden waren.

Manchmal war Sharon stundenlang unterwegs und suchte auf Auktionen nach Schätzen für ihren Laden. Victor merkte immer sofort, wenn sie nach Hause kam. Denn dann wurde es im Haus wieder lebendig.

Sie hatte sich im Keller eine kleine Werkstatt eingerichtet, wo sie Möbel lagerte und aufarbeitete. Er sah sie nicht eine Sekunde lang untätig herumsitzen.

Sharon verhielt sich ihm gegenüber offen und freundlich wie immer. Nicht mit einem einzigen Wort hatte sie je erwähnt, was zwischen ihnen vorgefallen war. Doch Victor musste all seine Willenskraft aufbieten, um sie nicht zu berühren. Sie lachte, brachte ihm Kaffee und lieferte ihm lustige Berichte über ihre Abenteuer auf den Auktionen. Und er begehrte sie mit jedem Tag mehr.

Ihre Anwesenheit machte ihn nervös. Vielleicht sollte ich eine Woche nach Washington fahren, dachte er, während er die Tapetenleisten des Sommerraums befestigte. Bis jetzt hatte er die Geschäfte seiner Firma telefonisch oder schriftlich erledigt, und es bestand eigentlich kein Grund, dort nach dem Rechten zu sehen. Aber er musste Abstand von Sharon gewinnen. Sie verfolgte, ja sie quälte ihn.

Der Gedanke an sie beunruhigte Victor dermaßen, dass er seine Werkzeuge zusammenpackte. Er konnte heute einfach nicht arbeiten.

Doch anstatt nach Hause zu gehen, wie er es eigentlich vorgehabt hatte, nahm Victor einen Umweg über den Keller. Er verfluchte sich zwar dabei, aber er stieg trotzdem die schmale Treppe hinunter.

In weiten Cordjeans und einem viel zu langen Pullover stand Sharon in ihrer Werkstatt und arbeitete gerade an einem Klapptisch. Victor hatte gesehen, wie der Tisch aussah, als sie ihn ins Haus geschleppt hatte. Die Tischplatte war zerkratzt und stumpf gewesen. Jetzt glänzte die Maserung des Mahagoniholzes durch die dünne Lackschicht, die Sharon aufgetragen hatte. Eifrig polierte sie die Tischplatte mit Wachs.

Victor wollte sich gerade umdrehen und wieder die Treppe hinaufsteigen, als Sharon den Kopf hob und ihn sah. »Hallo!«, sagte sie erfreut, lächelte ihn dabei freundlich an und bat ihn aufgeregt: »Schau dir mal den Tisch an. Du bist schließlich der Experte, wenn es um Holz geht.« Während er auf sie zuging, trat sie einen Schritt zurück, um ihr Werk zu begutachten.

»Es wird mir schwerfallen, mich von dem Stück zu trennen«, meinte sie nachdenklich, während sie abwesend eine Locke um den Finger wickelte. »Ich werde eine nette Summe daran verdienen. Der Preis, den ich für den Tisch gezahlt habe, lag weit unter seinem Wert.«

Victor strich mit der Fingerspitze über die Tischplatte. Sie war glatt und makellos. Seine Mutter besaß einen ähnlichen Tisch. Da er ihn ihr geschenkt hatte, wusste er, was solch ein Stück kostete. Er konnte auch zwischen der Arbeit eines Amateurs und der eines Fachmannes unterscheiden. Und was er hier sah, war die Arbeit eines Experten. »Deine Arbeitszeit ist schließlich auch etwas wert. Und dein Talent ebenfalls«, bemerkte er. »Es hätte dich einiges gekostet, wenn du den Tisch zum Aufarbeiten weggegeben hättest.«

»Ich weiß. Aber diese Arbeit macht mir Freude, und deshalb zählt sie nicht.«

Victor hob die Brauen. »Du willst doch Geld mit deinem Laden verdienen, oder?«

»Ja, natürlich.« Sharon verschloss die Dose mit dem Wachs.

»Du wirst nicht viel Geld verdienen, wenn du deine Zeit und deine Arbeitskraft außer Acht lässt.«

»Ich brauche nicht viel Geld.« Sie stellte die Dose auf ein Regal und besah sich einen Stuhl, der ein neues Sitzgeflecht brauchte. »Ich muss meine Rechnungen bezahlen und meinen Laden bestücken, und wenn mir dann noch ein bisschen Geld zum Leben bleibt, bin ich zufrieden. Ich wüsste gar nicht, was ich mit viel Geld anfangen sollte.«

»Du würdest es schon für irgendetwas ausgeben«, meinte Victor trocken. »Für Pelze und Kleidung zum Beispiel.«

Sharon blickte auf. Als sie sah, dass er es ernst meinte, brach sie in lautes Gelächter aus. »Pelze? Oh ja, ich kann mir lebhaft vorstellen, wie ich in einem Nerz in Donnas Kramladen marschiere und einen Liter Milch kaufe. Victor, du bist wirklich zum Totlachen.«

»Mir ist noch keine Frau begegnet, die sich nicht über einen Nerz gefreut hätte«, gab er zurück.

»Dann hast du eben die falschen Frauen gekannt«, bemerkte sie.

»Und was für eine Frau bist du?«

Sharon, die mit ihren Gedanken schon längst wieder bei ihrer Arbeit gewesen war, blickte ihn erneut an. Als sie Victors zynischen Gesichtsausdruck sah, seufzte sie tief. »Oh Victor, warum musst du nur immer nach Komplikationen suchen?«

»Weil es ständig welche gibt.«

Sharon schüttelte den Kopf. »Ich habe nichts zu verbergen. Ich bin so, wie du mich siehst. Vielleicht ist dir das zu einfach, aber es ist die Wahrheit.«

»Willst du mir weismachen, dass du zufrieden bist, zwölf Stunden am Tag Sklavenarbeit zu leisten und dabei kaum etwas zu verdienen?«

»Ich leiste keine Sklavenarbeit«, unterbrach sie ihn.

»Und ob du das tust. Ich habe dich beobachtet. Du schleifst Möbel durch die Gegend, schleppst Kisten, schrubbst Fußböden.« Allein der Gedanke daran machte ihn wütend. Sie war viel zu zerbrechlich, um solch schwere Arbeit zu leisten. »Du kannst doch mit all der Arbeit allein gar nicht fertigwerden.«

»Ich weiß, wozu ich fähig bin«, gab sie gereizt zurück. »Ich bin schließlich kein Kind mehr.«

»Nein, du bist eine Frau, die sich nichts aus Pelzen und all den anderen Annehmlichkeiten macht, die jede attraktive Frau haben kann, wenn sie ihre Trumpfkarten nur richtig ausspielt.« Seine Worte klangen kühl und sarkastisch.

Jetzt blitzten auch Sharons Augen zornig auf. Sie musste sich abwenden, um nicht vor Wut zu explodieren. »Glaubst du, dass jeder Mensch ein Falschspieler ist, Victor?«

»Einige spielen eben besser als andere«, antwortete er nur.

»Du tust mir schrecklich leid, Victor«, sagte sie verächtlich.

»Warum? Weil ich mir darüber im Klaren bin, dass jeder Mensch nur von der Gier nach Besitz getrieben wird? Nur ein Narr gibt sich mit wenig zufrieden.«

»Ich frage mich, ob du das wirklich glaubst«, sagte sie leise.

»Und ich frage mich, wie du so tun kannst, als wüsstest du das nicht selbst«, gab er zurück.

»Ich will dir mal eine Geschichte erzählen.« Sharon wandte sich zu ihm um. Ihre Augen waren dunkel vor Zorn. »Ein Mann wie du wird sie wahrscheinlich ein bisschen zu rührselig und langweilig finden. Aber du wirst mir trotzdem zuhören.«

Sie steckte die Hände in die Hosentaschen und ging in dem niedrigen Raum auf und ab, bis sie ruhig genug war, um mit ihrer Geschichte zu beginnen.

»Siehst du diese Gläser?«, fragte sie und deutete auf ein Regal, auf dem eine Reihe gefüllter Weckgläser standen. »Meine Großmutter – genau genommen war sie meine Urgroßmutter – hat dieses Obst eingemacht. Sie hat ihre Beete selbst angelegt, selbst gepflanzt und Unkraut gejätet. Und dann hat sie Stunden um Stunden in der heißen Küche gestanden und Obst und Marmelade eingekocht. Als sie sechzehn war, lebte sie in einem Landhaus in Süd-Maryland. Ihre Familie war sehr reich. Sie ist es immer noch. Die Bristols. Vielleicht hast du von ihnen gehört.«

Victor hatte von ihnen gehört, aber er sagte nichts. Bristol-Kaufhäuser gab es in fast jeder größeren amerikanischen Stadt. Im Moment baute seine Firma sogar ein neues Kaufhaus für die Bristols in Chicago.

»Jedenfalls«, fuhr Sharon fort, »war sie ein schönes und verwöhntes junges Mädchen, das alles haben konnte, was es sich nur wünschte. Sie war in Europa erzogen worden, und man hatte vor, ihr in Paris den letzten Schliff geben zu lassen, bevor sie in London in die Gesellschaft eingeführt wurde. Wäre es nach ihren Eltern gegangen, hätte sie einen reichen

Mann geheiratet, ihre eigene Villa gehabt und eine Schar von Bediensteten.« Sharon lachte, als amüsiere und erstaune sie dieser Gedanke.

»Aber sie widersetzte sich den Plänen ihrer Eltern und verliebte sich in William Abbott, einen Maurer, den man angestellt hatte, um auf dem Anwesen einige Ausbesserungsarbeiten vorzunehmen. Natürlich wollte die Familie nichts von der Romanze wissen. Man hatte nämlich schon eine Heirat zwischen ihr und dem Erben irgendeines Stahlwerks arrangiert. Um es kurz zu machen: Großmutter hat ihre eigene Entscheidung getroffen und den armen Maurer geheiratet. Daraufhin enterbte man sie. Es ging alles sehr dramatisch und sehr viktorianisch zu.«

Sie schaute Victor einen Moment lang herausfordernd an, als erwarte sie irgendeinen Kommentar von ihm. Als er jedoch schwieg, sprach Sharon weiter.

»Sie sind hierher zu seiner Familie gezogen. Sie mussten das Haus mit seinen Eltern teilen, weil sie nicht genug Geld hatten, um sich ein eigenes Haus zu bauen. Großmutter hat es niemals bereut, all die ›Annehmlichkeiten‹ aufgegeben zu haben. Sie hatte solch kleine Hände«, sagte Sharon leise und blickte auf ihre eigenen Hände hinab. »Sie waren arm. Nur einmal schenkten ihre Eltern ihr etwas. Die Esszimmergarnitur und ein bisschen Porzellan. Und das wurde über Rechtsanwälte abgewickelt. Großmutter hatte fünf Kinder. Zwei davon sind sehr jung gestorben, einen Sohn hat sie im Krieg verloren. Eine Tochter zog nach Oklahoma und starb kinderlos vor etwa vierzig Jahren. Ihr jüngster Sohn ließ sich hier nieder, heiratete und hatte eine Tochter. Sie nannten sie Anne. Er und seine Frau kamen bei einem Unfall ums Leben, als die Tochter fünf Jahre alt war. Ich weiß nicht, ob du dir vorstellen kannst, wie einer Mutter zumute ist, wenn sie jedes ihrer Kinder überlebt.«

Victor sagte nichts. Stumm beobachtete er, wie sie eine Weile gedankenverloren zu dem kleinen Kellerfenster hochschaute und dann erneut unruhig auf und ab lief. Ruhig erzählte sie weiter, und Victor hörte gebannt zu.

»Großmutter zog ihre Enkeltochter Anne auf. Sie liebte sie sehr. Meine Mutter war ein außergewöhnlich schönes Kind. Aber sie war immer unzufrieden. Was ich über sie weiß, habe ich zum größten Teil von den Leuten im Ort erfahren. Großmutter hat nur ein- oder zweimal über sie gesprochen. Anne hasste das einsame Leben hier draußen. Sie hatte sich in den Kopf gesetzt, Schauspielerin zu werden. Mit siebzehn wurde sie schwanger.«

Ihr Tonfall änderte sich. Ein klein wenig nur, aber Victor hörte die Veränderung deutlich heraus. Ihre Stimme klang plötzlich ausdruckslos und spröde. In diesem Ton hatte er sie noch nie sprechen hören.

»Entweder wusste sie es nicht, oder sie wollte nicht zugeben, wer der Vater des Kindes war. Kaum war ich auf der Welt, da verschwand sie und ließ mich bei Großmutter zurück. Von Zeit zu Zeit kam sie uns besuchen, blieb ein paar Tage und schwatzte Großmutter Geld ab. Wenn ich richtig informiert bin, war sie dreimal verheiratet. Ich habe sie in Pelzmänteln gesehen. Aber sie schienen sie nicht glücklich zu machen. Sie ist noch immer schön, selbstsüchtig und unzufrieden.« Sharon blieb stehen und schaute ihn mit ernstem Gesicht an.

»Meine Grußmutter hatte sich für die Liebe entschieden. Sie war glücklich. Von meiner Mutter habe ich nur eines gelernt: dass Besitz nicht glücklich macht. Je mehr Besitz einer anhäuft, desto weniger gibt er sich mit dem zufrieden, was er hat. Die Lebensart meiner Mutter brachte allen, die sie liebten, nur Kummer. Ich glaube nicht, dass ich die Voraussetzungen für solch ein Verhalten mitbringe.«

Als sie auf die Kellertreppe zuging, versperrte ihr Victor den Weg. Herausfordernd hob sie das Kinn, um zornig zu ihm aufzublicken. In ihren Augen glänzten Tränen.

»Du hättest mich zum Teufel schicken sollen«, sagte er ruhig.

Sharon schluckte. »Dann geh zum Teufel«, murmelte sie und wollte sich an ihm vorbeidrängen.

Victor fasste sie bei den Schultern und schaute ihr ins Gesicht. »Bist du jetzt böse, weil du mir etwas anvertraut hast, das mich gar nichts angeht?«, fragte er.

Sharon holte tief Luft. Fest blickte sie ihm in die Augen. »Ich bin böse, weil du ein Zyniker bist. Denn Zynismus habe ich noch nie verstanden.«

»Genauso wenig, wie ich Idealismus verstehen kann.«

»Ich bin keine Idealistin«, gab sie zurück. »Ich rechne nur nicht so wie du ständig damit, dass irgendjemand darauf wartet, mich auszunutzen.« Auf einmal wurde sie ruhiger – und sehr traurig. »Ich glaube, was du dir durch dein ewiges Misstrauen antust, wiegt weitaus schwerer als das Risiko, das du eingehst, wenn du deinen Mitmenschen vertraust.«

»Und wenn dieses Vertrauen nun enttäuscht wird?«

»Dann überwindest du deine Enttäuschung und lebst dein Leben weiter. Du wirst nur dann zum Opfer, wenn du dich als solches betrachtest.«

Er zog die Brauen hoch. Betrachtete er sich als Opfer? Lag es an ihm, dass Amelia noch über den Tod hinaus sein Leben zerstörte? Wollte er tatsächlich den Rest seines Lebens immer nur Ausschau nach dem nächsten Vertrauensbruch halten?

Sharon fühlte, wie der Druck seiner Finger nachließ, sah den verwirrten Ausdruck in seinem Gesicht.

Behutsam berührte sie seine Schulter. »Bist du sehr verletzt worden?«, fragte sie.

Victor schaute sie an, als sei er aus einem Traum erwacht. Dann ließ er sie los. »Ich wurde bitter enttäuscht und all meiner Illusionen beraubt.«

»Das ist wahrscheinlich das Schlimmste, was einem zugefügt werden kann.« Mitfühlend legte sie die Hand auf seinen Arm. »Wenn ein geliebter Mensch sich als unehrlich erweist oder ein Ideal zerbricht, dann ist das nur schwer zu akzeptieren. Ich habe meine Ideale immer sehr hochgesteckt. Wenn sie mir genommen würden, wäre das für mich ein großer Schlag.« Lächelnd nahm sie seine Hand. »Lass uns ein bisschen spazieren fahren.«

Ihre Worte hatten ihn so nachdenklich gestimmt, dass er ihren Vorschlag im ersten Moment gar nicht verstand. »Spazieren fahren?«, wiederholte er.

»Wir sind schon wochenlang in diesem Haus«, erklärte Sharon, während sie ihn zur Treppe zog. »Ich habe mich von früh bis spät nur abgerackert. Heute ist vielleicht der letzte schöne Herbsttag.« Sie schloss die Kellertür hinter ihnen. »Ich möchte wetten, du hast noch wenig von der Gegend gesehen. Jedenfalls nicht mit einem so guten Fremdenführer wie mir.«

»Bist du eine gute Fremdenführerin?«, fragte er mit dem Anflug eines Lächelns.

»Die beste«, erklärte sie ohne falsche Bescheidenheit. »Es gibt nichts, was ich dir nicht erzählen könnte.«

Sharon fuhr von der Straße ab zu einem kleinen Parkplatz, in dessen Nähe sich ein alter Turm befand. »Komm, lass uns ein wenig herumlaufen. Die Landschaft ist bezaubernd.«

Die Sonne neigte sich bereits gen Westen, und die Luft wurde zunehmend kühler. Als sie ausstiegen, nahm Victor spontan Sharons Hand.

Sharon blickte über die herbstliche Landschaft und nannte

ihm die Namen einiger Hügel, erklärte, welche Baumarten dort wuchsen.

Victor zog sie an sich. Es war eine kameradschaftliche, keine leidenschaftliche Geste. »Du musst eine fantastische Lehrerin gewesen sein«, sagte er ruhig.

»Ich war gut im Geschichtenerzählen«, verbesserte sie.

Bevor er darauf noch etwas erwidern konnte, lachte sie. Freundschaftlich drückte sie seine Hand. »Und jetzt ist Schluss mit dem Unterricht. Ich habe heute genug geredet. Komm, lass uns auf den Turm steigen.« Und schon rannte sie los und zog Victor mit sich. »Du kannst von dort oben meilenweit sehen«, erklärte sie, während sie die schmalen Eisenstufen emporstiegen.

Es war dämmrig im Turm, obwohl die schmalen Schlitze in den Steinmauern ein wenig Sonnenlicht durchließen. Je höher sie stiegen, desto heller wurde es, und als sie endlich auf der kleinen Aussichtsplattform ins Freie traten, blendete sie im ersten Moment die plötzliche Helligkeit.

Sharon beugte sich über die dicke Steinmauer und ließ sich den Wind ins Gesicht wehen. »Wie schön alles von hier oben aussieht!«, rief sie. »Einen besseren Tag als heute hätten wir uns überhaupt nicht wünschen können. Schau dir nur diese Farben an!« Sie zog Victor zu sich an die Brüstung. »Siehst du diesen Berg dort unten? Das ist unserer.«

Unser Berg, dachte Victor. Lächelnd schaute er in die Richtung, in die Sharon deutete. Sie hatte das so gesagt, als gehöre dieser Berg nur ihnen beiden ganz allein. Hinter den dicht bewaldeten Hügeln konnte er in einem blauen Dunstschleier die Berge erkennen. Er sah vereinzelte Bauernhäuser und Scheunen und die geschlosseneren Siedlungen der umliegenden Dörfer. Als er zu einem Maisfeld hinüberschaute, sah er zwei riesige Krähen auffliegen. Krächzend stiegen sie in den

Himmel und segelten davon. Nachdem sie verschwunden waren, wurde es so still, dass er die trockenen Blätter der Maisstauden im Wind rascheln hörte.

Und dann sah er den Rehbock. Er stand kaum zehn Meter von Sharons Wagen entfernt unbeweglich wie ein Standbild da. Victor schaute Sharon an und deutete hinunter. Schweigend, Hand in Hand, beobachteten sie das Tier. Victor spürte plötzlich, wie der Druck, der seit so vielen Jahren auf ihm lastete, langsam wich. Auf einmal hatte er das Gefühl, endlich nach Hause gekommen zu sein. Während ihm klar wurde, worin die Antwort auf sein Problem bestand, spürte er, wie seine Verbitterung allmählich schwand. Sharon hatte recht gehabt. Er hatte sich als Opfer betrachtet, weil er mit seiner Wut einfacher fertigwerden konnte als mit dem Wagnis, sich einem anderen Menschen zu öffnen.

Der Rehbock sprang davon, lief über eine Wiese, setzte anmutig über ein niedriges Steinmäuerchen und verschwand aus ihrer Sicht.

Sharon seufzte. »Jedes Mal, wenn ich ein Reh sehe, bin ich aufs Neue fasziniert«, sagte sie und schaute zu ihm auf.

Victor erschien es ganz natürlich, sie hier zu küssen, inmitten der Berge und Felder, die sie umgaben, mit dem Gefühl, gerade ein Erlebnis mit ihr geteilt zu haben. Jetzt endlich schenkte er ihr die Zärtlichkeit, die Sharon immer bei ihm vermutet hatte. Sein Kuss war begehrend, aber nicht fordernd, seine Hände stark, doch nicht grob.

Sie spürte ihr Herz klopfen. Mit welcher Sehnsucht hatte sie auf diesen Moment gewartet, auf diese Bestätigung, dass ihre Ahnung sie nicht getrogen hatte. Jetzt wusste sie, dass sich tatsächlich Warmherzigkeit und Güte unter seiner rauen Schale verborgen gehalten hatten.

Victor zog sie enger an sich, gab ihre Lippen nicht frei. Er wollte diesen innigen Moment nicht zerstören. Gefühle stürmten auf ihn ein, Gefühle, die er sich viel zu lange versagt hatte. War es möglich, dass diese Frau all die Jahre auf ihn gewartet hatte, um ihn von seiner Verbitterung und seinem Misstrauen zu befreien und ihm den Weg zu ihrem Herzen zu weisen?

Victor drückte sie an seine Brust, als hätte er Angst, sie könne plötzlich verschwinden. Ob er sich noch einmal verlieben konnte? Oder war es zu spät dazu? Er schloss die Augen und legte seine Wange auf ihr Haar.

Sollte er das Risiko eingehen und Sharon sagen, wer er war? Aber wenn er es ihr jetzt sagte, dann würde er nie ganz sicher sein, ob sie – falls sie sich für ihn entschied – ihn einzig um seinetwillen liebte. Victor zögerte. Das erste Mal in seinem Leben war er nicht fähig, eine Entscheidung zu treffen. Schon allein das schockierte ihn.

»Sharon«, sagte er und schob sie ein Stückchen von sich weg, um sie auf die Brauen zu küssen.

»Ja, Victor.« Lachend gab sie ihm einen unbefangenen freundschaftlichen Kuss. »Du siehst so ernst aus.«

»Ich möchte heute mit dir zu Abend essen.«

Sharon strich sich das windzerzauste Haar aus dem Gesicht. »Gut. Ich werde uns etwas kochen.«

»Nein, ich möchte dich zum Essen einladen.«

»Einladen?« Sharon runzelte die Stirn. Sie wollte nicht, dass er für sie Geld ausgab.

Victor, der ihren Gesichtsausdruck missverstand, glaubte, dass sie Hemmungen hatte, in ihren alten Cordhosen in ein Restaurant zu gehen. »Es muss ja nichts Besonderes sein«, erklärte er. »Wie du schon sagtest, wir haben wochenlang nur gearbeitet und uns nichts gegönnt.« Er strich mit dem Handrücken über ihre Wange. »Komm mit mir.«

Sie lächelte ihn an. »Ich weiß ein nettes kleines Lokal ganz in der Nähe. Das wird auch dir bestimmt gefallen.«

Sharon hatte das entlegene Restaurant gewählt, weil es billig war und sie einmal nach dem Schulabschluss als Kellnerin dort gearbeitet hatte, um sich das Geld fürs College zu verdienen. Nachdem sie in einer engen Nische an einem unbequemen Tisch Platz genommen hatten, warf sie Victor einen verschmitzten Blick zu.

»Ich wusste, es würde dir gefallen«, sagte sie.

Victor betrachtete die grellen Gemälde in den Kunststoffrahmen, die ringsum an den Wänden hingen. Starker Zwiebelgeruch zog durch die Gaststube. »Das nächste Mal suche ich ein Restaurant aus«, bemerkte er trocken.

»Früher gab es hier immer tolle Spaghetti. Donnerstags konnte …«

»Es ist aber nicht Donnerstag«, erinnerte Victor sie. Zögernd öffnete er die in Plastik eingeschweißte Speisekarte. »Möchtest du Wein trinken?«

»Wir könnten nach nebenan gehen und uns eine Flasche für zwei Dollar kaufen.«

»Ist das ein guter Jahrgang?«

»Ganz frisch, von letzter Woche«, versicherte sie lachend.

»Lass uns lieber hier unser Glück versuchen.«

»Ich werde Chili essen«, verkündete Sharon.

»Chili?« Misstrauisch beäugte Victor die Speisekarte. »Ist das denn gut hier?«

»Oh nein!«

»Warum isst du es …« Er unterbrach sich, als er sah, dass Sharon ihr Gesicht hinter der Speisekarte versteckt hatte. »Sharon, was ist los?«

»Sie sind gerade hereingekommen«, zischte sie und wagte einen schnellen Blick zum Eingang.

Neugierig folgte Victor ihrer Blickrichtung. Am Eingang entdeckte er Carl Trainer mit einer Brünetten in einem biederen braunen Kostüm. Im ersten Augenblick reagierte er verärgert.

Er wandte sich wieder Sharon zu, die sich noch immer hinter ihrer Speisekarte versteckt hielt.

»Sharon, ich weiß, dass dich sein Anblick aus der Fassung bringt. Aber du wirst ihm immer wieder begegnen.« Er hörte einen gedämpften Laut hinter der Speisekarte und griff mitfühlend nach ihrer Hand. »Wir können woandershin gehen. Doch du kannst das Lokal nicht verlassen, ohne dass er dich sieht. Also hör auf, dich zu verstecken.«

»Es ist Laurie Martin.« Heftig drückte sie Victors Hand. Er erwiderte ihren Händedruck, wütend, dass sie noch immer einem Mann Gefühle entgegenbrachte, der sie so verletzt hatte.

»Sharon, du musst diese Situation durchstehen. Du darfst dich nicht vor ihm blamieren.«

»Ich weiß. Aber es fällt mir so schwer.« Vorsichtig lugte sie hinter der Speisekarte hervor. Im selben Moment sah er, dass nicht unterdrücktes Schluchzen sie schüttelte, sondern haltloses Lachen. »Sobald er uns sieht«, flüsterte sie, »wird er an unseren Tisch kommen und höfliche Konversation machen.«

»Wie ich sehe, wird das Zusammentreffen sehr schmerzlich für dich sein«, meinte er spöttisch.

»Allerdings. Denn du musst mir versprechen, mich sofort unter dem Tisch anzustoßen oder mir auf den Fuß zu treten, wenn ich zu lachen anfange.«

»Es wird mir ein Vergnügen sein«, versicherte Victor.

»Laurie stellte ihre Puppen der Größe nach auf und nähte kleine Namensschildchen in alle ihre Puppenkleider«, erklärte Sharon und holte ein paarmal tief Luft, um sich innerlich auf das Zusammentreffen vorzubereiten.

»Das erklärt vieles.«

»Okay. Jetzt werde ich die Speisekarte auf den Tisch legen.« Sie schluckte und sagte dann leise: »Was du auch tust, schau nicht in ihre Richtung.«

»Das würde mir nicht im Traum einfallen.«

Nachdem sie ein letztes Mal tief durchgeatmet hatte, ließ Sharon die Speisekarte sinken. »Chili?«, fragte sie in normalem Tonfall. »Ja, es war immer ausgezeichnet hier.«

»Du bist eine kleine Närrin.«

»Oh ja, ich weiß.« Lächelnd nahm sie das Glas Wasser, das neben ihrem Gedeck stand. Aus dem Augenwinkel sah sie Carl und Laurie auf ihren Tisch zukommen. Um die erste Lachsalve zu unterdrücken, räusperte sie sich heftig.

»Sharon, wie nett, dich zu sehen.«

Sharon schaute auf. Es gelang ihr, einen überraschten Ausdruck auf ihr Gesicht zu zaubern. »Hallo, Carl. Guten Tag, Laurie. Wie geht es euch?«

»Sehr gut«, antwortete Laurie mit ihrer wohlklingenden Stimme.

Sie ist wirklich sehr hübsch, dachte Sharon. »Ich glaube, ihr kennt Victor noch nicht«, fuhr sie fort. »Victor, das sind Carl Trainer und Laurie Martin, alte Schulfreunde von mir. Victor ist mein Nachbar.«

»Ja, natürlich, das Haus vom alten Farley.« Carl streckte Victor die Hand hin, die dieser ein wenig zu weich fand. Sein Händedruck jedoch war korrekt. Fest und knapp. »Ich habe gehört, Sie renovieren das Haus.«

»Ein bisschen.« Prüfend besah Victor sich Carls Gesicht. Der Mann ist eigentlich ganz passabel, dachte er.

»Sie müssen der Schreiner sein, der Sharon dabei hilft, ihren kleinen Laden herzurichten«, bemerkte Laurie. Sie warf einen Blick auf seine Arbeitskleidung und nahm dann Sharons alten weiten Pullover in Augenschein. »Ich muss sagen, ich war überrascht, als Carl mir von deinen Plänen berichtete«, meinte sie dann an Sharon gewandt.

Victor sah, dass Sharons Unterlippe gefährlich zitterte. Sofort stellte er seinen Fuß auf ihren. »Tatsächlich?«, sagte

Sharon und trank einen Schluck Wasser. Ihre Augen blitzten vor Belustigung, während sie Victor über den Rand des Glases hinweg ansah. »Du weißt doch, dass ich schon immer gern für Überraschungen gesorgt habe.«

»Wir konnten uns dich nicht als selbstständige Geschäftsfrau vorstellen, nicht wahr, Carl?« Sie sprach weiter, ohne ihm Zeit für eine Antwort zu lassen. »Natürlich wünschen wir dir viel Glück, Sharon. Du kannst mit uns rechnen. Wir werden deine ersten Kunden sein. Sozusagen, um deinem Geschäft zu einem guten Start zu verhelfen.«

Es tat Sharon richtig weh, das Lachen zu unterdrücken. Dazu trat Victor ihr auch noch auf den Fuß. »Danke, Laurie. Ich kann dir nicht sagen, was das für mich bedeutet … wirklich nicht.«

»Einer alten Freundin tun wir doch gern einen Gefallen, nicht wahr, Carl? Wir wünschen dir viel Erfolg, Sharon. Ich werde all meinen Bekannten von deinem kleinen Laden erzählen. Dadurch wirst du mehr Kundschaft ins Haus bekommen. Das Verkaufen jedoch musst du selbst besorgen. Dabei können wir nicht helfen.« Hier seufzte sie fast entschuldigend.

»Ja, vielen Dank.«

»Und jetzt müssen wir an unseren Tisch gehen, damit wir unsere Bestellung aufgeben können, bevor es zu voll wird. Es war nett, Sie kennengelernt zu haben.« Damit lächelte sie Victor kurz an und zog dann Carl mit sich fort.

»Ich platze gleich vor Lachen!« In einem Zug trank Sharon ihr Glas Wasser aus.

»Dein Freund bekommt genau das, was er verdient«, sagte Victor leise, während er den beiden nachschaute. »Sie wird das Regiment im Haus führen bis hin zum ehelichen Liebesleben. Glaubst du, sie haben schon eins?«

»Oh, sei still«, bat Sharon, die sich verzweifelt auf die Unterlippe biss. »Ich kann mich sonst nicht mehr zurückhalten.«

»Meinst du, sie hat seine Krawatte ausgesucht?«, erkundigte sich Victor.

Da gab Sharon auf und brach in schallendes Gelächter aus. »Zum Teufel mit dir, Victor«, flüsterte sie, als Laurie sich nach ihnen umdrehte. »Ich habe mich bis jetzt so gut beherrscht.«

»Wollen wir ihnen ein Gesprächsthema fürs Abendessen liefern?«

Bevor sie antworten konnte, hatte Victor sie über den Tisch gezogen, um ihr einen langen Kuss zu geben. Er ließ ihr nicht einmal die Chance, sich ihm zu entziehen. Mit festem Griff hielt er ihr Kinn fest. Sharon hob zwar die Hand, um ihn wegzustoßen, doch als sein Kuss sich vertiefte, ließ sie sie einfach auf seiner Schulter liegen und gab sich der Liebkosung hin.

»Jetzt hast du ja etwas angerichtet«, sagte sie, nachdem er ihre Lippen freigegeben hatte. »Bis morgen Mittag weiß ganz Sharpsburg, dass wir ein Liebespaar sind.«

»Tatsächlich?« Lächelnd hob er ihre Hand an die Lippen, um dann langsam, einen nach dem anderen, ihre Finger zu küssen. Es befriedigte ihn, dass ihre Hand dabei ein wenig zitterte.

»Ja«, antwortete sie atemlos, »und ich glaube nicht ...« Sie hielt inne, als er ihre Hand umdrehte, um ihre Handfläche mit einem innigen Kuss zu bedenken.

»Was glaubst du nicht?«, fragte er mit weicher Stimme.

»Dass ... dass das richtig ist«, brachte sie mühsam hervor. Sie hatte ihre Umgebung bereits völlig vergessen. Das Restaurant, Carl und Laurie – alles versank in einem rosigen Nebel.

»Dass wir ein Liebespaar sind oder dass ganz Sharpsburg es weiß?« Victor gefiel die Verwirrung in ihren Augen und noch viel mehr die Tatsache, dass er sie verursacht hatte.

Sharon war völlig durcheinander. Warum benahm Victor sich heute so anders als sonst, so leichtsinnig und unbekümmert? Sie fühlte einen erregenden Schauer über ihren Rücken rieseln.

Sie hatte ihn als harten, zornigen Mann kennengelernt. Und sie hatte keine Angst vor ihm gehabt. Der Mann, der ihr jetzt gegenübersaß und langsam mit dem Daumen über den heftig pochenden Puls an ihrem Handgelenk strich, flößte ihr Furcht ein.

»Ich muss darüber nachdenken«, sagte sie leise.

»Tu das«, stimmte er zu.

8. Kapitel

Sharon eröffnete das Museum und den Antiquitätenladen in der ersten Dezemberwoche. Wie sie erwartet hatte, herrschte in den ersten Tagen reger Betrieb in ihrem Haus. Die meisten ihrer Kunden waren Leute aus dem Ort, die sie kannten und die gekommen waren, um zu sehen, was die »kleine Abbott« sich jetzt wieder Seltsames ausgedacht hatte. Carls Name fiel ein paarmal, woraufhin sie jedes Mal das Thema wechselte. Und auch nachdem die Leute aus dem Dorf ihre Neugier befriedigt hatten, besuchten regelmäßig ein paar Kunden ihren Laden. Genug jedenfalls, um Sharon zuversichtlich zu stimmen.

Sie hatte Donnas Schwägerin Pat als Halbtagskraft eingestellt, und Pat erwies sich als eifrig und hilfsbereit. Sie arbeitete sogar manchmal an den Wochenenden. Unter Sharons Anleitung und weil sie echtes Interesse für Antiquitäten zeigte, hatte sie sich bald genug Fachwissen angeeignet, um auch einmal für Sharon im Laden und im Museum einspringen zu können, wenn diese unterwegs war, um Antiquitäten zu ersteigern.

Sharon hatte mehr zu tun als je zuvor. Sie kümmerte sich um den Laden, jagte von einer Auktion zur anderen und half bei dem Umbau im ersten Stock, der noch nicht abgeschlossen war. Doch die viele Arbeit machte ihr nichts aus, sondern regte sie sogar an und half ihr, mit dem langsamen, aber stetigen Verlust ihrer geliebten Erbstücke fertigzuwerden. Geschäft ist Geschäft, sagte sie sich jedes Mal, wenn sie eines verkauft hatte. Es blieb ihr gar nichts anderes übrig. Die

Rechnungen auf ihrem Schreibtisch hatten sich während des Umbaus angesammelt und mussten bezahlt werden.

Sharon sah Victor fast täglich, wenn er in den oberen Räumen sägte und hämmerte. Obwohl er längst nicht mehr so verschlossen war wie am Anfang ihrer Bekanntschaft, war von der Vertraulichkeit, die sie einen Nachmittag und einen Abend geteilt hatten, nichts mehr zu spüren. Er behandelte sie wie eine gute Freundin, nicht wie eine Frau, die er in aller Öffentlichkeit geküsst hatte.

Sharon nahm an, dass er in dem Lokal aus einer verrückten Laune heraus Carl etwas vorgespielt hatte und danach wieder zu seinem bekannten Benehmen übergegangen war. Sie ließ sich davon jedoch nicht entmutigen. Es war ihr sogar lieber so. Denn gegen seine Zärtlichkeiten besaß sie keinerlei Abwehrkräfte.

Ihre Liebe zu ihm vertiefte sich mit jedem Tag. Und das bestärkte sie in der Gewissheit, dass er für sie bestimmt war.

An einem Spätnachmittag schleppte Sharon ihre neueste Errungenschaft in den Laden. Ihre Wangen waren von der Kälte gerötet, und sie strahlte vor Zufriedenheit, weil sie langsam lernte, beim Einkauf von Antiquitäten rücksichtslos zu feilschen.

»Schau, was ich aufgetrieben habe!«, rief sie Pat zu, noch bevor sie die Tür hinter sich geschlossen hatte. »Es ist ein Sheridan-Tisch, und er ist in tadellosem Zustand.«

Pat schaute von der Vitrine auf, die sie gerade geputzt hatte. »Sharon, du wolltest dir heute Nachmittag doch freinehmen. Du brauchst auch einmal etwas Zeit für dich. Deswegen hast du mich schließlich eingestellt.«

»Ja, natürlich«, sagte Sharon zerstreut. »Im Auto ist noch eine Kaminuhr und ein vollständiger Satz Salznäpfchen aus geschliffenem Glas.«

Seufzend folgte Pat Sharon in den größeren der beiden Ladenräume. »Kannst du denn nicht einmal ausspannen?«

»Ach was«, entgegnete Sharon mit einer wegwerfenden Handbewegung. Nachdem sie den Tisch neben einen dazu passenden Stuhl gestellt hatte, trat sie ein Stück zurück, um sich das Ensemble zu betrachten. »Ich weiß nicht«, meinte sie nachdenklich. »Vielleicht sieht der Tisch besser im vorderen Raum aus, direkt unter dem Fenster. Ich will ihn sowieso erst polieren.« Damit eilte sie zum Ladentisch, wo die Büchsen mit der Möbelpolitur standen. »Was hast du verkauft?«, erkundigte sie sich dann.

Pat schüttelte resigniert den Kopf. »Ich werde das machen«, erklärte sie und nahm Sharon die Büchse und den Lappen aus der Hand. »Sieben Leute haben das Museum besichtigt«, erzählte sie, während sie den Tisch einwachste. »Ich habe ein paar Postkarten und einen Druck verkauft. Eine Frau aus Hagerstown hat den kleinen Tisch mit den kannelierten Kanten gekauft.«

Sharon, die sich gerade den Mantel aufknöpfte, hielt mitten in der Bewegung inne. »Den runden Rosenholztisch mit dem Schnitzwerk? Er stand im Sommerraum, solange ich denken kann.«

»Ja. Und sie war an dem Wiener Schaukelstuhl interessiert.« Pat strich sich eine Haarsträhne hinters Ohr, während Sharon sich alle Mühe gab, Freude über ihre Verkaufserfolge zu empfinden. »Ich glaube, sie wird bald wiederkommen«, fuhr Pat fort.

»Sehr gut.«

»Oh, und jemand hat eine Anzahlung auf ›Onkel Festus‹ geleistet.«

»Tatsächlich?« Sharon lachte. Das Porträt des mürrisch dreinblickenden viktorianischen Herrn hatte sie nur gekauft, weil sie es so komisch fand.

Sie hatte nicht damit gerechnet, es je zu verkaufen. »Er wird uns fehlen«, meinte sie belustigt. »Irgendwie verleiht er dem Laden etwas Würdevolles.«

»Bei seinem Anblick läuft mir immer eine Gänsehaut über den Rücken«, erklärte Pat, während Sharon bereits wieder auf die Tür zuging, um die übrige Ware aus dem Auto zu holen. »Oh, das hätte ich fast vergessen. Du hast mir ja gar nicht gesagt, dass die Esszimmergarnitur verkauft ist.«

»Was?« Sharon blieb stehen, um Pat verständnislos anzuschauen.

»Die Esszimmergarnitur mit den Hepplewhite-Stühlen«, wiederholte Pat. »Ich hätte sie beinahe ein zweites Mal verkauft.«

»Ein zweites Mal?« Sharon ließ die Türklinke los und kam zu Pat zurück. »Wovon sprichst du überhaupt?«

»Vorhin waren ein paar Leute hier, die sie kaufen wollten. Ihre Tochter heiratet, und die Garnitur sollte ein Hochzeitsgeschenk für sie sein. Sie sind bestimmt sehr reich«, fügte sie andächtig hinzu. Verträumt starrte sie ins Leere, kehrte aber schnell wieder in die Wirklichkeit zurück, als sie Sharons ärgerlichen Blick bemerkte. »Jedenfalls«, fuhr sie hastig fort, »der Verkauf war schon fast abgeschlossen, als Victor nach unten kam und erklärte, die Garnitur sei bereits verkauft.«

»Victor? Victor sagte, sie sei verkauft?«

»Nun ja«, meinte Pat irritiert, »es war ein glücklicher Zufall. Denn die Leute wollten sich bereits um den Transport kümmern. Dann hättest du schön in der Klemme gesteckt.«

»In der Klemme«, wiederholte Sharon empört. »Ich weiß, wer hier in der Klemme steckt!« Abrupt ging sie auf die Hintertür zu, während Pat ihr mit großen Augen nachschaute.

»Sharon, stimmt irgendetwas nicht?« Verwirrt lief sie hinter ihr her. »Wo gehst du hin?«

»Ich habe etwas zu erledigen«, sagte Sharon gereizt. »Hol bitte die restlichen Sachen aus meinem Wagen. Und schließ den Laden gut ab. Es kann eine Weile dauern.«

»Sicher, aber ...« Pat schwieg betreten, als die Hintertür mit lautem Knall zugeschlagen wurde. Verwirrt blieb sie noch einen Moment mitten im Laden stehen, dann zuckte sie die Schultern und führte die Dinge aus, die Sharon ihr aufgetragen hatte.

»In der Klemme!«, murmelte Sharon. »So ein glücklicher Zufall, dass er gerade herunterkam!« Wild entschlossen eilte sie auf Victors Haus zu. »Schon verkauft! So eine Frechheit!«

Durch die kahlen Bäume konnte Sharon das Haus sehen. Eine dünne Rauchsäule stieg aus dem Schornstein in den kalten blauen Himmel auf. Sharon reckte angriffslustig das Kinn vor und beschleunigte ihre Schritte. Die winterliche Stille wurde von dumpfen rhythmischen Schlägen unterbrochen. Sharon folgte dem Geräusch, das von der Rückseite des Hauses zu kommen schien. Als sie um das Haus herumging, sah sie Victor, der gerade einen Holzklotz auf einen dicken Baumstumpf legte, der ihm als Hackklotz diente. Er schwang die Axt über den Kopf und spaltete mit einem sauberen Schlag den Klotz in zwei Teile. Dann legte er einen neuen Klotz auf den Baumstumpf. Sharon nahm sich nicht die Zeit, die kraftvolle Anmut seiner Bewegungen zu bewundern.

»Du!«, rief sie wütend und stemmte beide Fäuste in die Hüften.

Victor hob die Axt. Er blickte kurz zur Seite, wo Sharon mit blitzenden Augen und geröteten Wangen stand und ihn böse anschaute. Wenn sie wütend ist, sieht sie bezaubernd aus, dachte er, bevor er die Axt auf den Klotz niedersausen ließ.

»Hallo, Sharon«, begrüßte er sie lässig.

»Tu nur nicht so scheinheilig!«, fuhr sie ihn an, während sie mit drei schnellen Schritten vor ihn hintrat. »Wie kannst du es wagen!«

Unbeeindruckt legte Victor einen neuen Klotz auf den Baumstumpf. Wütend schlug Sharon dagegen, sodass der Klotz auf den Boden rollte.

»Du hattest kein Recht, dich in meine Angelegenheiten zu mischen und mir ein wichtiges Geschäft zu verderben. Was glaubst du eigentlich, wer du bist? Wie konntest du meinen Kunden erzählen, die Garnitur sei verkauft, wenn sie noch zu haben ist?«, sprudelte sie in einem Atemzug hervor.

Ruhig hob Victor den Klotz auf. Er hatte gewusst, dass sie kommen würde. Und er hatte auch mit ihrem Wutanfall gerechnet. Es war eine impulsive, spontane Reaktion von ihm gewesen, den Verkauf in letzter Minute zu vereiteln. Aber er bereute sie nicht. Er konnte sich noch zu gut an Sharons Gesichtsausdruck erinnern, als sie ihm zum ersten Mal von der Esszimmergarnitur ihrer Großmutter erzählte, der ganze Stolz der alten Dame. Nein, er duldete nicht, dass irgendwelche Leute sie aus dem Laden schleppten.

»Du willst sie doch gar nicht verkaufen, Sharon«, sagte er.

Ihre Augen schienen Funken zu sprühen. »Das geht dich überhaupt nichts an. Ich muss sie verkaufen, und ich werde sie verkaufen. Und wenn du dich nicht eingemischt hättest, wäre sie bereits verkauft.«

»Und du würdest dich verfluchen und Tränen vergießen«, gab er heftig zurück, während er die Klinge der Axt in den Baumstumpf hieb. »Das ist das Geld nicht wert.«

»Sprich mir nicht von Geld«, entgegnete sie. Zornig fuchtelte sie ihm mit dem Zeigefinger unter der Nase herum. »Du weißt nichts von meinen Gefühlen. Genauso wenig weißt du, was ich zu tun habe. Ich brauche das Geld nun einmal!«

Nur mit Mühe bewahrte Victor die Ruhe. Einen Moment hielt er ihre Hand fest, dann ließ er sie resigniert fallen. »Du brauchst das Geld nicht so dringend, dass du dafür etwas weggeben musst, woran dein Herz hängt.«

»Mit Gefühlen kann ich nicht die Rechnungen bezahlen, die sich auf meinem Schreibtisch stapeln.«

»Dann verkauf etwas anderes!«, sagte er mit erhobener Stimme. Während er auf ihr erhitztes Gesicht herabsah, bewegten ihn die gegensätzlichsten Gefühle. Im Moment hätte er sie am liebsten übers Knie gelegt, im nächsten konnte er kaum dem Bedürfnis widerstehen, sie vor der rauen Wirklichkeit des Lebens zu beschützen. »Du hast doch genug Ramsch in deinem verfluchten Laden!«, fügte er gereizt hinzu.

»Ramsch?« Damit hatte er ihr den Krieg erklärt. »Ramsch!«, wiederholte sie mit schriller Stimme.

»Sieh zu, dass du erst einmal den Kram loswirst, den du angehäuft hast«, riet er ihr in einem Ton, der seine Direktoren das Fürchten gelehrt hätte.

»Was verstehst du schon von Antiquitäten!«, rief sie wutentbrannt und stieß ihm mit dem Zeigefinger vor die Brust, sodass er einen Schritt zurücktrat. »Da versuche ich die besten Stücke, die ich finden kann, zusammenzutragen, und du …«, hier stieß sie ihn wieder mit ihrem Zeigefinger, »… du kannst doch nicht einmal einen Hepplewhite von einer Pressplatte unterscheiden. Halte dich gefälligst aus meinen Angelegenheiten heraus, Victor Banning, und beschäftige dich lieber mit deinem Hobel und deinem Hammer. Ich brauche keinen Städter, der mir schlaue Ratschläge gibt.«

»Jetzt reicht es mir aber«, sagte Victor grimmig. Mit einer einzigen schnellen Bewegung hob er sie hoch und warf sie über die Schulter.

»Was machst du?«, schrie Sharon, die mit beiden Fäusten

auf seinen Rücken einhieb. »Bist du wahnsinnig geworden? Lass mich sofort wieder runter!«

»Ich werde dich ins Haus tragen und endlich mit dir schlafen«, erklärte er. »Ich habe genug von deinem aufmüpfigen Benehmen.«

Sharon war so erstaunt, dass sie vergaß, sich gegen ihn zu wehren. »Was hast du gesagt?«

»Du hast mich sehr gut verstanden.«

»Du bist wohl verrückt!« Wieder traktierte sie ihn in blinder Wut mit Händen und Füßen. Doch dadurch ließ Victor sich nicht von seinem Vorhaben abhalten. »Du wirst mich nicht ins Haus bringen!«, rief sie, als er mit ihr durch die Küche ging. »Ich gehe nicht mit dir!«

»Du gehst genau dahin, wohin ich dich bringen werde«, gab er gelassen zurück.

»Das wirst du mir büßen, Victor!«

»Das bezweifle ich nicht«, meinte er, während er mit ihr die Treppe hinaufstieg.

»Setz mich sofort ab! Ich lasse mir das nicht gefallen!«

Weil er es satthatte, ständig von ihr getreten zu werden, zog er ihr die Schuhe aus und warf sie über das Treppengeländer. »Du wirst dir gleich noch viel mehr gefallen lassen«, brummte er.

Sosehr Sharon sich auch wand, sie kam nicht frei. Der Arm, der über ihren Kniekehlen lag, hielt sie unnachgiebig fest. »Das wirst du noch bereuen«, warnte sie, während sie ihn unablässig mit ihren kleinen Fäusten traktierte.

Unterdessen ging Victor zielstrebig auf sein Schlafzimmer zu. »Wenn du mich nicht sofort, in dieser Sekunde, absetzt, kündige ich dir deinen Job!« Im selben Moment plumpste sie unvermittelt aufs Bett. Wutentbrannt rappelte sie sich hoch. »Du Rüpel!«, rief sie außer Atem. »Was hast du überhaupt vor?«

»Ich habe dir doch gesagt, was ich vorhabe.« Ruhig und gelassen zog Victor seine Jacke aus und warf sie auf den Boden.

»Wenn du dir auch nur eine Minute lang einbildest, mich über die Schulter werfen zu können wie einen Sack Stroh und dann auch noch ungestraft davonzukommen, dann hast du dich gewaltig getäuscht.« Aufgebracht beobachtete sie, wie er sein Hemd aufknöpfte. »Hör sofort auf damit. Du kannst mich nicht dazu zwingen, mit dir zu schlafen.«

»Das wirst du schon sehen.« Sein Hemd landete neben der Jacke auf dem Fußboden.

»Oh nein, das kannst du nicht machen.« Empört stemmte sie die Hände in die Hüften. Doch ihre eindrucksvolle Pose verlor ein wenig durch die Tatsache, dass sie auf dem Bett kniete. »Zieh sofort das Hemd wieder an«, befahl sie.

Victor warf ihr nur einen kühlen Blick zu, bückte sich und zog seine Stiefel aus.

Böse starrte Sharon ihn an. »Du glaubst also, du kannst mich einfach aufs Bett werfen, und damit ist alles erledigt?«

»Ich habe noch nicht einmal angefangen«, teilte er ihr mit, nachdem der zweite Stiefel geräuschvoll zu Boden gefallen war.

»Du unmöglicher Mensch!« Mit aller Wucht warf sie ein Kopfkissen nach ihm. »Ich würde nie zulassen, dass du mich anfasst, und ...« Angestrengt suchte sie nach beleidigenden Worten. Doch ihr fiel nichts ein. »Und wenn du der einzige Mann auf der Welt wärst«, beendete sie schließlich ein wenig lahm ihren Satz.

Victor warf ihr nur einen langen durchdringenden Blick zu und öffnete den Gürtel seiner Hose.

»Ich habe dir gesagt, du sollst das unterlassen.« Wütend drohte sie ihm mit dem Zeigefinger. »Ich meine es ernst.

Wage es nicht, dich weiter auszuziehen, Victor!«, fügte sie drohend hinzu, als er den Reißverschluss seiner Jeans öffnete. »Ich spaße nicht.« Das letzte Wort ging in einem Kichern unter. Victor hielt mitten in der Bewegung inne. Aus zusammengekniffenen Augen schaute er sie an. »Zieh dich sofort wieder an!«, befahl sie und presste im nächsten Moment den Handrücken auf den Mund. Ihre Augen blitzten vor Belustigung.

»Was ist denn so komisch?«, fragte Victor verstimmt.

»Nichts, gar nichts.« Damit ließ sie sich rückwärts aufs Bett fallen und brach in schallendes Gelächter aus. »Komisch? Nein, dies ist eine sehr ernste Situation.« Sie wollte sich schier ausschütten vor Lachen. Vor Vergnügen schlug sie mit beiden Fäusten aufs Bett. »Da stehst du vor mir und ziehst dich aus und machst ein Gesicht, als wolltest du mich umbringen. Wirklich, eine sehr ernste Situation.« Sie schaute ihn an und hielt sich dann mit beiden Händen den Mund zu. »Man sieht dir wahrlich an, dass du vor Lust und Begehren ganz außer dir bist.« Sie lachte, bis ihr die Tränen kamen.

So ein kleines Biest, dachte Victor, der die Sache langsam auch komisch fand. Er ging zum Bett hinüber, beugte sich über Sharon und stützte die Hände rechts und links von ihrem Kopf ab. Je mehr sie sich bemühte, ihre Belustigung zu verbergen, desto mutwilliger blitzten ihre Augen ihn an. »Schön, dass du dich so gut amüsierst«, bemerkte er.

Sie unterdrückte ein Kichern. »Oh nein, ich bin wütend. Außer mir vor Wut. Aber es ist alles so ungeheuer romantisch.«

»Ja?« Jetzt musste auch er lachen.

»Oh ja, du hast mich regelrecht betört.« Sie prustete vor Lachen. »Ich war noch nie so ... so erregt«, brachte sie zwischendurch hervor.

»Tatsächlich?«, sagte Victor leise. Langsam und bedächtig beugte er sich tiefer über sie, um mit den Lippen leicht über ihr Kinn zu streichen.

»Ja. Nur als ein Klassenkamerad mich einmal in eine Brombeerhecke drängte, war ich ähnlich erregt. Offensichtlich treibe ich die Männer in eine Art Rausch der Leidenschaft.«

»Offensichtlich«, stimmte Victor zu und schob ihr eine Locke hinters Ohr. »Ich hatte bereits einige dieser Rauschzustände, seit ich dich kenne.« Sharon verstummte auf einmal, als Victor ihr Ohrläppchen zart zwischen seine Zähne nahm. »Und weitere werden mir wohl nicht erspart bleiben«, sagte er leise, während er mit der Zunge ihren Hals liebkoste.

»Victor ...«

»Ich habe das Gefühl, dass es jede Minute passieren kann«, flüsterte er.

»Ich muss nach Hause zurück«, wandte sie atemlos ein. Als Sharon versuchte, sich aufzurichten, legte er ihr die Hand auf die Schulter.

»Ich möchte gern wissen, was dich sonst noch erregt.« Er biss sie zart in den Hals. »Das?«

»Nein, ich ...«

»Nein?« Victor fühlte ihren rasenden Pulsschlag und lachte kurz auf. »Dann muss ich mir wohl etwas anderes ausdenken.« Er zog den Reißverschluss ihres Anoraks auf und öffnete die Knöpfe ihrer Bluse. »Dies vielleicht?« Sanft berührte er mit der Zunge ihre Brustspitze und nahm sie zart in den Mund.

Sharon stöhnte leise. Er hob den Kopf und blickte auf sie hinab. Sie sah ihn unverwandt an. Einen Moment lang schien es, als suche einer in dem Blick des anderen nach einer Antwort. Dann lächelte Sharon. »Dies«, flüsterte sie und zog seinen Kopf zu sich herab.

Sharon war auf die Süße seines Kusses nicht vorbereitet gewesen. Die Berührung seiner Lippen war sanft und liebevoll. Er bedeckte ihr Gesicht mit zärtlichen kleinen Küssen, um jedoch immer wieder zu ihren einladend geöffneten Lippen zurückzukehren. Victor wollte diesen Moment so lange wie möglich hinauszögern, sich ihren Geschmack einprägen, damit er ihn nie wieder vergaß. Weil er wusste, dass sie endlich ihm gehörte, dass er sie berühren und küssen durfte, dass er sie lieben würde, hielt er sein brennendes Begehren zurück.

Behutsam streifte er ihr den Anorak über die Schultern und hob sie ein wenig an, um ihn ihr auszuziehen. Seine Berührung war so sicher, so gefühlvoll, dass Sharon nicht merkte, wie sehr er zwischen Leidenschaft und Zärtlichkeit schwankte. Ohne jede Hast zog er ihr die Bluse aus.

Sharon seufzte zufrieden auf, als er ihre Arme mit vielen kleinen Küssen bedeckte.

Um sie versank die Wirklichkeit. Sie hörte nicht mehr den Wind, der ums Haus pfiff, und das Rascheln der welken Blätter. Für sie gab es nur noch Victors zärtliche Berührungen, das Spiel seiner Fingerspitzen und die Wärme, die seine Lippen auf ihrer Haut hinterließen. Liebevoll strich sie ihm über das dichte schwarze Haar. Sie hätte ewig in diesem Zustand zwischen Leidenschaft und beglückender Ruhe verharren können.

Langsam, fast unmerklich fing Victor an, ihren Körper zu erforschen. Zunächst ertastete er mit den Lippen die Rundungen ihrer Brüste, um allmählich bis zu den rosigen Spitzen vorzudringen, die plötzlich heiß und hart wurden.

Sharon wand sich sehnsüchtig unter ihm. Ihr Atem ging ebenso unregelmäßig wie seiner. Sie flüsterte seinen Namen und zog ihn eng an sich.

Doch bevor er sie nahm, wollte er ihr so viel mehr geben. Er widmete ihrem Bauchnabel die gleiche Aufmerksamkeit wie ihren Brüsten und fühlte, wie Sharon anfing zu zittern und wie ihr Herzschlag sich unter seinen hungrigen, suchenden Lippen beschleunigte.

»Du bist so weich«, flüsterte er. »So schön.« Eine ganze Weile barg er sein Gesicht zwischen ihren Brüsten, während er versuchte, seiner Erregung Herr zu werden. Sharon stöhnte vor Begehren auf. Sie wollte seine Lippen auf ihrem Mund spüren, wollte ihn küssen. Aber Victor rutschte noch ein Stückchen tiefer, um ihre Hüften zu umfassen.

Sharon merkte, wie er den Reißverschluss ihrer Jeans öffnete. Doch statt ihr die Hosen über die Hüften zu ziehen, küsste er zunächst hingebungsvoll das Stückchen Bauch, das unter dem geöffneten Reißverschluss zum Vorschein kam. Sharon bog sich ihm entgegen, damit er sie endlich von dem Kleidungsstück befreite, das sie voneinander trennte. Nur kam Victor der stummen, drängenden Aufforderung noch nicht nach. Gemächlich beschrieb er mit der Zungenspitze kleine Kreise auf ihrem Bauch.

Endlich streifte er ihr die Jeans über die Hüften. Die Berührung seiner Finger brannte wie Feuer auf ihrer Haut. Er küsste die zarte Innenseite ihrer Oberschenkel, bevor er die Hose ein Stückchen tiefer schob. Er biss sie zart in die Waden, um ihr schließlich die Hose über die Füße zu streifen. Sie fühlte seine Zungenspitze an ihren Fußknöcheln, und ihr wurde heiß vor Erregung.

Victor entdeckte empfindsame Stellen an ihrem Körper, sodass Sharon nur erstaunt reagieren konnte. Und dann spürte sie seine Zunge plötzlich an dem Mittelpunkt ihres Begehrens, an der Stelle, wo alle Empfindungen zusammentrafen. Sie rief seinen Namen, bewegte sich mit ihm und für ihn und war hilflos ihrer Erregung ausgeliefert.

Die Leidenschaft, mit der Sharon seinen Namen ausgerufen hatte, machte Victor glücklich, feuerte ihn dazu an, sie noch höher auf den Gipfel der Lust zu tragen, bevor er von ihr Besitz ergriff. Ihre Süße ließ ihn alle Zurückhaltung vergessen. Plötzlich war er unersättlich. Er ahnte, dass er nicht mehr behutsam und zärtlich mit ihr umging, sondern sich längst seinem wilden Verlangen hingab.

Seine Leidenschaft raubte ihm fast den Verstand. Victor bedeckte ihren zierlichen Körper mit wilden Küssen, während er mit den Händen ihre Erregung ins Grenzenlose steigerte. Wenn sie noch Worte gehabt hätte, hätte sie ihn angefleht, sie endlich zu nehmen. Als er seinen Mund auf ihre Lippen presste, erwiderte sie seinen Kuss hingebungsvoll. Dann drang er in sie ein.

Ein überwältigender Sinnesrausch erfasste beide, und im Taumel der Lust glaubten sie sich ineinander zu verlieren. Gemeinsam erreichten sie den Gipfel der Leidenschaft. Zitternd verharrten sie im Schwindel der Gefühle, um schließlich eng umschlungen den Einklang ihrer Körper zu genießen.

Victor konnte sich nicht erinnern, wie lange er unbeweglich dagelegen hatte. Nachdem seine Erregung abgeklungen war und sein Verstand wieder etwas klarer arbeitete, merkte er, dass Sharon ihn mit beiden Armen umschlungen hielt. Er lag noch immer auf ihr und spürte tief in ihr noch die Leidenschaft pulsieren. Einen Moment hielt er die Augen geschlossen und fragte sich, wie es möglich war, so glücklich zu sein. Als er sich bewegte, um sie von seinem Gewicht zu befreien, verstärkte sie den Druck ihrer Arme.

»Nein«, flüsterte sie. »Bleib noch ein bisschen bei mir.«

Er lachte leise und zärtlich. »Kannst du denn überhaupt noch atmen?«

»Ich atme später.«

Zufrieden barg er den Kopf an ihrem Hals. »Du schmeckst

so gut. Das ist mir schon bei unserem ersten Kuss aufgefallen. Es ist zu einem echten Problem für mich geworden.«

»Zu einem Problem?«, fragte sie matt, während sie seinen Rücken streichelte. »Das klingt aber nicht wie ein Kompliment.«

»Möchtest du eines hören?« Er küsste ihre weiche Haut. »Du bist der zauberhafteste, vollkommenste Mensch, den ich je gesehen habe.«

Auf diese Neuigkeit konnte Sharon nur mit einem Lachen reagieren. »Dein erstes Kompliment war glaubwürdiger.«

Victor hob den Kopf, um sie anzusehen. Ihr Blick war noch verschleiert von der Leidenschaft, aber er wusste, dass ihre Augen gleich wieder belustigt blitzen würden. »Schätzt du dich tatsächlich so falsch ein?«, fragte er nachdenklich.

Hatte sie wirklich keine Ahnung, was ihre großen samtdunklen Augen und ihre Haut, die sich wie Satin anfühlte, einem Mann wie ihm antun konnten, wenn sie mit ihrer unglaublichen lebensbejahenden Vitalität einhergingen? Wusste Sharon nicht, welche Faszination kindliche Unschuld ausübte, wenn sie durch einen sinnlichen Mund und offene, ehrliche Sexualität wettgemacht wurde?

»Vielleicht ist es besser, wenn du es nicht weißt«, sagte er mehr zu sich selbst. »Und wenn ich dir verrate, dass mir deine Nase gefällt?«

Einen Moment betrachtete sie ihn voller Misstrauen. »Wenn du jetzt sagst, ich sei niedlich, dann springe ich aus dem Bett«, warnte sie ihn.

Lachend küsste er die Grübchen in ihrer Wange. »Weißt du überhaupt, wie lange ich mich schon nach dir sehne?«

»Von dem Moment an, wo wir uns im Lebensmittelladen begegnet sind.« Sie lächelte, weil er sie so erstaunt ansah. »Ich habe es auch gespürt. Es war, als hätte ich auf dich gewartet.«

Victor legte seine Stirn auf ihre. »Ich war wütend.«

»Und ich war wie vom Blitz getroffen. Ich habe sogar meinen Kaffee vergessen.«

Sie lachten. Und dann küssten sie sich. »Du warst an diesem Tag schrecklich unfreundlich zu mir«, erinnerte sich Sharon.

»Das war auch meine Absicht. Ich wollte dich nicht an mich heranlassen.«

»Hast du dir wirklich eingebildet, ich ließe mich abwimmeln?« Lachend biss sie ihn in die Unterlippe. »Ist dir nicht aufgefallen, dass ich wild entschlossen war?«

»Ich wäre dich losgeworden, wenn du mir nicht nächtelang den Schlaf geraubt hättest.«

»Habe ich das wirklich? Armer Victor.« Sie küsste ihn voller Mitgefühl.

»Ich bin sicher, es tut dir schrecklich leid. Manchmal, meistens so gegen drei Uhr morgens, hätte ich dich am liebsten erwürgt.«

»Das kann ich mir vorstellen«, bemerkte sie. »Warum küsst du mich nicht stattdessen?«

Dieser Aufforderung kam Victor sofort nach. Sein Kuss war hart und ungestüm, und er merkte, wie die Leidenschaft erneut in ihm aufflackerte. Er hob den Kopf. »An jenem Tag, als du im Schlamm gesessen und haltlos gelacht hast, begehrte ich dich so sehr, dass ich fast verrückt wurde. Du machst mich verrückt, Sharon! Ich kann schon seit Wochen nicht mehr klar denken.« Wieder küsste er sie. Diesmal spürte Sharon jenen Zorn in ihm, an den sie sich noch zu gut erinnerte. Beruhigend strich sie mit den Fingerspitzen über seinen Rücken.

Als er den Kopf hob, begegneten sich ihre Blicke. Forschend schauten sie sich an. Sharon streichelte seine Wange. So viel Aufruhr, dachte sie.

So viele Geheimnisse. So viel Süße, dachte er. So viel Aufrichtigkeit.

»Ich liebe dich«, sagten beide im gleichen Moment, um sich dann voller Erstaunen anzublicken. Eine ganze Weile sprachen sie kein Wort, wagten sich nicht zu bewegen. Und dann umarmten sie sich, und ihre Lippen fanden sich zu einem Kuss, der voller Versprechen war.

Die Erleichterung, die Victor empfand, war überwältigend. Vor so viel Glück musste er die Augen schließen. Als er spürte, dass Sharon zitterte, zog er sie eng an sich. »Du zitterst ja. Warum?«, flüsterte er.

»Es ist zu vollkommen«, flüsterte sie bewegt. »Und das macht mir Angst. Wenn ich dich verlieren würde …«

Mit einem Kuss verschloss er ihr den Mund. »Es ist vollkommen.«

»Oh Victor, ich liebe dich so sehr. Ich habe so viele Wochen darauf gewartet, dass du meine Liebe erwiderst. Und jetzt …« Sie nahm sein Gesicht zwischen ihre Hände und schüttelte den Kopf. »Jetzt, wo mein Wunsch in Erfüllung gegangen ist, habe ich Angst.«

Er schaute auf sie hinab. Heftige Leidenschaft überkam ihn. Sie gehörte zu ihm. Nichts und niemand würde daran etwas ändern können. Keine Fehler, keine Enttäuschungen mehr. »Ich liebe dich«, sagte er inbrünstig. »Ich werde dich behalten, hast du mich verstanden? Wir gehören zusammen. Das wissen wir beide. Nichts wird je zwischen uns kommen.«

Er nahm sie in wildem, verzweifeltem Begehren. Den Schatten der Besorgnis, den er trotz allem nicht loswerden konnte, ignorierte er.

9. Kapitel

Als Sharon aufwachte, war es dunkel. Sie war erfüllt von tiefer Zufriedenheit und einem wunderbaren Gefühl der Sicherheit. Victors Arm, den sie um ihre Taille spürte, bedeutete Liebe, die ruhigen Atemzüge, die sie neben ihrem Ohr hörte, besagten, dass ihr Liebster an ihrer Seite schlief. Das war genug, um sie glücklich zu machen.

Sharon fragte sich, wie lange sie wohl geschlafen hatte. Als sie die Augen schloss, ging gerade die Sonne unter. Jetzt schien der Mond ins Zimmer. Sharon wandte den Kopf, um Victors Gesicht anzuschauen. Solange er noch schlief, konnte sie ihn ungestört betrachten. Im Halbdunkel konnte sie die Umrisse seiner hohen Wangenknochen und die kräftige gerade Nase erkennen. Vorsichtig, um ihn nicht aufzuwecken, fuhr sie mit der Fingerspitze die Linie seines Mundes nach.

Victor bewegte sich. Schlaftrunken zog er Sharon näher an sich. Während sie sich eng an seinen nackten Körper schmiegte, erfasste sie heftiges Begehren. Ihr Herz klopfte wild und unregelmäßig. Nie schien sie mehr Verlangen nach ihm gehabt zu haben. Dabei lag er nur ruhig neben ihr und schlief.

So wird es mir oft mit ihm gehen, dachte sie, während sie den Kopf an seine Schulter legte. Er war ihr Schicksal. Das hatte sie vom ersten Augenblick an gewusst. Jetzt fühlte sie sich an ihn gebunden, als sei sie schon seit Jahrzehnten seine Frau.

Sharon seufzte leise, gab ihm einen zarten Kuss auf die Lippen, rutschte dann vorsichtig an den Bettrand und erhob sich leise. Ihre Kleider lagen in wahllosem Durcheinander auf dem Fußboden. Sie griff sich Victors Hemd und zog es über. Auf Zehenspitzen verließ sie das Schlafzimmer.

Sharons zarter Duft, der am Kopfkissen haftete, drang als Erstes in Victors Bewusstsein. Noch halb im Schlaf rekelte er sich, bevor er den Arm ausstreckte, um sie wieder an sich zu ziehen. Doch der Platz neben ihm war leer.

Victor öffnete die Augen und flüsterte ihren Namen.

Im ersten Moment fehlte ihm die Orientierung. Er hob den Kopf und sah sich um. Der Mond schien ins Zimmer, sodass Victor zunächst dachte, es sei alles nur ein Traum gewesen. Aber das Laken neben ihm war noch warm. Es war also kein Traum. Die Erleichterung, die er empfand, war überwältigend.

Leise rief Victor noch mal ihren Namen, als er den Geruch von gebratenem Speck wahrnahm.

Da lächelte er wie ein zufriedener kleiner Junge und legte sich glücklich aufs Kopfkissen zurück.

Sie muss in die Küche gegangen sein, dachte er. Er hörte Sharon leise irgendeinen Schlager singen und mit dem Geschirr klappern.

Schlagartig fiel Victor auf, dass sein Leben bisher unvollkommen gewesen war. Sharon füllte die Leere aus, die ihn jahrelang gequält hatte. Sie war die Antwort auf alle Fragen, die Lösung all seiner Probleme.

Victor schloss die Augen. Aber was würde er ihr geben? In seinem Leben gab es zu viele Komplikationen. Sogar in ihrer ersten gemeinsamen Nacht hatten ihn die Schatten der Vergangenheit nicht losgelassen. Bei diesem Gedanken überkam ihn Angst.

Ich muss damit fertigwerden, dachte er und stand auf. Nichts und niemand durfte sich zwischen ihn und Sharon stellen. Weder der Schatten seiner toten Frau noch die Anforderungen seines Unternehmens. Er würde ihr alles erzählen und dann ein neues Leben mit ihr anfangen, das unbelastet von seiner Vergangenheit war. Ja, er würde ihr einen Heiratsantrag machen. Er hatte einmal seine Jugendträume der Firma geopfert, Sharon würde er niemals aufgeben.

Während Victor seine Jeans anzog, überlegte er sich, wie er Sharon alles am besten beibringen sollte.

Sharon streute ein wenig Thymian in die Fertigsuppe, die sie gerade aufwärmte. Sie stellte sich auf die Zehenspitzen, um an eine Schüssel im oberen Regal im Küchenschrank heranzukommen, wobei ihr Victors Hemd über die nackten Oberschenkel hochrutschte. Ihr Haar war zerzaust, ihre Wangen gerötet. Victor blieb einen Moment im Türrahmen stehen, um sie zu beobachten.

Dann war er mit drei langen Schritten hinter ihr, legte die Arme um ihre Taille und barg das Gesicht an ihrem Hals. »Ich liebe dich«, flüsterte er. »Mein Gott, wie sehr ich dich liebe.«

Bevor Sharon etwas sagen konnte, drehte er sie zu sich herum, um ihr den Mund mit einem leidenschaftlichen Kuss zu verschließen. Sharon gaben die Knie nach, so sehr überwältigte sie dieser plötzliche Beweis seiner Liebe. Ihre weichen Lippen öffneten sich ihm bereitwillig, während sie mit der gleichen Lust seinen Kuss erwiderte. Erst nach einer ganzen Weile gab Victor sie frei. Lächelnd schaute er auf sie hinab.

»Jetzt weißt du auch, womit du mich verführen kannst. Du musst nur eines meiner Hemden anziehen.«

»Wenn ich gewusst hätte, wie du darauf reagierst, hätte ich es schon vor Wochen getan.« Liebevoll umarmte sie ihn. »Ich dachte, du hättest vielleicht Hunger. Es ist schon nach acht Uhr.«

»Ich habe Essen gerochen, deshalb bin ich heruntergekommen.«

»Oh.« Sharon hob die Brauen. »Ist das der einzige Grund?«

»Welchen hätte ich sonst haben sollen?« Lachend küsste er sie auf die Nasenspitze. »Soll ich dir etwas verraten? Ich hielt es einfach nicht ohne dich aus.« Victor küsste sie, bis ihr der Atem wegblieb. »Als ich aufwachte, streckte ich als Erstes die Hand nach dir aus. Aber du warst nicht da. Dann hörte ich dich in der Küche herumwirtschaften, und plötzlich wusste ich, dass ich noch nie in meinem Leben glücklicher gewesen bin. Genügt dir das?«

»Ja, ich ...« Sie seufzte, als er mit den Händen unter das weite Hemd glitt, um sie zu liebkosen. Hinter ihr brutzelte der Speck in der Pfanne. »Wenn du nicht sofort aufhörst, wird unser Abendessen anbrennen.«

»Welches Abendessen?«, lachte er. Es gefiel ihm, dass es ihr so schwerfiel, sich von ihm loszureißen. Ihre Wangen waren gerötet, und ihr Atem ging unregelmäßig, während sie versuchte, sich ihm zu entziehen.

»Die von mir verfeinerte Fertigsuppe und der Speck.«

Er zog sie erneut an sich, um sie auf den Hals zu küssen. »Es riecht ziemlich appetitlich. Aber du riechst auch nicht schlecht.«

»Das ist dein Hemd«, erklärte sie und wand sich aus seinen Armen. Sie nahm den Speck aus der Pfanne und ließ das Fett abtropfen. »Wenn du Kaffee willst, das Wasser ist noch heiß.«

Victor beobachtete, wie sie das einfache Mahl zubereitete. Flüchtig dachte er an die große weiße Villa in Washingtons vornehmster Wohngegend – das Haus, das er einmal für Amelia gekauft hatte. Ein ovaler Swimmingpool, ein Rosengarten und ein Tennisplatz gehörten dazu. Zwei Dienstmädchen, ein Gärtner und ein Koch hielten es in Ordnung. Es gab ein Empfangszimmer mit einem Schrank aus Rosenholz, über den Sharon in Entzücken geraten wäre, und mit schweren Vorhängen, die sie scheußlich gefunden hätte.

Nein, dachte Victor. *Mit ihr kann ich dorthin nicht einfach zurückgehen. Bevor ich die Vergangenheit begraben kann, muss ich ihr etwas von meiner ersten Ehe und von meiner wahren Existenz erzählen.*

»Sharon ...«, fing er an.

»Setz dich«, befahl sie, während sie die Suppe in eine Schüssel füllte. »Ich bin am Verhungern. Ich habe heute Nachmittag nichts gegessen, weil ich lange um einen herrlichen Sheridan-Tisch feilschen musste.«

»Sharon, ich muss mit dir sprechen.«

Sie schnitt ein Brötchen durch. »Okay, fang an. Ich darf doch weiteressen? Dieser Kaffee schmeckt ja scheußlich. Ich brauche noch ein bisschen Milch.«

Während Sharon in der Küche herumhantierte, überfiel Victor die Erinnerung an sein altes Leben – die Hektik, die Anforderungen, die Arbeitsbelastung. Wozu war all das gut gewesen? Wenn er Sharon jetzt verlieren würde ... Er konnte den Gedanken nicht ertragen.

»Sharon.« Er schwieg und fasste sie dann bei den Armen. »Ich liebe dich. Glaubst du mir das?« Der Druck seiner Hände tat ihr weh, doch sie protestierte nicht dagegen.

Sein grimmiger Gesichtsausdruck überraschte sie. »Ja, ich glaube dir«, sagte sie.

»Wirst du mich so nehmen, wie ich bin?«

»Ja.« Sie antwortete, ohne zu zögern. Aufatmend zog Victor sie an sich.

Er schloss die Augen. Nur ein paar Stunden ohne Fragen, ohne Vergangenheit, dachte er. *Ist das etwa zu viel verlangt?* »Ich habe dir so viel zu sagen, Sharon. Aber nicht heute Abend.« Langsam löste sich seine Anspannung.

Aus dem festen Griff, mit dem er ihre Arme umfasst hielt, wurde allmählich eine Liebkosung. »Heute Abend möchte ich dir nur sagen, dass ich dich liebe.«

Sharon spürte seine innere Unruhe. Liebevoll schaute sie zu ihm auf. »Das ist alles, was ich heute Abend von dir hören möchte. Ich liebe dich, Victor. Nichts, was du mir von dir erzählst, wird etwas daran ändern.« Sie küsste ihn auf die Wange und fühlte, wie er sich langsam entspannte.

»Komm«, sagte sie, »das Essen wird kalt. Wenn ich mich hier schon als Köchin betätige, dann will ich auch etwas Anerkennung für meine Bemühungen.«

»Ich weiß sie zu würdigen«, versicherte Victor. Er küsste sie erst auf die Nasenspitze, dann auf den Mund. »Lass uns ins Wohnzimmer gehen.«

»Ins Wohnzimmer?« Sie runzelte die Stirn. Dann schien sie zu verstehen. »Oh, du meinst, es ist dort wärmer.«

»Genau.«

»Ja, ich habe ein paar Holzscheite im Kamin angezündet, als ich vorhin herunterkam.«

»Du bist ein kluges Kind, Sharon«, sagte Victor bewundernd, während er sie aus der Küche führte.

»Victor, wir müssen doch unser Essen mitnehmen.«

»Welches Essen?«

Lachend wollte Sharon zurück in die Küche laufen. Doch Victor hielt sie fest und schob sie in das spärlich eingerichtete Wohnzimmer, das nur vom Schein des Kaminfeuers erleuchtet war.

»Victor, die Suppe wird kalt«, protestierte Sharon.

»Die Suppe kann warten«, erklärte er, während er ihr das viel zu große Hemd aufknöpfte.

»Victor!« Sharon drückte seine Hände weg. »Kannst du denn nicht ernst sein?«

»Ich meine es ernst«, versicherte er und zog sie auf den Teppich vor dem Kamin herunter.

»Also, ich wärme die Suppe nicht noch einmal auf«, erklärte sie aufgebracht, während sie auf dem Boden lagen und er sich an den letzten Knöpfen des Hemdes zu schaffen machte.

»Das kann dir niemand verübeln«, meinte er zustimmend und schob das Hemd auseinander. »Sie wird auch kalt noch gut schmecken.«

Sharon meinte verächtlich: »Sie wird schrecklich schmecken.«

»Bist du hungrig?«, fragte er leise und legte seine Hand auf ihre Brust.

Sharon schaute ihn an. »Ja!« Blitzschnell rollte sie sich herum, um sich auf ihn zu legen und ihre Lippen auf seinen Mund zu pressen.

Ihre plötzliche Leidenschaft überraschte ihn. Er hatte langsam ihr Begehren wecken wollen, und jetzt beherrschte sie auf einmal die Situation. Sie war gierig und fordernd. Ihre Zunge erregte ihn so sehr, dass er noch im selben Moment von ihr Besitz ergriffen hätte, wäre nicht diese seltsame Schwäche gewesen, die es ihm unmöglich machte, sich zu rühren. Mit beiden Händen streichelte Sharon sein Haar, liebkoste seine Schultern und seine Brust, um immer neue Stellen seines Körpers zu ertasten und zu erkunden.

Er versuchte, ihr das Hemd abzustreifen. Aber seine Finger zitterten so sehr, dass er es nicht schaffte. Es berauschte Sharon, solche Macht über ihn zu haben. »Nicht so schnell«, flüsterte sie ihm ins Ohr. »Wir haben viel Zeit.«

Victor wollte widersprechen, doch sein Einspruch ging in ein Stöhnen über, als er ihre Lippen an seinem Hals spürte. Sharon bebte ebenso vor Begehren wie er. Aber das Verlangen, ihn zu betören, ihn in höchste Verzückung zu versetzen, war stärker.

Ihre Liebkosungen raubten ihm fast den Verstand, ihre Küsse machten ihn schwach und verletzbar. Er streichelte sie überall. Seine Berührungen hatten etwas Traumhaftes, Hingebungsvolles. Er hatte seine Kraft, seine überlegene Stärke ihr untergeordnet.

Sharon fühlte seinen Herzschlag, hörte seine flachen, unregelmäßigen Atemzüge. Erneut presste sie ihren Mund auf seine Lippen, um ihn inbrünstig zu küssen und ihre Zungen zu einem erregenden Liebesspiel zu vereinigen. Dann ging sie mit dem Mund auf Entdeckungsreise. Zuerst widmete sie sich seinem Hals. Als Victor mit rauer Stimme ihren Namen flüsterte, wurde sie kühner. Mit zarten Küssen bedeckte sie seine Brust und seinen flachen muskulösen Bauch. Victor zuckte zusammen, als hätte sie ihn verbrannt. Sharon presste ihre Lippen auf seine heiße Haut, bis er laut aufstöhnte.

Langsam öffnete Sharon seine Jeans und zog sie ihm über die Hüften. Neugierig berührte sie mit der Zungenspitze seinen Oberschenkel. Sie hörte, dass er ihren Namen ausrief, dass seine Stimme heiser, fast verzweifelt klang. Doch Sharon ließ sich nicht beirren. Wie stark er ist, dachte sie und strich erst mit den Fingerspitzen, dann mit der Zunge über sein Bein. Sie brachte ihn mit kleinen zärtlichen Liebesbissen fast an den Rand des Wahnsinns.

Victor wollte sie nehmen, bevor er verrückt wurde. Dann aber spürte er wieder ihre gierigen Küsse auf seinem Bauch, und die Hitze, die ihn durchströmte, war herrlicher als alles, was er je empfunden hatte. Einen Moment berührten ihn die harten Spitzen ihrer runden Brüste, und sofort erwachte das Begehren nach ihnen. Stattdessen gab sie ihm ihren Mund. Sharon lag jetzt der Länge nach auf ihm. Ihr Körper strahlte Wärme und Vitalität aus.

»Sharon, um Himmels willen«, flüsterte er erregt und wollte sie festhalten. Doch sie rutschte ein Stückchen tiefer, um ihn in sich aufzunehmen. Dabei seufzte sie triumphierend.

Jetzt war es um seine Beherrschung geschehen. Ohne zu wissen, was er tat, packte er sie bei den Schultern, drehte sie herum und drang mit all der brennenden, verzweifelten Kraft in sie ein, die sich in ihm aufgestaut hatte. Sein Begehren hatte ihn in einen Rausch der Leidenschaft getrieben.

Sharon schrie leise auf und hob ihm ihre Hüften entgegen. Doch er hatte jede Kontrolle über sich verloren. Länger konnte er sich nicht mehr beherrschen. Hart und rücksichtslos vereinigte er sich mit ihr. Er spürte nicht ihre Fingernägel, die sie in seinen Rücken grub, hörte nicht ihren unregelmäßigen Atem. Victor trieb sie und sich auf den höchsten Gipfel der Glückseligkeit.

Zufrieden und ermattet lag Sharon wie betäubt unter Victor. Beide genossen das Abklingen der Erregung. Liebevoll strich Victor über ihren Arm, der so schmal war, dass er ihn mit Daumen und Zeigefinger umfassen konnte. »Du bist so zerbrechlich«, flüsterte er. »Ich wollte dir nicht wehtun.«

Sharon strich ihm durchs Haar. »Hast du das denn getan?«

Er lachte. »Sharon, du machst mich verrückt. Normalerweise gehe ich nicht so unsanft mit Frauen um.«

»Ich glaube, dies ist nicht der richtige Zeitpunkt, mir von deinen Frauen zu erzählen.«

Er stützte sich auf den Ellenbogen und schaute auf sie hinab. »Soll ich dir lieber erzählen, dass du mich in einen Rausch der Leidenschaft treibst?«

»Absolut.«

»Es scheint sogar zu stimmen«, sagte Victor leise.

Sie lächelte ihn an. »Wäre es dir lieber, ich täte es nicht?«

»Nein«, sagte er bestimmt und verschloss ihr mit einem Kuss den Mund.

»Schließlich machst du mit mir dasselbe. Da ist es nur fair, wenn ich mich revanchiere.«

Er sah sie so gern mit diesem sinnlichen Ausdruck im Gesicht. Ihre Augen schimmerten, und ihre Lippen waren rot und geschwollen. Das Kaminfeuer warf einen flackernden rötlichen Schein auf ihr Gesicht. »Mir gefällt deine Logik«, sagte er. Behutsam fuhr er mit der Fingerspitze die Linien ihres Gesichts nach. Dabei stellte er sich vor, wie es sein würde, jeden Morgen neben ihr aufzuwachen.

Sharon hielt seine Hand fest und zog sie an ihre Lippen. »Ich liebe dich«, sagte sie zärtlich. Sie kuschelte sich an ihn. »Das Feuer geht langsam aus«, murmelte sie.

»Mhm.«

»Victor.« Sie hob den Kopf, um ihn anzuschauen. Er hatte die Augen geschlossen. »Du wirst jetzt nicht einschlafen! Ich habe Hunger!«

»Mein Gott, die Frau ist unersättlich«, seufzte er. Dann umfasste er ihre Brust. »Wenn du mich ein wenig anregst, kann ich vielleicht die Energie dazu aufbringen.«

»Ich will mein Abendessen«, sagte sie fest, ließ sich jedoch seine Liebkosungen willig gefallen. »Du wirst die Suppe aufwärmen.«

»Oh.« Victor schien einen Moment nachzudenken. Dann setzte er sich auf und zog seine Jeans an. Bevor er das Zimmer verließ, beugte er sich noch einmal zu ihr hinab, um sie flüchtig auf den Mund zu küssen. »Du kannst unterdessen ein Holzscheit ins Feuer werfen«, meinte er.

Nachdem Victor in die Küche gegangen war, blieb Sharon noch einen Moment liegen, um ein wenig vor sich hin zu träumen. Sie wickelte sich fester in Victors Flanellhemd. Liebte Victor sie tatsächlich so sehr? Ja, sie hatte seine Liebe gespürt und sein Begehren. Doch da war noch etwas anderes.

Er schien sie zu brauchen. Obwohl sie keine Ahnung hatte, was es war, wusste sie, dass sie ihm etwas zu geben vermochte, auf das er nicht verzichten konnte.

Was hatte ihn wohl dazu gebracht, sich hinter Zynismus zurückzuziehen? Bittere Enttäuschung, hatte er ihr einmal gesagt. Wer oder was hatte ihn so enttäuscht? Eine Frau, ein Freund, ein Ideal?

Sharon blickte in die Glut des Kaminfeuers und überlegte, wie sie ihm am besten helfen konnte. Wahrscheinlich musste sie sehr geduldig mit ihm sein und darauf warten, dass er irgendwann, wenn er bereit dazu war, seine Geheimnisse mit ihr teilte. Sie setzte sich auf und knöpfte ihr Hemd zu. Heute Nacht sollte nichts ihre Liebe belasten, das hatte sie ihm versprochen. Morgen konnten sie dann über Probleme reden. Geschickt schichtete sie noch ein paar Holzscheite im Kamin auf und ging dann in die Küche.

»Das wird ja langsam Zeit«, meinte Victor, als sie in die Küche schlenderte. »Ich liebe es gar nicht, wenn mir das Essen kalt wird.«

Sharon lächelte verschmitzt. »Wie unachtsam von mir.«

Victor stellte die Suppenschalen auf den Tisch. »Die Suppe schmeckt trotzdem noch. Willst du Kaffee?«

»Nicht deinen«, wehrte sie ab. »Er schmeckt schrecklich.«

»Wenn eine gewisse Person wirklich etwas für mich übrighätte, dann würde sie sich darum kümmern, dass ich morgens einen anständigen Kaffee bekomme.«

»Du hast recht.« Sharon setzte sich und hob den Löffel. »Ich werde dir eine Kaffeemaschine kaufen.« Hastig aß sie die Suppe. »Mein Gott, ich bin fast am Verhungern!«

»Du solltest auch keine Mahlzeiten auslassen«, meinte Victor tadelnd und ließ sich ebenfalls nieder.

»Die Sache war es wert. Eigentlich wollte ich heute früh zu Abend essen. Doch dann wurde ich abgelenkt.«

Victor nahm ihre Hand, zog sie zärtlich an seine Lippen und biss sie dann spielerisch in die Fingerknöchel.

»Au!« Sharon zog ihre Hand zurück. »Ich habe ja nicht behauptet, dass mir die Ablenkung unangenehm gewesen ist. Obwohl ich wirklich wütend auf dich war.«

»Ganz meinerseits«, versicherte er nachsichtig.

»Wenigstens verliere ich nicht die Beherrschung«, bemerkte sie spitz. »Dabei hätte ich dich am liebsten verprügelt.«

»Ganz meinerseits«, wiederholte er.

»Du bist kein Gentleman«, beschuldigte sie ihn mit vollem Mund.

»Oh nein«, stimmte er bereitwillig zu. Er zögerte einen Moment, als wäge er seine Worte sorgfältig ab. »Sharon, könntest du die Esszimmergarnitur noch eine Weile behalten?«

»Victor ...«, fing sie an. Doch er unterbrach sie.

»Sag mir jetzt bitte nicht wieder, ich hätte mich nicht einmischen sollen. Ich liebe dich doch.«

Nachdenklich rührte Sharon in ihrer Suppe. Sie wollte ihm nicht sagen, wie viele Rechnungen sie bezahlen musste. Er hatte selbst genug Probleme. Da durfte sie ihn doch nicht mit ihren eigenen belasten. »Es ist mir klar, dass du es um meinetwillen getan hast«, fing sie langsam an. »Und ich weiß das wirklich zu schätzen. Aber es ist wichtig für mich, dass mein Laden etwas einbringt.«

Sie blickte auf, um ihm in die Augen zu schauen. »Ich war nicht gerade ein Fehlschlag als Lehrerin, aber ein umwerfender Erfolg war ich auch nicht. Dieser Antiquitätenladen muss einfach laufen.«

»Und das willst du damit erreichen, indem du ein Erbstück, das deiner Großmutter lieb und teuer war, die einzige bleibende Erinnerung an sie, verkaufst?« Als Victor sah, wie sehr er sie mit dieser Bemerkung getroffen hatte, nahm er tröstend ihre Hand.

»Es fällt mir furchtbar schwer. Das will ich gar nicht leugnen.« Sharon seufzte tief auf. »Im Grunde genommen bin ich kein praktisch denkender Mensch. Aber in diesem Fall bleibt mir nichts anderes übrig. Von dem Geld, das mir diese Möbel einbringen, kann ich eine ganze Weile leben. Und außerdem ...« Betrübt schüttelte sie den Kopf. »Es ist schwieriger für mich, die Möbel ständig zu sehen und zu wissen, dass ich mich von ihnen trennen muss, als die Sache kurz und schmerzlos hinter mich zu bringen.«

»Dann werde ich sie kaufen. Ich könnte ...«

»Nein!«

»Sharon, hör mir doch bitte einmal zu.«

»Nein!« Sie entzog ihm ihre Hand, um aufzustehen und zum Fenster zu gehen. Schweigend blickte sie hinaus. »Bitte, Victor«, sagte sie dann fast flehend. »Es ist schrecklich lieb von dir, aber ich kann es nicht zulassen.«

Victor stand auf und trat hinter sie. Liebevoll zog er sie an sich. Wie sollte er ihr nur alles erklären? Womit sollte er anfangen? »Sharon, du verstehst mich nicht. Ich kann es nicht ertragen, dich leiden zu sehen. Es wäre so einfach für mich ...«

»Nein, Victor.« Sharon wandte sich zu ihm um und schaute ihn ernst an. »Dein Angebot ist sehr hochherzig. Aber ich weiß, was ich zu tun habe. Und davon kannst auch du mich nicht abhalten.«

»Bitte, Sharon, lass mich helfen. Es ist doch nur eine Geldfrage ...«

»Und wenn du Millionär wärst, würde ich es trotzdem nicht annehmen.«

Victor wusste nicht, wie er auf diese Antwort reagieren sollte, und zog sie an sich. »Du störrischer kleiner Dummkopf. Ich könnte alles so viel leichter für dich machen. Willst du mir nicht einen Moment zuhören? Es gibt so viel, was ich dir zu sagen habe.«

»Niemand, nicht einmal du, soll mir irgendetwas leichter machen. Bitte, versuche, mich doch zu verstehen. Ich muss es mir beweisen, dass ich etwas leisten kann.«

Victor erinnerte sich daran, wie sehr es ihn immer frustriert hatte, dass ihn jeder nur als Miriam Riverton-Bannings Sohn kannte. Ja, er verstand sie. Und deshalb verzichtete er darauf, ihr zu erklären, wie einfach es für ihn gewesen wäre, ihr zu helfen. »Nun«, sagte er, um sie etwas aufzuheitern, »du bist wirklich niedlich.«

»Oh Victor«, stöhnte sie.

»Und süß«, fügte er hinzu und hob ihr Gesicht an, um sie zu küssen. »Und etwas komisch.«

»Das ist kein Grund, dich bei mir einzuschmeicheln«, warnte sie. »Ich spüle, du trocknest ab.«

»Was spülst du?«

»Das Geschirr.«

Er zog sie ganz eng an sich. »Ich sehe kein Geschirr. Du hast wunderschöne Augen.«

»Ich warne dich, Victor«, sagte sie drohend.

»Ich mag deine Sommersprossen.« Er gab ihr einen Kuss auf die Nase. »Und deine Grübchen.«

»Du hältst jetzt besser den Mund, Victor.«

»Ja«, fuhr er fort und strahlte sie an wie ein kleiner Junge. »Ich würde sagen, das ist wirklich ein niedliches kleines Gesicht.«

»Okay, jetzt ist das Maß voll.« Heftig wand sie sich aus seiner Umarmung.

»Willst du irgendwohin gehen?«

»Nach Hause«, erklärte sie großspurig. »Du kannst dein Geschirr selbst abwaschen.«

Er seufzte. »Ich glaube, ich muss wieder zu drastischen Maßnahmen greifen.«

Weil sie ahnte, was auf sie zukam, ging Sharon sofort in Abwehrstellung. »Wenn du mich wieder über die Schulter wirfst, bist du deinen Job los.«

Victor ergriff sie um die Knie und hob sie mühelos hoch. »Was hältst du davon?«

Sharon legte die Arme um seinen Hals. »Das ist besser«, gab sie widerwillig lächelnd zu. Sie schaffte es einfach nicht, bei ihm ernst zu bleiben.

»Und davon?« Sein Kuss, der zunächst zart und behutsam war, wurde immer stürmischer.

»Viel besser«, flüsterte sie, während er sie aus der Küche trug. »Wo gehen wir hin?«

»Nach oben. Ich will mein Hemd zurückhaben.«

10. Kapitel

»Ja, natürlich kann man sie mit einem Stromkabel ausrüsten«, meinte Sharon, während sie mit der Fingerspitze über den Porzellanfuß eines zierlichen Öllämpchens strich.

»Fabelhaft!« Mrs. Trip, Sharons Kundin, nickte begeistert. »Mein Mann wird das schon machen. Er ist sehr geschickt mit elektrischen Dingen.«

Sharon zwang sich zu einem Lächeln. Es brach ihr das Herz, dass jemand an der süßen kleinen Lampe herumbasteln wollte. »Wissen Sie«, unternahm sie einen geschickten Versuch, Mrs. Trip von ihrem Vorhaben abzubringen, »eigentlich ist es ganz praktisch, eine Öllampe im Haus zu haben. Sie könnten ja einmal einen Stromausfall haben.«

»Nun ja«, meinte Mrs. Trip nachsichtig. »Aber wissen Sie, für so eine Situation habe ich immer Kerzen im Haus. Ich will dieses Lämpchen direkt neben meinen Schaukelstuhl stellen. Dort sitze ich abends immer mit meiner Handarbeit.«

Obwohl sie an der Lampe eine hübsche Summe verdienen konnte, bemühte sich Sharon, die alte Dame von dem Kauf abzubringen. »Wenn Sie wirklich eine elektrische Lampe brauchen, Mrs. Trip, dann kaufen Sie doch lieber eine gute Reproduktion. Die wäre viel billiger.«

Mrs. Trip lächelte milde. »Aber das wäre ja dann keine Antiquität, oder? Können Sie mir die Lampe in eine Schachtel packen?«

»Ja, natürlich«, meinte Sharon etwas betreten. Während sie die Quittung ausschrieb, tröstete sie sich mit dem Gedanken, dass sie von dem Verkaufserlös eine ihrer vielen Rechnungen bezahlen konnte.

»Oh, das habe ich ja gar nicht gesehen.«

Sharon blickte auf. Mrs. Trip bewunderte gerade ein kobaltblaues Teeservice mit Goldrand. »Es ist wunderschön, nicht wahr?«, meinte sie und biss sich gleich darauf auf die Unterlippe, als die Dame die kleine Zuckerdose befingerte.

Sie sah, wie Mrs. Trip die Brauen hob, als sie das Preisschildchen auf der Unterseite der Dose entdeckte.

»Ich kann das Service nur komplett verkaufen«, sagte Sharon fast entschuldigend, weil sie wusste, dass einem Käufer, der nichts von altem Porzellan verstand, der Preis unverhältnismäßig hoch erscheinen musste. »Es ist spätes neunzehntes Jahrhundert und …«

»Ich muss es haben«, unterbrach Mrs. Trip entschlossen Sharons Ausführungen. »Es ist genau das Richtige für mein Eckschränkchen.« Sie lächelte die erstaunte Sharon verschwörerisch an. »Ich werde meinem Mann erklären, dass er mir gerade mein Weihnachtsgeschenk gekauft hat.«

»Ich könnte es Ihnen in Geschenkpapier einpacken«, schlug Sharon vor, worauf Mrs. Trip begeistert zustimmte.

»Sie haben einen bezaubernden Laden«, bemerkte die alte Dame, während Sharon das Service einpackte. »Ich bin nur hier herausgefahren, weil ich das Hinweisschild an der Straße so hübsch fand. Eigentlich hatte ich eine alte Scheune mit Trödel erwartet. Sie haben das wirklich alles sehr geschmackvoll gemacht. Und vor allem das kleine Museum ist so nett. Eine reizende Idee. Wenn ich das nächste Mal in diese Gegend fahre, werde ich meinen Neffen mitbringen. Sind Sie verheiratet, Liebes?«

Sharon warf ihr einen belustigten Blick zu. »Nein.«

»Er ist Arzt«, erklärte Mrs. Trip. »Internist.«

Sharon räusperte sich. »Wie schön«, bemerkte sie höflich. »Sie sind bestimmt stolz auf ihn.«

»Ja«, sagte Mrs. Trip wehmütig. »Es ist ein Jammer, dass er noch nicht das richtige Mädchen gefunden hat. Ich werde auf jeden Fall noch einmal mit ihm vorbeikommen.« Ohne mit der Wimper zu zucken, schrieb sie den Scheck aus.

Es fiel ihr nicht leicht, doch Sharon schaffte es, ernst zu bleiben. Erst als die Tür hinter ihrer Kundin zufiel, fing sie herzlich an zu lachen. Was würde Victor wohl zu den Bemühungen der alten Dame, sie mit ihrem Neffen zu verkuppeln, sagen?

Sharon schaute auf ihre Armbanduhr. Erst in zwei Stunden würde sie Victor wiedersehen. Wenn doch nur die Zeit schneller verginge!

Sie hatte ihm ein Abendessen versprochen, das Bratenstück brutzelte bereits in der Backröhre in ihrer neuen Küche im Obergeschoss. Sie würde den Laden etwas früher schließen, dann hatte sie genug Zeit, sich noch irgendein ausgefallenes Dessert auszudenken, bevor er kam.

In diesem Moment ging erneut die Ladentür auf, und Laurie Martin trat ein. »Guten Tag, Sharon.« Sie sah, dass Sharon sich lässig in einem bequemen Sessel ausgestreckt hatte, und meinte: »Ich sehe, du hast nicht viel zu tun.«

Obwohl sie Laurie freundlich anlächelte, machte Sharon sich nicht die Mühe, aufzustehen. »Im Moment nicht. Wie geht es dir, Laurie?«

»Ausgezeichnet. Ich habe mir heute Nachmittag freigenommen, weil ich zum Zahnarzt musste. Da dachte ich mir, ich komme einfach mal bei dir vorbei.«

Sharon sagte dazu nichts, weil sie erwartete, dass Laurie ihr jetzt von ihren guten Zähnen erzählen würde.

Als Laurie jedoch schwieg, meinte sie schließlich: »Das war eine gute Idee. Soll ich dir den Laden zeigen?«

»Ich würde mir gern einmal deine Sachen ansehen«, erklärte Laurie und sah sich neugierig um. »Was für hübsche Dinge du hast.«

Sharon stand auf und bedankte sich höflich bei Laurie für das Kompliment.

»Es sieht ja jetzt ganz anders hier aus«, fuhr Laurie fort. In ihrer langsamen, bedächtigen Art wanderte sie durch den ehemaligen Sommerraum und von da aus in den größeren Geschäftsraum. Zum Schluss blieb sie noch einmal unter der Tür stehen, um einen abschließenden Blick auf die beiden Räume zu werfen. »Aber du hast ja kaum etwas verändert!«, rief sie schließlich erstaunt. »Nicht einmal die Tapete.«

»Nein«, sagte Sharon, die liebevoll ihre Esszimmergarnitur anschaute. »Ich habe nur die Türrahmen erweitert. Mir gefielen die Räume viel zu gut, um sie zu verändern.«

»Nun, ich muss dir gestehen, dass mich das erstaunt«, bemerkte Laurie, während sie durch die ehemalige Küche ging. »Es ist alles so ordentlich, so gepflegt. Ich hatte eigentlich mehr Trödel erwartet.« Sie gingen in den Raum, der das Museum beherbergte. »Dass hier peinliche Ordnung herrscht, konnte ich mir vorstellen. Wenn es um amerikanische Geschichte ging, warst du ja schon immer sehr pedantisch. Ich konnte das nie verstehen.«

»Weil ich alles andere nicht so genau genommen habe?«

»Oh Sharon.« Lauries Verlegenheit verriet Sharon, dass sie deren Gedanken erraten hatte.

»Entschuldige.« Sharon wurde langsam ein bisschen ungeduldig.

Laurie nahm ihre Wanderung durch den Laden wieder auf. »Das ist aber ein schöner Tisch.«

Sie war vor dem Sheridan-Tisch stehen geblieben, den Sharon tags zuvor gekauft hatte. Zum ersten Mal lag in ihrer

Stimme echte Bewunderung. »Er sieht ja überhaupt nicht alt aus.«

Das war zu viel für Sharon. Sie brach in fröhliches Gelächter aus. »Nein, es tut mir leid«, meinte sie, als Laurie sich mit verständnislosem Blick nach ihr umsah. »Du glaubst gar nicht, wie viele Leute annehmen, dass alte Möbel zerkratzt und verschimmelt aussehen müssen. Dieser Tisch ist wirklich alt und tatsächlich ungewöhnlich schön.«

»Und teuer«, fügte Laurie hinzu, nachdem sie das Preisschild gelesen hatte. »Er würde wunderbar zu dem Stuhl passen, den Carl und ich gerade gekauft haben. Oh …«

Sie wandte sich um und blickte Sharon schuldbewusst an. »Ich weiß gar nicht, ob du es schon gehört hast … ich wollte noch mit dir darüber sprechen.«

»Über Carl?« Da sie Laurie ansah, wie unangenehm ihr die ganze Situation war, verkniff Sharon sich ein belustigtes Lächeln. »Ich weiß, dass ihr euch oft seht.«

»Ja.« Verlegen zupfte sich Laurie eine Fluse vom Mantel. »Es ist mehr als das. Weißt du, wir …« Sie hielt inne und räusperte sich umständlich. »Sharon, wir wollen nächstes Jahr im Juni heiraten.«

»Meinen herzlichsten Glückwunsch«, sagte Sharon so aufrichtig, dass Laurie sie erstaunt ansah.

»Ich hoffe, du bist nicht böse.« Sie spielte mit dem Schulterriemen ihrer Handtasche. »Ich weiß, dass du und Carl … es liegt zwar schon ein paar Jahre zurück, aber trotzdem, ihr wart …«

»Wir waren sehr jung«, sagte Sharon freundlich. »Ich wünsche dir viel Glück, Laurie. Du passt viel besser zu ihm als ich.«

»Ich freue mich, dass du es so siehst, Sharon. Ich hatte schon befürchtet, du …« Sie errötete. »Weißt du, Carl ist ein so wunderbarer Mann.«

Sie meint es wirklich ernst, dachte Sharon überrascht. *Sie scheint ihn tatsächlich zu lieben.*

Plötzlich schämte sie sich ein wenig. Zugleich fand sie die ganze Geschichte unheimlich komisch. »Ich hoffe, ihr werdet glücklich miteinander, Laurie«, sagte sie herzlich.

»Das werden wir.« Laurie strahlte sie an. »Und ich kaufe diesen Tisch«, setzte sie fast übermütig hinzu.

»Nein«, verbesserte Sharon, »ich schenke ihn dir. Betrachte ihn als Hochzeitsgeschenk.«

Vor Erstaunen blieb Laurie der Mund offen stehen. »Oh, das kann ich nicht annehmen. Er ist viel zu teuer.«

»Laurie, wir kennen uns schon so lange, und Carl war einmal ein wichtiger Teil meiner …« Sie suchte nach dem richtigen Ausdruck. »… meiner Jugendjahre«, beendete sie schließlich den Satz. »Ich möchte ihn euch beiden schenken.«

»Danke … vielen Dank.« Sharons Großzügigkeit verblüffte Laurie. »Carl wird sich sehr freuen.«

»Keine Ursache.«

Sharon musste über Lauries Verwirrung lächeln. »Soll ich dir helfen, ihn zum Wagen zu tragen?«

»Nein, nein, das schaffe ich schon allein.« Laurie nahm den kleinen Tisch und ging zur Tür, wo sie unsicher einen Moment stehen blieb. »Sharon, ich halte dir die Daumen, dass dein Laden ein großer Erfolg wird. Das meine ich ganz ehrlich. Und jetzt muss ich gehen. Auf Wiedersehen, Sharon.« Damit ging sie freudestrahlend zu ihrem Auto.

»Mach's gut, Laurie.« Lächelnd stand Sharon in der Ladentür.

Im nächsten Moment hatte sie Laurie und Carl vergessen. In knapp einer Stunde würde Victor kommen. Sie musste sich sehr beeilen, wenn sie bis dahin das Essen auf dem Tisch haben wollte.

Sharon wollte gerade die Tür zum Museum abschließen, da hörte sie einen Wagen kommen. Geschäft ist Geschäft, sagte sie sich seufzend. Wenn Victor Nachtisch essen wollte, dann musste er sich eben mit Gebäck aus Donnas Laden zufriedengeben. Sie setzte ihr strahlendes Kunden-Lächeln auf und öffnete die Ladentür. Doch kaum sah sie, wer draußen stand, da schwand das Lächeln, und sie wurde kreidebleich.

»Anne«, sagte sie mit erstickter Stimme.

»Darling!« Ihre Mutter beugte sich hinab, um ihr einen flüchtigen Kuss auf die Wange zu geben. »Was für eine Begrüßung! Man könnte ja fast den Eindruck gewinnen, du freust dich gar nicht über meinen Besuch.«

Sharon bemerkte auf den ersten Blick, dass ihre Mutter sich kaum verändert hatte. Sie sah noch genauso zauberhaft aus, wie sie sie in Erinnerung gehabt hatte. Ihr blasses herzförmiges Gesicht war ohne eine Falte, ihre Augen strahlten noch immer in jenem tiefdunklen Blau, und ihr Haar besaß den gleichen goldblonden Schimmer wie früher. Sie trug eine teure Fuchsjacke und Seidenhosen, die bei dem kalten Winterwetter äußerst fehl am Platz wirkten. Wie immer empfand Sharon bei ihrem Anblick Liebe und Abneigung zugleich.

»Du siehst wunderbar aus, Anne«, sagte sie höflich.

»Oh, vielen Dank. Dabei muss ich nach der schrecklichen Fahrt vom Flughafen hier heraus doch furchtbar aussehen. Sharpsburg liegt ja wirklich am Ende der Welt. Sharon, Liebling, wann wirst du dir endlich eine anständige Frisur zulegen?« Sie warf einen kritischen Blick auf Sharons Lockenmähne, bevor sie an ihr vorbei ins Haus ging.

»Ich kann einfach nicht verstehen … oh mein Gott, was hast du denn hier angestellt?« Fassungslos blickte sie sich in Sharons kleinem Museum um. Dann lachte sie ihr glockenhelles Lachen und stellte ihre teure Lederhandtasche ab. »Erzähl mir jetzt bitte nicht, dass du in unserem Wohnzimmer ein Kriegsmuseum eröffnet hast. Es ist einfach nicht zu glauben.«

Sharon kam sich auf einmal ziemlich töricht vor. »Hast du das Hinweisschild nicht gelesen?«, fragte sie verlegen.

»Ein Schild? Nein, das muss ich übersehen haben. Sharon, was hat das alles zu bedeuten?«

Entschlossen straffte Sharon die Schultern. Sie hatte nicht vor, sich von ihrer Mutter einschüchtern zu lassen. »Ich habe ein Geschäft eröffnet«, sagte sie mutig.

»Aber das kann doch nicht wahr sein!« Lachend betrachtete Anne die zerbeulte Trompete, die in einem der Schaukästen lag. »Und was soll aus deinem Beruf werden?«

»Den habe ich aufgegeben.«

»Nun, daraus kann ich dir keinen Vorwurf machen. Der Job als Lehrerin muss ja schrecklich langweilig gewesen sein. Aber warum bist du zurückgekommen, um dich in diesem schrecklichen Nest zu vergraben?«

»Es ist mein Zuhause.«

»Nun, jeder soll nach seiner eigenen Fasson selig werden. Was hast du mit dem Rest des Hauses gemacht?« Bevor Sharon antworten konnte, war Anne in den Laden hinübergegangen. »Oh nein! Hast du etwa einen Antiquitätenladen aufgemacht? Er wirkt ja sehr geschmackvoll. Das war eine gute Idee, Sharon.«

Mit schnellem Blick hatte sie ein paar wertvolle Stücke entdeckt. Anne öffnete den Gürtel ihrer Pelzjacke, streifte sie über die Schultern und warf sie nachlässig auf einen Stuhl. »Wie lange hast du diesen Laden schon?«

»Erst ein paar Wochen.« Stocksteif stand Sharon da. Es war jedes Mal dasselbe. Sie fühlte sich zu dieser seltsamen schönen Frau hingezogen, die ihre Mutter war. Dabei wusste sie ganz genau, dass Anne ihre Liebe nicht verdient hatte.

»Und?«, fragte Anne.

»Und was?«

Anmutig ließ sie sich auf einem Stuhl nieder und schaute ihre Tochter freundlich an. »Ich mache mir natürlich Gedanken um dich, Liebling. Darf ich mich denn nicht erkundigen, wie dein Laden läuft?«

Sharon schämte sich plötzlich wegen ihrer schlechten Manieren und gab ihre starre Haltung auf. »Obwohl ich gerade erst eröffnet habe, geht das Geschäft ganz gut«, erklärte sie. »Mit dem Job in der Schule war ich nicht sehr glücklich. Ich scheine mich nicht zur Lehrerin zu eignen. Aber dieser Laden macht mir Spaß.«

»Darling, das ist ja wunderbar.«

Anne schlug die schlanken Beine übereinander. Vielleicht ist die Kleine doch noch zu etwas nütze, dachte sie. *So ein Laden kostet nicht nur, er bringt auch was ein.* »Ich bin richtig erleichtert, dass du dein Leben so gut meisterst«, bemerkte sie. »Besonders, da meines im Moment ziemlich unerfreulich ist.«

Es entging Anne nicht, dass Sharon sie auf diese Bemerkung hin skeptisch anschaute. Sofort setzte sie ihr traurigstes Lächeln auf. Sie kannte ihre Tochter und wusste, was für einen Eindruck es auf sie machte. »Ich habe mich von Leslie scheiden lassen«, bekannte sie.

»Oh?« Sharon hob auf dieses Geständnis hin nur eine Braue.

Die kühle Reaktion ihrer Tochter brachte Anne zunächst ein wenig aus dem Konzept. Doch dann fuhr sie unbeirrt fort: »Ich kann dir gar nicht sagen, wie sehr ich mich in ihm getäuscht habe. Nichts ist schrecklicher, als in der Liebe zu scheitern.«

Darin hast du ja Übung, dachte Sharon.

»Die letzten Monate waren nicht einfach für mich«, seufzte Anne.

»Für uns beide nicht«, warf Sharon ein. »Großmutter ist vor sechs Monaten gestorben. Du hast dir nicht einmal die Mühe gemacht, zu ihrem Begräbnis zu kommen.«

Anne hatte diese Bemerkung vorausgesehen. Seufzend blickte sie auf ihre gepflegten Hände hinab. »Wenn du nur wüsstest, wie sehr mich das belastet hat, Sharon. Ich drehte zu diesem Zeitpunkt gerade einen Film und war leider unabkömmlich.«

»Du hast nicht einmal Zeit gehabt für eine Postkarte oder einen Anruf?«, fragte Sharon. »Wenigstens meinen Brief hättest du beantworten können.« Die Bitterkeit in ihrer Stimme war nicht zu überhören.

Das war Annes Stichwort. Sofort füllten sich ihre bezaubernden Augen mit Tränen. »Sei doch nicht so grausam, Liebling. Ich konnte einfach nicht auf einem Stück Papier meine Gefühle ausdrücken.« Sie zog ein kleines Seidentaschentuch aus ihrer Brusttasche. »Obwohl sie schon sehr alt war, hatte ich immer irgendwie das Gefühl, sie würde nie von uns gehen.«

Vorsichtig, um ihre Wimperntusche nicht zu verschmieren, tupfte Anne sich die Augen ab. »Als ich deinen Brief bekam mit der Nachricht, dass sie … es hat mich so sehr getroffen. Gerade du musst mir das doch nachfühlen können. Sie hat mich schließlich auch großgezogen.« Sie schluchzte wirkungsvoll. »Ich kann es immer noch nicht glauben, dass sie nicht mehr bei uns ist.«

Weil Annes Worte ihren eigenen Kummer wieder aufleben ließen, kniete sich Sharon spontan vor ihrer Mutter nieder. Vielleicht konnten sie wenigstens gemeinsam um ihre Großmutter trauern. »Ich weiß«, sagte sie mit erstickter Stimme. »Ich vermisse sie noch immer schrecklich.«

Die rührende Szene kam Anne wie gerufen. »Sharon, bitte verzeihe mir«, sagte sie mit zitternder Stimme und griff nach Sharons Händen. »Ich weiß, es war unrecht, nicht zum Begräbnis zu kommen. Aber ich hatte einfach nicht die Kraft dazu, verstehst du? Auch jetzt, wo ich doch eigentlich darüber hinweg sein müsste …« Sie hielt inne, um Sharons Hand an ihre feuchte Wange zu ziehen.

»Ich kann dich verstehen. Und Großmutter hätte es auch verstanden«, sagte Sharon tröstend.

»Sie ist immer so gut zu mir gewesen. Wenn ich sie doch nur noch einmal sehen könnte.«

»Du musst nicht darüber nachgrübeln. Mich haben die gleichen Gedanken gequält. Denk lieber an die positiven Dinge. Großmutter war glücklich hier.«

»Ja, sie liebte dieses Haus«, murmelte Anne, während sie sich wehmütig in dem ehemaligen Sommerraum umsah. »Ich kann mir vorstellen, dass sie von der Idee mit dem Antiquitätenladen entzückt gewesen wäre.«

»Glaubst du wirklich?« Sharon sah zu ihrer Mutter auf. »Ich bin eigentlich auch sicher, dass ihr der Laden gefallen hätte. Nur manchmal kommen mir Zweifel.«

»Sie würde ihn großartig finden«, warf Anne rasch ein. »Ich nehme an, sie hat dir das Haus hinterlassen?«

»Ja.« Sharon schaute sich in dem kleinen Raum um. Sie erinnerte sich noch gut daran, wie er zu Lebzeiten ihrer Großmutter ausgesehen hatte.

»Dann hatte sie also ein Testament gemacht?«

»Ein Testament?« Abwesend schaute Sharon ihre Mutter an. »Ja, Floyd Arnettes Sohn hatte vor einigen Jahren ein Testament für sie aufgesetzt, nachdem er sich als Anwalt hier niedergelassen hatte. Großmutter war seine erste Kundin.«

»Und was ist mit dem übrigen Vermögen?«, fragte Anne ungeduldig weiter.

»Außer dem Haus und dem Grundstück gab es nicht viel. Ich habe ein paar Aktien verkaufen müssen, um die Steuern und das Begräbnis bezahlen zu können.«

»Sie hat also alles dir hinterlassen?«

Sharon merkte nicht, wie gereizt die Stimme ihrer Mutter klang. »Ja, ihre Ersparnisse haben gerade gereicht, um die wichtigsten Reparaturen am Haus zu bezahlen und …«

»Du lügst!« Anne sprang auf. Unsanft stieß sie Sharon von sich. Die Reaktion ihrer Mutter kam so überraschend, dass sie wie betäubt auf dem Fußboden sitzen blieb. »Sie hätte mich niemals leer ausgehen lassen!«, schrie Anne und blickte böse auf Sharon herab. Ihre blauen Augen wirkten auf einmal kalt und hart, ihr bezauberndes Gesicht war schneeweiß. Sharon erkannte sie kaum wieder.

Langsam stand Sharon auf. Sie wusste, Annes Wutanfälle waren mit Vorsicht zu genießen. Sonst konnte es passieren, dass sie vollkommen die Beherrschung über sich verlor.

»Selbstverständlich hätte Großmutter dich bedacht«, sagte sie ruhig. »Aber sie wusste, dass du kein Interesse an dem Haus oder dem Grundstück haben würdest. Und leider ist nach Abzug der Steuern kaum Geld übrig geblieben.« Sharon hatte alle Mühe, sachlich zu bleiben.

»Für wie dumm hältst du mich eigentlich?«, fuhr Anne sie hart an. »Ich weiß genau, dass ihr Geld immer auf irgendeiner Bank vor sich hin schimmelte. Als sie noch am Leben war, musste ich ihr jeden Cent abschwatzen. Ich bestehe auf meinem Erbteil.«

»Sie hat dir gegeben, was sie konnte.«

»Woher willst du das wissen? Glaubst du, ich wüsste nicht, wie viel dieses Grundstück wert ist?« Voller Abscheu schaute sie sich im Zimmer um. »Wenn du das Haus behalten willst, bitte. Dann musst du mich eben auszahlen.«

»Ich kann dich nicht auszahlen. Dazu ist nicht genug …«

»Halt mich nicht zum Narren.« Anne stieß sie zur Seite und stürmte ins obere Stockwerk.

Sekundenlang stand Sharon wie benommen da. Was sich hier abspielte, ging über ihr Fassungsvermögen. Wie konnte ein Mensch nur so gefühllos sein? Und wieso war sie selbst immer wieder naiv genug, um sich von ihrer Mutter hereinlegen zu lassen?

Aber damit war es jetzt zu Ende. Ein für alle Mal. Das schwor sie sich. Inzwischen selbst einem Wutausbruch nahe, rannte sie hinter ihrer Mutter die Treppen hinauf.

Sharon fand Anne in ihrem Schlafzimmer, wo sie gerade dabei war, Sharons Schreibtisch zu durchsuchen.

Ohne zu zögern, stürzte Sharon durchs Zimmer und klappte den Schreibtisch zu. »Wage es ja nicht, meine Sachen anzufassen«, sagte sie drohend.

»Ich will die Kontoauszüge sehen und dieses sogenannte Testament.« Anne schickte sich an, Sharons Zimmer zu verlassen. Doch Sharon packte sie mit hartem Griff beim Arm.

»Du wirst in diesem Haus überhaupt nichts zu sehen bekommen. Es ist mein Haus.«

»Du hast Geld, das weiß ich genau«, fauchte Anne und riss sich von ihr los. »Du versuchst, es vor mir zu verstecken.«

»Ich habe nichts vor dir zu verstecken. Wenn du dich über das Testament und die Vermögensverhältnisse informieren willst, dann nimm dir einen Rechtsanwalt. Ich lasse es nicht zu, dass du in meinen Papieren herumwühlst.«

Annes blaue Augen bekamen einen bösen, harten Ausdruck. »Du bist also gar nicht der kleine Dummkopf, für den ich dich immer hielt?«

»Du hast mich nie gekannt«, sagte Sharon ruhig. »Dazu hattest du zu wenig Interesse an mir. Mir war das egal, denn ich hatte ja Großmutter. Ich brauche dich nicht.« Obwohl es sie befreite, diese Worte auszusprechen, wurde ihr Zorn dadurch keineswegs gemildert.

»Du hast Großmutter nie geliebt. Sie wusste es, aber sie hat dich trotzdem lieb gehabt. Aber ich liebe dich nicht.« Ihr Atem ging unregelmäßig, und sie war kurz davor, in Tränen auszubrechen. »Ich kann dich nicht einmal hassen. Ich will dich einfach nur loswerden.«

Sharon wandte sich um, öffnete ihren Schreibtisch und holte ihr Scheckbuch heraus.

Hastig schrieb sie einen Scheck über die Hälfte der Summe aus, die sie sich zusammengespart hatte. »Hier.« Sie hielt Anne den Scheck hin. »Nimm das Geld. Betrachte es als ein Geschenk von Großmutter. Von mir wirst du nie einen Cent bekommen.«

Anne riss ihr den Scheck aus der Hand, warf einen flüchtigen Blick darauf und lächelte sie dann höhnisch an. »Wenn du glaubst, dass ich mich damit begnüge, hast du dich getäuscht.« Sorgfältig faltete sie den Scheck zusammen und steckte ihn in ihre Handtasche. Fürs Erste war Anne zufrieden mit dem, was sie erreicht hatte. Aber sie würde wiederkommen.

»Ich werde deinen Rat befolgen und mir einen Anwalt nehmen«, sagte Anne, obwohl sie keineswegs vorhatte, ihr bisschen Geld an einen Rechtsanwalt zu verschwenden. »Und dann werde ich das Testament anfechten. Wir werden schon sehen, wie viel du mir auszahlen musst, Sharon.«

»Mach, was du willst«, erwiderte Sharon müde. »Aber betritt nicht noch einmal dieses Haus.«

Anne lachte hässlich und warf die goldblonden Locken zurück. »Keine Angst, ich bleibe keine Minute länger als notwendig in diesem albernen Haus. Es ist mir immer ein Rätsel gewesen, wie ich eine Tochter wie dich in die Welt setzen konnte.«

Sharon presste die Hände gegen die schmerzenden Schläfen. »Mir auch«, sagte sie leise.

»Du wirst von meinem Anwalt hören«, sagte Anne, dann drehte sie sich auf dem Absatz um und verschwand.

Sharon blieb neben ihrem Schreibtisch stehen, bis sie die Ladentür zufallen hörte.

Danach sackte sie auf ihrem Stuhl zusammen und brach in bittere Tränen aus.

11. Kapitel

Victor saß auf dem einzigen brauchbaren Stuhl, der in seinem Wohnzimmer stand, und schaute ungeduldig auf die Uhr. Eigentlich wollte er schon seit zehn Minuten bei Sharon sein. Und da wäre er jetzt auch, wenn nicht gerade, als er die Haustür hinter sich zuziehen wollte, das Telefon geklingelt hätte. Jetzt hörte er sich resigniert die Probleme an, die der Leiter seiner Firmenzentrale in Washington ihm zu berichten hatte.

»Es tut mir leid, Sie mit all diesen Dingen zu belästigen«, sagte der Manager gerade. »Aber da diese beiden Bauprojekte für uns von enormer Bedeutung sind, hielt ich es für meine Pflicht ...«

»Ja, ich verstehe«, unterbrach Victor den Mann, bevor dieser erneut zu einer ausführlichen Schilderung der Sachlage ausholen konnte. »Setzen Sie für das Wölfe-Projekt zusätzlich eine Nachtschicht ein, bis wir unseren Zeitverlust wieder aufgeholt haben.«

»Eine Nachtschicht? Aber ...«

»Wenn wir unsere Termine nicht einhalten, wird uns das wesentlich teurer kommen als die durch die Nachtarbeit erhöhten Lohnzahlungen«, erklärte Victor geduldig.

»Jawohl, Sir.«

Victor nahm einen Bleistift und machte sich eine Notiz. »Und berufen Sie für nächste Woche eine Direktoriumssitzung ein. Ich werde daran teilnehmen. In der Zwischenzeit schicken Sie einen geeigneten Mann hier heraus, um den Standort für eine neue Zweigstelle auszukundschaften.«

»Eine neue Zweigstelle? Dort oben? Aber Mr. Banning …«

Der entgeisterte Ton seines Geschäftsführers amüsierte Victor. »Er soll sich auf das Gebiet um Hagerstown konzentrieren und mir dann einen Bericht vorlegen. Ich möchte in zwei Wochen eine Liste aller geeigneten Standorte.« Wieder schaute er auf die Uhr. »Gibt es sonst noch etwas?«

»Nein, Sir.«

»Gut. Ich bin dann nächste Woche in Washington.« Damit legte er den Hörer auf, ohne die Antwort seines Geschäftsführers abzuwarten.

Victor war sicher, dass seine letzte Anordnung einigen Wirbel unter den Geschäftsführern verursachen würde. Doch das störte ihn nicht. Seine Firma vergrößerte sich ständig. Warum sollte er nicht auch mit einer Filiale in Hagerstown Erfolg haben?

Er konnte sich mit der Frau, die er liebte, niederlassen, wo es ihm gefiel, und trotzdem seine Firma leiten. Und wenn er die Filiale vor seinen Direktoren rechtfertigen musste, dann würde er darauf hinweisen, dass Hagerstown die größte Stadt in Maryland war, die außerdem ziemlich zentral zu den angrenzenden Staaten Pennsylvania und West Virginia lag.

Er stand auf und zog sich wieder seinen Mantel an. Jetzt musste er nur noch mit Sharon sprechen. Wie schon so oft versuchte er, sich ihre Reaktion vorzustellen. Etwas besorgt trat er in die kalte klare Winternacht hinaus.

Aber musste er sich denn Vorwürfe machen? Als sie sich zum ersten Mal begegnet waren, hatte er keine Veranlassung gehabt, ihr von seiner wahren Existenz zu erzählen.

Schließlich war er nach Sharpsburg gekommen, um für eine Weile genau das zu sein, als was sie ihn kennengelernt hatte: ein einfacher Schreiner. Hätte er denn ahnen können, dass sie der wichtigste Teil seines Lebens werden würde? Hätte er sich träumen lassen, dass er schon kurze Zeit nach ihrer ersten Begegnung nur noch das eine Ziel hatte, ihr einen Heiratsantrag zu machen?

Wenn er ihr die Umstände erst einmal erklärt hatte, würde sie ihn schon verstehen. Außerdem liebte sie ihn. Das wusste er mit absoluter Sicherheit.

Sharon von Amelia zu erzählen würde schwieriger sein. Er musste es aber tun, er durfte nichts vor ihr verbergen. Das Wissen, dass sie ihm vertraute, gab ihm die Kraft dazu. Er hatte ihr so viel zu sagen. Heute Abend würde er die Geister der Vergangenheit vertreiben. Und dann konnte er Sharon endlich bitten, eine gemeinsame Zukunft mit ihm aufzubauen.

Trotz all dieser Überlegungen wurde Victor von einer gewissen Unruhe ergriffen, als er in Sharons Haus kein Licht brennen sah. Unwillkürlich beschleunigte er seine Schritte. Sie musste zu Hause sein. Aber warum war dann jedes Fenster dunkel? Auf einmal hatte er schreckliche Angst um sie.

Die Hintertür war nicht verschlossen. Victor stieß sie auf und rief laut nach Sharon. Doch alles blieb dunkel und still. Er schaltete das Licht in den Ladenräumen an, um sich zu vergewissern, dass noch alles an Ort und Stelle stand. Dann ging Victor durch alle Räume im Untergeschoss.

»Sharon?«, rief er leise.

Die Stille beunruhigte ihn. Nachdem er Sharon in den unteren Räumen nicht hatte finden können, stieg er die Treppe in den zweiten Stock hinauf.

In der Küche roch es nach Essen. Doch auch dort war Sharon nicht. Abwesend stellte Victor den Herd ab und ging in den Flur zurück. Da kam ihm der Gedanke, dass sie sich vielleicht ein wenig hingelegt hatte und dann aus Versehen eingeschlafen war. Plötzlich wich seine Besorgnis leiser Belustigung.

Auf Zehenspitzen ging Victor in ihr Schlafzimmer. Obwohl kein Licht brannte, konnte er Sharon im silbrigen Mondlicht deutlich erkennen.

Sie schlief nicht, sondern hatte sich auf dem Stuhl zusammengekauert und ihr Gesicht auf die Armlehne gelegt. Noch nie hatte Victor sie so gesehen. Aller Glanz war aus ihren Augen gewichen, und ihr Gesicht war kreidebleich. Sie wirkte völlig apathisch.

Mit wenigen Schritten war er bei ihr. Doch Sharon reagierte nicht auf ihn. Victor wusste nicht einmal, ob sie ihn überhaupt gesehen hatte. Er kniete sich vor sie hin und nahm ihre kalten Finger in seine Hände.

»Sharon?«, sagte er leise.

Sekundenlang starrte sie ihn abwesend an. Dann, als sei ein Damm gebrochen, flackerten auf einmal Schmerz und Verzweiflung in ihrem Blick auf. »Victor«, sagte sie mit erstickter Stimme und schlang die Arme um seinen Hals. »Oh Victor.«

Sharon zitterte am ganzen Körper. Doch sie weinte nicht. Das Gesicht an seine Schulter gepresst, klammerte sie sich an ihn, während sie langsam aus ihrer Erstarrung erwachte. Erst als sie die Wärme spürte, die von ihm ausging, merkte sie, wie kalt ihr war. Ohne ihr eine einzige Frage zu stellen, hielt Victor sie in seinen Armen, um ihr Kraft und Zärtlichkeit zu spenden.

»Victor, ich bin ja so froh, dass du bei mir bist«, flüsterte sie. »Ich brauche dich.«

Ihre Worte bedeuteten ihm unendlich viel. Bis zu diesem Moment war er sich nur zu deutlich der Tatsache bewusst gewesen, dass sie viel mehr für ihn tat als er für sie. Jetzt endlich konnte er ihr einmal helfen. Und wenn er ihr nur zuhörte.

»Was ist passiert, Sharon?« Liebevoll schaute er ihr in die Augen. »Kannst du es mir sagen?«

Sie schöpfte tief Atem.

Offenbar kostete sie das Sprechen größte Anstrengung. »Meine Mutter«, flüsterte sie.

Mit den Fingerspitzen strich er ihr das zerzauste Haar aus dem Gesicht.

»Ist sie krank?«

»Nein!« Sie hatte das Wort mit wütender Verachtung hervorgestoßen. Ihre heftige Antwort überraschte ihn, doch das ließ er sich nicht anmerken. Ruhig nahm er wieder ihre Hände.

»Erzähl mir, was passiert ist«, forderte er sie auf.

»Sie war vorhin hier.«

»Deine Mutter war hier?«, fragte er ungläubig.

»Kurz vor Ladenschluss. Ich hatte sie nicht erwartet ... Sie ist weder zu Großmutters Begräbnis gekommen, noch hat sie meinen Brief beantwortet.«

»Dies ist das erste Mal seit dem Tod deiner Großmutter, dass sie hier war?«, fragte er ruhig.

Sharon schaute ihn an. »Ich hatte Anne über zwei Jahre nicht gesehen«, sagte sie mit ausdrucksloser Stimme. »Seit sie ihren Agenten heiratete. Jetzt sind sie geschieden, deshalb kam sie zurück.« Sie schüttelte den Kopf und holte tief Luft. »Und ich hatte schon geglaubt, dass sie Großmutter liebte. Ich hoffte, mich endlich einmal mit ihr verständigen zu können.«

Sie schloss die Augen. »Die Tränen und die Trauer ... es war alles nur Theater. Sie hat hier gesessen und mich angefleht, ich möge sie doch verstehen. Und ich habe ihr geglaubt. Sie ist nicht wegen Großmutter oder mir gekommen.«

Als Sharon die Augen wieder öffnete und ihn ansah, war ihr Blick matt und glanzlos.

Es kostete Victor einige Mühe, die Ruhe zu bewahren. »Warum ist sie gekommen, Sharon?«

»Geld«, sagte sie verächtlich. »Sie dachte, es gäbe hier etwas zu holen. Sie war wütend, dass Großmutter alles mir hinterlassen hat, und wollte nicht glauben, dass ich kaum Bargeld besitze. Ich hätte es wissen sollen!«, fügte sie erregt hinzu. »Ich hoffte nur, dass sie Großmutter wenigstens ein bisschen lieb hat, aber ... als sie in mein Zimmer rannte und meinen Schreibtisch durchwühlte, habe ich schreckliche Dinge zu ihr gesagt. Es tut mir nicht einmal leid. Ich habe ihr die Hälfte meiner Ersparnisse gegeben und sie aus dem Haus gewiesen.«

»Du hast ihr Geld gegeben?«, unterbrach Victor sie ungläubig.

Traurig schaute Sharon ihn an. »Großmutter hätte es auch getan. Sie ist schließlich meine Mutter.«

Zorn und Verachtung packten ihn. Doch er beherrschte sich. »Sie ist nicht deine Mutter, Sharon«, sagte er sachlich. Als sie den Mund öffnete, um etwas zu sagen, schüttelte er den Kopf und fuhr fort: »Biologisch gesehen, ja. Aber du bist doch intelligent genug, um zu wissen, dass das nicht unbedingt etwas zu bedeuten hat. Wo war sie denn, als du ein Kind warst? Sie hat sich nie um dich gekümmert, Sharon.«

Er sah ihr an, dass er sie mit dieser Bemerkung verletzt hatte. Liebevoll drückte er ihre Hand. »Entschuldige, ich wollte dir nicht wehtun.«

»Nein, du hast ja recht«, seufzte sie. »Ehrlich gesagt denke ich so gut wie nie an sie. Wenn ich ihr überhaupt Gefühle entgegenbringe, dann nur, weil Großmutter sie liebte. Und doch ...«

»Du belastest dich mit Schuldgefühlen«, versuchte er, sie zu beruhigen. »Deine Großmutter hat ihr vielleicht Geld gegeben, weil sie sich für sie verantwortlich fühlte. Aber wem hat sie alles hinterlassen, was ihr lieb und teuer war?«

»Ja, ja, ich weiß. Aber ...«

»Welche Bedeutung hat das Wort Mutter für dich, Sharon? An wen denkst du, wenn du dieses Wort hörst?«

Sharon blickte ihn an. Diesmal unterdrückte sie ihre Tränen nicht. Traurig legte sie den Kopf an seine Schulter. »Ich habe ihr gesagt, dass ich sie nicht liebe. Und das ist die Wahrheit, aber ...«

»Du schuldest ihr gar nichts.« Er zog sie an sich. »Ich weiß, was Schuldgefühle sind, Sharon. Sie können dich zerstören, und das werde ich nicht zulassen.«

»Ich habe ihr gesagt, sie soll mich nicht mehr belästigen. Aber daran wird sie sich bestimmt nicht halten.«

Victor schwieg einen Moment. »Willst du wirklich nichts mehr mit ihr zu tun haben, Sharon?«

»Nein, ich möchte sie nie wiedersehen.«

Er küsste sie behutsam auf die Schläfen und hob sie aus ihrem Stuhl. »Komm, du bist erschöpft. Leg dich ein wenig hin.«

»Nein, ich bin nicht müde«, log sie, obwohl ihr bereits die Augenlider schwer wurden. »Ich habe nur Kopfschmerzen. Und das Abendessen ...«

»Keine Sorge, ich habe den Herd abgeschaltet«, erklärte Victor, während er Sharon ins Bett trug. »Wir werden später essen.« Er schlug die Bettdecke zurück und legte sie auf das kühle Laken. »Ich hole dir eine Kopfschmerztablette.«

Er zog ihr die Schuhe aus und wollte sie zudecken. Doch Sharon hielt seine Hand fest.

»Victor, könntest du ... bei mir bleiben?«

Er strich ihr über die Wange. Liebevoll lächelte er sie an. »Natürlich.« Sofort zog Victor sich die Schuhe aus, um sich neben sie aufs Bett zu legen. »Versuche, ein wenig zu schlafen«, flüsterte er, während er sie in seine Arme nahm und eng an sich zog. »Ich bin bei dir.«

Victor hatte keine Ahnung, wie lange sie so gelegen hatten. Sharons Atem ging wieder ruhig und regelmäßig. Sie zitterte nicht mehr, und auch ihre Haut fühlte sich nicht mehr so kalt an. Während er still neben ihr lag und zart ihre Schläfe streichelte, schwor sich Victor, dass nichts und niemand sie mehr verletzen sollte. Dafür würde er sorgen. Nachdenklich blickte er an die Zimmerdecke und überlegte, wie er Anne Abbott von Sharon fernhalten konnte. Nicht noch einmal sollte sie ihre Tochter verletzen.

Nichts hatte ihn je so mitgenommen wie der Anblick ihres bleichen, verstörten Gesichts und der tiefe Schmerz in ihren Augen. Unwillkürlich zog er sie enger an sich, als könne er damit alles Leid von ihr fernhalten.

»Victor«, flüsterte Sharon plötzlich.

Er dachte, sie hätte im Traum seinen Namen gesagt. Zart küsste er sie aufs Haar.

»Victor«, sagte Sharon noch einmal. Er schaute auf und sah, dass sie die Augen geöffnet hatte. »Ich möchte, dass du mich liebst«, flüsterte sie.

Er verstand, was sie meinte. In ihrer unkomplizierten Art hatte sie ihn um Trost, nicht um den Beweis seiner Leidenschaft gebeten. Seine Liebe zu ihr wuchs ins Unermessliche. Vorsichtig nahm er ihr Gesicht zwischen seine Hände und berührte mit den Lippen zart ihren Mund.

Sharon gab sich ganz seinen Liebkosungen hin. Sie war körperlich und emotional viel zu erschöpft, um Verlangen empfinden zu können. Doch Victor schien zu spüren, was sie brauchte. Noch nie war er so zärtlich zu ihr gewesen. Sein Mund war warm und unglaublich weich. Immer wieder küsste er sie, mehr schien er nicht von ihr zu fordern. Er streichelte sanft ihr Gesicht und ihren Hals, und ganz allmählich brachte er sie dazu, auf seine Zärtlichkeiten zu reagieren. Doch Victor verlangte nicht mehr, als sie ihm zu geben vermochte.

Langsam entspannte sich Sharon und überließ sich seiner Führung. Seine Berührungen waren vorsichtig und zart und hatten nichts von der Leidenschaftlichkeit eines Liebhabers. Erneut berührten seine Lippen ihren Mund.

Passiv lag sie da, während Victor erst sie und anschließend sich auszog. Er forderte nichts, versuchte nicht, sie zu erregen. Und auch, als sie beide nackt waren, hielt er sie nur in seinen Armen und küsste sie zart und rücksichtsvoll. Sharon wusste, dass diesmal allein Victor der Gebende war. Sie flüsterte etwas und wollte ihn streicheln.

»Schsch«, sagte er leise und küsste ihre Handfläche. Behutsam drehte er sie auf den Bauch. Dann strich er mit den Fingerspitzen über ihre Schultern und ihren Rücken. Sharon hatte nicht gewusst, dass Liebe so selbstlos sein kann. Seufzend schloss sie die Augen, und ganz allmählich vergaß sie ihren Kummer.

Das alte Bett schwankte ein wenig, als Victor sich über sie beugte, um sie auf den Nacken zu küssen. Allmählich erwachte in Sharon das Begehren. Doch sie blieb ganz still liegen, um sich ausschließlich seinen wundervollen Zärtlichkeiten hinzugeben. Ihre Verzweiflung, ihre Tränen waren plötzlich so weit weg. Es gab nur noch Victors Liebe für sie und die Antwort ihres Körpers.

Victor hörte, dass ihr Atem schneller ging, wusste, dass sie ihn begehrte. Doch er wollte Sharon nicht bedrängen. Unablässig streichelte er ihren Rücken, der im Mondlicht silbrig schimmerte. Wenn er sie auf die Schulter küsste, roch er den vertrauten Duft ihres Haares, der sich mit dem Lavendelduft ihrer Bettwäsche vermischte. Sharon lag auf der Seite, und ihre Wange ruhte auf dem Kopfkissen, sodass er eingehend ihr Profil betrachten konnte. Langsam drehte er sie herum und küsste sie auf den Mund.

Sharon konzentrierte sich ganz auf ihn. Als Victor ihren

Mund freigab, um sich hinabzubeugen, um ihre Brust zu küssen, fühlte sie wohlige Wärme über ihren ganzen Körper ziehen. Und als seine Zunge die Süße seines Kusses vertiefte, wurden aus der Wärme Hitzeschauer.

Auf einmal glaubte Sharon, seine Lippen und seine Hände überall zu spüren, und fühlte ein angenehmes Prickeln auf der Haut. Es war keine wilde Leidenschaft, in die er sie versetzte, sondern eine stille, beglückende, die jedoch ihr Verlangen nach ihm verstärkte. Ihre Empfindungen konzentrierten sich auf ihren eigenen Körper, den Victor mit seinen Liebkosungen glücklich machte.

Ihr flacher, schneller Atem entfachte endlich doch das Feuer der Leidenschaft in Victor. Aber heute Nacht war Sharon zerbrechlich. Er konnte nicht zulassen, dass sein Verlangen ihn überwältigte. Er durfte nicht heftig von ihr Besitz ergreifen. Heute Nacht musste er nur daran denken, wie zart und wie verletzlich sie war.

Als er sie endlich nahm, war seine Zärtlichkeit so überwältigend, dass Sharon weinen musste.

12. Kapitel

Dicke Schneeflocken wirbelten durch die Luft und verdichteten sich zu einem undurchsichtigen weißen Vorhang. Die Scheibenwischer von Victors Wagen glitten mit monotonem Geräusch hin und her. Doch obwohl die dichten Schneeflocken das Autofahren sehr erschwerten, bemerkte Victor den Schnee kaum.

Durch ein paar Telefonate und einige diskrete Nachfragen hatte Victor genug über Anne Abbott – oder Anna Cross, wie sie sich in Hollywood nannte – erfahren, um allein bei dem Gedanken an diese Frau wütend zu werden. Sharons Beschreibung war noch viel zu milde ausgefallen.

Anne hatte drei turbulente Ehen hinter sich. Jeder ihrer Ehemänner hatte eine wichtige Rolle in der Filmindustrie gespielt. Kühl und berechnend hatte sie aus jeder Ehe alle Vorteile für sich herausgeholt, bevor sie die nächste Beziehung eingegangen war. Ihr letzter Mann, Leslie Stuart, war jedoch ein bisschen cleverer als sie gewesen – oder zumindest sein Anwalt.

Denn nach der Scheidung von ihm besaß sie keinen Cent mehr als vorher. Und da sie den Luxus liebte, war sie bereits nach kurzer Zeit tief verschuldet.

Die Informationen, die Victor zusammengetragen hatte, ergaben das Bild einer schönen, intriganten Person, die wenig Ansehen in der Gesellschaft hatte und vor nichts zurückschreckte. Victor kannte sie bereits, ohne sie je gesehen zu haben.

Während er durch das Schneegestöber fuhr, drehten sich seine Gedanken um Sharon. Sie hatte Angst gehabt, dass ihre

Mutter zurückkommen würde, das hatte er gespürt. Was passiert war, konnte Victor nicht ungeschehen machen, aber er würde dafür sorgen, dass es in Zukunft nicht wieder vorkam.

Er fuhr auf den Parkplatz des Motels und stellte seinen Wagen ab. Einen Augenblick blieb er im Auto sitzen und beobachtete nachdenklich, wie sich der Schnee auf der Windschutzscheibe ansammelte.

Ursprünglich hatte er Sharon über sein Vorhaben informieren wollen. Doch dann hatte er es sich anders überlegt. Es hätte sie zu sehr aufgeregt, und genau das wollte er vermeiden.

Victor stieg aus dem Auto und ging über den vereisten Parkplatz ins Motel zur Rezeption, um sich zu erkundigen, in welchem Zimmer Anne Abbott wohnte. Wenige Minuten später klopfte er an ihre Tür.

Anne war über die Störung am frühen Morgen nicht sehr erbaut. Verärgert öffnete sie die Tür. Doch kaum sah sie Victor, da wandelte sich ihr mürrischer Gesichtsausdruck in ein bühnenreifes Lächeln. Was für eine angenehme Überraschung, dachte sie.

Victor musterte Anne mit kühlem Blick. Er musste zugeben, dass Sharon nicht übertrieben hatte. Ihre Mutter sah wirklich blendend aus. Sie besaß äußerst feine Gesichtszüge und eine Haut wie Porzellan, dazu tiefblaue Augen und eine blonde Lockenmähne.

Sie trug einen eng anliegenden rosafarbenen Morgenmantel, der nur wenig von ihren vollen reifen Formen verbarg. Obwohl ihre hellhäutige Schönheit in direktem Gegensatz zu Amelias exotischer Erscheinung stand, wusste Victor auf Anhieb, dass beide Frauen im Charakter gleich waren.

»Hallo«, sagte Anne mit rauchiger Stimme, während sie ihn amüsiert und abschätzend von oben bis unten ansah.

»Hallo, Mrs. Cross«, sagte Victor knapp.

Dass er sie mit ihrem Künstlernamen ansprach, schmeichelte ihr. Sie schenkte ihm ihr strahlendstes Lächeln. »Kenne ich Sie?« Mit ihrer rosa Zungenspitze berührte sie ihre volle Oberlippe. »Sie kommen mir irgendwie bekannt vor. Obwohl es mir ein Rätsel ist, wie ich ein Gesicht wie Ihres vergessen konnte.«

»Victor Banning, Mrs. Cross«, sagte er. »Wir haben gemeinsame Bekannte, die Hourbacks.«

»Oh, Ted und Sheila!« Sie konnte die beiden zwar nicht ausstehen, verlieh ihrem Tonfall aber doch angemessenes Entzücken. »Ist das nicht wunderbar! Kommen Sie doch herein, es ist ja eiskalt draußen. Diese Winter im Osten sind schrecklich.«

Anne schloss die Tür hinter ihm und lehnte sich einen Moment mit dem Rücken dagegen. Vielleicht, dachte sie, ist der Besuch in diesem verschlafenen Nest doch noch zu etwas gut. Ein so attraktiver Mann ist mir schon lange nicht mehr über den Weg gelaufen. Und da sie wusste, welchen Umgang die steifen Hourbacks pflegten, konnte sie davon ausgehen, dass er wahrscheinlich obendrein auch noch ein paar Dollar besaß.

»Na, das ist vielleicht eine kleine Welt«, sagte sie und strich sich anmutig eine ihrer goldblonden Locken hinters Ohr. »Wie geht es Ted und Sheila? Ich habe sie schon ewig nicht mehr gesehen.«

»Soviel ich weiß, gut.« Victor wusste genau, in welche Richtung ihre Überlegungen gingen. »Sie erwähnten ganz nebenbei, dass Sie sich hier aufhalten. Ich konnte der Versuchung nicht widerstehen, Sie kennenzulernen, Mrs. Cross.«

»Nennen Sie mich doch bitte Anna«, sagte sie mit einem charmanten Lächeln.

Seufzend schaute sie sich in dem einfachen Hotelzimmer

um. »Ich muss mich für meine Unterbringung entschuldigen. Aber da ich in der Nähe etwas zu erledigen hatte ...«, anmutig zuckte sie die Schultern, »... bin ich gezwungen, mich mit dieser Bleibe zu behelfen. Ich kann Ihnen einen Drink anbieten, falls Sie Bourbon mögen.«

Victor willigte ein. »Wenn Ihnen das keine Umstände macht«, sagte er ruhig.

»Aber nicht im Geringsten.« Anne ging zu einem kleinen Tisch. Während sie den Whiskey eingoss, warf sie einen schnellen Blick in den Spiegel. Ja, sie sah perfekt aus. Zum Glück hatte sie schon Make-up aufgelegt und ihr Haar frisiert. »Sagen Sie, Victor«, fuhr sie fort, »was hat ein Mann wie Sie in diesem verschlafenen Nest zu suchen? Sie kommen doch bestimmt nicht aus dieser Gegend.«

»Ich hatte Geschäfte zu erledigen«, sagte er und nickte dankend, als sie ihm ein viel zu volles Glas Whiskey reichte.

Anne schloss nachdenklich für einen Moment die Augen, um sie gleich darauf weit aufzureißen. »Oh, natürlich! Wie konnte ich nur so dumm sein.«

Sie strahlte Victor an, während sie bereits kühl kalkulierte. »Die Hourbacks haben einmal von Ihnen gesprochen. Die Firma Riverton, nicht wahr?«

»Richtig.«

»Ich bin beeindruckt.«

Sie fuhr sich wieder mit der Zungenspitze über die Lippen. »Es ist die größte Baufirma im Land.«

»Wahrscheinlich«, sagte er nachsichtig, während er beobachtete, wie sie ihn über den Rand ihres Glases hinweg fixierte. Wenn er nicht wegen Sharon gekommen wäre, hätte ihn die Situation amüsiert.

Graziös setzte Anne sich auf den Bettrand und nippte an ihrem Whiskey. »Nun, Victor, was kann ich für Sie tun?«, fragte sie kokett.

Victor schwenkte den Whiskey in seinem Glas. Mit kühlem Blick schaute er ihr ins Gesicht. »Lassen Sie Sharon in Ruhe.«

Anne vergaß sich lange genug, um ihn verblüfft anzustarren. »Wovon sprechen Sie überhaupt?«, fragte sie schließlich verständnislos.

»Von Sharon, Ihrer Tochter.«

»Ich weiß, wer Sharon ist«, erwiderte sie scharf. »Was hat sie mit Ihnen zu tun?«

»Ich werde sie heiraten.«

Zuerst spiegelte sich fassungsloses Erstaunen auf ihrem Gesicht, dann brach sie in schrilles Gelächter aus. »Die kleine Sharon? Oh, das ist zu komisch. Wollen Sie mir etwa erzählen, dass sich meine Tochter einen leibhaftigen Millionär geangelt hat? Ich habe die Kleine wohl gewaltig unterschätzt.« Sie warf ihm einen listigen Blick zu. »Oder habe ich etwa Sie unterschätzt?«

Es gelang Victor, seine Wut im Zaum zu halten. Als er ihr antwortete, klang seine Stimme gefährlich ruhig. »Nehmen Sie sich in Acht, Anne«, warnte er sie.

Sein Blick ließ sie verstummen. Lässig zuckte sie die Schultern. »Nun«, sagte sie schließlich. »Sie wollen also Sharon heiraten. Was geht mich das an?«

»Nichts. Absolut gar nichts.«

Geschickt verbarg sie ihre Verärgerung. »Dann muss ich wohl meinem kleinen Mädchen zu seinem Glück gratulieren«, meinte sie und stand anmutig auf.

Victor fasste sie beim Arm. »Sie werden nichts dergleichen tun, sondern sofort Ihre Koffer packen und von hier verschwinden«, sagte er drohend.

Wütend riss sich Anne von ihm los. »Was bilden Sie sich eigentlich ein?«, rief sie empört. »Sie können mir nicht vorschreiben, wann ich abzureisen habe.«

»Ich habe Ihnen nur einen Rat gegeben, und Sie täten gut daran, ihn anzunehmen.«

»Ihr Ton gefällt mir nicht«, gab sie zurück. »Ich werde meine Tochter selbstverständlich besuchen und …«

»Warum?«, unterbrach Victor sie. »Sie werden keinen Cent mehr von ihr bekommen, das kann ich Ihnen versprechen.«

»Ich habe keine Ahnung, wovon Sie reden«, erklärte Anne eisig.

»Passen Sie auf, was Sie sagen«, warnte Victor sie in ruhigem Ton. »Ich habe Sharon gestern Abend, kurz nachdem Sie gegangen waren, gesehen. Sie musste mir gar nicht lange erklären, was passiert war. Ich konnte mir sehr schnell mein eigenes Bild machen. Ich kenne Frauen Ihres Schlages, Anne.«

»Sie können mich nicht davon abhalten, meine Tochter zu besuchen.« Anne lächelte ihn herausfordernd an. »Und wenn ich sie sehe, werde ich ein ernstes Wort mit ihr zu sprechen haben. Die Wahl ihrer Liebhaber gefällt mir nämlich nicht.«

Allmählich langweilte Victor diese Unterhaltung. »Sie werden Sharon nicht noch einmal belästigen, haben Sie verstanden?«, wiederholte er.

Ihre volle Brust hob sich unter dem seidenen Morgenrock. »Sie können mir doch nicht verbieten, meine eigene Tochter zu sehen!«, rief sie empört.

»Das kann ich sehr wohl«, gab Victor zurück. »Wenn Sie noch einmal versuchen, sich Geld von ihr zu beschaffen oder ihr sonst irgendwie wehtun, werde ich mich höchstpersönlich mit Ihnen befassen.«

Plötzlich bekam Anne es mit der Angst zu tun. Vorsichtig trat sie einen Schritt zurück. »Sie würden es nicht wagen, Hand an mich zu legen!«

Victor lachte verächtlich. »An Ihrer Stelle wäre ich mir da nicht so sicher. Obwohl ich nicht glaube, dass es dazu kommen wird.« Gelassen stellte er sein Glas beiseite. »Ich habe einige Beziehungen zur Filmindustrie, Anne. Alte Freunde, Geschäftsverbindungen, Klienten. Ein paar Worte von mir und mit Ihrer ohnehin kümmerlichen Karriere ist es ganz und gar vorbei.«

»Wie können Sie es wagen, mir zu drohen!«, stieß sie wütend und zugleich verängstigt hervor.

»Das ist keine Drohung, sondern ein Versprechen«, erklärte er.

Anne kochte vor Wut.

Sie machte einen Schritt auf ihn zu. »Ich habe ein Anrecht auf mein Erbteil. Was meine Großmutter hinterlassen hat, muss zwischen Sharon und mir aufgeteilt werden.«

Victor hob die Brauen. »Sie werden sich damit abfinden müssen, dass Sie außer der Summe, die Sharon Ihnen gestern ausgeschrieben hat, keinen Cent von ihr bekommen werden.« Mit diesen Worten ging er zur Tür. Noch während er sie hinter sich zuzog, hörte er es im Zimmer klirren.

Außer sich vor Wut, hatte Anne ihm ihr Glas nachgeworfen. Niemand durfte es sich herausnehmen, ihr zu drohen oder sich über sie lustig zu machen!

Victor sollte ihr für sein unverschämtes Verhalten büßen! Dafür würde sie schon sorgen. Sie setzte sich aufs Bett und ballte die Hände zu Fäusten, um ihrer Erregung Herr zu werden. Sie musste nachdenken, sich konzentrieren.

Es gab doch bestimmt irgendeine Möglichkeit, diesem Victor Banning zu schaden. Riverton, dachte sie. Verband sich mit dem Namen dieser Firma nicht irgendein Skandal? Warum fiel es ihr nicht endlich ein?

»Skandal«, sagte Anne nachdenklich. Aber er hatte nichts mit der Firma zu tun gehabt. Da war etwas anderes gewesen.

Es musste inzwischen ein paar Jahre zurückliegen. Hatte sie auf einer Party nicht einmal ein Gerücht gehört? Sheila Hourback!, dachte sie plötzlich. Die musste es wissen. Sie kletterte über das ungemachte Bett und griff nach dem Telefon. Das wollte sie jetzt genau wissen.

Als Victor Sharons Museum betrat, erzählte diese gerade drei eifrigen Schuljungen etwas über den Amerikanischen Bürgerkrieg. Sharon lächelte ihn an, doch ihr Gesicht war noch immer sehr blass. Das allein war für Victor Bestätigung genug, dass er richtig gehandelt hatte.

Sie wird darüber hinwegkommen, sagte er sich, während er in den Laden hinüberwanderte. Er entdeckte Pat, die gerade Gläser abstaubte, und ging zu ihr hinüber.

»Hallo, Victor.« Pat lächelte ihn vergnügt an. »Wie geht's?«

»Gut.« Er warf einen Blick über die Schulter, um sich zu vergewissern, dass Sharon noch mit den Schulkindern beschäftigt war. »Hör zu, Pat. Ich möchte mit dir über die Esszimmergarnitur sprechen.«

»Oh ja. Das war wohl ein Missverständnis. Ich verstehe immer noch nicht, was da passiert ist. Sharon sagte ...«

»Ich werde sie kaufen.«

»Du?« Aus ihrer anfänglichen Überraschung wurde Verlegenheit. Doch als Victor sie fröhlich anlächelte, atmete sie erleichtert auf. »Ich will sie Sharon zu Weihnachten schenken«, erklärte er.

»Das ist aber lieb von dir. Die Möbel gehörten ihrer Großmutter. Sie hängt sehr an ihnen.«

»Ich weiß. Und trotzdem ist sie fest entschlossen, sie zu verkaufen. Aber ich bin ebenso entschlossen, ihr die Esszimmergarnitur zu schenken.« Er zwinkerte Pat verschwörerisch zu. »Ein Weihnachtsgeschenk kann sie schließlich nicht ablehnen, oder?«

»Nein«, meinte Pat strahlend. »Diese Möbel bedeuten ihr so viel, Victor. Es tut ihr richtig weh, die Sachen ihrer Großmutter zu verkaufen, und von dem Esszimmer kann sie sich am schwersten trennen. Die Garnitur ist aber schrecklich teuer.«

»Das macht nichts. Ich gebe dir nachher einen Scheck.« Dabei fiel ihm ein, dass es sich daraufhin im ganzen Dorf herumsprechen würde, dass er Geld besaß. Er musste wirklich sehr bald mit Sharon sprechen. »Kleb Schildchen an die Sachen, damit jeder weiß, dass sie verkauft sind.« Wieder schaute er sich nach Sharon um. Ihre drei Besucher waren gerade im Begriff zu gehen. »Sprich am besten nicht darüber. Und wenn sie dich fragt, dann sagst du einfach, dass jemand das Esszimmer gekauft hat.«

»In Ordnung«, stimmte Pat zu. »Ich werde ihr sagen, dass der Käufer die Möbel bis Weihnachten hier stehen lassen will.«

»Du bist ein schlaues Kind«, meinte Victor lachend.

»Victor«, flüsterte Pat. »Sharon sieht heute so deprimiert aus. Kannst du nicht mit ihr irgendwohin fahren und sie ein wenig aufheitern? Oh Sharon«, fuhr sie in normalem Ton fort, »wie hast du es nur geschafft, diese drei Lausebengel so lange in Schach zu halten? Das sind die Drummond-Jungs«, sagte sie zu Victor und schüttelte sich. »Als ich sie kommen sah, wäre ich am liebsten durch die Hintertür davongerannt.«

»Sie hatten schulfrei wegen des Schneesturms. Ich wette, die Schlacht von Antietam wird gleich noch einmal geschlagen: mit Schneebällen.« Lachend nahm Sharon Victors Hand.

Victor küsste sie leicht auf die Brauen. »Hol deinen Mantel«, sagte er.

»Wieso?«

»Und zieh deine Mütze an, es ist kalt draußen.«

»Das weiß ich selbst, du Witzbold. Wir haben bereits fünfzehn Zentimeter Schnee.«

»Dann lass uns sofort gehen.«

Er gab ihr einen Klaps aufs Hinterteil. »Du brauchst wahrscheinlich auch Stiefel. Und jetzt beeil dich.«

»Victor, ich kann nicht einfach mitten am Tag spazieren gehen.«

»Wir gehen nicht spazieren«, erklärte er. »Wir werden einen Weihnachtsbaum für dich kaufen.«

»Einen Weihnachtsbaum?« Lachend nahm sie das Staubtuch, das Pat hingelegt hatte. »Dazu ist es doch noch viel zu früh.«

»Früh?« Victor blinzelte Pat an. »In zwei Wochen ist Weihnachten. Und die neuesten Umfragen haben ergeben, dass in festlich geschmückten Geschäften mehr ausgegeben wird.«

Zum ersten Mal seit vierundzwanzig Stunden brach Sharon wieder in fröhliches Lachen aus. »Das ist eine Lüge«, erklärte sie.

»Bestimmt nicht«, versicherte er ernsthaft. »Und jetzt geh dich endlich umziehen.«

»Aber Victor ...«

»Sei doch nicht albern, Sharon«, unterbrach Pat sie. »Ich komme sehr gut allein zurecht. Und der Laden würde durch einen Weihnachtsbaum wirklich sehr gewinnen. Wir könnten ihn direkt vors Fenster stellen. Ich werde gleich Platz schaffen.«

Ohne Sharons Antwort abzuwarten, fing sie an, ein paar Möbel umzustellen.

»Vergiss deine Handschuhe nicht«, fügte Victor hinzu.

Da gab Sharon sich geschlagen. »Na gut«, sagte sie resigniert. »Warte einen Moment, ich komme gleich wieder.«

Kurz darauf saß sie neben Victor im Wagen. »Oh, das ist ja herrlich hier draußen!«, rief sie begeistert. »Ich liebe den ersten Schnee. Schau, da sind die Drummond-Jungs.«

»Das Gefecht ist in vollem Gange«, bemerkte Victor.

Sharon beobachtete die Jungen einen Moment und wandte sich dann wieder an Victor. »Was hattest du eigentlich Geheimnisvolles mit Pat zu besprechen, als ich oben war, um mich umzuziehen?«, erkundigte sie sich.

Victor hob die Brauen. »Oh, ich versuchte, mich mit ihr zu verabreden«, erklärte er bereitwillig. »Sie ist ein niedliches Mädchen.«

»Tatsächlich?«

Misstrauisch schaute sie ihn an. »Es wäre ihr bestimmt sehr peinlich, so kurz vor Weihnachten gefeuert zu werden.«

»Ich habe mich doch nur bemüht, ein gutes Verhältnis zu deinen Angestellten herzustellen«, meinte er und hielt an einem Stoppschild an. Unvermittelt zog er sie in seine Arme, um sie ausgiebig zu küssen.

Als hinter ihnen jemand laut hupte, fuhr Sharon erschrocken zusammen. Sie wand sich aus Victors Umarmung. »Das hast du jetzt davon«, schimpfte sie. »Jetzt wird der Sheriff dich einsperren, weil du den Verkehr aufgehalten hast.« Ihr Tadel verfehlte leider seine Wirkung, da sie schon wieder mit dem Lachen kämpfen musste.

»Ein mürrischer Mann in seinem Buick ist kein Verkehr«, widersprach Victor, während er nach rechts abbog. »Weißt du überhaupt, wo du hinfahren willst?«

»Natürlich. Ein paar Kilometer weiter gibt es eine Baumschule, wo man seinen eigenen Weihnachtsbaum ausgraben kann.«

»Ausgraben?«, wiederholte Victor und warf ihr einen skeptischen Blick zu.

»Ja, ausgraben«, bestätigte Sharon. »Den neuesten Umfragen zufolge ...«

»Na gut, dann graben wir ihn aus«, unterbrach er sie.

Lachend beugte Sharon sich zu ihm herüber, um ihm einen Kuss zu geben, und sagte dann liebevoll: »Ich liebe dich, Victor.«

Als sie bei der Baumschule ankamen, war aus dem Schneegestöber ein feiner weißer Nebel geworden. Sharon zog Victor von einem Baum zum anderen, begutachtete jeden einzelnen gründlich und befand ihn dann als nicht geeignet.

Obwohl Victor wusste, dass die gesunde Farbe ihrer Wangen der Kälte zuzuschreiben war, spürte er, dass ihre alte Energie langsam zurückkehrte.

Schon ein so bescheidenes Vergnügen, wie einen Weihnachtsbaum zu kaufen, vermochte wieder den bekannten Glanz in ihre Augen zu zaubern.

»Das ist genau der richtige Baum!«, rief sie plötzlich aus und blieb vor einer Edeltanne stehen.

»Er unterscheidet sich kaum von den anderen fünfhundert Bäumen, die wir uns bereits angesehen haben«, meinte Victor brummig, während er seine Schaufel in den Schnee steckte.

»Du bist eben kein Kenner«, erklärte Sharon herablassend. »Jedenfalls ist das mein Weihnachtsbaum. Grab ihn aus«, befahl sie und trat einen Schritt zurück, um mit verschränkten Armen darauf zu warten, dass er ihre Anweisung ausführte.

»Jawohl, Madam«, antwortete Victor gehorsam und machte sich an die Arbeit.

Sharon winkte einen Angestellten herbei, der anschließend die Wurzeln des Baumes sorgfältig in Sackleinen einpackte, und ließ es sich nicht nehmen, ihren Weihnachtsbaum selbst zu bezahlen, obwohl sie sich damit Victors Zorn zuzog.

»Man hat es wirklich nicht leicht mit dir, Sharon«, meinte er auf der Heimfahrt resigniert. »Ich wollte doch den Baum für dich kaufen.«

»Der Baum ist für den Laden bestimmt«, erklärte sie, während Victor seinen Wagen vor ihrem Haus parkte. »Und deshalb wird er aus der Ladenkasse bezahlt, genauso wie die Ware, die ich ankaufe.« Als sie merkte, dass Victor tatsächlich verärgert war, ging sie um das Auto herum und gab ihm einen zärtlichen Kuss. »Du bist süß, Victor, und das weiß ich sehr zu schätzen. Warum kaufst du mir nicht etwas anderes?«

Nachdenklich schaute er sie an. »Was möchtest du denn haben?«

»Oh, ich weiß nicht. Ich hatte schon immer eine Schwäche für frivole, extravagante Dinge ... wie zum Beispiel Ohrenwärmer aus Chinchilla.«

Nur mit Mühe gelang es ihm, ernst zu bleiben. »Pass nur auf, dass ich dir nicht wirklich welche kaufe. Dann musst du sie nämlich auch tragen.«

Sharon stellte sich auf die Zehenspitzen und hielt ihm ihre Lippen hin. Als er sich über sie beugte, rieb sie ihm blitzschnell eine Handvoll Schnee ins Gesicht, die sie hinter ihrem Rücken verborgen hatte. Während Victor sich von dem Schreck erholte, stob sie davon, um sich in Sicherheit zu bringen.

Mit dem Schneeball, der sie am Hinterkopf traf, hatte Sharon gerechnet, nicht aber mit Victors Überfall. Ehe sie sichs versah, landete sie der Länge nach im Schnee.

»Du bist aber wirklich kein Gentleman«, schimpfte sie, während sie aufstand und sich den Schnee aus dem Gesicht wischte.

»Schnee steht dir noch besser als Schlamm.«

Sharon stürzte sich so unvermittelt auf Victor, dass er das Gleichgewicht verlor und rücklings in den Schnee fiel. Mit dumpfem Aufprall landete Sharon auf seiner Brust. Doch bevor sie noch Zeit hatte, ihm das Gesicht mit Schnee einzureiben, hatte er sich umgedreht, sodass sie unter ihm zu liegen kam. Ergeben schloss Sharon die Augen und wartete.

Aber statt der Handvoll Schnee, die sie erwartet hatte, fühlte sie seine Lippen auf ihrem Mund. Ihre Reaktion war spontan und leidenschaftlich. Sie schlang die Arme um seinen Hals und zog ihn an sich, um hungrig seinen Kuss zu erwidern.

»Gibst du dich geschlagen?«, fragte er, nachdem er ihren Mund wieder freigegeben hatte.

»Nein«, sagte sie entschlossen und zog ihn wieder zu sich herab.

Ihr leidenschaftlicher Kuss ließ ihn vergessen, dass sie am hellen Nachmittag vor ihrem Haus im Schnee lagen. Er spürte nicht die kalten Schneeflocken, die unter seinen Mantelkragen gerieten und in seinem Nacken schmolzen. Ihr Gesicht schmeckte nach Schnee.

»Ich begehre dich«, flüsterte er. Immer wieder küsste er voller Leidenschaft ihren verführerischen Mund. »Ich möchte dich auf der Stelle hier im Schnee nehmen.«

Er hob den Kopf und blickte auf sie herab. Doch was er sagen wollte, blieb unausgesprochen, weil sie in diesem Moment das Motorengeräusch eines herankommenden Wagens hörten. »Warum sind wir nicht zu mir gefahren?«, sagte Victor ärgerlich, während er ihr beim Aufstehen half.

Sharon zog ihn an sich und flüsterte ihm ins Ohr: »Ich schließe in zwei Stunden.«

Während Sharon sich um ihre Kunden kümmerte, die alles anfassten und nichts kauften, stellte Victor den Weihnachtsbaum auf und holte den Christbaumschmuck vom Speicher.

Erst als es draußen schon dunkel wurde, waren Victor und Sharon wieder allein. Weil Sharon noch immer sehr blass aussah, überredete Victor sie zu einem kleinen Imbiss, der aus kaltem Braten und Salat bestand. Doch obwohl sie hungrig war, wollte Sharon das Essen nicht so recht schmecken. Die Mahlzeit, die sie gestern mit so viel Liebe zubereitet hatte, erinnerte sie zu sehr an den Besuch ihrer Mutter. Sie bemühte sich zu essen und mit Victor zu plaudern.

Er nahm ihre Hand. Sharon verzichtete darauf, so zu tun, als hätte sie ihn nicht verstanden. Sie drückte seine Hand. »Ich grüble nicht darüber nach, Victor. Nur manchmal überfällt mich die Erinnerung.«

»Und dann bin ich da, um dich zu trösten. Du kannst dich immer an mich lehnen, wenn du das Bedürfnis hast, Sharon. Ich lehne mich ja auch an dich.« Er hob ihre Hand an die Lippen und küsste sie zärtlich.

»Im Moment könnte ich dich ganz gut gebrauchen«, sagte sie mit zittriger Stimme. »Nimm mich nur eine Minute in den Arm.«

Er zog sie an sich und bettete ihren Kopf an seine Brust. »Solange du willst.«

Sie seufzte und schien sich ein wenig zu entspannen. »Warum muss ich mich nur immer wieder so töricht benehmen?«, fragte sie leise. »Nichts hasse ich mehr, als mich lächerlich zu machen.«

»Du hast dich nicht töricht benommen«, sagte er und schob sie dann entschlossen ein Stückchen von sich weg. »Sharon, ich muss dir etwas sagen. Ich habe heute früh deine Mutter aufgesucht.«

»Was?« Sie war so erschrocken, dass ihr fast die Stimme wegblieb.

»Wenn du willst, kannst du mir jetzt böse sein. Jedenfalls bin ich nicht willens, tatenlos zuzusehen, wie diese Frau dich verletzt. Ich habe ihr deutlich zu verstehen gegeben, dass sie es mit mir zu tun bekommt, wenn sie dich in Zukunft nicht in Ruhe lässt.«

Betroffen wandte Sharon sich ab.

»Das hättest du nicht …«

»Erzähl mir nicht, was ich tun oder lassen soll«, unterbrach Victor sie ärgerlich. »Ich liebe dich, Sharon. Du kannst nicht von mir erwarten, dass ich mit ansehe, wie sie dich zerstört.«

»Ich werde allein damit fertig, Victor.«

»Nein.« Er packte sie bei den Schultern und drehte sie zu sich herum. »Du wirst tatsächlich mit erstaunlich vielen Dingen fertig. Aber nicht mit dieser Sache.« Er lockerte seinen Griff, um zärtlich ihre Schultern zu streicheln. »Sharon, wenn mich jemand so verletzt hätte, was hättest du getan?«

Sie wollte etwas sagen, seufzte jedoch stattdessen nur tief auf. Dann zog sie sein Gesicht zu sich herab. »Ich hoffe, ich hätte das Gleiche getan«, sagte sie und küsste ihn zärtlich auf die Lippen. »Ich danke dir, Victor. Und jetzt wollen wir über etwas anderes sprechen. Heute haben wir genug Probleme diskutiert.«

Victor schüttelte den Kopf. Wieder einmal musste er die Aussprache mit ihr hinausschieben. Aber was blieb ihm anderes übrig, als ihrem Wunsch zu entsprechen? »Na gut«, sagte er, »reden wir von erfreulicheren Dingen.«

»Wir werden den Baum schmücken«, erklärte Sharon entschlossen. »Und dann werden wir uns unter dem Weihnachtsbaum lieben.«

Victor lachte. »Das ist eine gute Idee. Aber ich habe einen noch besseren Vorschlag: Wir könnten uns erst lieben und dann den Baum schmücken.«

Lachend schüttelte Sharon den Kopf und fing an, den Christbaumschmuck auszupacken.

»Zuerst kommen die Lichter.«

Damit brachte sie eine ordentlich aufgerollte Lichterkette zum Vorschein.

Sie brauchten über eine Stunde, um den Christbaumschmuck auszupacken. Denn mit jedem einzelnen Ornament verband Sharon eine Erinnerung. Als sie einen roten Filzstern auswickelte, wusste sie noch genau, in welchem Jahr sie ihn für ihre Großmutter gebastelt hatte. Der Gedanke, dieses Jahr ohne sie Weihnachten feiern zu müssen, tat Sharon weh. Ohne Victor hätte sie gewiss keinen Baum aufgestellt. Sie beobachtete, wie er sorgfältig die Girlanden in den Baum hängte. Großmutter hätte Victor gemocht, dachte sie lächelnd. Und sie hätte ihm auch gefallen. Eigentlich machte es nichts, dass die beiden Menschen, die sie am meisten liebte, sich nie begegnet waren. Dadurch, dass sie sie kannte, war die Verbindung zwischen ihnen hergestellt. Wenn er mich nicht bald fragt, ob ich ihn heirate, überlegte sie, muss ich das Thema wohl zur Sprache bringen. Als sie merkte, dass er sie beobachtete, lächelte sie ihn spitzbübisch an.

»Woran denkst du?«, fragte er.

»Oh, an nichts Besonderes«, erwiderte sie arglos. Sie trat einen Schritt zurück, um einen prüfenden Blick auf den Baum zu werfen. »Er ist wirklich perfekt. Das wusste ich doch gleich«, meinte sie zufrieden. Sie packte den silbernen Stern aus, der für die Spitze des Baumes bestimmt war, und reichte ihn Victor.

Der betrachtete skeptisch den Tannenbaum. »Ich kann den Stern nicht da oben anbringen, ohne die halbe Dekoration dabei herunterzureißen. Wir brauchen eine Leiter.«

»Oh nein, das geht auch so. Nimm mich einfach auf die Schultern.«

»Im oberen Stockwerk steht eine Trittleiter«, wandte er ein.

»Oh, sei doch nicht so umständlich.« Behände kletterte sie auf seinen Rücken und schlang die Beine um seine Taille, um nicht das Gleichgewicht zu verlieren. »Jetzt kann ich die Spitze ganz leicht erreichen«, versicherte sie und fing an, sich auf seine Schultern hochzuarbeiten. »Siehst du«, sagte sie triumphierend. »Gib mir den Stern, damit ich ihn feststecken kann.«

Victor gab ihn ihr, und Sharon befestigte den Christbaumschmuck.

»So, das hätten wir.« Sie stemmte die Hände in die Hüften und begutachtete ihr Werk. »Tritt doch bitte einen Schritt zurück, damit ich einen Eindruck von dem Ganzen bekommen kann.« Victor tat wie ihm geheißen.

Sharon war begeistert. Sie seufzte zufrieden und küsste ihn überschwänglich auf den Kopf. »Ist er nicht wunderschön? Riechst du den Tannenduft?«

»Er wird noch besser aussehen, wenn der Raum dunkel ist.« Damit ging er zum Lichtschalter und knipste die Deckenbeleuchtung aus. In der Dunkelheit schienen die bunten Lichter am Christbaum zum Leben zu erwachen. Sie schimmerten hell vor dem Lametta und den Girlanden und verliehen den dunklen Zweigen der Tanne einen warmen Lichtschein.

»Oh ja«, sagte Sharon fast andächtig. »Es ist wirklich perfekt.«

»Nicht ganz«, wandte Victor ein. Geschickt zog er Sharon von seinen Schultern herunter und in seine Arme. »Jetzt ist es perfekt«, sagte er, während er sie auf den Teppich legte.

Lächelnd schaute sie zu ihm auf. »Das finde ich auch«, sagte sie leise.

Erwartungsvoll zogen sie sich gegenseitig aus. Und als sie nackt nebeneinanderlagen, nahm ihre Ungeduld noch zu.

Wieder einmal staunte Sharon über seine festen gespannten Muskeln, während Victor nicht genug bekommen konnte von dem Duft und dem Geschmack ihrer Haut. Ebenso wie sie vorhin den kalten Schnee nicht gespürt hatten, so vergaßen sie jetzt den Duft der Tannennadeln und die bunten Lichter des Baumes. Sie waren zusammen. Das war das Einzige, was zählte.

13. Kapitel

Es fiel Sharon am nächsten Tag nicht leicht, sich auf ihre Arbeit zu konzentrieren. Obwohl sie ziemlich viel verkaufte, war sie den ganzen Vormittag über zerstreut. Sie bemerkte nicht einmal, dass Pat das Preisschild von der Esszimmergarnitur genommen und die Stühle und den Tisch mit kleinen Schildchen versehen hatte, auf denen »Verkauft« stand. Ihre Gedanken drehten sich ausschließlich um Victor.

Ein paarmal ertappte sich Sharon dabei, wie sie versonnen den Weihnachtsbaum anschaute und an die vergangene Nacht dachte. Sie hatte nicht geahnt, dass Liebe so wunderbar sein konnte. Jedes Mal war sie neu und aufregend, jedes Mal ein Abenteuer. Trotzdem hatte sie das Gefühl, Victor schon seit Jahren zu kennen. Sie musste ihn nur anschauen, um zu wissen, dass ihre Beziehung von Dauer sein würde. Wieder blickte sie zu dem Christbaum hinüber. Plötzlich erkannte sie, dass sie noch nie in ihrem Leben so glücklich gewesen war.

»Miss!« Die Kundin, die schon seit einer Weile interessiert den Stuhl mit dem neuen Sitzgeflecht betrachtete, rief sie energisch in die Wirklichkeit zurück.

»Entschuldigen Sie bitte.« Etwas verträumt lächelte Sharon die Dame an, was dieser jedoch entging. »Ist das nicht ein ganz besonders schönes Stück? Ich habe den Sitz gerade neu flechten lassen.«

»Ich wäre an dem Stuhl interessiert, aber der Preis …«

Sharon merkte sofort, dass die Frau mit ihr handeln wollte. Seufzend ließ sie sich darauf ein.

Erst am frühen Nachmittag wurde es im Laden etwas ruhiger. Sharon hatte zwar keine großen Summen eingenommen, aber doch genug verdient, um fürs Erste ihre Geldsorgen ein wenig vergessen zu können. Und mehr verlangte sie im Moment ja gar nicht. Von ihrem Privatleben jedoch erwartete Sharon sehr viel mehr. Und sie war entschlossen, dafür zu sorgen, dass sich diese Erwartungen so schnell wie möglich erfüllten.

Sie wollte Victor heiraten. Es wurde langsam Zeit, dass sie ihn davon in Kenntnis setzte. Bestimmt schämte er sich seiner Arbeitslosigkeit und war zu stolz, ihr einen Antrag zu machen. Doch sie würde ihn dazu bringen, die Dinge anders zu sehen. Noch heute würde sie dem Mann, den sie liebte, einen Heiratsantrag machen. Und mit einem Nein würde sie sich nicht zufriedengeben.

»Pat, kannst du eine Weile den Laden übernehmen? Ich werde in etwa einer Stunde zurück sein.«

Pat blickte von dem Tisch auf, den sie gerade polierte. »Sicher. Im Moment ist sowieso nicht viel los. Gehst du auf eine Auktion?«

»Nein«, erklärte Sharon vergnügt. »Ich gehe zu einem Picknick.« Eilig lief sie die Treppen zum Obergeschoss hinauf, während Pat ihr verdutzt nachschaute.

In knapp zehn Minuten hatte sie ihren Picknick-Korb gefüllt. Der teure Wein passte zwar nicht so recht zu den Brötchen mit Erdnussbutter, aber das störte sie wenig. Während sie durch die Hintertür das Haus verließ, stellte sie sich bereits vor, wie sie in Victors Wohnzimmer vor dem Kaminfeuer das karierte Tischtuch ausbreiten würde.

Genau der richtige Tag für ein Picknick, dachte sie belustigt, als sie mit den Stiefeln im Schneematsch versank. Fröhlich schwang sie ihren Picknick-Korb. Kein Lüftchen bewegte sich. Mit lautem Platschen tropfte das Schmelzwasser vom Dach. Der Bach führte Hochwasser. Gurgelnd und zischend bahnte er sich seinen Weg durch dünne Eisschollen.

Sharon blieb einen Moment stehen, um den Geräuschen des Winters zu lauschen. Das Hochgefühl, das sie schon den ganzen Tag empfunden hatte, steigerte sich. Wie schön dieser Tag war! Der Himmel strahlte in einem kalten klaren Blau, auf den Berggipfeln ringsum lag dicker Schnee, und die kahlen Bäume waren von einer glitzernden Eisschicht überzogen.

Ein Auto näherte sich. Sharon schaute sich um. Ihr Glücksgefühl und ihre Hochstimmung schwanden. Sie glaubte, der Hals schnürte sich ihr zu, während sie beobachtete, wie Anne in ihre Einfahrt einbog. Anmutig schritt Anne in ihren teuren Stiefeln durch den Schneematsch. Mit selbstgefälligem Lächeln ging sie auf ihre Tochter zu. Obwohl Sharon stocksteif dastand, begrüßte ihre Mutter sie mit einem flüchtigen Kuss auf die Wange. Ohne ein Wort zu sagen, stellte Sharon ihren Picknick-Korb auf die unterste Verandastufe.

»Darling, ich musste noch einmal vorbeikommen, bevor ich wieder abreise«, sagte Anne überschwänglich.

»Fliegst du nach Kalifornien zurück?«, fragte Sharon.

»Ja, natürlich. Man hat mir eine fantastische Rolle angeboten. Ich werde wahrscheinlich wochenlang mit Dreharbeiten beschäftigt sein.« Sie zuckte die Schultern. »Aber deshalb bin ich nicht hergekommen.«

Erstaunt beobachtete Sharon ihre Mutter. Es war, als hätte jene hässliche Szene zwischen ihnen nie stattgefunden. Der Vorfall war ihr völlig egal. »Warum bist du hergekommen, Anne?«, fragte sie kühl.

»Um dir zu gratulieren.«

»Mir gratulieren?« Verwundert hob Sharon die Brauen.

»Ich muss zugeben, ich habe dich unterschätzt, Sharon. Aber ich bin angenehm überrascht«, erklärte Anne.

Sharon seufzte ungeduldig. »Willst du mir nicht endlich verraten, worum es geht, Anne? Ich habe es eilig.«

»Oh, du musst doch nicht gleich so gereizt reagieren«, meinte Anne beschwichtigend. »Ich freue mich wirklich für dich. Es war ziemlich clever, dir einen solchen Mann auszusuchen.«

Sharon sah sie irritiert an. »Wie bitte?«, fragte sie verärgert.

»Ich spreche von Victor Banning.« Sie schenkte ihrer Tochter ein anerkennendes Lächeln. »Was für ein Fang!«

»Komisch. Ich habe es nie so gesehen.« Sharon bückte sich, um ihren Picknick-Korb aufzunehmen.

»Darling, ist dir denn nicht klar, was für einen Goldfisch du dir da geangelt hast? Den Inhaber der Baufirma Riverton zu fangen ist schon eine Leistung.«

Sharon umklammerte den Henkel ihres Picknick-Korbs. Langsam richtete sie sich auf, um Anne in die Augen zu schauen. »Wovon sprichst du überhaupt?«

»Von deinem unsagbaren Glück, Sharon. Der Mann schwimmt im Geld. Du kannst deinen kleinen Laden in einen Antiquitäten-Palast umwandeln, wenn dir danach ist.« Sie lachte kurz auf. »Da erwischt meine niedliche kleine Tochter gleich beim ersten Versuch einen Millionär! Wenn ich ein bisschen mehr Zeit hätte, Liebling, müsstest du mir ganz genau erzählen, wie du das angestellt hast.«

»Ich verstehe nicht, was du damit meinst.« Sharon war völlig verwirrt. Sie wollte sich umdrehen und davonrennen, aber sie war zu keiner Reaktion fähig und blieb wie angewurzelt stehen.

»Weiß der Himmel, wieso er sich ausgerechnet in dieses langweilige Dorf verirrt hat«, fuhr Anne fort. »Und dann muss er auch noch neben dir wohnen. So etwas nenne ich

Glück! Er wird wohl sein Haus behalten, um hin und wieder mit dir dem Gesellschaftsleben entfliehen zu können. Natürlich werdet ihr nach Washington ziehen.«

Sie wird in einer Villa wohnen, dachte Anne neidisch, Dienstboten haben und Partys geben. Doch sie ließ sich ihre Missgunst nicht anmerken. »Ich kann dir gar nicht sagen, wie sehr ich mich darüber freue, dass du dir den Besitzer der größten Baufirma des Landes geschnappt hast.«

»Riverton«, wiederholte Sharon erstarrt.

»Eine sehr angesehene Firma, Darling. Ich muss mich zwar fragen, ob du überhaupt in diese Kreise passt, aber ...« Sie zuckte die Schultern, um endlich zu ihrem letzten großen Schlag auszuholen. »Schade nur, dass dein Victor in solch einen hässlichen Skandal verwickelt war. Wegen seiner ersten Frau, weißt du. Eine schreckliche Geschichte.«

»Seine Frau?«, wiederholte Sharon mit erstickter Stimme. Sie fühlte, wie ihr langsam übel wurde. »Victors Frau?«

»Oh Sharon, soll das etwa heißen, er hat dir nichts davon erzählt?«

Genau das hatte Anne gehofft. Seufzend schüttelte sie den Kopf. »Das ist aber eine Schande, wirklich! Es ist typisch Mann, einem unschuldigen jungen Mädchen etwas vorzumachen!«

Anne schnalzte verächtlich mit der Zunge, während sie sich diebisch freute, diesem arroganten Victor Banning eins auswischen zu können. An Sharon dachte sie keine Sekunde. »Er hätte dir ja wenigstens sagen können, dass er schon einmal verheiratet war«, fuhr sie fort. »Auch wenn er dir die unangenehmen Details verschwiegen hätte.«

»Ich ...« Verzweifelt kämpfte Sharon gegen ihre Übelkeit an. »Ich verstehe nicht, was du meinst.«

»Ich spreche von dem Skandal, Liebling. Und von seiner Frau. Sie war eine atemberaubende Schönheit. Zu schön vielleicht.« Hier legte Anne eine kleine Kunstpause ein. »Einer ihrer Liebhaber hat sie erschossen. Wenigstens haben die Bannings das in der Öffentlichkeit so dargestellt.«

Mit Triumph und Genugtuung registrierte Anne den Schock, der sich auf Sharons Gesicht spiegelte. Oh ja, dachte sie grimmig, diesem Victor Banning werde ich es heimzahlen.

»Die Geschichte wurde so gut es ging vertuscht«, fügte sie noch hinzu, um dann das Thema zu wechseln. »Und jetzt muss ich mich beeilen, ich darf mein Flugzeug nicht verpassen. Adieu, Liebling, lass dir deinen attraktiven Goldjungen nicht durch die Lappen gehen. Es gibt eine ganze Reihe Frauen, die nur darauf warten, ihn sich unter den Nagel zu reißen.«

Anne hielt inne, um flüchtig eine von Sharons Locken zwischen Daumen und Zeigefinger zu nehmen. »Um Himmels willen, Sharon, kannst du dir nicht endlich einen anständigen Friseur suchen? Ich nehme an, dein Victor sieht in dir eine erfrischende Abwechslung. Sieh zu, dass er dir den Ring an den Finger steckt, bevor du ihn langweilst.« Sie gab ihrer Tochter einen flüchtigen Kuss und fuhr davon.

Unbeweglich stand Sharon da und schaute ihr nach. Ihr Schock war so groß, dass sie zunächst nicht einmal Schmerz empfand. Die weiße Schneedecke reflektierte die gleißende Helligkeit der kalten Wintersonne. Auf einem kahlen Ast ließ sich ein roter Kardinalvogel nieder. Sharon rührte sich nicht vom Fleck. Sie sah und fühlte nichts. Nur ganz allmählich fing ihr Verstand wieder an zu arbeiten.

Es stimmt alles gar nicht, sagte sie sich. *Anne hat die ganze Geschichte nur erfunden. Besitzer der Baufirma Riverton?* Victor hatte ihr doch gesagt, er sei Schreiner. Und er ist auch Schreiner, dachte sie verzweifelt. Sie hatte seine Arbeit selbst gesehen. Er hatte ihr Haus umgebaut, den Job bei ihr angenommen. Wie konnte er da Besitzer einer Baufirma sein? Seine erste Frau? Ohne es zu merken, stieß sie einen Klagelaut aus.

Als Sharon Victor über den Waldweg auf sich zukommen sah, starrte sie ihn ausdruckslos an. Und dann konnte sie plötzlich wieder klar denken. Im gleichen Moment wurde ihr klar, wie naiv und töricht sie gewesen war.

Victor erkannte Sharon von Weitem und beschleunigte seine Schritte. Erst wenige Meter vor ihr erfasste er ihren Gesichtsausdruck. Sie sah ebenso kreidebleich und verstört aus wie vor ein paar Tagen, als er sie in dem dunklen Zimmer gefunden hatte.

»Sharon?« Eilig kam er auf sie zu, um sie in seine Arme zu ziehen. Doch Sharon wich vor ihm zurück.

»Du Lügner«, flüsterte sie heiser. »Was du auch gesagt hast, es waren alles Lügen.«

»Sharon ...«

»Nein, fass mich nicht an!« In ihrer Stimme schwang solche Abscheu, dass er unwillkürlich die Arme sinken ließ. In diesem Moment wurde ihm klar, dass irgendjemand ihr von seiner Vergangenheit erzählt hatte, bevor er es hatte tun können.

»Sharon, ich muss dir etwas erklären.«

»Erklären?« Sie strich sich mit zitternden Fingern durchs Haar. »Erklären? Wie? Womit kannst du erklären, dass du mir deine wahre Existenz verschwiegen hast? Wie willst du erklären, dass du es nicht einmal für nötig hieltest, deine erste Frau zu erwähnen? Ich habe dir vertraut«, flüsterte sie. »Mein Gott, wie konnte ich nur so naiv sein!«

Mit ihrer Wut wäre er fertiggeworden. Doch ihrer Verzweiflung stand er hilflos gegenüber. Um der Versuchung zu widerstehen, sie einfach in seine Arme zu nehmen, steckte er die Hände in die Manteltaschen. »Ich wollte es dir sagen, Sharon. Ich hatte es wirklich vor …«

»Du wolltest!« Sie lachte verächtlich. »Wann? Nachdem dein kleiner Scherz dich gelangweilt hätte?«

»Ich habe dir niemals etwas vorgespielt«, entgegnete er aufgebracht. Panik stieg in ihm auf, die er niederzukämpfen versuchte. »Ich wollte es dir erzählen. Aber jedes Mal …«

»Du hast mir nichts vorgespielt?« In ihren Augen glänzten Tränen – Tränen der Wut, der Enttäuschung, der Verzweiflung. »Du hast mich in dem Glauben gelassen, du seist Schreiner. Und ich habe dir einen Job angeboten und dir sechs Dollar die Stunde gezahlt. Und darüber hast du dich nicht amüsiert?«

»Ich wollte dein Geld nicht, Sharon, und ich habe versucht, dir das zu sagen. Doch du hast mir nie zugehört.« Er wandte sich ab, um seiner Verärgerung Herr zu werden. »Ich habe ein Konto unter deinem Namen eröffnet, auf das ich deine Schecks einzahlte.«

»Wie kannst du es wagen!«, schrie sie außer sich vor Schmerz. Sie hörte längst nicht mehr seine Worte.

Sie fühlte sich betrogen und hintergangen und sah nur ihre abgrundtiefe Verzweiflung.

»Was fällt dir ein, deine Spielchen mit mir zu treiben! Ich habe dir geglaubt. Alles habe ich dir geglaubt. Ich dachte … ich dachte, ich würde dir helfen. Und dabei hast du die ganze Zeit nur über mich gelacht.«

»Ich habe nie über dich gelacht, Sharon«, erwiderte er ernst. Er packte sie bei den Schultern. »Das weißt du ganz genau!«

»Wieso hast du mir nicht direkt ins Gesicht gelacht? Wie konntest du dich nur so gut beherrschen? Mein Gott, bist du clever!« Ihre Worte gingen in einem unterdrückten Schluchzen unter.

»Sharon, wenn du doch nur versuchen würdest, mich zu verstehen. Ich hatte meine Gründe, mich hierher zurückzuziehen. Ich wollte eine Weile nicht mit meiner Firma in Verbindung gebracht werden ...« Victor wollte ihr so viel sagen, doch ihm fehlten auf einmal die richtigen Worte. »Es hat nichts mit dir zu tun«, sagte er erregt. »Ich hatte nicht vor, mich zu verlieben.«

»Habe ich dir wenigstens die Langeweile vertrieben?«, fragte sie verächtlich, während sie seine Hände abzuschütteln versuchte. »Hast du dich gut amüsiert mit dem unschuldigen Mädchen vom Lande, das dumm genug war, dir all deine Lügen zu glauben?«

»Du siehst alles ganz falsch.« Außer sich vor Wut schüttelte er sie. »Du glaubst doch selbst nicht, was du da sagst.«

Sharon konnte die Tränen nicht mehr zurückhalten. Ihre Stimme klang erstickt. »Und ich bin so willig mit dir ins Bett gegangen. Du wusstest es!«, schluchzte sie und stieß mit beiden Händen gegen seine Brust. »Ich hatte von Anfang an keine Geheimnisse vor dir.«

»Aber ich hatte Geheimnisse«, räumte er ein. »Und zwar aus guten Gründen.«

»Du wusstest, wie sehr ich dich liebte, wie sehr ich dich begehrte. Du hast mich nur benutzt!« Schluchzend schlug sie die Hände vors Gesicht.

Sie weinte mit der gleichen aufrichtigen Hingabe, mit der er sie auch hatte lachen sehen. Victor konnte nicht anders, er musste sie an sich drücken. Wenn er es nur schaffte, sie zu beruhigen, dann konnte er sich ihr auch verständlich machen. »Sharon, bitte, du musst mir zuhören.«

»Nein, nein, ich will nicht.« Ihr Atem ging stoßweise, während sie sich heftig gegen seine Umarmung wehrte. »Ich werde dir niemals verzeihen. Und ich kann dir kein Wort mehr glauben. Lass mich endlich los!«

»Nicht, bevor du mich angehört hast.«

»Nein, ich habe genug von deinen Lügen. Ich lasse mich nicht noch einmal von dir zum Narren halten. Die ganze Zeit hast du mich belogen und dich über mich lustig gemacht. Ich habe dir all meine Liebe geschenkt, und du hast dir mit mir nur die Zeit vertrieben.«

Er riss sie an sich. »Du weißt genau, dass das nicht stimmt, Sharon!«, rief er.

Plötzlich hörte sie auf, gegen ihn zu kämpfen. Ihre Tränen schienen auf einmal zu gefrieren. Ausdruckslos schaute sie ihn an. Nichts, was sie bisher zu ihm gesagt hatte, traf ihn dermaßen ins Herz wie dieser kühle, verächtliche Blick.

»Ich kenne dich nicht«, sagte sie ruhig.

»Sharon …«

»Nimm deine Hände weg.« Ihre Stimme klang leidenschaftslos. Victor gab sie frei. Sie trat einen Schritt zurück. »Ich möchte, dass du jetzt gehst und mich in Ruhe lässt. Ich will dich nicht mehr sehen. Nie wieder.«

Damit drehte sie sich um und ging die Treppen zur Veranda hinauf. Mit leisem Klicken fiel die Haustür hinter ihr ins Schloss. Dann war alles still. Das war also das Ende ihrer Liebe.

Auf der Straße tief unter Victors Bürofenster herrschte das übliche vorweihnachtliche Verkehrsgewühl, das dieses Jahr durch die heftigen Schneefälle noch chaotischer war als sonst. Doch Victor hörte nichts von dem Straßenlärm. Das dicke schallisolierte Fensterglas ließ kein Geräusch durch. Mit dem Rücken zu seinem eleganten, geräumigen Büro stand er am Fenster und blickte auf die Straße hinunter.

Victor hatte gerade seinen obligatorischen Auftritt bei der Weihnachtsparty seiner Firma absolviert. Ein paar Stockwerke tiefer, in dem großen Konferenzzimmer im dritten

Stock, war die Feier noch in vollem Gange. Und wenn sie vorbei war, würden seine Angestellten nach Hause gehen zu ihren Familien oder Freunden.

Er selbst hatte seit seiner Rückkehr nach Washington mehr als ein Dutzend Einladungen für den Weihnachtsabend abgelehnt. Der Weihnachtsparty in der Firma hatte er sich als Chef des Unternehmens nicht entziehen können, wohl aber dem Small Talk und den lauten Partys seiner Freunde. Ohne Sharon konnte er nicht Weihnachten feiern.

Zwei Wochen waren vergangen, seit sie ihn weggeschickt hatte. In der Zeit war es Victor gelungen, alle Bauprojekte seiner Firma zu überprüfen, vertragliche Schwierigkeiten aus der Welt zu schaffen, einen Kostenvoranschlag für die Erweiterung eines Krankenhauses in Virginia auszuarbeiten und eine turbulente Aufsichtsratssitzung zu leiten.

Er hatte Papierkram erledigt und eine firmeninterne Intrige aus der Welt geschafft, die er vielleicht amüsant gefunden hätte, wäre er nicht total übernächtigt gewesen. Aber die schlaflosen Nächte und die Erinnerung an Sharon setzten ihm zu. Und er fand nicht wie sonst Vergessen in der Arbeit. Wie damals, nachdem er ihr das erste Mal begegnet war, verfolgte sie ihn.

Victor wandte sich vom Fenster ab und setzte sich hinter seinen massiven Eichenschreibtisch. Während er die Wand anstarrte, fragte er sich, was Sharon wohl gerade tat. Er hatte sie nicht im Zorn verlassen. Wäre er wütend auf sie gewesen, wäre für ihn die Sache sehr einfach. Nein, er konnte ihr keinen Vorwurf machen.

Warum hätte sie sich seine Erklärung anhören sollen? Die Beschuldigungen, die sie ihm an den Kopf geworfen hatte, ließen sich nicht ganz von der Hand weisen. Er hatte gelogen oder war zumindest nicht aufrichtig zu ihr gewesen. Und für Sharon war das eine so schlimm wie das andere. Er hatte sie verletzt. Seinetwegen hatte in ihrem Gesicht jener Ausdruck hilfloser Verzweiflung gestanden. Das war unverzeihlich.

Victor stand auf, um ruhelos auf dem dicken sandfarbenen Teppich hin und her zu laufen. Wenn sie ihn doch wenigstens anhören würde! Wieder stellte er sich ans Fenster, um mit finsterem Blick hinauszustarren. Was warf sie ihm vor? Er hätte über sie gelacht? Sich über sie lustig gemacht? Nein!, dachte er, und das erste Mal seit zwei Wochen empfand er Empörung über ihr Verhalten. Nein, er würde nicht tatenlos zusehen, wie sie die wichtigste Entscheidung seines Lebens als einen Scherz abtat. Sie hatte ihm die Meinung gesagt. Jetzt war er an der Reihe. Und das wollte er jetzt gründlich tun.

»Sharon, sei doch nicht so starrköpfig«, meinte Donna vorwurfsvoll, während sie der Freundin vom Museum in den Laden folgte.

»Ich bin nicht starrköpfig, Donna. Ich habe wirklich eine Menge zu tun.« Um zu beweisen, dass diese Behauptung nicht aus der Luft gegriffen war, blätterte Sharon einen Antiquitätenkatalog durch. »Das Weihnachtsgeschäft hat mich arg ins Hintertreffen gebracht. Ich muss Rechnungen ablegen und endlich meine Buchhaltung in Ordnung bringen.«

»Blödsinn«, bemerkte Donna sehr treffend und klappte ihr den Katalog vor der Nase zu.

»Donna, bitte.«

Donna stemmte die Hände in die Hüften. »Komm mir nicht mit Ausreden. Außerdem sind wir zwei gegen einen.« Sie machte eine Kopfbewegung zu Pat hin. »Wir lassen es nicht zu, dass du Heiligabend allein in diesem Haus sitzt, basta.«

Sharon schüttelte den Kopf. »Ich verspreche euch, dass ich morgen komme. Ich habe ein ziemlich lautes Geschenk für Benji. Wahrscheinlich wirst du mir böse sein.«

»Sharon.« Donna legte ihr die Hände auf die Schultern. »Pat hat mir erzählt, dass du den ganzen Tag Trübsal bläst. Und man sieht dir deutlich an, dass du völlig erschöpft bist und Kummer hast.«

»Ich bin nicht erschöpft«, wehrte Sharon ab.

»Dann hast du also nur Kummer?«

»Das habe ich nicht gesagt.«

Donna schüttelte sie liebevoll. »Schau, Sharon, ich weiß nicht, was zwischen dir und Victor vorgefallen ist ...«

»Donna ...«, unterbrach Sharon sie müde.

Doch Donna ließ sich nicht beirren. »Und ich frage dich auch nicht danach«, fuhr sie fort. »Aber du kannst nicht von mir erwarten, dass ich mit ansehe, wie du hier unglücklich herumsitzt. Glaubst du, ich kann Weihnachten feiern, wenn ich ständig daran denken muss, dass du allein bist?«

Sharon umarmte die Freundin. »Ich danke dir, Donna. Aber ich kann wirklich nicht mitkommen. Geh bitte nach Hause zu deiner Familie.«

»Jetzt spielst du wohl die Märtyrerin? Na gut, ich habe Zeit.« Donna setzte sich in einen Schaukelstuhl. »Dann werde ich einfach hier sitzen bleiben. Der arme Dave wird wohl ohne mich Weihnachten feiern müssen, und der kleine Benji wird nicht verstehen können, dass seine Mutter ihn allein lässt, aber ...« Seufzend hielt sie inne.

»Oh Donna. Mach es mir doch nicht so schwer.« Nervös fuhr sich Sharon durchs Haar. Sie wusste nicht, ob sie lachen oder weinen sollte. »Und ausgerechnet du sprichst von Märtyrern.«

»Ich klage ja nicht um meinetwillen«, sagte Donna in leidendem Tonfall. »Pat, fahr nach Hause und sag Dave, dass ich nicht komme. Und tröste bitte meinen kleinen Jungen.«

Pat prustete vor Lachen, aber Sharon sah nur ergeben zur Zimmerdecke. »Mir wird gleich schlecht«, sagte sie. »Donna, du fährst sofort nach Hause. Ich schließe jetzt den Laden.«

»Gut, geh und hol deinen Mantel. Du fährst in unserem Wagen mit.«

»Donna, ich werde nicht …« Die Ladentür ging auf, und im selben Moment verstummte Sharon.

Als Donna sie so plötzlich blass werden sah, drehte sie sich um. Sofort sprang sie auf. »Jetzt müssen wir uns aber wirklich beeilen!«, rief sie. »Komm, Pat. Dave wird bestimmt schon ungeduldig sein. Fröhliche Weihnachten, Sharon.« Sie gab Sharon einen Kuss und zog dann eilig ihren Mantel an.

»Donna, warte …«

»Nein, ich kann keine Minute länger bleiben«, rief sie, ohne mit der Wimper zu zucken. »Ich habe noch tausend Dinge zu erledigen. Hallo, Victor, schön, Sie wieder mal zu sehen. Komm endlich, Pat.« Und dann waren die beiden aus der Tür, bevor Sharon noch zu Wort kommen konnte.

Der hastige Abgang der beiden erstaunte Victor, doch er äußerte sich nicht dazu. Unverwandt schaute er Sharon an. Die Wut, die ihn zu ihr getrieben hatte, war verraucht. »Sharon«, flüsterte er.

»Ich … ich wollte gerade schließen.«

»Das ist gut.« Er ging zur Tür und schob den Riegel vor. »Dann können wir ungestört miteinander reden.«

»Ich habe zu tun, Victor. Ich muss …« Angestrengt suchte sie nach einem Vorwand, um ihn loszuwerden. »Ich muss meine Buchhaltung noch machen«, erklärte sie schließlich. Und als er daraufhin weder etwas erwiderte noch sich von der Stelle rührte, warf sie ihm einen flehenden Blick zu. »Bitte, lass mich allein.«

Victor schüttelte den Kopf. »Ich habe es versucht, Sharon. Ich kann es nicht.« Er zog seinen Mantel aus und warf ihn über einen Stuhl.

Mit großen Augen schaute Sharon ihn an. Er sah umwerfend aus in seinem maßgeschneiderten Anzug und der Krawatte. So hatte sie ihn noch nie gesehen. Dabei kam ihr wieder schmerzlich zu Bewusstsein, wie wenig sie ihn kannte. Und trotzdem liebte sie ihn. Sie wandte sich ab und rückte ein paar Gläser in einer ihrer Vitrinen zurecht.

»Es tut mir leid, Victor. Aber ich habe noch sehr viel zu erledigen, bevor ich gehe. Ich bin heute Abend bei Donna eingeladen.«

»Ich hatte nicht den Eindruck, dass sie dich erwartet«, bemerkte Victor und ging auf sie zu. Behutsam legte er ihr die Hände auf die Schultern. »Sharon …«

Sofort wurde sie steif vor Abwehr. »Fass mich nicht an!«

Langsam ließ er sie los. »Na gut, ich werde dich nicht berühren.«

»Victor, ich habe dir doch gesagt, dass ich zu tun habe.«

»Du hast auch gesagt, dass du mich liebst.«

Sharon wirbelte herum. Ihr Gesicht war weiß vor Wut. »Wie kannst du es wagen, das in dieser Situation zu mir zu sagen!«

»War es eine Lüge?«, wollte er wissen.

Sie öffnete den Mund und schloss ihn wieder, bevor sie in Versuchung kommen konnte, ihm eine heftige Erwiderung an den Kopf zu werfen. Stolz hob sie das Kinn und schaute ihn an. »Ich habe den Mann geliebt, der du zu sein schienst.«

Victor zuckte zusammen. »Das war ein Schlag in die Magengrube, Sharon«, sagte er ruhig. »Du überraschst mich.«

»Warum? Weil ich nicht so dumm bin, wie du dachtest?«

Seine Augen blitzten zornig und wurden dann dunkel vor Schmerz. »Bitte, Sharon.«

So viel Trauer lag in diesen beiden Worten, dass Sharon sich abwandte. »Es tut mir leid, Victor. Ich wollte dich nicht verletzen. Es wäre besser für uns beide, wenn du jetzt gehst.«

»Du weißt, dass das nicht stimmt, Sharon. Selbst wenn du nur halb so viel gelitten hättest wie ich. Hast du schlafen können, Sharon? Ich nicht.«

»Bitte«, flüsterte sie.

Er atmete tief ein. Unwillkürlich ballte er die Hände zu Fäusten. Er war gekommen, um mit ihr zu kämpfen, um sie zu überrumpeln, sie um Verständnis zu bitten. Jetzt fand er kaum die Worte, ihr eine Erklärung zu geben. »Okay, ich gehe. Aber nur, wenn du mich erst anhörst.«

»Victor«, sagte sie müde. »Was könnte das ändern?«

Es klang so endgültig, dass Victor vor Angst kaum sprechen konnte. Doch er schaffte es, ihr mit ruhiger Stimme zu antworten. »Wenn du das so sicher weißt, kannst du mir ja auch zuhören. Du vergibst dir bestimmt nichts dabei.«

»In Ordnung.« Resigniert drehte Sharon sich zu ihm um. »Ich werde mir anhören, was du zu sagen hast.«

Er schwieg einen Moment und fing dann an, unruhig im Raum auf und ab zu wandern. »Ich habe das Haus in Sharpsburg gekauft, weil ich Abstand brauchte, mich vielleicht sogar verstecken wollte. Ich weiß nicht mehr so genau, was meine Beweggründe waren. Als ich die Baufirma meiner Mutter übernahm, war ich noch sehr jung. Es war nie mein Wunsch gewesen, in die Firma einzutreten.«

Er unterbrach sich einen Moment, um ihr in die Augen zu schauen. »Ich bin wirklich Schreiner, Sharon, in diesem Punkt war ich ehrlich zu dir. Ich leite die Firma Riverton, weil mir keine andere Wahl blieb. Aber ein Titel und eine Position machen doch keinen anderen Menschen aus mir.«

Als Sharon daraufhin nichts erwiderte, sprach er weiter.

»Ich war mit einer Frau verheiratet, deren Beschreibung dir bestimmt bekannt vorkommen wird. Sie war schön, charmant und durch und durch unecht. Sie war außerdem selbstsüchtig, gefühllos und böse. Unglücklicherweise habe ich die letzte Eigenschaft erst erkannt, als es bereits zu spät war.« Er hielt inne, weil ihm die nächsten Worte nur schwer über die Lippen kamen. »Ich habe die Frau geheiratet, die sie zu sein schien.«

Weil er mit dem Rücken zu ihr stand, sah Victor nicht die Veränderung, die in Sharons Gesicht vorging. Ein schmerzlicher Ausdruck war in ihre Augen getreten. Doch nicht ihretwegen, sondern nur um seinetwillen.

»Die Ehe scheiterte, kurz nachdem sie geschlossen wurde. Eine Scheidung war zunächst unmöglich. Deshalb haben wir einige Jahre nebeneinanderher gelebt und uns gegenseitig verachtet. Ich habe mich in meine Arbeit vergraben, und sie hat sich Liebhaber genommen. Mehr als alles in der Welt wünschte ich mir, endlich frei von ihr zu sein. Und als sie dann tot war, musste ich mit dem Wissen leben, dass ich ihren Tod herbeigesehnt hatte.«

»Oh, Victor«, flüsterte Sharon.

»Das war vor über zwei Jahren«, fuhr er fort. »Ich versuchte, meine Schuldgefühle mit Arbeit abzutöten ... und mit Verbitterung. Bis ich an einem Punkt anlangte, wo ich mich selbst nicht mehr erkannte. Da kaufte ich das Haus und übergab die Geschäfte meinem Vizepräsidenten. Ich musste Abstand von dem Menschen gewinnen, zu dem ich geworden war. Ich wollte mich selbst wiederfinden.«

Erregt fuhr Victor sich mit der Hand durchs Haar. »Doch die Verbitterung konnte ich nicht hinter mir lassen. Als du plötzlich auftauchtest, wollte ich dich loswerden. Ich habe nach Fehlern bei dir gesucht, weil ich nicht glauben wollte, dass du wirklich so offenherzig und großzügig bist. Denn wenn du die Frau gewesen wärst, als die du dich ausgabst, dann hätte ich dir nicht widerstehen können. Und nichts fürchtete ich mehr als eine erneute Bindung.« Seine Augen wirkten plötzlich sehr dunkel. Unverwandt schaute er sie an.

»Ich wollte dich nicht begehren, Sharon. Und doch hat mich das Verlangen nach dir fast um den Verstand gebracht. Ich glaube, ich liebte dich von der ersten Minute an.«

Er holte tief Atem und schwieg. Eine ganze Weile schaute er in die flackernden Lichter des Christbaums. Dann sprach er weiter.

»Ich hätte dir gleich zu Anfang alles erzählen sollen. Aber ich wollte sichergehen, dass du mich um meinetwillen liebst. Und das war natürlich unentschuldbarer Egoismus.«

Sharon erinnerte sich an die Geheimnisse, die sie bei ihm vermutete. Und es fiel ihr auch ein, dass sie sich vorgenommen hatte, ihn nicht nach ihnen zu fragen. Trotzdem tat es ihr weh, dass er ihr nicht vertraute. »Glaubst du wirklich, deine Vergangenheit hätte mich gestört?«, fragte sie.

Victor schüttelte den Kopf. »Nein.«

»Warum hast du sie mir dann verschwiegen?«

»Ich hatte niemals vor, sie dir zu verschweigen. Es bot sich einfach nie die Gelegenheit, darüber zu sprechen. Schon in der ersten Nacht wollte ich dir alles erzählen. Doch unser Zusammensein war zu kostbar, um es mit den Schatten der Vergangenheit zu belasten. War es zu viel verlangt, unser Glück auszukosten? So verschob ich das Gespräch auf den nächsten Tag. Ich schwöre dir, Sharon, ich hatte mir fest vorgenommen, offen mit dir zu reden. Aber du warst so verstört, so verzweifelt nach dem Besuch deiner Mutter, dass ich das Thema nicht zur Sprache bringen konnte.«

Sharon schwieg. Doch Victor wusste, dass sie ihm aufmerksam zuhörte. Er ahnte aber nicht, dass sie sich noch sehr genau an die Dinge erinnerte, die er in jener ersten Nacht zu ihr gesagt hatte. Es war ihr nicht entgangen, dass er etwas auf dem Herzen gehabt hatte, dass er sich ihr anvertrauen wollte. Und sie wusste auch noch, wie liebevoll er sie am nächsten Abend getröstet hatte.

»Du brauchtest an jenem Abend Beistand und nicht zusätzlich noch meine Probleme«, fuhr Victor fort. »Vom ersten Tag unserer Beziehung an warst du stets die Gebende. Durch dich habe ich wieder zu mir zurückgefunden, Sharon, und ich wusste, ich habe mehr genommen, als ich dir zu geben vermochte. In dieser Nacht hast du mich zum ersten Mal um etwas gebeten.«

Verwirrt schaute sie ihn an. »Ich habe dir noch nie etwas gegeben.«

Victor schüttelte den Kopf. »Du gabst mir dein Vertrauen und dein Verständnis. Du hast mir beigebracht, wieder über mich selbst lachen zu können. Vielleicht kannst du nicht verstehen, wie wichtig das für mich war, weil du das Lachen nie verlernt hast. Wenn ich dir schon nichts geben konnte, so wollte ich dich doch wenigstens ein paar Tage lang von allen Problemen fernhalten. Als wir dann über die Esszimmergarnitur sprachen, versuchte ich erneut, dir alles zu sagen.« Er warf ihr einen grimmigen Blick zu. »Ich habe sie trotzdem gekauft.«

»Du …«

»Du kannst nichts mehr dagegen unternehmen«, unterbrach er ihren erstaunten Ausruf. »Der Verkauf ist abgeschlossen.«

Sie erwiderte seinen herausfordernden Blick. »Ich verstehe.«

»Tatsächlich?« Er lachte verächtlich. »Verstehst du mich wirklich? Das Einzige, was ich sehe, wenn du dein Kinn so vorreckst, ist dein verdammter Stolz.«

Victor beobachtete, wie sie den Mund öffnete und dann wieder schloss, ohne ein Wort gesagt zu haben. »Aber das macht nichts«, setzte er leise hinzu. »Es wäre schlimm, wenn du ganz und gar perfekt wärst.«

Er trat auf sie zu, berührte sie jedoch nicht. »Ich habe niemals vorgehabt, dich zu hintergehen. Trotzdem habe ich es getan. Und jetzt muss ich dich bitten, mir zu verzeihen, auch wenn du nicht akzeptieren kannst, wer und was ich bin.«

Sharon blickte auf ihre Hände herab. »Es hat weniger etwas mit Akzeptieren als mit Verstehen zu tun«, sagte sie ruhig. »Über den Präsidenten der Baufirma Riverton weiß ich nichts. Ich kannte nur den Mann, der das Haus vom alten Farley gekauft hat.« Sie blickte zu ihm auf. »Er war grob und ungehobelt mit einem Anflug von Nettigkeit, die er zu verbergen suchte. Ich habe ihn geliebt.«

»Der Himmel weiß, warum«, bemerkte Victor, während er über ihre Beschreibung nachdachte. »Ich kann dir versprechen, dass ich noch immer grob und ungehobelt bin. Aber ich kann auch sehr nett sein.«

Sharon lachte ein wenig hilflos und wandte sich ab. »Victor, es hat mich einfach alles zu sehr getroffen. Wenn ich ein bisschen Zeit hätte, mich daran zu gewöhnen, über alles nachzudenken … ich weiß es nicht. Als ich noch annahm, du seist nur …« Sie hielt inne und hob etwas verlegen die Hände. »Es schien alles so einfach zu sein.«

»Hast du mich nur geliebt, weil du glaubtest, ich sei arbeitslos?«

»Nein!« Es fiel Sharon nicht leicht, sich zu erklären. »Weißt du, ich habe mich nicht verändert«, setzte sie nachdenklich hinzu. »Ich bin noch immer so, wie du mich kennengelernt hast. Aber was könnte der Präsident von Riverton mit mir anfangen? Ich kann nicht einmal einen Martini mixen.«

»Sei doch nicht albern.«

»Das ist nicht albern. Sei einmal ehrlich. Ich würde niemals in deine Welt passen. Du kannst aus mir keine elegante Frau machen.«

»Was erzählst du da nur für einen Unsinn!« Plötzlich wurde er ärgerlich. Er packte sie bei den Schultern und drehte sie zu sich herum. »Elegant! So ein Quatsch! Von eleganten Frauen habe ich genug. Ich lasse mich nicht von dir abweisen, weil du irgendwelche lächerlichen Vorstellungen über meinen Lebensstil hast. Wenn du glaubst, ihn nicht akzeptieren zu können, gut. Dann trete ich eben zurück.«

»Was?«

»Ich habe gesagt, ich trete zurück!«

Sharon schaute ihn erstaunt an. »Du meinst das wirklich ernst«, sagte sie verwundert.

Er schüttelte sie ungeduldig. »Ja, ich meine es ernst. Glaubst du tatsächlich, die Firma bedeutet mir mehr als du? Wie kannst du das von mir denken?«

Aufgebracht stieß er sie von sich und ging zum Fenster. »Du machst mir keine Vorwürfe wegen meines Verhaltens, du willst nicht die schmutzigen Details aus meiner ersten Ehe hören, du verlangst nicht, dass ich vor dir auf dem Boden krieche, was ich sogar getan hätte. Stattdessen plapperst du irgendwelchen Unsinn über Martinis und Eleganz.« Er ließ noch ein paar unfeine Flüche fallen und starrte aus dem Fenster.

Plötzlich überkam Sharon das Verlangen, laut herauszuplatzen vor Lachen. »Victor, ich …«

»Halt den Mund!«, befahl er. »Du bringst mich noch an den Rand des Wahnsinns.« Mit einer heftigen Bewegung riss er seinen Mantel vom Stuhl. Sharon bekam es schon mit der Angst zu tun, weil sie fürchtete, er würde aus dem Laden stürmen. Doch er zog nur einen Umschlag aus der Manteltasche und warf dann den Mantel auf den Stuhl zurück.

»Hier.« Er hielt ihr den Umschlag hin.

»Victor …«, fing sie noch einmal an.

Aber Victor wollte nichts hören. Er nahm ihre Hand und drückte ihr den Umschlag auf die Handfläche. »Öffne ihn«, sagte er knapp.

Weil sie es für klüger hielt, ihn nicht noch mehr zu reizen, gehorchte Sharon ohne weiteren Widerspruch. Stumm vor Staunen öffnete sie den Umschlag und betrachtete die beiden Flugtickets.

»Mir hat mal jemand erzählt, die Fidschi-Inseln seien der ideale Ort für die Flitterwochen«, bemerkte Victor. »Ich hoffe, die Dame hat ihre Meinung inzwischen nicht geändert.«

Sharon blickte zu ihm auf. All die Liebe, die sie für ihn empfand, erkannte er in ihren Augen. Das genügte Victor. Heftig zog er sie in seine Arme, um ihre Lippen mit einem leidenschaftlichen Kuss zu verschließen.

Sharons Antwort war wild und ungehemmt. Sie konnte nicht genug von ihm bekommen. »Oh, du hast mir so gefehlt«, flüsterte sie. »Du sollst mich lieben, Victor. Komm mit mir nach oben und liebe mich.«

Er schmiegte sein Gesicht an ihren Hals. »Du hast mir noch nicht einmal gesagt, ob du mich mit auf die Fidschi-Inseln nimmst.« Dabei schob er jedoch bereits die Hände unter ihren Pullover. Als er ihre warme weiche Haut spürte, stöhnte er auf und zog sie auf den Teppich hinunter.

»Victor, dein Anzug!« Atemlos versuchte Sharon, sich von ihm frei zu machen. »Warte doch, bis wir oben sind.«

»Sei still«, befahl er, und um dieser Anordnung Nachdruck zu verleihen, küsste er sie, bis ihr der Atem wegblieb. Doch er merkte sehr schnell, dass sie nicht vor Leidenschaft, sondern vor unterdrücktem Lachen zitterte.

Abrupt hob er den Kopf, um sie anzuschauen. »Was ist los mit dir, Sharon?«, sagte er gereizt. »Ich denke, ich soll dich lieben.«

»Kannst du nicht wenigstens vorher die Krawatte abnehmen?«, fragte sie und barg dann das Gesicht an seiner Schulter, um sich vor Lachen zu schütteln. »Es tut mir leid, Victor. Aber die ganze Situation ist so komisch. Du fragst mich, ob ich dich mit auf die Fidschi-Inseln nehme, und ich habe dir noch nicht einmal einen Heiratsantrag machen können.«

»Du mir?«, fragte er und schaute sie ungläubig an.

»Ja«, bestätigte sie fröhlich. »Das wollte ich schon gleich zu Anfang tun. Aber jetzt, wo ich weiß, dass du eine solch wichtige Persönlichkeit bist ... oh, diese Krawatte ist ja aus Seide!«, rief sie bewundernd, während sie sich bemühte, den Knoten zu lösen.

»Ja.«

Er erlaubte ihr, neugierig seinen Schlips zu befingern. »Und jetzt, wo du weißt, was für eine wichtige Persönlichkeit ich bin, was gedenkst du jetzt zu tun?«, fragte er weiter.

»Ich werde blitzschnell zugreifen, damit du mir nicht durch die Lappen gehst.«

»Blitzschnell zugreifen?« Er biss sie ins Ohr.

Sharon lachte und schlang die Arme um seinen Hals. »Und auch wenn ich keine Martinis trinke und jegliche Eleganz verabscheue, gebe ich eine vorzügliche Frau für den Präsidenten eines Konzerns ab. So nennst du dich doch, oder? Also, wenn ich es recht betrachte, hast du mit mir einen sehr guten Griff getan.« Sie gab ihm einen innigen Kuss. »Wann fliegen wir auf die Fidschi-Inseln?«

»Übermorgen«, erklärte er, bevor er aufstand, sie hochhob und über die Schulter warf.

»Victor, was machst du?«

»Ich gehe mit dir nach oben, um dich zu lieben.«

»Victor«, empörte sie sich. »Ich habe dir schon einmal gesagt, dass du so mit mir nicht umspringen kannst. Als Verlobte des Präsidenten der Firma Riverton verbitte ich mir dieses Benehmen.«

»Das ist erst der Anfang«, versprach er.

Mit beiden Fäusten hieb sie auf seinen Rücken ein. »Victor, ich meine es ernst! Lass mich sofort herunter!«

»Heißt das, ich bin meinen Job los?«

Er hörte ein verräterisches Kichern. »Ja!«

»Gut.« Mit festem Griff umfasste er ihre Knie und trug sie die Treppe hinauf.

Nora Roberts

Tanz der Liebenden

Roman

Aus dem amerikanischen Englisch von
Sonja Sajlo-Lucich

HarperCollins

1. Kapitel

Es würde perfekt werden. Sie würde es miterleben können. Jeder Schritt, jede Szene, jedes einzelne Detail würde genau so sein, wie sie es sich vorgestellt hatte. Ihr Traum würde Wirklichkeit werden.

Sich mit weniger als dem Perfekten zufriedenzugeben war Zeitverschwendung. Und Verschwendung war etwas, das für Kate Kimball nicht infrage kam.

Mit fünfundzwanzig hatte sie mehr gesehen und erlebt, als die meisten Menschen in ihrem ganzen Leben erlebten. Als die anderen jungen Mädchen kichernd Jungen angehimmelt oder sich über die neueste Mode unterhalten hatten, war sie nach Paris und Rom gereist, hatte glitzernde Kostüme getragen und außergewöhnliche Dinge vollbracht.

Sie hatte für Könige getanzt und mit Fürsten diniert. Sie hatte Champagner im Weißen Haus getrunken und im Bolschoi-Theater Triumphe gefeiert.

Sie würde ihrer Familie ewig dankbar sein, ihrer großen und weit verstreuten Familie, die ihr all das ermöglicht hatte. Alles, was sie war und hatte, verdankte sie ihr.

Jetzt war es an der Zeit, dass sie es sich selbst verdiente und ihr Leben eigenständig meisterte.

Das Tanzen war ihr Traum gewesen, seit sie denken konnte. Ihre fixe Idee, wie ihr Bruder Brandon es immer genannt hatte. Ganz unrecht hatte er damit nicht. Aber an einer fixen Idee war nichts Schlechtes, solange es die richtige Idee war und man auch bereit war, hart dafür zu arbeiten.

Der Himmel wusste, wie hart sie gearbeitet hatte.

Zwanzig Jahre Training, Studium, Tortur und Erfüllung. Zwanzig Jahre Schweiß und Spitzenschuhe. Zwanzig Jahre Opfer, für sie und ihre Eltern. Sie wusste, wie schwer es für ihre Eltern gewesen war, die Jüngste, das Nesthäkchen, mit siebzehn nach New York gehen zu lassen. Trotzdem hatten sie sie immer unterstützt und ermutigt.

Zwar war klar, dass die Familie über Kate wachen würde, als sie die hübsche kleine Stadt in West Virginia verließ. Aber Kate wusste, dass ihre Eltern ihr vertrauten, sie liebten und an sie glaubten und sie auch so hätten gehen lassen.

Kate hatte trainiert und gearbeitet, und sie hatte getanzt. Für sich und für ihre Familie. Als sie in die Company aufgenommen worden war und zum ersten Mal auf der Bühne gestanden hatte, war ihre Familie dabei gewesen. Als sie zum ersten Mal als Primaballerina aufgetreten war, hatten ihre Eltern es miterlebt.

Sechs Jahre lang hatte sie im Rampenlicht gestanden, hatte die Euphorie verspürt, wenn die Musik durch ihren Körper floss, wenn sie die Klänge fühlte, eins wurde mit der Musik. Sie war durch die ganze Welt gereist, hatte die *Giselle* getanzt, die *Aurora* verkörpert, war die *Julia* gewesen. Dutzende von Rollen, und sie wollte keinen Moment missen.

Eigentlich war niemand überraschter gewesen als Kate selbst, als sie den Entschluss gefasst hatte, der Bühne den Rücken zu kehren. Für diese Entscheidung gab es nur einen plausiblen Grund.

Sie wollte nach Hause.

Sie wollte endlich anfangen zu leben. Sosehr sie das Tanzen auch liebte – ihr war klar geworden, dass das Ballett begonnen hatte, sie zu verschlingen, jeden anderen Teil ihres Lebens gierig auffraß. Unterricht, Proben, Training, Tourneen, Medienrummel. Die Karriere einer Tänzerin brachte wesentlich mehr mit sich als nur Spitzenschuhe und Rampenlicht. Zumindest war das bei Kate der Fall gewesen.

Sie sehnte sich nach einem richtigen Leben – und nach einem Zuhause. Und sie wollte etwas von dem, was sie hatte erfahren dürfen, an andere weitergeben. Mit ihrer Ballettschule würde sie dieses Ziel erreichen können.

Sie würden kommen, sagte sie sich immer wieder. Sie würden allein schon deshalb kommen, weil sie Kate Kimball hieß. Dieser Name war ein Begriff in der Welt des Balletts. Und dann würden sie kommen, weil die Schule selbst sich einen Namen gemacht haben würde.

Zeit für einen neuen Traum, dachte sie, als sie sich in dem großen leeren Raum um die eigene Achse drehte. Die »Kimball School of Dance« war ihre neue Leidenschaft. Ihre fixe Idee. Es würde genauso erfüllend und perfekt werden wie ihr alter Traum.

Und es würde ebenso viel harte Arbeit, Anstrengung und Entschlossenheit verlangen, um in die Tat umgesetzt werden zu können.

Die Hände in die Hüften gestützt, betrachtete sie die schmutzig grauen Wände, die einst weiß gewesen waren. Sie würden wieder weiß sein, um den Konterfeis der Großen den passenden Hintergrund zu bieten. Nurejew, Barischnikow, Fonteyn, Davidov, Bannion.

Die beiden Längswände mit den Ballettstangen würden mit Spiegeln verkleidet werden. Die professionelle Eitelkeit war unerlässlich, so wie das richtige Atmen. Ein Tänzer musste sich zu jeder Zeit sehen können – jede kleine Bewegung, jedes Beugen, jede Drehung. Nur so erreichte man Perfektion.

Eigentlich sind es eher Fenster als Spiegel, dachte Kate. Der Tänzer sieht dem Tanz zu wie durch eine Glasscheibe.

Die alte Decke musste repariert oder ersetzt werden, je

nachdem, was erforderlich war. Und das alte Heizungssystem … Sie rieb sich fröstelnd die Arme. Da musste auf jeden Fall ein neues her. Die Böden würden abgeschliffen und neu versiegelt werden, bis sie glatt und schimmernd den perfekten Untergrund böten. Blieben noch Elektro- und Sanitärinstallationen.

Ihr Großvater hatte als Tischler gearbeitet, bis er sich zur Ruhe gesetzt hatte. Na ja, fast zur Ruhe gesetzt, dachte sie liebevoll. Er würde die kleineren Arbeiten wohl nie aufgeben können. Aber sie würde ihn fragen, sich informieren, bis sie alles verstand und der Firma, die sie beauftragen würde, genau erklären konnte, was sie sich vorstellte.

Sie schloss die Augen. Sie konnte alles ganz genau vor sich sehen. Ihr hochgewachsener, gertenschlanker Körper sank fließend in ein tiefes *plié*, bis sie auf den Fersen zu sitzen kam. Sie richtete sich auf, sank wieder hinunter.

Sie hatte ihr Haar heute Morgen nur ungeduldig hochgesteckt, um schnell aus dem Haus zu kommen und sich das anzusehen, was bald das Ihre sein würde. Durch die Bewegung lockerten sich die Haarnadeln, ein paar Strähnen des seidigen schwarzen Haares lösten sich und fielen ihr bis auf die Hüften – ein wildromantisches Bild, das ihrem Image auf der Bühne gerecht wurde.

Ein verträumtes Lächeln zauberte einen warmen Schimmer auf ihr Gesicht. Die dunkle Haut und die hohen Wangenknochen hatte sie von ihrer Mutter geerbt, von ihrem Vater die grauen Augen und das energische Kinn.

Eine sehr interessante Kombination, sehr romantisch. Die Zigeunerin, die Meerjungfrau, die Elfenkönigin. Es hatte Männer gegeben, die nur auf ihr Äußeres geachtet hatten und sie für romantisch und zerbrechlich hielten. Mit der Stärke, die sich darunter verbarg, hatten sie nicht gerechnet.

Was ein Fehler war. Ein kapitaler Fehler.

»Irgendwann einmal wirst du aus dieser Stellung nicht mehr hochkommen, und dann wirst du deine restlichen Tage als herumhüpfender Frosch fristen müssen.«

Kate riss die Augen auf und sprang hoch. »Brandon!« Sie rannte durch den Raum und warf sich ihrem Bruder mit einem Aufschrei in die Arme. »Was machst du hier? Wann bist du angekommen? Ich dachte, du wärst in Puerto Rico, um Baseball zu spielen? Wie lange bleibst du?«

Er war kaum zwei Jahre älter als sie. Früher, als sie noch Kinder gewesen waren, hatte er seinen Geburtsvorteil immer ausgenutzt und sie gequält. Nicht wie ihre gemeinsame Halbschwester Frederica, die älter war als sie beide. Sie hatte ihr Alter nie wie eine Keule über den Häuptern der jüngeren Geschwister geschwungen. Trotzdem – Kate liebte Brandon mit jeder Faser ihres Seins.

»Welche von den Fragen soll ich zuerst beantworten?« Lachend hielt er sie ein Stückchen von sich ab, um sie mit dunklen, amüsiert funkelnden Augen zu betrachten. »Immer noch dünn wie ein Strohhalm.«

»Und in deinem Kopf gibt es immer noch nichts anderes als Stroh. Hi.« Sie drückte einen herzhaften Kuss auf seine Lippen. »Mom und Dad haben nichts davon gesagt, dass du kommst.«

»Sie wussten es nicht. Ich habe gehört, dass du dich hier niederlassen willst. Da dachte ich mir, ich sollte besser mal nachsehen, damit du keinen Unsinn machst.« Er sah sich in dem heruntergekommenen Raum um und rollte mit den Augen. »Mir scheint, ich bin zu spät gekommen.«

»Es wird wunderbar werden.«

»Vielleicht. Aber im Moment ist es eine Bruchbude.« Er legte den Arm um ihre Schultern. »So, die Königin des Balletts wird also Lehrerin.«

»Ich werde eine gute Lehrerin sein. Aber lass dich etwas fragen: Wieso bist du nicht in Puerto Rico?«

»Bin ausgerutscht. Sehnenzerrung.«

»Oh Gott! Wie schlimm ist es? Warst du beim Arzt? Musst du …«

»Liebe Güte, Katie! So schlimm ist es auch wieder nicht. Ich muss zwei Monate aussetzen und mich schonen. Wenn die Frühjahrssaison beginnt, bin ich wieder dabei. Außerdem habe ich so ausreichend Zeit, hier herumzuhängen und dir das Leben zur Hölle zu machen.«

»Das ist wenigstens etwas. Komm, ich zeig dir alles.« Dann konnte sie auch gleich herausfinden, wie er mit der Verletzung lief. »Meine Wohnung liegt direkt hier drüber.«

»So wie die Decke aussieht, wohnst du vielleicht schon bald ein Stockwerk tiefer.«

»Die Decke hält, keine Angst«, beruhigte sie ihn. »Im Moment sieht alles noch schlimm aus, aber ich habe schon Pläne.«

»Du hast immer Pläne.«

Aber er begleitete sie, wobei er sein rechtes Bein leicht nachzog, um es nicht zu belasten. Er ging mit ihr durch einen engen Korridor mit abbröckelndem Putz und vorbei an bloßgelegten Ziegelsteinen. Er folgte ihr eine knarrende Treppe hinauf, die zu einem Biotop für Mäuse, Spinnen und anderes Kriechgetier geworden war, über das er lieber nicht weiter nachdenken wollte.

»Kate, dieses Haus …«

»Hat Potenzial«, unterbrach sie ihn entschlossen. »Und ist geschichtsträchtig. Es stammt noch aus der Zeit vor dem Bürgerkrieg.«

»Sieht mehr danach aus, als stamme es aus der Steinzeit.« Er war ein Mensch, der die Dinge in einer gewissen Ordnung liebte. Klar aufgeteilt, verständlich. Wie ein Spielfeld. »Hast du überhaupt eine Ahnung, wie viel du hier reinstecken musst, bevor es einigermaßen bewohnbar wird?«

»Ja, habe ich. Wenn ich einen Bauunternehmer beauftrage, werde ich eine genaue Kostenvorstellung haben. Brand, es gehört mir. Weißt du noch, wie wir als Kinder, du und Freddie und ich, hier vorbeigegangen sind? Ich habe mir immer gewünscht, dass es einmal mir gehören würde.«

»Sicher weiß ich das noch. Es war mal eine Bar oder so was, nicht wahr? Und dann irgendein Handwerksladen und dann …«

»Dieses Haus war schon vieles«, warf Kate ein. »Es hat um 1800 als Schenke angefangen. Aber noch niemand hat hier etwas Erfolgreiches aufgezogen. Oh, wie habe ich mir als Kind gewünscht, hier zu leben, durch all die Räume zu toben und aus den hohen Fenstern zu schauen.«

Ein leichter Hauch zog über ihre Wangen, ihre Augen wurden groß und dunkel. Ein sicheres Zeichen, dachte Brandon, dass sie sich festgebissen hat.

»Weißt du, es ist etwas anderes, wenn man sich solche Dinge als Achtjährige wünscht, als wenn man diese Schutthalde dann als Erwachsene kauft.«

»Ja, natürlich ist es anders. Als ich letzten Frühling zu Hause war, stand es zum Verkauf. Seither musste ich immer wieder daran denken.« Sie konnte es genau vor sich sehen, das schimmernde Holz, die sauberen, soliden Wände … »Selbst als ich nach New York zurückgekehrt war, ging es mir nicht mehr aus dem Kopf.«

»Dir wirbeln doch ständig die verrücktesten Sachen im Kopf herum.«

Sie tat diese Bemerkung mit einem Schulterzucken ab. »Es gehört mir. In dem Augenblick, als ich es betrat, wusste ich, dass es meins ist. Hast du so ein Gefühl schon mal gehabt?«

Hatte er. Als er zum ersten Mal auf ein Spielfeld gelaufen war. Wenn er es recht bedachte – die meisten vernünftigen Leute würden ihm gesagt haben, dass die Vorstellung, sich mit Ballspielen den Lebensunterhalt zu verdienen, ein Kindertraum sei. Seine Familie hatte das nicht getan. So wie sie auch Kates Traum vom Ballett nie belächelt hatten.

»Ja, ich glaube schon«, gab er zu. »Aber es ist alles irgendwie so schnell. Ich bin von dir gewöhnt, dass du alles sehr wohlüberlegt angehst.«

»Glaub mir, das hat sich nicht geändert«, erwiderte sie fröhlich. »Als ich mich von der Bühne zurückzog, wusste ich, dass ich unterrichten würde. Ich wusste, dass ich dieses Haus als Schule aufziehen will. Meine Schule. Und vor allem wollte ich wieder zu Hause sein.« Kate lächelte ihrem Bruder zu.

»Na schön.« Er zog sie zu sich heran und küsste sie auf die Schläfe. »Dann werden wir es auch schaffen. Aber jetzt lass uns verschwinden. Es ist eiskalt hier drinnen.«

»Die neue Heizung steht ganz oben auf meiner Liste.«

Ein letztes Mal ließ er argwöhnisch den Blick durch den Raum schweifen. »Das wird eine ziemlich lange Liste werden.«

Gemeinsam spazierten sie durch die frostige Dezemberluft, wie sie es schon früher als Kinder getan hatten. Über unebene Bürgersteige und geplatzte Gehwegplatten, unter den großen alten Bäumen, die ihre kahlen Äste in den bleigrauen Himmel streckten. Kate schnupperte. Schnee lag in der Luft.

Die Schaufenster der Geschäfte waren weihnachtlich dekoriert, mit rotbackigen Weihnachtsmännern, fliegenden Rentieren, kugelrunden Schneemännern und bunten Lichterketten. Aber das schönste Schaufenster war das des Spielzeugladens – Miniaturschlitten, große Teddybären, wunderschöne Puppen, rote Feuerwehrautos, Schlösser, gebaut aus Holzklötzen …

Die Türglocke ertönte sanft, als die beiden den Laden betraten.

Kunden wanderten umher, besahen die Waren. In einer Ecke hämmerte ein Zweijähriger wild mit dem Klöppel auf ein Xylofon, und hinter dem Tresen packte Annie Maynard gerade einen Stoffhund mit langen Schlappohren in eine Geschenkschachtel ein.

»Eines meiner Lieblingstiere«, sagte sie zu der wartenden Kundin. »Ihre Nichte wird sich gar nicht mehr von ihm trennen wollen.«

Als sie die rote Schleife um die Schachtel band, rutschte ihre Brille ein wenig auf der Nase herunter. Blinzelnd sah sie über den Brillenrand …

»Brandon!«, rief sie aus. Dann, über die Schulter: »Tash, komm und sieh, wer hier ist! Oh, komm her und gib mir einen Kuss, du umwerfender Kerl, du!«

Als er gehorsam hinter den Tresen trat und sie auf die Wange küsste, wedelte sie sich mit der Hand Luft zu. »Seit fünfundzwanzig Jahren bin ich jetzt schon verheiratet, und bei diesem Jungen komme ich mir glatt wieder wie ein Backfisch vor. Aber jetzt lass mich deine Mutter holen.«

»Das übernehme ich«, schmunzelte Kate. »Nutz du die Zeit und flirte noch ein bisschen mit Brandon.«

»Ja, dann …« Annie blinzelte Kate zu. »Beeil dich nicht zu sehr.«

Ihrem Bruder hatten die Frauen schon zu Füßen gelegen, da war er höchstens fünf gewesen. Nein, das stimmte nicht. Schon als Baby waren ihm alle verfallen gewesen, korrigierte sie sich, während sie durch die Regale nach hinten ging. Das hatte nicht unbedingt etwas mit seinem Aussehen zu tun, auch wenn er wirklich traumhaft aussah. Es war auch nicht nur sein Charme, denn Brandon konnte ganz schön muffelig sein, wenn ihm danach war. Kate hatte schon vor langer Zeit entschieden, dass es einfach an den Pheromonen lag. Manche Männer betraten eben einen Raum, und alle Frauen schmolzen dahin. Natürlich nur Frauen, die für so etwas empfänglich waren. Sie hatte nie zu diesen Frauen gehört. Ein Mann musste schon mehr zu bieten haben als Aussehen, Charme und Sex-Appeal, um ihr Interesse zu erregen. Sie hatte zu viele aufwendig verpackte Geschenke gesehen, die, sobald man sie öffnete, keinen Inhalt vorzuweisen hatten.

Dann bog sie um die Ecke mit den Spielzeugautos. Und ihr passierte genau das, worüber sie gerade in Gedanken noch so hämisch gelästert hatte: Sie schmolz dahin.

Er war umwerfend. Nein, der Ausdruck war zu platt, zu weiblich. »Attraktiv« traf es auch nicht, war außerdem zu typisch männlich. Er war einfach ...

Mann.

Knapp ein Meter neunzig und einzigartig verpackt. Als Tänzerin schätzte sie einen gut modellierten Körper. Dieser Vertreter der Spezies Mann, der im Moment konzentriert die Modellautos studierte, hatte seinen Körper in enge, ausgewaschene Jeans, ein Flanellhemd und eine Jeansjacke verpackt. Seine Stiefel sahen derb und viel getragen aus. Wer hätte ahnen können, dass Arbeitsschuhe so sexy sein konnten?

Dann war da noch dieses Haar – dunkelblond, mit helleren Strähnen, Massen davon, die um ein glatt rasiertes, markantes, klassisches Gesicht fielen. Volle Lippen, das Einzige, was sanft und weich an ihm war. Eine gerade Nase, ein klar geschnittenes Kinn, wie von Meisterhand gemeißelt. Und seine Augen ...

Nun, seine Augen konnte sie nicht sehen, zumindest nicht die Farbe. Aber die langen dichten Wimpern.

Irgendwie hatte sie das Gefühl, diese Augen müssten blau sein. Ein dunkles, intensives Blau.

Als er die Hand nach einem Spielzeugauto ausstreckte, starrte sie auf seine Finger. Lange, schlanke, kräftige Finger ...

Du lieber Himmel!

Und während sie es sich noch einen Moment lang gestattete, sich ihrer Fantasie zu ergeben – einer wirklich harmlosen kleinen Fantasie ohne Konsequenzen! –, lehnte sie sich leicht zurück und warf prompt eine Ansammlung von Spielzeugautos aus dem Regal.

»Hoppla!« Immerhin holte das Klappern sie aus ihrer Fantasiewelt zurück in die Wirklichkeit. Lachend ging sie in die Hocke, um die Autos aufzuheben. »Ich hoffe, es gab keine Verletzten.«

»Hier ist ein Notarztwagen, falls es nötig werden sollte.« Er tippte auf ein rot-weiß gestreiftes Modellauto und ging neben ihr in die Knie, um ihr beim Aufheben zu helfen.

»Danke. Wenn wir schnell genug aufräumen, bevor die Cops hier sind, komme ich vielleicht mit einer Verwarnung davon.« Er roch genauso gut, wie er aussah. Herb und würzig. Männlich eben. Sie rutschte ein wenig herum, ihre Knie berührten sich. »Kommen Sie öfter hierher?«

»Ja, schon.« Er sah in ihr Gesicht. Lange, gründlich. Kate bemerkte das Aufflackern von Interesse. »Männer entwachsen dem Spielzeug eigentlich nie.«

»Das habe ich mir sagen lassen. Womit spielen Sie denn am liebsten?«

Er zog die Augenbrauen hoch. Einem Mann passierte es nicht oft, dass er an einem Mittwochnachmittag in einem Spielzeugladen einer schönen – und provozierenden – Frau begegnete. Fast hätte er gestottert, dann tat er etwas, das er seit Jahren nicht mehr getan hatte: Er sprach, ohne vorher nachzudenken.

»Kommt ganz auf das Spiel an. Und Sie?«

Sie lachte und steckte die Haarsträhne hinters Ohr, die sie an der Wange kitzelte. »Ich spiele alle Spiele gern – solange ich gewinne.«

Sie wollte sich aufrichten, aber er war schneller. Er drückte diese ellenlangen Beine durch und hielt ihr die Hand hin. Sie nahm sie, und zu ihrem Entzücken war diese Hand genauso fest und stark, wie sie sie sich vorgestellt hatte.

»Nochmals danke. Ich heiße Kate.«

»Brody.« Er hielt ihr ein winziges blaues Auto hin. »An einem neuen Wagen interessiert?«

»Nein, heute nicht. Ich schaue mich nur mal um, bis ich gefunden habe, was ich suche ...« Sie verzog die Lippen zu einem Lächeln, amüsiert, aufreizend.

Brody musste sich zusammennehmen, um keinen Pfiff auszustoßen. Natürlich hatten schon andere Frauen versucht, sich an ihn heranzumachen, aber noch nicht so eindeutig. Und da war ja auch noch diese selbst auferlegte Enthaltsamkeit. Wie lange dauerte die eigentlich schon an? Viel zu lange, auf jeden Fall.

»Kate.« Er lehnte sich an ein Regal, ihr zugewandt. Schon seltsam, wie schnell die Gesten zurückkamen, wie der Körper sich an die Bewegungen erinnerte, als hätte es nie eine Unterbrechung gegeben. »Warum gehen wir nicht ...«

»Katie! Ich wusste ja nicht, dass du herkommen wolltest.« Natasha Kimball eilte durch den Laden auf sie zu und schob dabei einen großen Spielzeugbetonmischer vor sich her.

»Ich habe dir eine Überraschung mitgebracht.«

»Ich liebe Überraschungen. Aber erst einmal ... Hier, Brody, der ist Montag reingekommen, ich habe ihn direkt für Sie zurückgestellt.«

»Großartig.« Der provozierende Ausdruck in seinen Augen verschwand und machte einem herzlichen Lächeln Platz. »Der ist perfekt. Jack wird aus dem Häuschen sein.«

»Davon wird er auch lange etwas haben, nicht nur bis eine Woche nach Weihnachten. Der Hersteller achtet auf Qualität. Haben Sie sich schon mit meiner Tochter bekannt gemacht?«

Brodys Blick glitt von dem Betonmischer zu Kate. »Tochter?«, wiederholte er. Das war also die Ballerina. Das passte.

»Ja, wir hatten einen Unfall mit den Spielzeugautos.« Kate hielt ihr Lächeln aufrecht. Sicher hatte sie sich diese plötzliche Distanz nur eingebildet. »Jack ... ist das Ihr Neffe?«

»Mein Sohn.«

»Oh.« Das durfte ja wohl nicht wahr sein! Der Mann hatte vielleicht Nerven. Dieser verheiratete Mann! Er hatte mit ihr geflirtet. Wer damit angefangen hatte, war egal. Schließlich war sie nicht verheiratet! »Das Geschenk wird ihm ganz sicher gefallen«, sagte sie kühl und wandte sich zu ihrer Mutter um. »Mama ...«

»Kate, ich habe Brody von deinen Plänen erzählt. Ich dachte mir, er könnte sich mal das Haus ansehen.«

»Aber warum denn, um alles in der Welt?!«

»Brody ist Bauunternehmer. Und ein wunderbarer Tischler. Er hat das Studio deines Vaters letztes Jahr ausgestattet. Außerdem hat er mir versprochen, sich meiner Küche anzunehmen.« Sie lachte ihn an, ihre Augen tanzten wie dunkles Gold. »Meine Tochter will immer nur das Beste. Deshalb habe ich automatisch an Sie gedacht.«

»Danke.«

»Nein, wirklich. Ich weiß, Sie liefern beste Arbeit zu einem fairen Preis.« Sie drückte leicht seinen Arm. »Spence und ich wären dankbar, wenn Sie sich das Gebäude ansehen könnten.«

»Ich bin doch noch gar nicht richtig angekommen, Mama. Lass uns nichts überstürzen. Allerdings bin ich in dem Gebäude auf etwas sehr Beunruhigendes gestoßen. Das steht jetzt vorn bei Annie und macht ihr schöne Augen.«

»Wie ...? Brandon! Warum hast du das denn nicht gleich gesagt!«

Als Natasha aufgeregt davoneilte, wandte Kate sich an Brody.

»Nett, Sie kennengelernt zu haben.«

»Ganz meinerseits. Rufen Sie mich an, wenn ich vorbeikommen soll.«

»Ja, sicher.« Sie stellte das kleine blaue Auto zurück ins Regal. »Ihr Sohn wird über diesen Wagen begeistert sein. Ist er Ihr einziges Kind?«

»Ja, es gibt nur Jack.«

»Sicher hält er Sie und Ihre Frau genügend auf Trab. Also, wenn Sie mich dann entschuldigen wollen …«

»Jacks Mutter ist vor vier Jahren gestorben. Aber ja, es stimmt, mich hält er auf jeden Fall in Atem. Und lassen Sie in Zukunft Vorsicht walten, wenn Sie an eine Kreuzung kommen, Kate.« Damit klemmte er sich den Betonmischer unter den Arm und ließ Kate stehen.

»Na toll«, zischelte Kate mit angehaltenem Atem. »Das kann ja heiter werden.«

Der Nachmittag war ihr gründlich verdorben.

Das Beste an einem eigenen Geschäft, nach Brodys Meinung, war die Tatsache, dass man seine Prioritäten selbst setzen konnte. Sicher, es gab da genügend Dinge, die einem Kopfschmerzen bereiteten – die Verantwortung, der Papierkram, die Organisation und Planung der einzelnen Jobs und nicht zuletzt die Tatsache, dass man sicherstellen musste, dass es überhaupt Jobs zu organisieren gab –, aber dieser eine Faktor machte alles wieder wett.

Denn in den letzten sechs Jahren hatte es für ihn nur eine Priorität gegeben. Und die hieß Jack.

Nachdem Brody den Betonmischer unter einer schwarzen Plane auf seinem Pick-up verstaut hatte, bei einer Baustelle vorbeigefahren war, um zu kontrollieren, dass seine Arbeiter weiterkamen, bei einem Lieferanten telefonisch gut Wetter gemacht hatte, um eine Materiallieferung vorzuziehen, und dann bei einem potenziellen Kunden einen Kostenvoranschlag für eine Badezimmerrenovierung abgegeben hatte, machte er sich auf den Weg nach Hause.

Montags, mittwochs und freitags ließ er es sich nicht nehmen, zu Hause zu sein, bevor der klapprige Schulbus sich die Straße hinaufquälte. An den anderen beiden Schultagen – und falls es sich nicht vermeiden ließ – ging Jack zu seinem besten Freund Rod Skully nach Hause und verbrachte dort ein oder zwei Stunden, bis Brody ihn abholte.

Brody schuldete Beth und Jerry Skully viel. Die freundlichen Nachbarn passten auf Jack auf, wenn zu Hause niemand war. In den zehn Monaten, seit Brody wieder nach Shepherdstown zurückgekehrt war, wurde ihm jeden Tag wieder bewusst, welche Vorteile es hatte, in einer Kleinstadt zu leben.

Heute, mit dreißig, fragte er sich, warum der junge Mann, der er vor zehn Jahren gewesen war, diese Stadt nicht schnell genug hatte verlassen können. Wie wäre sein Leben wohl verlaufen, wenn er geblieben wäre?

Aber es war gut so gewesen, entschied er in Gedanken. Wenn er nicht von hier weggegangen wäre, hätte er Connie nicht kennengelernt. Und dann gäbe es Jack nicht.

Der Kreis war fast geschlossen. Wenn die Kluft zwischen ihm und seinen Eltern auch noch nicht überbrückt war – er machte eindeutig Fortschritte. Besser gesagt: Jack war verantwortlich für die Fortschritte. Sein Vater trug dem Sohn vielleicht etwas nach, aber dem Enkel konnte er nicht widerstehen.

Er hatte gut daran getan, nach Hause zu kommen. Brody sah auf den dichten Wald, durch den sich die Straße wand. Die ersten Schneeflocken rieselten vom grauen Himmel. Hügel – felsig und zerklüftet – erhoben sich in der Landschaft, so wie es ihnen gefiel.

Es war eine gute Gegend, um einen Jungen großzuziehen. Viel besser als die Stadt. Es tat ihnen beiden gut, an einem Ort neu anzufangen, wo Jack Familie hatte.

Brody bog in die Seitenstraße ab und stellte den Motor ab. Der Schulbus würde gleich kommen, Jack würde herausspringen, zum Pick-up herübergerannt kommen und die Fahrerkabine mit überschäumender Energie und aufgeregten Erzählungen füllen, was an diesem Tag alles passiert war.

Schade, dachte Brody, dass er mit einem Sechsjährigen nicht teilen konnte, was an seinem Tag so passiert war.

Schließlich konnte er seinem Sohn schlecht sagen, dass sich zum ersten Mal seit Langem wieder Interesse an einer Frau in ihm regte. Es war auch kein leichtes Regen gewesen, eher so etwas wie ein Schlag mit voller Wucht. Er konnte Jack nicht sagen, dass er nahe – sehr nahe – daran gewesen war, sich darauf einzulassen.

Schließlich war es so verdammt lange her.

Und mal ehrlich, was hätte es geschadet? Eine attraktive Frau, die ganz offensichtlich kein Problem damit hatte, den ersten Schritt zu tun. Ein bisschen flirten, ein paar zivilisierte Verabredungen, danach ein wenig nicht ganz so zivilisierter Sex. Jeder bekam, was er wollte, niemand wurde verletzt.

Er fluchte mit zusammengebissenen Zähnen und rieb sich den verspannten Nacken.

Irgendjemand wurde immer verletzt.

Trotzdem, vielleicht wäre es das Risiko wert gewesen … wenn es sich bei der Frau nicht um Natasha und Spencer Kimballs ach so perfekte und wohlbehütete Tochter gehandelt hätte.

Diesen Weg war er schon einmal gegangen. Er hatte nicht vor, sich noch einmal auf so etwas einzulassen.

Er wusste viel über Kate Kimball. Primaballerina, Liebling der High Society und gefeierter Star der Kunstszene. Mal ganz abgesehen von der Tatsache, dass er sich lieber jeden Zahn einzeln ziehen lassen würde, als sich in eine Ballettvorstellung zu setzen. Während seiner viel zu kurzen Ehe mit Connie hatte er ausreichend Erfahrung mit der sogenannten kultivierten Gesellschaftsschicht sammeln können.

Connie war die Ausnahme gewesen. Einzigartig. Völlig natürlich und offen in einer Welt von Pomp und Prunk, wo Schein mehr galt als Sein. Trotzdem war es schwer gewesen. Er war nicht sicher, ob sie es geschafft hätten, aber er wollte es glauben.

Sosehr er sie auch geliebt hatte, eine Lektion hatte er gelernt: Es war einfacher, wenn der Schuster bei seinen Leisten blieb. Noch einfacher war es allerdings, wenn ein Mann sich gar nicht erst auf eine ernste Beziehung mit einer Frau einließ.

Nur gut, dass er noch rechtzeitig unterbrochen worden war, bevor er seinem Impuls nachgegeben und Kate Kimball um eine Verabredung gebeten hatte. Dass er herausgefunden hatte, wer sie war, bevor dieser erste kleine Flirt zu mehr geführt hätte.

Noch besser war es, dass er sich rechtzeitig an seine Prioritäten erinnert hatte. Durch die Vaterschaft war der arrogante und oft rücksichtslose Junge zum Mann gereift, war endlich erwachsen geworden.

Er hörte das Tuckern des alten Busses und setzte sich grinsend auf. Es gab keinen Ort auf der Welt, wo Brody O'Connell jetzt lieber sein würde.

Der gelbe Bus hielt an, der Fahrer winkte freundlich, Brody winkte zurück. Und dann schoss sein Junge wie der Blitz aus der Tür.

Jack war ein kompakter kleiner Kerl, nur seine Füße … es würde ein paar Jahre dauern, bis er in diese Füße hineingewachsen war. Er legte den Kopf zurück und fing eine Schneeflocke mit der Zunge auf. Sein fröhliches Gesicht war rund, seine Augen so grün wie die seines Vaters, sein Mund, weich und voll, zeigte noch die Unschuld der Jugend.

Brody wusste, sobald Jack seine rote Skimütze abziehen würde – was er immer bei der ersten Gelegenheit tat –, würden die wirren blonden Haare wie ein Sonnenblumenfeld aufleuchten.

Während er seinen Sohn betrachtete, fühlte Brody, wie sein Herz vor Liebe überschäumte und diese Liebe seinen Körper durchflutete. Und schon wurde die Tür des Pick-ups aufgerissen, und ein eifriger kleiner Junge mit zu großen Füßen kletterte herein.

»Hi, Dad! Es schneit. Vielleicht haben wir ja bald zwei Meter Schnee, und dann fällt die Schule aus, und dann können wir eine Million Schneemänner bauen und Schlitten fahren.« Er hüpfte aufgeregt auf dem Sitz auf und ab. »Können wir, Dad?« Die Augen des Jungen glänzten, während er die weiße Landschaft betrachtete.

»Sobald der Schnee zwei Meter hoch liegt, fangen wir mit dem ersten der Million Schneemänner an.«

»Versprochen?«

Ein Versprechen, das wusste Brody, war eine ernste Angelegenheit. »Versprochen.«

»Toll! Rate mal, was!«

Brody ließ den Motor an und fuhr die Straße hinauf. »Was denn?«

»Bis Weihnachten sind es nur noch fünfzehn Tage. Miss Hawkins hat gesagt, morgen sind es nur noch vierzehn, und das sind nur noch zwei Wochen.«

»Das bedeutet wohl, dass fünfzehn weniger eins vierzehn macht.«

»Wirklich?« Jack dachte darüber nach. »Na schön. Also, Weihnachten ist in zwei Wochen, und Großmutter sagt doch immer, dass die Zeit so schnell vergeht. Also eigentlich ist dann doch jetzt schon fast Weihnachten.«

»Fast.« Brody hielt den Wagen vor dem alten zweistöckigen Bauernhaus an. Irgendwann würde er das ganze Haus wieder bewohnbar gemacht haben. Auch wenn es noch etwas dauern mochte.

»Siehst du, das sage ich doch. Also, wenn praktisch schon Weihnachten ist, kann ich dann jetzt mein Geschenk haben?«

»Hmm.« Brody schürzte die Lippen, runzelte die Stirn und schien über den Vorschlag nachzudenken. »Weißt du, das war gut. Doch, wirklich gut, Jack. Nein.«

»Ooch.«

Brody musste über das enttäuschte Gesicht lachen. Er zog seinen Sohn zu sich. »Aber wenn du mich ganz feste drückst, mache ich dir O'Connells Spezial-Pizza zum Abendessen.«

»Einverstanden!« Jack schlang seinem Vater die Arme um den Nacken.

Brody war endgültig nach Hause gekommen.

2. Kapitel

»Nervös?« Spencer Kimball beobachtete seine Tochter, wie sie Kaffee in eine Tasse einschenkte. Sie sah makellos aus, die schwarze Lockenfülle zu einem Pferdeschwanz gebändigt, der ihr über den Rücken fiel. Der graue Hosenanzug verlieh ihr eine Eleganz, die ihr scheinbar angeboren war. Ihr Gesicht – Gott, sie war das Ebenbild ihrer Mutter! – wirkte gefasst.

Ja, sie sah makellos aus und wunderschön. Und erwachsen. Warum nur tat es so weh, seine Babys erwachsen werden zu sehen?

»Sollte ich nervös sein? Noch Kaffee?«

»Ja, bitte. Immerhin ist heute Stichtag«, fügte er hinzu, während sie seine Tasse vollschenkte. »Kaufvertragstag. In ein paar Stunden wirst du Hausbesitzerin sein, mit allen Freuden und Kopfschmerzen, die so etwas mit sich bringt.«

Sie setzte sich und knabberte lustlos an ihrem Frühstückstoast. »Ich freue mich darauf. Ich habe mir alles sehr genau überlegt. Ich bin mir bewusst, dass es ein Risiko ist, so viel von meinen Rücklagen zu investieren. Aber finanziell bin ich abgesichert, für die nächsten fünf Jahre sind die Kosten für mich tragbar.«

Er nickte und musterte sie genau. »Du hast den Geschäftssinn deiner Mutter geerbt.« Kate strich sich eine widerspenstige Haarlocke aus dem Gesicht.

»Hoffentlich. Ich hoffe auch, dass ich dein Talent zum Unterrichten geerbt habe. Ich bin Künstlerin, das Kind zweier Menschen, die ebenfalls Künstler sind. In New York habe ich manchmal unterrichtet, das hat mich auf den Geschmack gebracht.« Sie schenkte Milch in ihren Kaffee. »Ich baue mein Geschäft in meiner Heimatstadt auf, wo ich ausreichend Kontakte habe.«

»Richtig.«

Sie legte den Toast beiseite und nahm die Kaffeetasse. »Der Name Kimball wird hier respektiert, und mein Name ist in Künstlerkreisen hoch angesehen. Ich habe zwanzig Jahre lang Tanz studiert, habe mich durch Tausende von Trainingsstunden gequält und geschwitzt. Ich sollte eigentlich in der Lage sein, selbst Anleitungen zu geben.«

»Zweifellos.«

Sie seufzte. Es hatte keinen Zweck. Ihren Vater würde sie nie täuschen können, er kannte sie in- und auswendig. »Na schön. Du weißt doch, wie es ist, wenn man Schmetterlinge im Bauch hat?«

»Allerdings.«

»Nun, bei mir sind es im Moment Frösche. Dicke fette Frösche, die ständig auf und ab hüpfen. So nervös war ich nicht einmal bei meinem ersten Solo-Auftritt.«

»Weil du nie an deinem Talent gezweifelt hast. Hier wagst du dich auf neues Gebiet.« Er nahm ihre Hand und drückte sie ermutigend. »Du hast das Recht auf Frösche, Liebling. Ehrlich gesagt, ich würde mir mehr Sorgen machen, wenn du nicht nervös wärst.«

»Aber du machst dir Sorgen, nicht wahr? Dass ich einen Riesenfehler begehe.«

»Nein, keinen Fehler. Ich denke nur daran, dass das Heimweh nach der Bühne in ein paar Monaten vielleicht zu stark wird. Dass dir die Company und das Leben, das du bisher geführt hast, fehlen werden. Übrigens, ein Vater hat auch ein Recht auf Frösche. Ein Teil von mir wünscht sich, du hättest dir mehr Zeit für diesen Entschluss gelassen, ein anderer ist einfach nur glücklich, dich wieder zu Hause zu haben.«

»Sag deinen Fröschen, sie können sich beruhigen. Wenn ich mich einmal entschieden habe, dann bleibe ich auch dabei.«

»Ich weiß.« Das war ja auch genau das, worüber er sich Sorgen machte. Aber das sagte er nicht laut.

Sie biss in ihren Toast und lächelte leicht. Sie wusste genau, wie sie ihn ablenken konnte. »Also, erzähl mir von den Renovierungsplänen für die Küche.«

Er verzog das Gesicht. »Damit habe ich nichts zu tun.« Er fuhr sich mit der Hand durch das volle ergraute Haar. »Deine Mutter hat sich in den Kopf gesetzt, alles zu ändern. Das muss neu, und das muss neu ... Und Brody macht alles mit. Sag mir, was stimmt nicht an dieser Küche?«

»Vielleicht hat es etwas damit zu tun, dass hier alles schon über zwanzig Jahre alt ist?«

»Na und?« Spencer hob seine Kaffeetasse in ihre Richtung. »Diese Küche ist perfekt, so wie sie ist. Gemütlich, alles funktioniert ... Aber er musste ihr ja diese Musterkataloge zeigen.«

Kate grinste in sich hinein. Ihr Vater fühlte sich hintergangen, das war eindeutig. Aber sie verstand ihn. »Dieser hinterlistige Kerl.«

»Und dann reden sie über Rundbögen und Erkerfenster. Wir haben ein Fenster.« Er zeigte empört auf das Fenster über der Spüle. »Damit ist nichts verkehrt. Man kann doch hinaussehen, oder nicht? Und dieser Junge setzt ihr Flausen in den Kopf über Granitarbeitsplatten und Eichenverkleidung.«

»Eichenverkleidung, sehr sexy.« Lachend stützte sie die Ellenbogen auf den Tisch. »Erzähl mir was über diesen O'Connell.«

»Er macht gute Arbeit. Aber das heißt nicht, dass er meine Küche auseinandernehmen muss.«

»Lebt er schon lange hier?«

»Er ist hier aufgewachsen. Seinem Vater gehört ›Ace Plumbing‹. Brody ging nach Washington, als er ungefähr zwanzig war. Hat dort erfolgreich ein Bauunternehmen aufgezogen.«

Okay, dachte Kate. *Wenn ich mehr wissen will, muss ich die Sprache schon selbst darauf bringen.* »Ich habe gehört, er hat einen kleinen Sohn.«

»Ja, Jack. Ein hübscher kleiner Bengel. Brodys Frau ist vor ein paar Jahren gestorben. An Krebs, glaube ich. Ich denke, er will den Jungen in der Nähe der Familie großziehen, deshalb ist er vor ungefähr einem Jahr zurückgekommen. Hat hier seine Firma eröffnet und sich mittlerweile einen guten Namen erarbeitet. Er wird gute Arbeit bei dir leisten.«

»Falls ich mich für ihn entscheiden sollte.«

Sie fragte sich, wie Brody wohl mit einem Werkzeuggürtel aussehen mochte, aber dann ermahnte sie sich, dass diese Frage nicht dazu beitrug, eine Geschäftsbeziehung mit einem Bauunternehmer zu etablieren.

Trotzdem ... sie wettete, er würde großartig damit aussehen.

Es war vollbracht. Die Frösche in ihrem Magen hüpften zwar noch immer recht aufgebracht, aber sie war die stolze Besitzerin eines großen, wunderbaren, heruntergekommenen Gebäudes in der hübschen College-Stadt Shepherdstown, West Virginia.

Ein Gebäude, das nur wenige Minuten zu Fuß von dem Haus entfernt lag, in dem sie aufgewachsen war. In wenigen Minuten konnte sie sowohl im Spielzeugladen ihrer Mutter als auch im College, an dem ihr Vater lehrte, sein.

Sie war von Familie, Freunden und Nachbarn umgeben.

Oh Gott!

Jeder hier kannte sie, jeder würde ihr über die Schulter schauen, ob sie auch schaffte, was sie sich vorgenommen hatte, oder mit ihren Plänen auf die Nase fallen würde. Oh, warum nur hatte sie sich nicht eine Stadt in Utah oder New Mexico ausgesucht, um ihre Schule zu eröffnen? Irgendeinen Ort, wo niemand sie kannte und wo niemand etwas von ihr erwartete?

Weil sie ihre Schule hier eröffnen wollte. Weil dies hier ihr Zuhause war. Und weil sie nirgendwo anders sein wollte. Deshalb.

Ich werde nicht auf die Nase fallen, schwor Kate sich, als sie den Wagen parkte. Sie würde es schaffen, weil sie persönlich jedes Detail überwachen würde. Sie würde alles Schritt für Schritt angehen, so hatte sie auch ihren bisherigen Weg zurückgelegt, der sie hierhergeführt hatte. Vorsichtig, mit Bedacht und Sorgfalt. Dafür würde sie wie ein Tier schuften.

Sie durfte ihre Eltern nicht enttäuschen.

Wichtig war jetzt, dass dieses Gebäude ihr gehörte – und der Bank – und dass sie den nächsten Schritt machte.

Sie ging die Treppe hinauf – ihre Treppe! –, trat auf den leicht durchhängenden Absatz und schloss die Tür zu ihrer Zukunft auf.

Es roch nach Staub und Spinnweben.

Nun, das würde sich bald ändern. Oh ja, sehr bald sogar, sagte sie sich, als sie ihre Handtasche abstellte. Es würde nach Sägespänen und frischer Farbe und dem Schweiß der Bauarbeiter riechen.

Jetzt musste sie nur noch die Mannschaft anheuern.

Sie ging durch den großen Raum und hörte den Widerhall ihrer Schritte. Dann sah sie die kleine Stereoanlage in der

Mitte des Zimmers stehen. Verdutzt nahm sie die Grußkarte mit der Ballerina hoch, die obenauf lag, und lächelte, als sie die Handschrift ihrer Mutter erkannte.

Herzlichen Glückwunsch, Katie!
Ein kleines Einweihungsgeschenk, damit du immer Musik um dich hast.
In Liebe, Mom, Dad und Brandon

»Ach ihr!« Kate schossen vor Rührung die Tränen in die Augen. Sie ging in die Hocke und schaltete die Stereoanlage ein.

Es war eine der Kompositionen ihres Vaters, eine ihrer Lieblingsmelodien. Sie erinnerte sich daran, wie stolz sie gewesen war, als sie zum ersten Mal zu dieser Melodie in New York auf der Bühne getanzt hatte.

Kimball tanzt, zu einer Komposition von Kimball, dachte sie und schleuderte die Schuhe von den Füßen.

Zuerst langsam, behutsam, eine lange Ausführung. Die Muskeln zitterten, aber sie hielten durch. Dann ein Knie einknicken, Richtungsänderung, langsam, im Takt. Jetzt tiefer, eine Serie leichter Pirouetten, fließend, nicht ruckartig.

Kate bewegte sich durch den Raum. Die einstudierten Schritte kamen ihr ohne Anstrengung ins Gedächtnis. Die Musik erfüllte den Raum, ihren Geist, ihren Körper.

Jetzt schneller, sich steigern von selbstvergessener Romantik zu Leidenschaft. *Arabesque*, schnell, leichte Drehung, dreifache Pirouette, *ballottés*.

Euphorie floss durch ihre Adern. Das Band, das ihr Haar zusammengehalten hatte, rutschte herab und landete auf dem Boden. *Grand jeté.* Noch mal. Und noch mal. Ein Gefühl wie Fliegen. Für immer in der Schwerelosigkeit verharren.

Dann wieder auf dem Boden, eine schnelle Folge von

Drehungen. *Fouetté.* Stand! Wie eine Statue, einen Arm in die Luft, den anderen nach hinten.

»Wahrscheinlich müsste ich jetzt Rosen werfen, aber ich habe leider keine mitgebracht.«

Ihr Atem kam schnell, doch jetzt wäre er ihr fast gestockt, als die Worte sie aus ihrer eigenen Welt herausrissen. Unwillkürlich drückte sie sich die Hand aufs Herz und starrte Brody an.

Er stand in der Tür, die Hände in den Taschen, einen Werkzeugkasten zu seinen Füßen.

»Das können Sie später noch machen. Rote Rosen, die liebe ich besonders«, brachte sie heraus. »Himmel, Sie haben mich zu Tode erschreckt.«

»Tut mir leid. Die Tür war nicht verschlossen, und Sie haben mein Klopfen nicht gehört.« Oder hätte es nicht gehört, wenn er denn daran gedacht hätte zu klopfen.

Aber als er sie von der Straße aus durch das Fenster gesehen hatte, hatte er an gar nichts mehr gedacht. Er war einfach hereingekommen, verblüfft, fasziniert. Eine Frau, die sich so bewegen konnte, musste einen Mann faszinieren. Er war sicher, sie wusste das.

Jetzt ging sie zur Anlage und stellte die Musik ab. »Ich wollte dieses Haus einweihen. Allerdings sieht es besser aus, wenn Kostüme und Licht stimmen. Also«, sie warf sich das lange Haar über die Schulter zurück, »was kann ich für Sie tun, Mr. O'Connell?«

Er kam in den Raum hinein und hob das Haarband auf. »Das haben Sie verloren.«

»Danke.« Sie steckte es sich in die Tasche.

Er wünschte, sie würde ihr Haar wieder zusammenbinden. Seine Reaktion auf ihr Aussehen behagte ihm ganz und gar nicht. Sie sah so erhitzt und lebendig und … erreichbar aus. »Mir scheint, Sie haben mich nicht erwartet.«

»Nein, aber ich habe nichts gegen das Unerwartete.« Vor allem nicht, wenn es mit umwerfenden grünen Augen und diesem kleinen sexy Stirnrunzeln ausgestattet war.

»Ihre Mutter bat mich, hier vorbeizuschauen, um das Gebäude mal unter die Lupe zu nehmen.«

»Aha. Also noch ein Einweihungsgeschenk.«

»Wie bitte?«

»Nichts.« Sie neigte den Kopf ein wenig zur Seite. Tänzer konnten viel an der Körpersprache eines Menschen ablesen, wie ein Psychiater. Und Brodys Körper sprach eine eindeutige Sprache. Er war steif und in Verteidigungsstellung, sehr darauf bedacht, sicheren Abstand zu wahren. »Mache ich Sie nervös, O'Connell, oder mögen Sie mich einfach nur nicht?«

»Weder noch. Dazu kenne ich Sie nicht gut genug.«

»Wollen Sie mich besser kennenlernen?«

Sein Magen verkrampfte sich plötzlich. »Hören Sie, Miss Kimball ...«

»Schon gut, regen Sie sich nicht gleich auf.« Sie winkte ab. Zu schade aber auch, dachte sie. Sie zog es vor, offen zu sein. Er scheinbar nicht. »Ich finde Sie attraktiv, und ich hatte den Eindruck, dass Sie auch nicht uninteressiert seien. Ich habe mich wohl geirrt.« Abwartend und ein wenig nervös musterte Kate ihr Gegenüber.

»Ist es eigentlich eine Angewohnheit von Ihnen, sich fremden Männern im Laden Ihrer Mutter an den Hals zu werfen?«

Sie blinzelte, ein kurzes Aufflackern von Wut und Verletztsein. Dann zuckte sie die Schultern. »Autsch, das saß.«

»'tschuldigung.« Angewidert von sich selbst, hob er beide Hände. »Das war unangebracht. Vielleicht ärgern Sie mich doch, aber das ist nicht Ihre Schuld. Ich bin aus der Übung, wenn es um ... herausfordernde Frauen geht. Sagen wir einfach, ich bin nicht auf der Suche nach irgendwelchen Komplikationen, okay?«

»Tja, das ist wirklich ein Schlag. Schwer zu verkraften. Ich hatte nämlich schon die Ringe ausgesucht. Aber ich werde es wohl überleben.«

Seine Mundwinkel zogen sich nach oben. »Autsch.«

Er hat ein wunderbares Lächeln, wenn er es denn mal benutzt, dachte Kate. *Schade, dass er so empfindlich ist.* »Nun, da wir alle Unklarheiten aus dem Weg geräumt haben ... also, was halten Sie davon?« Sie drehte sich mit ausgebreiteten Armen einmal um die eigene Achse.

Das war jetzt sein Territorium, er konnte sich entspannen. Mit fachmännischem Blick betrachtete er seine Umgebung. »Ein herrliches altes Gebäude, sehr viel Atmosphäre und noch mehr Potenzial. Solide Fundamente, für die Ewigkeit gebaut.«

Ihr Ärger verflog vollends. »Genau das habe ich auch gedacht. O'Connell, ich liebe Sie.«

Jetzt war es an ihm zu blinzeln. Er trat unwillkürlich einen Schritt zurück, als Kate hell auflachte.

»Sie sind wirklich aus der Übung. Keine Panik, ich werde mich nicht in Ihre Arme stürzen, Brody, auch wenn die Vorstellung sehr reizvoll ist. Aber Sie sind der erste Mensch, der genauso denkt wie ich. Jeder andere hält mich für verrückt, weil ich so viel Zeit und Geld in dieses Haus stecken will.«

Er konnte sich nicht entsinnen, dass er sich je bei einer Frau so oft in so kurzer Zeit wie ein Idiot vorgekommen war. Mürrisch steckte er die Hände wieder in die Taschen. »Es ist eine gute Investition – auf langfristige Sicht und nur, wenn Sie es richtig machen.«

»Oh, das habe ich vor. Was sollte Ihrer Meinung nach als Erstes in Angriff genommen werden?«

»Das Heizungssystem. Hier drinnen friert es ja.«

Sie grinste zufrieden. »Vielleicht kommen wir doch besser miteinander aus als gedacht. Der Heizkessel steht im Keller. Wollen Sie ihn sich ansehen?«

Sie ging mit ihm zusammen hinunter. Das hatte er nicht erwartet. Auch nicht, dass sie mit keiner Wimper zuckte, als Mäuse über den Boden huschten und sie auf die Hautreste einer Schlange stießen, die sich offenbar an den Nagern gütlich getan hatte.

Seiner Erfahrung nach stießen Frauen – nun, zumindest die sehr weiblichen Vertreter ihres Geschlechts – bei solchen Gelegenheiten schrille Schreie aus und schüttelten sich angeekelt. Kate dagegen zog nur die Nase kraus und kritzelte eilig etwas auf den Notizblock, den sie mitgenommen hatte.

Es war schummrig hier unten, die Luft abgestanden und der Heizkessel ein Fall für den Schrott.

Er setzte sie unverzüglich über die schlechten Neuigkeiten in Kenntnis, zählte Optionen auf, wägte Vor- und Nachteile der verschiedenen Alternativen wie elektrische Heizpumpen, Gas und Öl ab. Lieferte eine Auflistung von Leistungsfähigkeit sowie Installierungs- und voraussichtlichen monatlichen Betriebskosten.

Er hätte genauso gut Chinesisch sprechen können, man sah es ihr an. Deshalb schlug er vor, Broschüren und Informationsmaterial an ihren Vater zu schicken.

»Mein Vater ist Komponist und Universitätsprofessor«, erinnerte sie ihn mit unterkühlter Höflichkeit. »Glauben Sie wirklich, nur weil er einen anderen Chromosomensatz hat als ich, würde er mehr verstehen?«

Brody dachte darüber nach. »Nun … ja.«

»Sie irren. Lassen Sie mir die entsprechenden Informationen zukommen. Es muss ein System sein, das die alten Radiatoren speisen kann, die Rohre liegen ja bereits. Ich will das Haus so wohnlich und attraktiv wie möglich machen, dabei aber den ursprünglichen Charakter erhalten. Außerdem will ich zusätzliche Wärmequellen installieren lassen. Das heißt, die Kamine müssen überprüft und, falls nötig, repariert werden.«

Ihr nüchterner Ton gefiel ihm nicht, auch wenn er gegen den Inhalt nichts einzuwenden hatte. »Sie sind der Boss.«

»Gut, dass Sie da mit mir übereinstimmen.«

»Sie haben Spinnweben im Haar, Boss.«

»Sie auch. Dieser Keller muss sauber gemacht werden, und so authentisch der Lehmboden auch sein mag, ich will Estrich haben. Und ein Kammerjäger muss her. Elektroinstallationen und anständiges Licht. Das alles hier unten ist verschenkter Platz. Man kann es als Abstell- und Lagerfläche benutzen.«

»Gut.« Er zog Notizblock und Bleistift hervor und begann, sich Notizen zu machen.

Sie stieg die Treppe hinauf und rüttelte an dem Geländer. »Die Treppe muss nicht schön sein, aber sicher.«

Er schrieb etwas auf den Block. »Sie werden eine sichere Treppe bekommen, das garantiere ich.«

»Gut. Jetzt zeige ich Ihnen, was ich mir für das Erdgeschoss vorgestellt habe.«

Sie wusste genau, was sie wollte. Für seinen Geschmack ein wenig zu genau. Er konnte sich hier keine Ballettschule vorstellen, sie offensichtlich schon. Sie hatte alles genauestens geplant. Küche, Duschräume, Garderobe, Abstellkammer, bis hin zu der Bank, die unter dem Fenster eingebaut werden sollte.

»Ist das nicht ein bisschen übertrieben für eine Kleinstadt-Tanzschule?«

Sie zog nur eine Augenbraue in die Höhe. »Nein, sondern den Anforderungen entsprechend. Und jetzt zu den beiden Duschräumen.«

»Wenn Sie das Ganze geräumiger machen wollen, kann ich die Wand herausschlagen.«

»Tänzer müssen eine Menge Abstriche machen, was ihr persönliches Schamgefühl anbelangt, aber lassen Sie uns die Grenze bei Gemeinschaftsduschen ziehen.«

»Gemeinschaftsduschräume.« Er ließ den Notizblock sinken. »Sie wollen auch Jungen unterrichten?« Er grinste breit von einem Ohr zum anderen. »Kommen Sie, Sie glauben doch nicht, dass Sie irgendwelche Jungen hier reinkriegen, die Pirouetten drehen.«

»Schon mal was von Barischnikow gehört? Davidov?« Sie war zu sehr an solche Kommentare gewöhnt, um beleidigt zu sein. »Ich gehe jede Wette ein, dass ein professioneller Tänzer jeden Sportler schlägt, wenn es um Kondition und Muskelkraft geht.«

»Und wer trägt das Tutu?«

Sie seufzte. Ja, sie war sich im Klaren darüber gewesen, dass sie in dieser ländlichen Gegend gegen eine solche Sichtweise zu kämpfen haben würde. »Nur zu Ihrer Information – männliche Tänzer sind echte Männer. Mein erster Freund war ein *premier danseur*, der höher springen konnte als Michael Jordan, wenn er den Ball einlegt. Aber Jordan trägt ja keine engen Gymnastikhosen, sondern diese süßen knappen Boxershorts.«

»Trainingshosen«, verbesserte Brody verbissen.

»Ach so. Tja, es ist wohl alles Auslegungssache, nicht wahr? Die Duschräume bleiben getrennt. Neue Armaturen, neue Böden, alles weiß. Und jeweils ein niedriges Waschbecken, für die Kinder. Klar?«

»Klar.«

»Gut, dann einen Stock höher.« Sie deutete auf die Treppe am Ende des Korridors. »Meine Wohnung.«

»Sie werden hier wohnen? Über der Schule?«

»Ich werde hier wohnen, leben, atmen, schlafen, essen und arbeiten. Nur so lässt sich ein Konzept erfolgreich verwirklichen. Ich habe genaue Vorstellungen, was meinen Wohnraum angeht.«

Oh ja, die hat sie, dachte Brody eine Stunde später. *Sehr genaue Vorstellungen, und sehr gute.* Vielleicht konnte er ihre Vision nicht teilen, was das Erdgeschoss anging, aber hier oben konnte er ihr in fast allem zustimmen.

Und während er mit ihr umherging, spürte er, wie die bekannte Vorfreude sich aufbaute. Etwas, das seit Generationen bestand, den eigenen Stempel aufzudrücken und gleichzeitig zu bewahren, was bewahrt werden konnte.

Es hatte eine Zeit gegeben, da hatte er nur seine Stunden abgearbeitet. Erledige den Job, kassiere das Geld. Der Stolz und das Verantwortungsgefühl waren erst langsam gewachsen. Und die Freude, die Zufriedenheit, die ihn dazu trieben, sein Bestes zu geben, seine handwerklichen Fähigkeiten zu perfektionieren – mehr zu bauen als nur Räume und Gebäude.

Ein Leben zu errichten.

Hier konnte er das. Und er wollte es. Wollte es so sehr, dass er sogar bereit war, Kate Kimball und seine irritierende Reaktion auf sie in Kauf zu nehmen.

Er hoffte – falls er den Auftrag bekam –, dass sie nicht zu den Kunden gehörte, die ständig auf der Baustelle herumlungerten. Zumindest nicht, wenn sie dieses verdammte Parfum aufgelegt hatte.

Und dann waren sie im Badezimmer. Die alte Eisenwanne sollte bleiben, integriert werden in weiße Armaturen und weiße und blaue Fliesen. Aber sie stimmte zu, sich noch andere Muster anzusehen.

Sie hatte auch feste Vorstellungen für die Küche, aber hier widersprach er ihr.

»Haben Sie vor, hier richtig zu kochen, oder wollen Sie sich nur ein paar Fertigmahlzeiten aufwärmen?«

»Kochen. Ob Sie's glauben oder nicht, ich kann's.«

»Dann brauchen Sie eine durchgehende Arbeitsfläche.« Brody deutete auf das Fenster. »Das Spülbecken sollte unter dem Fenster angebracht sein, nicht da drüben an der Wand. Da steht der Kühlschrank, der Herd hier. Dann haben Sie alles in Reichweite und müssen nicht ständig durch den Raum rennen, wenn Sie etwas brauchen. Zeit- und Raumverschwendung.«

»Ja, aber hier …«

»Da kommt der Vorratsschrank hin«, unterbrach er sie. In seinem Kopf nahm der Raum Gestalt an. »Dann haben Sie hier die gesamte Schrankzeile. Regale hier … Wenn es richtig ausgemessen ist«, er holte einen Zollstock hervor und nahm Maß, »bleibt Platz für eine Frühstücksbar und ein paar Hocker zum Sitzen. Sitz- und Arbeitsplatz anstatt ungenutzter Raum.«

»Ich hatte eigentlich vor, einen Tisch …«

»Um einen Tisch müssen Sie ständig herumtanzen. Der nimmt nur Platz weg.«

»Ja, vielleicht.« Sie dachte an heute Morgen, als sie mit ihrem Vater am Küchentisch gesessen hatte. An die vielen anderen Gelegenheiten, bei denen sich ihre Familie um den Tisch versammelt hatte. Sentimental, entschied sie. *Und in diesem Fall unpraktisch.*

»Lassen Sie mich alles ausmessen, dann zeichne ich Ihnen einen Vorschlag auf. Sie können es sich ja dann überlegen.«

»Na gut. Das hier hat sowieso jede Menge Zeit. Das Erdgeschoss ist mir bedeutend wichtiger.«

»Es wird etwas dauern, bis ich einen Kostenvoranschlag erstellt habe. Aber von dem, was ich bisher gesehen habe, kann ich Ihnen jetzt schon sagen, dass Sie sich auf eine sechsstellige Summe einstellen sollten. Und mindestens vier Monate Arbeit.«

Sie hatte sich Ähnliches ausgerechnet, aber es von jemand anderem ausgesprochen zu hören versetzte ihr trotzdem einen kleinen Schock. »Gut. Machen Sie eine Kalkulation. Und die Zeichnungen, was auch immer. Sollte ich mich entscheiden, Ihnen den Auftrag zu erteilen, wann könnten Sie anfangen?«

»Mit Materialbestellung und Lieferung ... wahrscheinlich Anfang des Jahres.«

»Das ist Musik in meinen Ohren. Okay, Mr. O'Connell, zeigen Sie mir Ihren Kostenvoranschlag, und wir sehen, ob wir ins Geschäft kommen.«

Sie überließ ihn sich selbst, damit er in Ruhe ausmessen und rechnen konnte, ging nach unten und trat auf die schmale Veranda an der Hausfront. Der kleine Vorgarten war eine Schande, vermooster Rasen, erfrorenes Unkraut und ein hässlicher dicker Baumstumpf, der einmal ein großer alter Ahornbaum gewesen sein musste. Auf der anderen Straßenseite stand ein renovierter Altbau mit mehreren Apartments. Jetzt zur Mittagszeit war kein Leben in den Wohnungen zu entdecken.

Noch mal hunderttausend, dachte sie. Das war machbar. Sie hatte kein extravagantes Leben geführt. Und sie hatte tatsächlich den Geschäftssinn ihrer Mutter geerbt. Ihre Gagen waren gut angelegt, sie hatte ein angenehmes Polster im Rücken.

Sollte es für ihren Geschmack zu knapp werden, konnte sie immer noch ein paar Gastspiele mit der Company geben. Diese Tür stand ihr glücklicherweise offen.

Wenn sie es genau bedachte, wäre das sogar vernünftig, nicht nur in finanzieller Hinsicht. Sie war daran gewöhnt zu arbeiten, brauchte Beschäftigung. In den kommenden Wochen und Monaten konnte sie nichts anderes tun, als zu warten und zuzusehen, wie die Renovierung Schritt für Schritt vorankam.

Der Trip nach New York war unkompliziert. Sie konnte bei ihrer Familie unterkommen. Training, Proben, Aufführung, wieder nach Hause. Ja, das war vielleicht sogar die beste Lösung.

Aber noch nicht. Erst wollte sie sehen, wie ihr Plan sich anließ.

»Kate?« Brody trat zu ihr, ihren Mantel in der Hand. »Es ist kalt hier draußen.«

»Ja, ein wenig. Ich hatte gehofft, es würde zu schneien anfangen. Gestern sah es so aus.«

»Solange es keine zwei Meter Schnee werden.«

»Wie?«

»Nichts.« Er legte ihr den Mantel um die Schultern und zog ihr automatisch die Haare unter dem Stoff hervor. Es gibt so verdammt viel davon, dachte er. *Weiche, seidige, endlos lange Haare.*

Seine Finger verfingen sich in dieser Pracht, als sie sich umdrehte und in seine Augen sah. Ah, also doch interessiert, dachte sie und fühlte das angenehme Flattern im Bauch.

»Warum gehen wir nicht um die Ecke in das kleine Café? Sie können mir einen Kaffee ausgeben.« Sie trat näher an ihn heran, bewusst. Ein Test, für sie und für ihn. »Wir können über … Arbeitsplatten reden.«

Sie hatte eine verheerende Wirkung auf ihn. Nebelte seinen Verstand ein, machte ihm das Atmen schwer, ganz zu schweigen von dem, was sich in seiner Lendengegend abspielte. »Sie machen sich schon wieder an mich heran.«

Ihr Lächeln war sehr sinnlich und sehr weiblich. »Natürlich.«

»Sie sind wahrscheinlich die schönste Frau, die mir je begegnet ist.«

»Das ist eine Laune der Natur, aber da ich meiner Mutter ähnlich sehe, bedanke ich mich in ihrem Namen. Wissen Sie, Ihr Mund gefällt mir besonders.« Sie ließ ihren Blick darauf verweilen. »Irgendwie zieht er mich immer wieder an.«

Seine Kehle war rau und staubtrocken. Verflucht, was war mit den Frauen passiert, seit er aus dem Spiel ausgeschieden war? Seit wann verführten sie Männer am helllichten Tag auf der Veranda eines baufälligen Gebäudes?

Er fühlte den schneidenden Dezemberwind im Gesicht und die Hitze, die durch seine Adern schoss. »Sehen Sie …« Mit einem schnellen Griff packte er sie bei den Armen. Der Mantel rutschte von ihren Schultern, Brody spürte die durchtrainierten Muskeln ihrer Arme durch den Stoff ihres Jacketts.

»Das tue ich doch die ganze Zeit.« Ihr Blick hielt ihn gefangen. So männlich, dachte sie. *Und so frustriert.* »Mir gefällt, was ich sehe.«

Ihre Augen waren grau, geheimnisvoll und undurchdringlich wie dichter Rauch. Er brauchte jetzt nur seinen Kopf zu beugen, oder besser, er würde sie hochheben, bis ihre sinnlichen weichen Lippen mit diesem selbstzufriedenen Lächeln mit seinem Mund auf einer Höhe waren …

Er hatte die ungute Ahnung, dass er genauso gut eine Hochspannungsleitung berühren könnte. Der Effekt wäre der gleiche – tödlich.

»Ich sagte Ihnen bereits, dass ich nicht interessiert bin.« Er wollte sich abwenden, hatte jedoch nicht mit der Hartnäckigkeit einer Kate Kimball gerechnet.

»Stimmt. Aber Sie haben gelogen.« Um es ihm zu beweisen, stellte sie sich auf die Zehenspitzen und biss ihn leicht in die Unterlippe. Der Griff seiner Hände an ihren Armen wurde schraubstockartig. »Sehen Sie?«, flüsterte sie. »Sie sind interessiert. Sie wollen es nur nicht sein.«

»Das kommt aufs Gleiche heraus.« Er ließ sie los und nahm seinen Werkzeugkasten. Verdammt, seine Hände zitterten!

»Der Meinung bin ich nicht, aber ich will auch nicht drängen. Ich würde mich gern mit Ihnen treffen, wenn es Ihnen irgendwann passt. Da wir ähnliche Ansichten über das Haus haben und mir viele Ihrer Ideen gefallen, hoffe ich, dass wir in der Zwischenzeit gut zusammenarbeiten werden.«

Er stieß zischend den Atem aus. Kalt und klar wie ein Januartag, dachte er. Während er gereizt, völlig überhitzt und durcheinander war.

»Sie sind ein harter Brocken, Kate.«

»Ich weiß. Aber ich werde mich nicht dafür entschuldigen, dass ich so bin, wie ich bin. Ich erwarte Ihren Kostenvoranschlag und die Unterlagen, über die wir gesprochen haben. Sollten Sie noch mehr ausmessen müssen, wissen Sie ja, wo Sie mich erreichen können.«

»Ja, das weiß ich.«

Sie rührte sich nicht, blieb auf der Veranda und sah ihm nach, als er zu seinem Wagen ging und davonfuhr. Er wäre erstaunt gewesen, hätte er gehört, wie heftig sie den Atem ausstieß. Überrascht, wenn er gesehen hätte, wie sie sich langsam auf die Stufen setzte.

Sie war keineswegs so kalt und klar wie ein Januartag. Im Gegenteil, sie brauchte den Wind, um abzukühlen. Und um die Frösche in ihrem Bauch zur Ruhe zu bringen.

Brody O'Connell, dachte sie. War es nicht seltsam und faszinierend, dass ein Mann, den sie nur zweimal getroffen hatte, eine solche Wirkung auf sie ausübte? Sie war Männern gegenüber nicht schüchtern, aber sie war wählerisch. Der Freund, den sie Brody so offen ins Gesicht geschleudert hatte, war einer jener drei Männer, die sie in ihr Leben – und in ihr Bett – gelassen hatte. Männer, für die sie tiefe Gefühle gehegt hatte.

Und doch … Schon nach dem zweiten Treffen – eigentlich war es ja erst ein richtiges Treffen gewesen, gestand sie sich ein – wollte sie Brody in ihrem Bett haben.

Also würde sie jetzt ganz logisch und sachlich vorgehen. Erst einmal musste sie sich beruhigen, wieder einen klaren Kopf bekommen. Dann würde sie sich überlegen, wie sie Brody am besten dorthin bekam, wo sie ihn haben wollte.

3. Kapitel

Jack saß an dem Doppelschreibtisch, den er und sein Dad »ihr Büro« nannten, und schrieb eifrig in Druckbuchstaben das Alphabet auf. Das war sein Job, genau wie sein Dad auf der anderen Seite seine Arbeit erledigte.

Allerdings sahen das Millimeterpapier, die Lineale und Zirkel viel interessanter aus als dieses Alphabet. Aber Dad hatte ihm versprochen, wenn er erst alle Buchstaben aufgeschrieben hatte, würde er auch ein Blatt von dem Millimeterpapier bekommen.

Dann würde er ein riesengroßes Haus darauf malen, so wie ihr Haus, und die alte Scheune auch, die Dads Werkstatt war. Und natürlich mit viel Schnee drum herum. Zwei Meter Schnee und Millionen und Trillionen von Schneemännern.

Und einen Hund.

Grandpa und Grandma hatten einen Hund, Buddy. Buddy war schon alt, aber es machte Spaß, mit ihm zu spielen. Eines Tages, wenn Jack groß sein würde, dann würde er einen eigenen Hund bekommen. Er würde ihn Mike nennen und Ball mit ihm spielen, und abends würde Mike dann bei ihm im Bett schlafen.

Jack sah auf, um seinen Vater zu fragen, ob er nicht schon groß genug für einen Hund sei, aber sein Vater hatte eine tiefe Falte auf der Stirn. Nein, er war nicht wütend. So sah er immer aus, wenn er arbeitete. Wenn man ihn dann unterbrach, egal mit welcher Frage, kam immer die gleiche Antwort: »Nicht jetzt.«

Aber das Alphabet war so langweilig. Er wollte das Haus malen oder mit seinen Autos oder am Computer spielen. Oder mal draußen nachsehen, ob es nicht schon schneite.

Er rutschte auf seinem Stuhl hin und her. Sein Fuß traf die Schreibtischwand. Er rutschte weiter. Noch ein Tritt gegen das Holz.

»Jack, lass den Schreibtisch in Ruhe.«

»Muss ich denn das ganze Alphabet schreiben?«

»Ja.«

»Warum?«

»Darum.«

»Aber ich bin doch schon bei P.«

»Wenn du die restlichen Buchstaben nicht auch noch machst, wirst du nie Wörter mit den Buchstaben lernen können, die du jetzt nicht schreibst.«

»Warum?«

»›Warum‹ wirst du zum Beispiel nie schreiben können.«

»W-A-R-U-M.«

Jack seufzte, ein sehr schwerer Seufzer für einen Sechsjährigen. Also schrieb er die nächsten drei Buchstaben, dann hob er wieder vorsichtig den Kopf. »Dad.«

»Hm?«

»Dad, Dad, Dad. D-A-D.«

Brody sah auf. Jack grinste ihn breit an. »Ganz schön neunmalklug, mein Sohn. Woher hast du nur dein vorlautes Mundwerk?«

»Grandma sagt, das habe ich von dir geerbt. Darf ich sehen, was du da malst? Du hast gesagt, das ist für die tanzende Lady.«

»Ja, das ist für die Tänzerin, und nein, du darfst es erst sehen, wenn du deine Arbeit fertig hast.« Wie gerne hätte er eine Pause gemacht und mit seinem Sohn gespielt, ihn sich über die Schulter geworfen und mit ihm herumgetobt. Aber wenn man einem Kind Verantwortung beibringen wollte, musste man mit gutem Beispiel vorangehen und Verantwortung zeigen.

»Was passiert, wenn du es nicht fertig machst?«

»Nichts.« Jack zog einen Schmollmund.

»Eben.«

Jack seufzte noch mal und beugte sich wieder über sein Alphabet. Er sah nicht, dass sein Vater sich das Grinsen verkneifen musste.

Ob sein Vater ihn je so angesehen hatte? Wahrscheinlich, dachte Brody. Aber er hatte es sich nie anmerken lassen. Bob O'Connell war auch nicht der Typ Vater gewesen, der mit seinem Sohn auf dem Wohnzimmerteppich herumgerollt war oder rumgeblödelt hatte. Bob O'Connell war zur Arbeit gegangen, nach Hause gekommen und hatte erwartet, dass jeden Abend pünktlich um sechs das Essen auf dem Tisch stand. Er hatte vorausgesetzt, dass sein Sohn die ihm aufgetragenen Pflichten erfüllte und aufs Wort folgte, ohne Fragen zu stellen. Und er hatte nie daran gezweifelt, dass sein Sohn in seine Fußstapfen trat.

Brody nahm an, dass er seinen Vater in jedem einzelnen Punkt enttäuscht hatte. So wie sein Vater ihn enttäuscht hatte. Seinem Sohn würde er das nie antun.

»Z! Z! Z!« Jack wedelte wild mit dem Blatt umher. »Fertig!«

»He, halt still, damit ich es mir ansehen kann.« Weit davon entfernt, sauber und ordentlich zu sein, aber immerhin, es war vollbracht. »Gut gemacht. Willst du jetzt Zeichenpapier?«

»Kann ich dir nicht bei deinem Bild helfen?«

»Sicher.« Na, dann würde er eben heute Abend eine Stunde dranhängen, das war ihm die Zeit mit seinem Sohn wert. Er zog Jack auf seinen Schoß. »Also, hier haben wir die Wohnung über der Schule.«

»Warum tragen die eigentlich immer so komische Sachen, wenn sie tanzen?«

»Keine Ahnung. Woher weißt du eigentlich, dass sie komische Sachen tragen?«

»Ich habe ein Cartoon gesehen, da haben Elefanten solche Röcke getragen. Und sie haben auf ihren Zehenspitzen getanzt. Haben Elefanten Zehenspitzen?«

»Sicher.« Hatten sie die? »Wir können ja mal in unserem schlauen Buch nachschlagen, später. Hier, nimm den Bleistift und zieh eine gerade Linie, hier direkt am Rand.«

Vater und Sohn arbeiteten zusammen, die große Hand führte die kleine über das Papier. Als Jack zu gähnen begann, drückte Brody den blonden Kopf an seine Schulter und erhob sich vorsichtig.

»Ich bin aber gar nicht müde, Dad«, behauptete Jack noch, als seine Lider schon schwer wurden.

»Ich weiß. Aber wenn du aufwachst, sind es nur noch fünf Tage bis Weihnachten.«

»Kann ich dann ein Geschenk haben?«

Brody lächelte still in sich hinein und sog tief den Duft seines Sohnes ein.

Nachdem er Jack zu Bett gebracht hatte, kam er wieder herunter und brühte sich eine Kanne frischen Kaffee auf. Mit Sicherheit ein Fehler. Der Kaffee würde ihn lange wach halten.

Er stand am Fenster und sah hinaus in die Dunkelheit, nippte an der schwarzen heißen Flüssigkeit. Das Haus war so still, wenn Jack schlief. Dabei gab es Zeiten, in denen der Junge so viel Krach und Chaos um sich herum verbreitete, dass man den Eindruck haben konnte, es gäbe nie wieder einen Moment voller Ruhe und Frieden.

Und wenn es dann still war, fehlte Brody der Lärm. Dieses Elterndasein war eine ziemlich vertrackte Sache.

Aber jetzt fühlte er eine innere Unruhe in sich, die er schon lange nicht mehr verspürt hatte. Als alleinerziehender Vater, der sich um das Haus und den Neuaufbau des Geschäfts kümmern musste, war ihm nicht viel Zeit geblieben.

Die Zeit hatte er immer noch nicht. Allein hier am Haus gab es so viel zu tun, dass er für ... ja, wahrscheinlich den Rest seines Lebens würde er damit beschäftigt sein. Er hätte etwas Kleineres kaufen sollen, etwas, das weniger Arbeit verlangte, etwas Praktischeres. Das musste er sich von seinem Vater anhören, seit der den Preis herausgefunden hatte.

Tja, aber er hatte sich eben sofort in dieses Anwesen verguckt. Jack übrigens auch. Und so weit funktioniert es ja auch, dachte er jetzt, als er sich in der renovierten Küche mit den hohen Glasschränken und der Granitarbeitsplatte umsah. Sicher, langsam müsste er sich mal um die anderen Räume kümmern, was er bis jetzt vor sich hergeschoben hatte, aber dazu musste er Zeit und Muße haben.

Trotzdem, diese Unruhe hatte weder etwas mit seiner Arbeit noch mit den Plänen für das Haus zu tun.

Sondern mit Kate Kimball.

Er hatte weder Zeit noch Lust, sich mit ihr einzulassen.

Zugegeben, Lust hätte er schon ... Er fuhr sich frustriert durchs Haar. Hatte er je ein solches Verlangen nach einer Frau verspürt? Wahrscheinlich, er konnte sich nur nicht daran erinnern. Konnte sich nicht daran erinnern, sich je so nach jemandem verzehrt zu haben.

Und dieses Gefühl ärgerte ihn maßlos.

Es lag einfach nur daran, dass es schon so lange her war. Und weil sie so provozierend war. Und so schön.

Aber er war kein Kind mehr, das nach einem hübschen Spielzeug griff, ohne an die Folgen zu denken. Er konnte nicht mehr einfach das tun, was ihm gerade einfiel. Und das war auch in Ordnung so.

Erledige die Arbeit, nimm das Geld mit und halte Abstand, ermahnte er sich in Gedanken. Und hör endlich auf, ständig an ihren makellosen, durchtrainierten Körper zu denken. Es sei denn, du bist auf Probleme aus ... Er starrte noch eine Weile in die Nacht hinaus, ehe er die Schultern straffte und sich abwandte.

Er schenkte sich noch eine Tasse Kaffee ein, wohl wissend, dass der ihn die ganze Nacht wach halten würde, und ging zurück an seinen Schreibtisch.

Als Kate am nächsten Nachmittag die Tür öffnete, stand Brody auf der Schwelle. Ihr Entzücken darüber wurde abgelenkt durch den kleinen Jungen mit den lachenden Augen, der neben ihm stand.

»Oh. Hallo, du Hübscher.«

»Ich bin Jack.«

»Hallo, hübscher Jack. Ich heiße Kate. Kommt doch rein.«

»Ich wollte nur den Kostenvoranschlag vorbeibringen, und die Zeichnungen.« Brody hielt ihr die Unterlagen entgegen, eine Hand fest auf Jacks Schulter. »Meine Visitenkarte liegt bei. Wenn Sie Fragen oder Anmerkungen haben, können Sie mich anrufen.«

»Warum sehen wir die Papiere nicht jetzt gleich zusammen durch? Das spart Zeit. Oder haben Sie es eilig?« Sie sah ihn gar nicht an, während sie redete, sondern strahlte Jack an. »Brrr! Es ist richtig kalt da draußen, was? Kalt genug für heiße Schokolade und Kekse.«

»Und Marshmallows?«

»In diesem Haus ist es verboten, heiße Schokolade ohne Marshmallows anzubieten.« Sie streckte die Hand aus, und Jack nahm sie, um sie ins Haus zu ziehen.

»Kate, hören Sie ...«

»Ach kommen Sie, O'Connell, seien Sie kein Spielverderber. Also, hübscher Jack, in welcher Klasse bist du denn? In der fünften? Sechsten?«

»Nein.« Der Junge kicherte. »In der ersten.«

»Nein, so ein Zufall! Gerade heute gibt's bei uns ein Spezialangebot für blonde Jungen in der ersten Klasse. Du hast freie Wahl – Makronen, Butterkekse oder Chocolat Chip Cookies?«

»Kann ich von jedem eins haben?«

»Jack ...«

»Ah, endlich ein Mann nach meinem Geschmack.« Kate ignorierte Brody völlig, reichte ihm nur Jacks Jacke, Fäustlinge und Mütze und nahm den Jungen bei der Hand.

»Sind Sie die tanzende Lady?«

Sie lachte und ging mit ihm Richtung Küche. »Ja, die bin ich.« Über die Schulter schenkte sie Brody ein vielsagendes Lächeln. Erwischt, dachte sie. »Die Küche ist dahinten.«

»Ich weiß, wo die verdammte Küche ist«, knurrte er.

»Dad hat ›verdammt‹ gesagt«, verkündete Jack keck.

»Ich hab's auch gehört. Vielleicht sollte er deshalb keine Kekse bekommen.«

»Erwachsene dürfen ruhig ›verdammt‹ sagen, aber sie dürfen nicht Sch...«

»Jack!«

»Trotzdem sagt er das manchmal. Und einmal«, fuhr Jack verschwörerisch flüsternd fort, »da hat er sich mit dem Hammer auf die Hand gehauen, und dann hat er ganz viele Schimpfwörter gesagt, alle auf einmal.«

»Wirklich?« Kate war hingerissen von dem Jungen. »Hintereinander oder durcheinander?« Sie zog einen Stuhl für ihn hervor.

»Alle ganz durcheinander. Und ganz oft.« Jack grinste strahlend. »Kann ich drei Marshmallows haben?«

»Aber sicher. Hängen Sie die Jacke doch da drüben an den Haken, Brody.« Sie schenkte ihm ein strahlendes Lächeln, dann machte sie sich daran, heiße Schokolade zuzubereiten.

Und zwar richtige, nicht dieses Fertigzeug aus der Tüte, wie Brody auffiel. Viel echte Schokolade, frische Milch. »Wir wollen Sie nicht aufhalten«, sagte er.

»Das tun Sie nicht, ich habe Zeit. Ich habe meiner Mutter heute Morgen im Laden geholfen, im Moment ist unheimlich viel los. Brandon übernimmt die Nachmittagsschicht. Das ist der Baseballhandschuh meines Bruders«, sagte sie zu Jack, der sofort hastig seine Hand zurückzog.

»Ich wollte nur mal sehen.«

»Ist schon in Ordnung. Du kannst ihn ruhig mal nehmen, Brandon hat bestimmt nichts dagegen. Magst du Baseball?«

»Ich spiele T-Ball, und nächstes Jahr, wenn ich alt genug bin, darf ich in die Bambini-Liga.«

»Brand hat auch schon als kleiner Junge mit T-Ball angefangen, und dann war er bei den Bambini. Jetzt spielt er in der Nationalliga, für die L. A. Kings.« Kate lächelte dem Jungen zu.

Jacks grüne Augen wurden rund und groß. »So richtig echt?«

»So ganz richtig echt.« Zu Jacks Entzücken stülpte sie ihm den Handschuh über. »Wenn deine Hand groß genug ist, spielst du ja vielleicht auch.«

»Mannomann, ein echter Baseballhandschuh von einem richtigen Baseballspieler, Dad!«

»Wow, das ist echt cool.« Brody gab auf. Er konnte niemanden auf Distanz halten, der seinem Sohn ein solches Erlebnis verschaffte. Er wuschelte Jack durchs Haar und lächelte Kate an. »Darf ich auch drei Marshmallows haben?«

»Aber sicher.«

Der Junge ist ein Goldstück, dachte Kate, während sie heiße Schokolade zubereitete und Kekse auf einen Teller legte. Sie hatte eine Schwäche für Kinder.

Das Band zwischen Vater und Sohn war nicht zu übersehen. Unverbrüchlich, absolut reißfest und voller Liebe. Am liebsten hätte sie beide dafür umarmt.

»Lady?«

»Sag Kate zu mir.« Sie stellte einen Becher dampfende Schokolade vor Jack hin. »Vorsicht, es ist heiß.«

»Kate, warum tragt ihr eigentlich so komische Sachen, wenn ihr tanzt? Dad hat gesagt, er hat keine Ahnung.«

Innerlich stöhnte Brody auf. Die verschiedenen Kekse auf dem Teller beanspruchten plötzlich seine ganze Aufmerksamkeit.

Kate stellte die anderen Becher auf den Tisch und setzte sich dann. »Das sind Kostüme. Sie helfen uns dabei, die Geschichte zu erzählen, die wir tanzen.«

»Wie kann man denn eine Geschichte mit Tanzen erzählen? Ich kenne nur Geschichten mit Wörtern.«

»Es ist genauso wie das Erzählen, nur eben mit Musik und Bewegungen. Wenn du ›Jingle Bells‹ hörst, nur die Musik, woran denkst du dann?«

»An Weihnachten. Bis dahin sind es nur noch fünf Tage.«

»Richtig. Und wenn du zu dem Lied tanzen würdest, dann wären die Bewegungen schnell und fröhlich. Du denkst dabei an Schlittenfahrten und Schneeballschlachten. Aber wenn du ›Stille Nacht, heilige Nacht‹ hörst, dann würdest du dich langsam und feierlich bewegen, nicht wahr?«

»Ja, wie in der Kirche.«

Der Junge ist clever, dachte sie. »Genau. Irgendwann kommst du einmal bei meiner Schule vorbei, dann zeige ich dir, wie man eine Geschichte mit Tanz erzählen kann.«

»Dad wird vielleicht deine Schule bauen.«

»Ja, vielleicht.«

Sie öffnete den Ordner, den er mitgebracht hatte. Interessant, dass sie den Kostenvoranschlag achtlos beiseitelegt und direkt zu den Planzeichnungen übergeht, dachte Brody. Offene Möglichkeiten sind wichtiger als Einschränkungen. Brody rutschte mit seinem Stuhl näher heran, um mit ihr gemeinsam die Zeichnungen durchzugehen.

Sie roch besser als die Kekse und die Schokolade, und das sollte was heißen.

»Das gefällt mir.« Sie wandte ihm ihr Gesicht zu. Hielt seine Augen mit ihrem Blick fest. »Es gefällt mir sogar ausgesprochen gut.«

»Ich habe auch ein paar Linien gemalt«, ließ sich Jack vernehmen.

»Du hast gute Arbeit geleistet«, sagte sie lächelnd zu ihm, dann studierte sie wieder die Zeichnungen, während Brody versuchte, die Knoten in seinem Magen zu lösen.

Sie sah alles genau durch, machte Anmerkungen, teilte die Blätter auf in »abgelehnt«, »gut« und »möglich«.

Sie war beeindruckt. Beeindruckt von seinen Ideen, von seiner Gründlichkeit, seinem Können. Bessere Pläne hätte sie von einem Architekten nicht bekommen können.

Schließlich legte sie die Zeichnungen beiseite und nahm den Kostenvoranschlag auf. Ging mit dem Finger die Zahlenreihen durch. Und schluckte.

»Nun, hübscher Jack.« Sie legte das Blatt auf den Tisch zurück. »Du und dein Dad, ihr habt den Auftrag.«

Jack stieß ein Triumphgeheul aus, und da niemand es ihm verboten hatte, nahm er sich noch einen Keks.

Brody war sich nicht bewusst gewesen, dass er die Luft angehalten hatte. Bis seine Lungen die überschüssige Luft unbedingt ausstoßen wollten. Er riss sich zusammen und ließ den Atem langsam weichen, achtete darauf, dass er nicht nach Luft schnappte. Das hier war sein größter Auftrag, seit er nach Virginia zurückgekommen war.

Das bedeutete, dass er und seine Männer über den Winter ihr Auskommen hatten. Er brauchte niemanden saisonbedingt zu entlassen oder Kurzarbeit einzuführen. Der Gewinn würde ihm endlich Raum zum Atmen geben.

Und mal ganz abgesehen von den praktischen Erwägungen – es hatte ihn gepackt, er wollte dieses Gebäude in die Finger kriegen, es wieder herrichten und in altem Glanz erstrahlen lassen. Der einzige Haken an der Sache war, dass er dabei besagte Finger von Kate lassen musste.

»Danke, dass Sie uns anheuern.«

»Ich werde Sie daran erinnern, wenn ich Sie in den Wahnsinn treibe.«

»Das haben Sie von Anfang an getan. Haben Sie einen Stift?«

Sie lächelte, stand auf, um ihn zu holen. Dann stützte sie sich auf den Tisch und setzte ihre Unterschrift auf die Auftragsbestätigung. »Sie sind dran.« Sie reichte ihm den Kugelschreiber, nahm ihn wieder zurück, sah zu Jack.

»Jack?«

»Hm?« Er hatte Krümel am Kinn. Als er den strengen Blick seines Vaters sah, verbesserte er sich sofort. »Ich meine, ja, bitte, Ma'am?«

»Kannst du deinen Namen schreiben?«

»In Druckbuchstaben. Ich kenne das ganze Alphabet, und Dad und Jack und ein paar andere Wörter kann ich auch schon schreiben.«

»Gut. Dann komm her und unterschreibe auch.« Sie neigte leicht den Kopf. »Schließlich hast du mitgezeichnet. Du willst doch auch angeheuert werden, oder?«

»Klar!« Er sprang vom Stuhl, verteilte mehr Krümel. Die Zunge fest zwischen die Lippen gepresst, schrieb er mit äußerster Sorgfalt seinen Namen unter den seines Vaters.

»Sieh nur, Dad, das bin ich!«

»Ja, ich seh's.« Erschüttert und bewegt sah Brody zu Kate auf. Was zum Teufel sollte er jetzt tun? Sie hatte ihn an seinem schwächsten Punkt getroffen.

»Jack, geh dir die Hände waschen.«

»Aber die sind doch gar nicht dreckig.«

»Wasch sie dir trotzdem.«

»Du findest das Bad am Ende des Korridors, Jack«, sagte Kate sanft. »Zähl die Türen auf der Seite, wo deine Hand ist, mit der du schreibst. Es ist die zweite.«

Jack murrte vor sich hin, aber er hüpfte aus dem Raum.

Brody stand auf. Sie wich nicht zurück. Nein, natürlich nicht, dachte er. Also stießen sie kurz zusammen, und sein Körper war sofort in höchster Alarmbereitschaft.

»Das war sehr nett von Ihnen. Sie haben ihm das Gefühl gegeben, dass er dazugehört.«

»Aber er gehört doch dazu, das ist so offensichtlich.« Aber da war noch etwas, das sie loswerden musste. »Das war keine ausgeklügelte Taktik von mir, Brody.«

»Ich sagte, es war nett.«

»Schon, aber Sie haben sich auch gefragt, ob ich nicht eine Strategie verfolge. Brody, ich will mit Ihnen schlafen, und ich bin sehr zielorientiert, wenn ich etwas erreichen will. Aber ich würde nie Ihren Sohn benutzen, um das zu bekommen, was ich haben will.«

Sie nahm seinen leeren Becher und wollte sich umdrehen. Brody legte eine Hand an ihren Arm. »Na schön, vielleicht habe ich mich das gefragt. Also entschuldige ich mich dafür.«

»Fein.«

Er drehte sie zu sich herum. »Die Entschuldigung ist ernst gemeint, Kate.«

Endlich entspannte sie sich. »Okay, akzeptiert. Jack ist großartig und wunderbar. Es ist unmöglich, nicht sofort von ihm hingerissen zu sein.«

»Er hat mich völlig um den Finger gewickelt.«

»Ja. Und er vergöttert Sie. Das kann jeder sofort sehen. Ich mag Kinder, und ich bewundere liebevolle Eltern. Das macht Sie nur noch interessanter für mich.«

»Kate, ich werde nicht mit Ihnen schlafen.« Er hielt ihren Arm nicht mehr fest, sondern ließ seine Hand langsam herabgleiten.

Sie lächelte nur. »Das sagen Sie jetzt so.«

»Ich werde diesen Job hier nicht verkorksen, indem ich die Dinge und mein Leben verkompliziere. Ich kann es mir nicht leisten …«

Er wollte etwas sagen. Etwas Wichtiges. Entschiedenes. Aber da legte sie ihre Hände auf seine Brust, ließ sie bis zu seinen Schultern hochgleiten.

»Sie sind einfach nur noch nicht so weit«, murmelte sie und bot ihm ihren Mund.

Er konnte nicht anders, er überbrückte den Abstand zwischen ihren Lippen. Lichter flimmerten jäh in ihm auf, als er ihre Lippen berührte, blitzartige Explosionen von Glanz und Hitze.

Er wollte sie bei den Schultern greifen und von sich fortschieben. Es wäre ein Leichtes für ihn, sie auf Armeslänge von sich abzuhalten. Er würde es tun. Später.

Aber jetzt, in diesem Moment, wollte er sich in diesem grandiosen Gefühl verlieren.

Es war wunderbar, unwiderstehlich. Er war unwiderstehlich. Und er kann küssen, dachte sie mit einem zufriedenen kleinen Seufzer. Als hätte er nie etwas anderes getan, als wäre das alles, was er je tun wollte. Sein Mund war weich und warm, seine Hände fest und stark. Gab es überhaupt etwas

Faszinierenderes an einem Mann als Stärke? Stärke des Körpers und des Herzens.

Sie hatte das Gefühl, dass ihre Gedanken tausend Pirouetten drehten. Er machte das mit ihr. Und sie wollte den Puls, der hart und fest den Rhythmus schlug, schneller werden lassen. Wollte es mehr, als sie vorausgesehen hatte. Begeistert von der wunderbaren Mischung aus Erregung, Vorfreude und Verlangen legte sie ihren Kopf in den Nacken.

»Das war schön«, sagte sie leise und spielte mit ihren Fingern in seinem Haar. »Warum wiederholen wir das nicht?«

Oh, er wollte es, wollte sie gleich hier bis zum Ende des Weges führen. Aber sein Sohn war nur ein paar Schritte weiter und planschte aufgeregt quietschend mit Wasser. »Ich kann nicht.«

»Wir haben doch gerade bewiesen, dass du es kannst.«

»Ich werde es aber nicht tun.« Jetzt hielt er sie tatsächlich auf Armeslänge von sich ab. Ihre Augen waren dunkel vor Verlangen, ihr Mund weich und leicht gerötet. »Verflucht, du kannst einem Mann wirklich den Verstand rauben.«

»Scheinbar nicht ganz. Aber es ist ein Anfang.«

Er ließ sie los. Das war immer noch am sichersten. Und trat einen Schritt zurück. »Es ist lange her, seit ich ... dieses Spiel gespielt habe.«

»So etwas verlernt man nie. Vielleicht hast du länger auf der Bank gesessen, aber warum gehen wir nicht gemeinsam aus und beginnen mit deinem Training?«

»Ich habe mir beide Hände gewaschen«, verkündete Jack stolz von der Tür und hüpfte herein. »Darf ich noch einen Keks haben?«

»Nein.« Er konnte den Blick nicht von ihr wenden. Schien nichts anderes tun zu können, als sie anzustarren. Überrascht. Erstaunt. Fasziniert. »Wir müssen gehen, Jack. Bedanke dich bei Kate.«

»Danke, Kate.«

»Gern geschehen, Jack. Komm mich doch mal wieder besuchen, ja?«

Er grinste sie an, während sein Vater ihm die Jacke überzog. »Gibt es dann auch wieder heiße Schokolade?«

»Ganz bestimmt.«

Sie begleitete die beiden zur Tür und sah zu, wie sie in den Pick-up stiegen. Jack winkte ihr übermütig zu. Brody sah sich nicht einmal um. Mit gemischten Gefühlen blickte Kate dem Auto hinterher.

Ein vorsichtiger Mann, dachte sie. Sie konnte es ihm nicht verübeln. Wenn sie die Verantwortung für ein so wunderbares Kind hätte, würde sie auch vorsichtig sein.

Doch jetzt, da sie den Sohn kennengelernt hatte, war sie noch mehr an dem Mann interessiert. Er war ein guter Vater, ein wachsamer, fürsorglicher Vater. Jack war ein gesunder, offener und glücklicher Junge.

Es konnte nicht einfach sein, ein Kind allein zu erziehen. Aber Brody O'Connell tat es. Und er machte es offensichtlich gut. Sie respektierte das. Bewunderte es.

Vielleicht war sie ein bisschen vorschnell vorgegangen, hatte zu hastig auf reine Chemie reagiert. Sie strich leicht mit einem Finger über ihren Mund und erinnerte sich an das Gefühl und den Geschmack seiner Lippen. Kein Wunder, dass sie so vorgeprescht war.

Aber vielleicht war es angebracht, sich etwas mehr Zeit zu lassen. Es konnte nichts schaden, ihn erst besser kennenzulernen.

4. Kapitel

»Erdbeben«, sagte Kate. »Schneestürme«, hielt Brandon dagegen.

»Smog.«

»Schneeschaufeln.« Sie warf ihr langes Haar zurück. »Das Schauspiel der wechselnden Jahreszeiten.«

Er zog spielerisch an ihrem Haar. »Endloser Strand und Sonnenschein.«

Seit Jahren schon stritten sie sich über die Vor- und Nachteile von Ost- und Westküste. Im Moment benutzte Kate diese Debatte, um sich vom Trennungsschmerz abzulenken. In einer Stunde würde Brandon abfahren.

Das ist nur nachweihnachtliche Melancholie, versicherte sie sich selbst. Erst die ganze Aufregung, die Vorbereitungen, dann das friedliche Fest im Kreis der Familie. Danach waren die Kimballs zwei Tage in New York gewesen, um all die vielen Familienmitglieder zu besuchen.

Jetzt war es kurz vor Silvester. Freddie, ihre Schwester, war in New York bei ihrem Mann Nick und den Kindern. Und Brandon auf dem Weg zurück nach Los Angeles.

Sie überblickte die saubere, ruhige Straße, während sie weitergingen, und lächelte dünn. »Verkehrschaos.«

»Blondinen mit Traumkörpern in offenen Cabrios.«

»Du bist ja sooo leicht zu beeindrucken.«

»Stimmt.« Er schlang den Arm um ihren Nacken und nahm sie in den Schwitzkasten. »Aber genau das liebst du doch an mir. He, guck mal. Da stehen Männer und schwere Lkws vor deinem Haus.«

Sie sah die Straße hinunter. Ein ganzer Konvoi von Baufahrzeugen und Männer, die Material abluden. Brody verschwendet wirklich keine Zeit, dachte sie.

Sie gingen um das Haus herum, stiegen über Bauschutt und kleine Hügel gefrorenen Wintergrases zum Hintereingang, von wo der Lärm erklang. Hier schien das Zentrum der Aktivitäten zu liegen. Ein Radio plärrte – ein Country-Song –, und es roch nach Schmutz, nach Schweiß und seltsamerweise nach Mayonnaise.

Kate umrundete eine Schubkarre und lugte die Hintertreppe hinunter. Eine dicke Holzbohle diente als Rampe. Orangefarbene Verlängerungskabel schlängelten sich an der Wand in den Keller hinunter. Überall hingen Baulampen an Nägeln oder Haken. Die nackten Glühbirnen warfen grelles Licht und ließen den Keller wie eine archäologische Ausgrabungsstätte wirken.

Kate erblickte Brody. Er trug schmutzige Jeans und schwere Stiefel und nagelte gerade ein Brett an. Obwohl es so kalt war, dass der Atem in der Luft stand, hatte er seine Jacke ausgezogen. Kate konnte jeden einzelnen Muskel unter dem Hemd erkennen, während er sich bewegte.

Sie hatte recht gehabt. Er sah großartig aus in Arbeitskleidung.

Einer der Arbeiter schaufelte Erde in eine Schubkarre. Jack war auch da. Mit einer kleinen Kinderschippe grub und schaufelte er und war ganz konzentriert bei der Sache.

Jack war es, der sie zuerst bemerkte. Er hüpfte aufgeregt umher. »Ich grabe deinen Keller aus! Dafür kriege ich einen Dollar. Zu Weihnachten habe ich einen Betonmischer geschenkt bekommen. Soll ich ihn dir zeigen? Bitte, du musst ihn sehen!!«

»Ja, gern.«

Sie stand schon auf der Rampe, als Brody ihr entgegenkam

und ihr den Weg versperrte. »Du bist nicht passend angezogen, um hier unten im Dreck zu wühlen.«

Sie sah auf ihre Wildlederstiefel. »Wo du recht hast, hast du recht. Hast du eine Minute Zeit?«

»Jack«, rief er seinem Sohn zu. »Lass uns eine kleine Pause machen.«

Brody blinzelte gegen die helle Wintersonne, als er nach oben kam, Jack im Schlepptau.

»Das ist mein Bruder Brandon. Brand, Brody O'Connell und Jack.«

»Nett, Sie kennenzulernen.« Brody hob lieber nur die lehmverkrustete Hand zum Gruß. »Ich habe Sie spielen sehen. Ein wahres Vergnügen.«

»Danke. Das Gleiche kann ich auch über Ihre Arbeit sagen.«

»Bist du der Baseballspieler?« Jack starrte ehrfurchtsvoll zu Brandon auf.

»Der bin ich.« Brandon ging in die Hocke. »Magst du Baseball?«

»Und wie! Ich habe deinen Handschuh gesehen. Ich habe auch einen. Und einen Schläger und einen Ball und überhaupt alles.«

Kate wusste, dass Brandon vorerst mit Jack beschäftigt war, sie konnte die beiden ruhig sich selbst überlassen. »Ich wusste nicht, dass du direkt mit der Arbeit anfangen willst«, sagte sie zu Brody.

»Ich dachte mir, wir sollten die warmen Tage ausnutzen. Wir können schon mal den Keller ausheben und Beton gießen, bevor der nächste Frost kommt.«

Warm ist relativ, dachte sie und schüttelte sich leicht. »Ich wollte mich auch nicht beschweren. Wie war euer Weihnachten?«

»Schön.« Er trat beiseite, damit ein Arbeiter die volle

Schubkarre über die Rampe hinaufschieben konnte. »Und bei euch?«

»Wunderbar. Wie ich sehe, hast du deinen Bautrupp aufgestockt. Ist der eine Dollar pro Tag mit in der Kalkulation aufgeführt?«

»Es sind Ferien«, sagte er kurz angebunden. »Dann bleibt mein Sohn bei mir. Er kennt die Regeln, und den Männern steht er nicht im Weg.«

Bei seinem brüsken Ton hob sie die Augenbrauen. »Puh, sind wir aber empfindlich heute!«

Brody stieß den Atem aus. »'tschuldigung. Aber es gibt immer wieder Kunden, die es nicht mögen, wenn ein Kind mit auf der Baustelle ist.«

»Ich gehöre nicht zu diesen Kunden.«

»He, O'Connell, können Sie diesen Jungen für eine Weile entbehren?«

Brody drehte sich um und sah, dass Brandon Jack bei der Hand hielt. »Nun …«

»Wir haben was zu erledigen, bei uns zu Hause. Ich bringe ihn wieder vorbei, wenn ich zum Flughafen fahre. Eine halbe Stunde?«

»Bitte, bitte, bitte, Dad. Darf ich?«

»Ich …«

»Mein Bruder ist ein Idiot, aber man kann ihm vertrauen«, sagte Kate mit einem liebevollen Lächeln.

Nein, dachte Brody, ich bin hier der Idiot. Weil er jedes Mal das Zittern kriegte, wenn Jack mit jemandem mitging. »Einverstanden. Aber wasch dir vorher die Hände.«

Jack spurtete los. »Ich brauche nur eine Minute. Bin gleich wieder zurück! Warte bloß so lange, ja?«

»Vielleicht mache ich auf dem Weg zum Frühjahrstraining hier einen Zwischenstopp.« Nun war also die Zeit des Abschieds gekommen.

»Das wäre schön.« Nein, sie würde nicht heulen, das hatte sie sich geschworen. »Und halt dich von den Blondinen mit den perfekten Körpern fern.«

»Kommt gar nicht infrage!« Brandon nahm sie in die Arme und drückte sie an sich. »Du wirst mir fehlen«, flüsterte er ihr ins Ohr.

»Du mir auch.« Dann trat sie wieder zurück. »Pass auf dein Bein auf, Bruderherz.«

»He, du redest hier mit Superman. Pass du nur auf dich auf. Komm, Jack, lass uns gehen.« Er nahm Jack bei der sehr nassen und nur wenig saubereren Hand, nickte Brody zu und zog ab.

»Dein Bruder hat eine Verletzung?«

»Eine Sehnenzerrung.« Sie seufzte. »Tja, dann will ich dich nicht weiter von der Arbeit abhalten.«

Sie hielt das Lächeln aufrecht, bis sie bei der Frontseite des Hauses angekommen war. Dann setzte sie sich auf die Stufen der Vordertreppe und ließ den Tränen freien Lauf.

Als Brody zehn Minuten später zu seinem Wagen ging, saß sie immer noch dort. Die meisten Tränen waren getrocknet und hatten Spuren auf ihren Wangen hinterlassen, eine hing noch in ihren Wimpern.

»Was ist los?«

»Nichts.«

»Du hast geweint.«

Sie schnüffelte und zuckte mit den Schultern. »Na und?«

Er wollte es dabei belassen. Aber jetzt hatte er vergessen, was er aus seinem Wagen holen wollte. Er war noch nie gegen Tränen angekommen. Er ging zu ihr und setzte sich neben sie. »Was ist passiert?«

»Nichts. Ich hasse nur Abschiede. Wir würden uns nicht verabschieden müssen, wenn er es sich nicht in den Kopf gesetzt hätte, dreitausend Meilen weit entfernt in Kalifornien zu leben. Trottel!«

Ihr Bruder also. »Nun …« Weil eine neue Träne über ihre Wange lief, zog er ein Taschentuch aus der Hosentasche. »Er arbeitet doch dort.«

»Entschuldigung, aber im Moment bin ich nicht sonderlich aufnahmebereit für logische Argumente.« Unwirsch zog sie ihm das Taschentuch aus der Hand, das er ihr hinhielt. »Danke.«

»Keine Ursache.«

Sie tupfte die Tränen weg und starrte mit leerem Blick auf die andere Straßenseite. »Hast du Geschwister?«

»Nein.«

»Willst du einen Bruder? Ich verkaufe ihn, zum Schleuderpreis.« Sie seufzte und lehnte sich zurück. »Meine Schwester ist in New York, mein Bruder in L. A., und ich sitze hier in West Virginia. Ich hätte nie geglaubt, dass wir mal so weit verstreut leben würden.«

»Für mich sah es nicht so aus, als wärt ihr euch fremd geworden.«

Kate sah ihn an. Von einer Sekunde auf die andere wurde ihr Blick klar. »Du hast recht. Das war genau das, was ich jetzt hören musste. Also.« Sie gab ihm das Taschentuch zurück. »Bring mich auf andere Gedanken. Erzähl, wie habt ihr Weihnachten verbracht? Die laute Version, mit Familie und allem?«

»Jack macht genug Lärm für alle. Er hat mich um fünf Uhr morgens aus dem Bett geholt.« Bei der Erinnerung musste Brody lächeln. »So gegen zwei hätte ich ihn fast festgebunden, weil er vor lauter Aufregung herumhüpfte wie ein Gummiball.«

»Hat er bis zum Weihnachtsessen durchgehalten?«

»So eben. Wir sind zu seinen Großeltern gefahren.« Das Lächeln auf seinem Gesicht erstarb. »Wir leben zwar in der gleichen Stadt, aber man könnte sagen, wir sind Tausende von Meilen voneinander entfernt.«

»Das tut mir leid.«

»Aber sie vergöttern Jack. Das allein zählt.«

Und warum zum Teufel hatte er überhaupt damit angefangen? Vielleicht weil es seit seiner Jugend an ihm nagte. Vielleicht weil sein Vater auch heute noch alles kritisierte, was er, Brody, tat und tun wollte.

»Ich lasse die Erde, die wir aus dem Keller holen, an der Hinterseite des Hauses aufschütten. Vielleicht willst du ja dort im Frühjahr einen Garten anlegen.«

»Das ist eine gute Idee.«

»Also ...« Er stand auf. »Ich mache mich wieder an die Arbeit, sonst kürzt mein Boss mir noch den Lohn.«

»Brody ...« Sie wusste nicht, was genau sie hatte sagen wollen oder wie sie es sagen sollte. Und dann war der Moment vorbei, denn Brandon bog mit seinem schnittigen Leihwagen um die Ecke.

»Dad!« Jack machte sich aus dem Sicherheitsgurt frei, kaum dass der Wagen stand. »Stell dir vor! Brand hat mir seinen Baseballhandschuh geschenkt. Und einen Baseball, auf dem er selbst unterschreibt hat.«

»Unterschrieben«, verbesserte Brody automatisch, dann fing er den Blitz ab, der sein Sohn war. »Lass mal sehen.« Der Handschuh und der Ball waren warm, so fest hatte Jack die beiden Sachen gehalten. »Das ist etwas ganz Besonderes, und du musst auch ganz besonders darauf aufpassen.«

»Das werde ich! Ganz bestimmt! Danke, Brand! Können wir die Sachen den anderen zeigen?«

»Aber sicher.« Brody hob Jack auf seine Hüfte. »Danke für alles«, sagte er zu Brandon.

»Keine Ursache. Und Jack, immer daran denken: die Augen fest auf den Ball gerichtet.«

»Das mache ich. Bye!«

»Gute Reise«, fügte Brody hinzu und drehte sich um, damit sein Sohn seine Schätze den anderen zeigen konnte.

Kate lehnte sich an das offene Wagenfenster. »Vielleicht bist du ja doch nicht so ein Unmensch.«

»Der Junge ist großartig.« Er kniff Kate leicht ins Kinn. »Und der Vater ist auch nicht schlecht, was? Du hast ein Auge auf ihn geworfen, gib's zu.«

»Nein!« Dann lachte sie. »Beide Augen.« Sie beugte sich in den Wagen und küsste ihren Bruder auf die Wange. »Kümmere du dich um deine kalifornischen Supermädels. Ich ziehe kernige Kerle vom Land vor.«

»Benimm dich.«

»Wohl kaum.«

Er lachte, hob die Hand zum Abschied und startete den Motor. »Bis dann, Schönheit.«

Sie trat zurück und winkte. »Bis dann, Bruderherz.«

An Silvester blieb der Spielzeugladen geschlossen, das war Tradition. Diesen Tag verbrachte Natasha in der Küche, um die Unzahl an Gerichten vorzubereiten, die sie am Neujahrstag bereitstellen würde, wenn Familie, Freunde und Nachbarn ins Haus strömten.

»Brand hätte für die Party bleiben sollen.«

»Das hätte ich mir auch gewünscht.« Natasha rührte die Aprikosen für das Kompott, die in einem Topf auf dem Herd köchelten. »Jetzt schmoll nicht, Katie. Es gab Zeiten, da hat deine Arbeit dich auch von uns ferngehalten.«

»Ich weiß.« Kate rollte den Kuchenteig fester als nötig aus. »Der Blödmann fehlt mir einfach, das ist alles.«

»Mir auch.«

Auf dem Herd dampften Töpfe, im Ofen brutzelte ein riesiger Schinkenbraten. Natasha musste daran denken, wie vor Jahren noch drei Kinder um sie herumgeschwirrt waren. Drei sich zankende, kichernde, Unsinn machende Geschwister. Damals waren ihre Nerven oft überstrapaziert gewesen.

Eine wundervolle Zeit.

Jetzt war nur Kate da, die Kuchenteig ausrollte.

»Du bist unruhig.« Natasha klopfte den Kochlöffel ab und legte ihn beiseite.

»Ich plane.«

»Ja, ich weiß.« Sie schenkte zwei Tassen Tee ein und brachte sie zum Tisch. »Setz dich.«

»Mama, ich …«

»Setz dich. Du bist genau wie ich«, fuhr Natasha fort, während sie beide sich setzten. »Pläne, Ziele, immer irgendwas, das erreicht werden muss. Das ist so wichtig für uns. Immer müssen wir den nächsten Schritt im Voraus kennen, müssen wissen, was als Nächstes passiert. Damit wir immer die Zügel in der Hand behalten.« *Nur nie etwas dem Zufall überlassen.*

»Was ist daran verkehrt?«

»Nichts. Es war schwer, hierherzukommen und den Laden zu eröffnen. Schwer, meine Familie zu verlassen. Aber ich wollte es so. Ich ahnte ja nicht, dass ich deinen Vater hier treffen würde. Das war nicht geplant.«

»Das war Schicksal.«

»Genau.« Natasha lächelte. »Du und ich, wir machen immer Pläne, überlegen, wägen ab. Und doch glauben wir an das Schicksal. Vielleicht war es das Schicksal, das dich hierher zurückgebracht hat.«

»Bist du enttäuscht?« Die Frage war heraus, bevor Kate nachgedacht hatte. Und beide, Mutter und Tochter, waren erleichtert, dass es endlich ausgesprochen worden war.

»Warum sollte ich enttäuscht sein? Von dir? Wie kommst du darauf?«

»Mama.« Kate spielte mit ihrer Tasse, suchte nach den passenden Worten. »Ich weiß, wie viel du und Dad geopfert habt, um …«

»Moment!« Natashas dunkle Augen funkelten auf. »Das Wort ›Opfer‹ hat nichts, aber auch gar nichts im Zusammenhang mit meinen Kindern zu suchen.«

»Ich wollte sagen, du und Dad, ihr habt so viel für mich getan, habt mich unterstützt, wo ihr konntet, als ich so unbedingt tanzen wollte. Bitte, Mama, lass mich aussprechen«, hob Kate an, als Natasha sie unterbrechen wollte. »Es hat mich die ganzen Jahre beschäftigt. All die Jahre. Die Stunden, die Kostüme, die Schuhe, die Reisen. Ihr habt mich nach New York gehen lassen, obwohl Dad mich lieber auf dem College gesehen hätte. Ihr habt mir das ermöglicht, was ich am meisten brauchte. Das wusste ich immer. Ich wollte, dass ihr stolz auf mich sein könnt.«

»Aber wir sind doch stolz auf dich! Wie kommst du nur auf so unsinnige Gedanken?«

»Ich weiß, dass ihr stolz auf mich wart. Ich konnte es sehen. Es fühlen, als ich auf der Bühne tanzte und wusste, dass ihr im Publikum saßt. Und jetzt werfe ich all das weg.«

»Nein, du hast es nur zurückgestellt. Kate, glaubst du wirklich, wir sind nur stolz auf dich, wenn du tanzt? Nur stolz auf die Künstlerin, auf das Talent?«

Plötzlich traten ihr Tränen in die Augen, sie konnte es nicht verhindern. »Ich mache mir nur Sorgen, ihr könntet enttäuscht sein, weil ich das alles aufgebe, um zu unterrichten.«

»Ach Katie. Beantworte mir eine Frage: Willst du eine gute Lehrerin sein?«

»Ja, unbedingt.«

»Gut, dann wirst du es auch sein, und wir werden stolz auf die Lehrerin sein. Und in der Übergangszeit, zwischen der Tänzerin und der Lehrerin, sind wir stolz auf dich. Stolz, weil du weißt, was du willst, stolz, weil du dich dafür einsetzt. Stolz, weil du eine wunderbare junge Frau bist, mit einem großen Herzen und einem starken Willen. Nur wenn du daran zweifelst, Katie, würdest du mich enttäuschen.«

»Ich werde nicht zweifeln. Niemals. Oh …« Sie blinzelte die Tränen fort. »Ich weiß auch nicht, was mit mir los ist. In letzter Zeit muss ich ständig losheulen.«

»Du änderst dein Leben, da sind emotionale Spannungen zu erwarten. Außerdem hast du zu viel Zeit, um zu grübeln und dir Sorgen zu machen. Katie, warum gehst du nicht mal mit deinen alten Freunden hier aus? Heute Abend müssen doch überall Partys stattfinden. Warum bist du zu Hause bei Mama und rollst Kuchenteig aus?«

»Weil ich gern bei Mama in der Küche hocke.«

»Kate …«

»Ja, schon gut. Natürlich habe ich daran gedacht. Aber die meisten meiner Freunde sind verheiratet oder treten zumindest als Pärchen auf. Ich trete allein auf und … es ist auch nicht so, als würde ich nach etwas suchen. Verstehst du?«

»Aha. Und warum … suchst du nichts?«

»Weil ich schon etwas gesehen habe, das mir gefällt.«

»Ah! Und wer?«

»Brody O'Connell.«

Natasha nippte an ihrem Tee. »Ein attraktiver Mann.« Kleine Pünktchen begannen, in ihren Augen zu tanzen. »Sogar sehr attraktiv. Und sehr sympathisch. Ja, ich mag ihn.«

»Sag mal, Mama … du hast ihn nicht zufällig zum Haus geschickt, um uns zu verkuppeln, oder?«

»Nein. Aber das hätte ich, wäre ich auf die Idee gekommen. Also? Warum bist du heute Abend nicht mit Brody O'Connell unterwegs, um Silvester zu feiern?«

»Er hat Angst vor mir.« Kate lachte, als ihre Mutter unwillig schnaubte. »Sagen wir lieber, er fühlt sich in meiner Gegenwart unwohl. Ich bin vielleicht ein winziges bisschen zu forsch aufgetreten.«

»Du?« Natasha riss gespielt ungläubig die Augen auf. »Meine kleine schüchterne Katie?«

»Schon gut, schon gut.« Kate lachte. »Zugegeben, ich bin zu schnell und zu heftig vorgeprescht. Als wir uns zum ersten Mal im Spielzeugladen über den Weg liefen, kaufte er gerade das Weihnachtsgeschenk für Jack. Wir haben geflirtet, ich dachte, wir wären auf derselben Wellenlänge.«

»Im Spielzeugladen also«, murmelte Natasha nachdenklich. Sie und Spence waren sich auch im Laden zum ersten Mal begegnet, als er eine Puppe für seine Tochter Freddie kaufte.

Ein Wink des Schicksals, dachte sie. So etwas konnte man nie voraussehen.

»Ja. Und weil er diesen Laster für seinen Sohn kaufte, nahm ich an, dass er verheiratet sei. Deshalb war ich sauer auf ihn, eben weil er auf meinen Flirt eingegangen ist.«

»Natürlich.« Das wurde immer besser. Natasha schmunzelte in sich hinein.

»Dann fand ich heraus, dass er nicht verheiratet ist, und ging zum Angriff über«, murmelte Kate erbost. »Er ist auch interessiert, er will es nur nicht zugeben.«

»Er ist einsam, Katie.«

Kate sah auf. Der Funke, der ihr Temperament hätte entzünden können, erlosch. »Ja, ich weiß. Aber er zieht sich bewusst von mir zurück. Vielleicht macht er das bei jedem Menschen, außer bei Jack.«

»Mir gegenüber ist er immer freundlich und offen. Allerdings, als ich ihn einlud, morgen vorbeizukommen, ist er mir ausgewichen. Du solltest ihn überreden«, entschied Natasha und stand auf. »Genau. Geh zu ihm, nimm eine Schüssel von den Kichererbsen mit, das bringt Glück im neuen Jahr, und überrede ihn, dass er morgen herkommt.«

»Ist es nicht etwas unverschämt, am Silvesterabend uneingeladen bei einem Mann vor der Haustür aufzutauchen?«

Dann begann Kate zu grinsen. »Ach, es ist absolut perfekt! Danke, Mama.«

»Das wäre also erledigt.« Natasha tunkte den Finger in die Schüssel mit der Kuchenfüllung und schleckte ihn ab. »Dann werden dein Vater und ich den Silvesterabend in Ruhe allein verbringen.«

Brody nippte an seinem Bier und wünschte sich, er hätte das letzte Stück Pizza nicht mehr gegessen. Er lag ausgestreckt auf der Couch, zusammen mit Jack, im Zentrum des Chaos, das einst ein Wohnzimmer gewesen war. Irgendein grottenschlechter Science-Fiction-Film flimmerte über den Bildschirm, etwas mit gigantischen außerirdischen Augäpfeln.

Er liebte diese schlechten B-Movies. Er konnte einfach nichts dafür.

Noch zwei Stunden, dann würde er umschalten und sich ansehen, wie die Menschen auf dem Times Square das neue Jahr einzählten. Jack hatte unbedingt aufbleiben wollen, um mitzuzählen.

Also hatte er alles Mögliche angeschleppt und angestellt, um sich wach zu halten. Deshalb sah es im Wohnzimmer auch aus, als wäre eine Bombe eingeschlagen. Aber gegen Müdigkeit hatte ein kleiner Junge eben keine Chance. Irgendwann hatte er sich in Brodys Arm gekuschelt und war fest eingeschlafen.

Brody würde ihn zehn Minuten vor Mitternacht aufwecken, bis dahin würde er in dieser Stellung auf dem Sofa durchhalten. Wenn Jack einmal größer war, würde es solche Momente nicht mehr geben.

Brody nahm noch einen Schluck Bier und sah zu, wie der riesige rollende Augapfel einen Menschen vor sich herjagte.

Und wäre fast an die Decke gesprungen, als es an der Haustür klingelte.

Leise fluchend ließ er Jack vorsichtig auf die Couch gleiten, um aufzustehen. Die Chance, dass jemand nach zehn Uhr abends bei ihm an der Tür klingelte, war etwa genauso groß wie die einer Invasion der Erde durch außerirdische Augäpfel.

Er stieg über Spielzeuge, Socken, Schuhe und ging zur Tür. Wahrscheinlich jemand mit einer Panne, der das Telefon benutzen wollte. Jeder, den er kannte, feierte heute Abend.

Anscheinend doch nicht jeder, dachte er, als er die Tür aufzog und Kate draußen stehen sah.

»Hi. Ich dachte, ich schau mal vorbei, ob du zu Hause bist. Meine Mutter schickt dir das hier.«

Ihm wurde eine kleine Schüssel mit Kichererbsen in die Hand gedrückt. »Deine Mutter?«

»Ja. Du hast ihre Gefühle verletzt, weil du morgen angeblich zu beschäftigt bist, um vorbeizukommen.«

»Ich habe nicht gesagt, dass ich zu beschäftigt bin. Ich ...« Was zum Teufel hatte er gesagt? Er hatte sich eine Ausrede einfallen lassen, ja, aber was war das noch gleich gewesen?

»Die Kichererbsen sind Glücksbringer«, fuhr Kate fort. »Mama hofft von ganzem Herzen, dass du deine Meinung änderst und doch noch kommst. Es werden auch viele Kinder da sein, Jack wird also genügend Spielkameraden finden. Ist er noch auf? Ich will nur Hallo sagen.«

Sie schob sich an ihm vorbei und schlüpfte ins Haus. Er war viel zu verwirrt, um sie aufhalten zu können. Dann kam Bewegung in ihn. Hastig lief er hinter ihr her ins Wohnzimmer und hob unterwegs Socken und Spielzeug und Papierschnipsel auf.

»Oh, lass nur«, winkte sie ab. »Ich weiß, wie es in einem Haus mit Kindern aussieht. Ich bin in einem groß geworden. Was für ein wunderschöner Baum.«

Die Arme voll mit Kram, starrte er auf den Weihnachtsbaum. Er hatte den Baum im Wohnzimmer ihrer Eltern gesehen. Erlesene Dekorationen, geschmackvoll platziert. Der Baum, den Jack und er zusammen geschmückt hatten, sah dagegen aus, als hätten betrunkene Weihnachtswichtel Hand angelegt.

»Wir hatten mal einen, der sah ganz genauso aus. Freddie, Brand und ich haben Mama so lange genervt, bis sie uns den Baum hat schmücken lassen. Wir haben ein schreckliches Durcheinander angerichtet, aber es war einfach großartig.« Die Erinnerung daran zauberte ein Lächeln auf ihre Lippen.

Im offenen Kamin knisterte ein Scheit. Kate ging hinüber und wärmte sich die Hände. Über eine Stunde hatte sie mit Anziehen und Fertigmachen zugebracht. Schließlich musste es so wirken, als hätte sie überhaupt nicht auf ihr Äußeres geachtet. Der dunkelviolette Pullover passte hervorragend zu der grauen Hose, in ihren Ohren blinkten kleine Goldkreolen auf, ihr Haar hatte sie offen gelassen, nachdem sie eine lange hitzige Diskussion mit sich geführt hatte, um zu dieser Entscheidung zu gelangen.

Er dagegen hatte bestimmt keine zehn Minuten darauf verwandt, um in Jeans und Sweatshirt so hinreißend auszusehen.

»Ein wunderbares Haus«, sagte sie jetzt. »Alles Naturstein, nicht? Muss toll für Jack sein, durch die Räume rennen zu können. Aber er braucht noch einen Hund.«

»Ja, er hat schon damit angefangen, mich in dieser Richtung zu bearbeiten.« Was sollte er jetzt tun? Mit ihr? »Richte deiner Mutter bitte meinen Dank für die Erbsen aus.«

»Danke ihr doch selbst.« Kate drehte sich um und erblickte den schlafenden Jack. Ein Arm hing von der Couch herunter. »Hat's nicht geschafft, bis Mitternacht durchzuhalten, was?« Automatisch ging sie hinüber, legte den Arm wieder aufs Kissen und deckte Jack mit der Decke zu.

»Ja …«

Er sieht verdutzt aus, dachte Kate. *Verdutzt und durcheinander und ratlos und zum Anbeißen, wie er dasteht, die Schüssel mit den Kichererbsen immer noch in der Hand, die Arme voller Spielzeug.* »Oh, ich liebe diesen Film«, sagte sie leichthin und schaute auf den Fernseher. »Vor allem die Stelle, wenn sie die Tür öffnen und ihnen die ganzen Augäpfel und diese langen Tentakel entgegenkommen. Warum bietest du mir nicht einen Drink an? Das macht man so.«

»Ich hab nur Bier da.«

»Oh, oh, eine Kalorienbombe. Na schön, dann werde ich eben sündigen.« Sie ging zu ihm und nahm ihm die Schüssel ab. »Wo ist die Küche?«

»Die ist …« Sie hatte Parfum aufgelegt. Ein unheimlich aufregendes Parfum. Noch nie war ein so verführerisch weiblicher Duft durch diesen Raum gezogen. Er deutete mit dem Kopf nach links und ließ ein Spielzeugauto auf seinen Fuß fallen.

»Ich finde sie schon. Soll ich dir ein Bier mitbringen?«

»Nein, ich …« *Herrgott noch mal!* Er riss sich aus dieser Trance, legte den Kram ab und folgte ihr. »Hör mal, Kate, du hast mich zu einem schlechten Zeitpunkt erwischt …« Diese Situation behagte ihm ganz und gar nicht!

»Wow, sieh sich nur einer diese Decke an. Renovierst du alles selbst?«

»Wenn ich die Zeit dazu habe, ja. Jetzt aber mal wirklich, Kate …« Er fluchte leise vor sich hin, als sie in die Küche trat.

»Wow!« Sie sah sich in dem Raum um. Granitarbeitsplatte, Schieferboden, Schränke aus heller Eiche und ein bildschöner Kachelofen. »Das muss viel Arbeit gewesen sein.« Sie ging zur Anrichte und brach sich ein Stück von der übrig gebliebenen Pizza ab. Knabberte daran. »Mmh, gut.«

Die betrunkenen Wichtel waren blutige Anfänger gewesen im Vergleich zu der Horde wilder Affen, die durch die Küche getobt war. »Normalerweise sieht es hier nicht so wüst aus.«

»Du hast eine Party mit deinem Sohn gefeiert, hör endlich auf, dich dafür zu entschuldigen. Steht das Bier im Kühlschrank?«

»Ja … ja.« *Ach, zum Teufel damit!* »Wieso bist du nicht auf irgendeiner Feier?«

»Bin ich doch. Ich bin nur etwas später gekommen.« Sie reichte ihm die Bierflasche. »Öffnest du sie bitte für mich?« Dann schnüffelte sie. »Es riecht nach Popcorn.«

»Davon ist leider nichts mehr übrig.«

»Tja, das hat man davon, wenn man zu spät kommt.« Sie lehnte sich an die Anrichte, trank von dem Bier. »Sollen wir uns auf die Couch setzen, den Rest des Films ansehen und Kehraus machen?«

»Ja. Nein.«

»Also, was denn nun?«

Sie lachte über ihn. Er sollte eigentlich wütend sein, stattdessen war er erregt. »Irgendwie drängelst du dich immer dazwischen.«

»Und? Was willst du dagegen tun?«

Ohne den Blick von ihr zu nehmen, ging er auf sie zu. Nahm ihr die Flasche aus der Hand. Stellte sie weg.

Silvesterabend, dachte er. *Das Alte auskehren, das Neue hereinlassen …*

»Also dann.« Ihr Puls hämmerte, als sie die Hände über seine Brust gleiten ließ, aber er hielt sie fest.

»Nein, jetzt bin ich dran.« Er beugte den Kopf. Wollte ihre Lippen berühren …

»Dad?«

»Oh Gott!« Es war wie ein tiefes, leises Aufstöhnen, als er sich von ihr zurückzog.

Jack stand in der Tür und rieb sich die Augen. »Dad, was machst du da?«

»Nichts.« Dieses Nichts, das er mit Kate tat, würde ihn höchstwahrscheinlich umbringen.

»Ehrlich gesagt, dein Dad wollte mich gerade küssen.« Brody erstarrte, dann wandte er sich seiner Besucherin zu.

»Kate!« Er sagte es in dem gleichen Tonfall, den er benutzt hatte, um Jack zu ermahnen.

»Nö, glaub ich nicht.« Jack schaute mit verschlafenen Augen von einem zum anderen. Die Haare standen ihm wirr in alle Richtungen, die Wangen waren vom Schlaf gerötet. »Dad küsst nie Mädchen.«

»Wirklich nicht?« Bevor Brody zurückweichen konnte, hatte Kate ihn am Hemdkragen gepackt. »Warum denn nicht?«

»Na, weil es Mädchen sind«, kam es weise von Jack. »Mädchen zu küssen ist eklig.«

»So?« Sie ließ den Vater los, winkte den Sohn mit dem Zeigefinger heran. »Komm mal her, du Naseweis.«

»Wieso?«

»Damit ich dich küssen kann.«

»Iih! Nein!« Er riss die Augen auf, lachte.

»Na schön.« Sie zog ihren Mantel aus, warf ihn Brody zu und schob die Ärmel des Pullovers hoch. »So, mach dich auf was gefasst!«

Sie griff nach ihm, gab ihm genug Zeit, um aufzuschreien und loszurennen. Für ein paar Minuten spielte sie so Fangen mit ihm und überraschte Brody damit, wie leichtfüßig sie es vermied, auf Spielzeug zu treten. Jack quiekte vor Vergnügen und rannte weiter.

Schließlich fing sie ihn ab und fiel mit ihm auf die Couch, während der Junge lachend um Hilfe schrie.

»Und jetzt die schrecklichste Strafe überhaupt!« Sie pflanzte kleine Küsschen auf seine Wangen, seine Nasenspitze, seine Stirn. »Sag: ›Mmh, gut.‹«

»Niemals!« Jack war atemlos, vor Lachen und Vergnügen.

»Sag: ›Gut, gut, gut‹, oder ich höre nie wieder auf!«

»Ich geb auf! Okay, gut, gut, gut!«

»Na also.« Sie setzte sich auf, holte tief Luft. »Das war's.«

Jack kroch auf ihren Schoß. Sie war nicht so weich wie Grandma, auch nicht so hart wie Dad. Sie war anders, und ihr Haar war weich und kitzelte ihn. »Bleibst du bis Mitternacht, wenn das neue Jahr kommt?«

»Ich würde gerne bleiben.« Sie sah zu Brody. »Wenn dein Dad nichts dagegen hat.«

Einige Schlachten, so dachte er, waren verloren, bevor sie überhaupt begonnen hatten.

»Ich hole uns noch ein Bier.«

5. Kapitel

»Und jetzt …« Frederica Kimball LeBeck zog ihre Schwester in deren Schlafzimmer und schloss die Tür hinter sich. Die somit erreichte Privatsphäre würde vielleicht fünf Minuten andauern, so hoffte sie zumindest. »Schieß los. Ich will alles wissen, von Anfang an.«

»Sicher, wenn du willst. Also, es fing mit einem Urknall im Universum an …«

»Haha. Ich meinte Brody O'Connell.« Freddie war acht Jahre älter als Kate und – ganz anders als ihre durchtrainierte dunkelhaarige jüngere Schwester – klein, grazil und blond. Sie ließ sich auf das Bett fallen. »Mama sagt, du hast ihn ins Visier genommen.«

»Er ist doch kein Karnickel.« Kate ließ sich neben ihre Schwester fallen. »Aber verdammt attraktiv, was?«

»Doch, mir gefallen vor allem die breiten Schultern. Also, was genau geht da ab?«

»Nun, er ist Witwer und zieht seinen Sohn allein groß. Hast du Jack gesehen? Ein Pfundskerlchen!«

»Den kann man nicht übersehen. Endlich hat Max mal jemanden, der ihm ebenbürtig ist«, sagte sie und bezog sich damit auf ihren eigenen Sechsjährigen. »Die beiden zeigen sich gerade gegenseitig, wie toll sie Videospiele können.« Freddie verdrehte scherzhaft die Augen und grinste ihrer Schwester zu.

»Gut. Vielleicht taut Brody dann auch endlich auf.«

»Oh, dem wird gar nichts anderes übrig bleiben. Grandpa und Onkel Mik haben ihn sich vorgenommen. Die beiden haben ihn zur Tür hinausgeschoben, damit sie sich alle zusammen dein Haus ansehen und männliche Fachsimpeleien von sich geben können.«

»Sehr gut.«

»Also, ist es nur Chemie oder mehr?«

»Nun, die Chemie hat den Anfang gemacht. Du weißt doch, meine Hormone reagieren immer auf große, muskulöse Männer – und ihre Werkzeuggürtel.«

Freddie platzte glucksend heraus, und Kate studierte die Decke. »Gut möglich, dass da mehr draus wird. Er ist so ... ach, ich weiß nicht ... irgendwie einfach nett. Solide, verantwortungsbewusst und ein sehr liebevoller Vater. Und so süß schüchtern. Was ihn zu einer Herausforderung macht.«

»Und jeder weiß, dass du einer Herausforderung nicht widerstehen kannst.«

»Genauso wenig wie du. Aber jedes Mal, wenn ich ihn mit Jack zusammen sehe, dann fühle ich dieses ... dieses kleine Ziehen.« Sie deutete auf ihren Magen. »Hier drin. Verstehst du?«

Freddie dachte an ihr eigenes Ziehen, das sie bei ihrem Mann Nick gefühlt hatte. »Bist du dabei, dich in ihn zu verlieben?«

»Um das zu sagen, ist es noch zu früh. Aber er gefällt mir, in all den Dingen, die wichtig sind. Was ein guter Ausgleich zu dieser wilden Anziehungskraft ist.« Sie hob ein Bein und zielte mit den Zehen auf die Lampe. »Ich würde ihn zu gern mal allein erwischen und ihm die Kleider vom Leib reißen. Aber mit ihm kann man sich auch gut unterhalten. Letzte Nacht haben wir gemeinsam diesen dummen Film mit den außerirdischen Augäpfeln gesehen und uns bestens amüsiert.«

»Oh, den Film liebe ich.«

»Das meine ich ja. Es war richtig gemütlich.« Und himmlisch, dachte sie und rekelte sich genüsslich. »Auch wenn er mir das Blut schneller durch die Adern jagt, es ist nett, einfach mit ihm auf der Couch zu sitzen und sich einen alten Film anzusehen. Wenn ich mich mit anderen Männern getroffen habe, dann hieß es immer ausgehen, tanzen, Vernissage, Kunstgalerie. Niemand wäre auf die Idee gekommen, einfach mal einen Abend zu Hause zu verbringen und auszuspannen. Ich muss sagen, es gefällt mir.«

»Eine Kleinstadt, eine Ballettschule, eine kleine Romanze mit einem Tischler ... das passt zu dir, Katie.«

Sie war entzückt, dass Freddie ebenso dachte, und rollte sich träge auf die andere Seite. »Ja, nicht wahr?«

Yuri Stanislaski, ein Baum von einem Mann mit wallender eisgrauer Mähne, stand mitten in dem Raum, der dazu ausersehen war, ein Ballettstudio zu werden.

»Das ist ein guter Raum. Viel Platz. Meine Enkelin hat ein Auge für den Wert von Platz. Starkes Fundament.« Er ging zur Wand und hieb mit der geballten Faust dagegen. »Solides Gerüst.«

Mikhail, Yuris ältester Sohn, stand am Fenster. »Sie wird ihre Kindheit hier wieder aufleben lassen. Das wird ihr guttun. Außerdem«, er drehte sich zum Fenster und lächelte, »werden die Leute sie tanzen sehen. Das ist gute Werbung. Meine Nichte ist ein cleveres Mädchen, das habe ich schon immer gesagt.«

Schritte ertönten auf den Treppen. Brody hatte den Überblick verloren, er wusste nicht, wie viele mitgekommen waren. Er nahm an, dass die meisten von den Jüngeren zu Mik gehörten, aber es war schwierig, sie genau zuzuordnen, vor allem weil es so viele waren und wirklich alle so verdammt gut aussahen.

Er war nicht an große Familien gewöhnt, und die Stanislaski-Familie, so schien es ihm zumindest, war so groß, wie

Familien eben sein konnten, ohne dass sie aus allen Nähten platzten.

»Papa! Komm mal hoch, das musst du dir einfach ansehen. Dieses Haus ist uralt. Einfach großartig!«

»Mein Sohn Griff«, erklärte Mik und schmunzelte. »Er liebt alte Dinge. Dieses Haus muss wie ein Paradies für ihn sein!«

»Dann auf nach oben.« Yuri gab Brody einen freundschaftlichen Schlag auf den Rücken, der einen Elefanten umgehauen hätte. »Wir werden ja sehen, was Sie aus diesem Haus machen, damit meine kleine Katie zufrieden ist. Sie ist hübsch, meine Kleine, nicht wahr?«

»Ja«, erwiderte Brody vorsichtig.

»Und stark.«

»Äh ...« Er wusste nicht, wie sicher der Grund war, auf dem er sich hier bewegte, und schaute Hilfe suchend zu Mik. Der aber schenkte ihm nur ein strahlendes Lächeln. »Ja, sieht so aus.«

»Hat auch ein solides Gerüst.« Yuri lachte herzhaft auf und zwinkerte seinem Sohn zu. Ohne Zweifel handelte es sich hier um einen weiteren Familienscherz.

Brody war sich immer noch nicht so ganz klar, was geschehen war. Eigentlich hatte er nur ganz kurz bei den Kimballs vorbeischauen wollen. Ein Höflichkeitsbesuch, weil Natasha so nett gewesen war und an ihn und Jack gedacht hatte.

Und dann war er einfach mitgerissen worden. Nein, »verschlungen« beschrieb es besser. Er bezweifelte, dass er je so viele Menschen auf engstem Raum gesehen hatte. Und die meisten waren auf die eine oder andere Weise miteinander verwandt. Für Brody war diese Tatsache fast schon unglaublich.

Da seine eigene Familie nur aus ihm, Jack und seinen Eltern bestand – und drei Tanten und sechs Cousins und Cousinen irgendwo im Süden –, hatte ihn die schiere Anzahl der Stanislaskis erschlagen. Ehrlich gesagt war ihm unklar, wie sie überhaupt in der Lage waren, sich alle Namen zu merken.

Sie waren fröhliche, gut aussehende, lebenslustige Menschen, die unzählige Fragen stellten, Geschichten erzählten und Meinungen hatten. Das Haus war so angefüllt mit Menschen, Essen, Musik und Drinks, dass er, obwohl er fast bis acht Uhr abends geblieben war, in dem ganzen Trubel nur Minuten mit Kate hatte sprechen können. Man hatte ihn zu dem alten Haus gezerrt, ihn über seine Planung ausgefragt, darüber, wie er die Renovierung angehen würde – aber er war nicht dumm genug, um zu glauben, dass es sich bei diesem Verhör nur um die Bauarbeiten gedreht hatte.

Kates Familie hatte ihn unter die Lupe genommen. Connies Familie hatte das Gleiche getan, wenn auch nicht so gut gelaunt und nicht mit diesem Sinn für Humor und dieser Begeisterung. Aber unterm Strich kam es auf das Gleiche heraus.

War dieser Typ auch gut genug für ihre Prinzessin? In Connies Fall war die Antwort ein eindeutiges Nein gewesen. Und diese gegenseitige Abneigung hatte alles überschattet, was danach gekommen war.

Die Stanislaskis hatten ihr Urteil noch nicht gefällt. Glaubte er zumindest. Nichts, was er auch getan hatte, um so taktvoll wie möglich durchblicken zu lassen, dass er gar nicht vorhatte, ihre Ballerina aus ihren Spitzenschuhen zu werfen, hatte Wirkung gezeigt. Sie hatten ihn trotzdem weiter umzingelt und ausgefragt. Auf nette Weise, höflich. Oder direkt und offen, ohne auch nur einen Deut an Zurückhaltung.

Das war genug gewesen, um einem Mann bewusst zu machen, wie glücklich er sich schätzen konnte, dass er alleinstehend war. Und ihn in dem Entschluss zu festigen, es auch zu bleiben.

Jetzt waren die Feiertage vorbei. Dem Himmel sei Dank! Er konnte sich wieder auf die Arbeit konzentrieren, sich daran erinnern, dass Kate Kimball eine Kundin war. Nicht eine Geliebte.

Eine ganze Woche lang karrte er Bauschutt zum Haus hinaus, verstärkte und glich Wände aus, prüfte und ersetzte Rohrleitungen.

Sie ließ sich nicht ein einziges Mal blicken.

Jeden Tag, wenn er auf der Baustelle war, wartete er darauf, dass sie jeden Moment hereinspazieren und sich erkundigen würde, wie es voranging. Und jeden Abend, wenn er sein Werkzeug auf den Pick-up lud, fragte er sich, was sie wohl vorhaben mochte.

Offensichtlich war sie beschäftigt. Zu beschäftigt, um sich um das Haus zu kümmern. Ihr Interesse war also doch nicht so groß gewesen, wie sie vorgegeben hatte. An dem Haus nicht und an ihm auch nicht.

Deshalb war es umso besser, dass er sich nicht auf einen Flirt eingelassen hatte. Wahrscheinlich zog sie die halbe Nacht um die Häuser, um die andere Hälfte im Bett irgendeines gelackten New Yorkers zu verbringen. Es würde ihn nicht überraschen. Kein bisschen. Es würde ihn auch nicht überraschen, wenn sie schon wieder daran dachte, das Haus abzustoßen und den Staub der Kleinstadt von ihren Spitzenschuhen zu schütteln.

Was ihn allerdings überraschte, war, dass er sich plötzlich auf der Treppe zum Haus ihrer Eltern wiederfand und laut an die Haustür pochte.

Er tigerte unruhig auf der Veranda auf und ab. Sie war doch diejenige gewesen, die jedes Detail genauestens durchgesprochen haben wollte, oder? Er ging zur Tür zurück, hämmerte noch mal dagegen. Sie konnte doch wenigstens eine Woche lang so tun, als sei sie noch interessiert, oder?

Er ging zurück, trat vor, wieder zurück. Was zum Teufel machte er hier eigentlich? Was er hier veranstaltete, war ja lächerlich. Es ging ihn nicht das Geringste an, was sie tat, mit wem und wo, solange sie die Rechnungen bezahlte.

Er atmete tief durch und hatte sich fast schon wieder beruhigt, als die Tür geöffnet wurde.

Da stand sie, mit schweren Lidern und wirrem Haar, ihr Gesicht leicht gerötet. Wie eine Frau, die gerade aus dem Bett geglitten war und vorhatte, direkt dorthin zurückzukehren.

Verflucht!

»Brody?«

»Tut mir leid, dass ich dich geweckt habe. Es ist ja auch erst vier Uhr nachmittags.«

Sie war zu verschlafen, um die Stichelei herauszuhören. »Schon in Ordnung. Wenn ich nachmittags mehr als eine Stunde schlafe, bin ich die ganze Nacht hellwach. Komm rein. Ich brauche erst mal einen Kaffee.«

Sie ließ die Tür offen, weil sie davon ausging, dass er ihr folgen würde, und ging in die Küche. Sie hörte, wie die Tür zuschlug, dachte sich aber nichts dabei. In diesem Haus wurden ständig Türen geöffnet und wieder geschlossen.

»Ich bin erst vor ein paar Stunden zurückgekommen.« Sie setzte Kaffee auf, versuchte, die Kaffeemaschine mit ihrem Willen dazu zu bringen, schneller zu laufen. Um ihre verspannten Muskeln zu lockern, verfiel sie automatisch in die Grundposition. »Wie laufen die Dinge mit meinem Haus?«

Brody runzelte verärgert die Stirn. Diese Frau war einfach unglaublich! »Wechselt dein Interesse generell von heiß auf eiskalt?«

»Hmm?« Wechsel, dritte Position. Auf die Spitzen. Kaffeebecher aus dem Schrank holen.

»Du warst seit einer Woche nicht mehr auf der Baustelle. Wie kommt das?«

»Ich war nicht in der Stadt. Du trinkst ihn schwarz, oder? Ein Notfall, in New York.«

Sofort wandelte sich sein Ärger in Sorge. »Jemand aus deiner Familie?«

»Oh nein, denen geht es bestens.« Sie bog den Rücken zurück, drehte sich ein wenig zur Seite, verzog vor Schmerzen das Gesicht. »Könntest du vielleicht mal … diese Stelle dahinten, die bringt mich noch um …«

Sie drehte den Arm auf den Rücken, versuchte, den schmerzenden Muskel unter dem Schulterblatt zu erreichen. »Wenn du nur eine Minute deinen Daumen da hineindrücken könntest … Ein bisschen tiefer … ah, ja, da. Oh, so ist es gut. Fester. Hör nur nicht auf …« Sie schloss die Augen und lehnte den Kopf zurück. »Oh ja, ja, mehr … Oh!«

»Zum Teufel damit!« Die Erregung hatte seine Selbstbeherrschung besiegt. Er riss Kate herum, presste sie an die Anrichte und drückte verlangend seine Lippen auf ihren Mund. Wie lange hatte er sich nach diesem Augenblick gesehnt!

Hitze schwappte über sie wie eine Welle, Lichter blitzten vor ihren geschlossenen Augen auf. Ihre Lippen öffneten sich, um einen erstaunten Aufschrei auszustoßen, doch er nutzte die Gelegenheit, um den Kuss zu vertiefen. Sie hob die Hände an seine Brust, bemühte sich, ihm zu folgen, wohin er sie mitnahm.

Sie war zwischen dem Küchenschrank und seinem harten Körper gefangen. All ihre Müdigkeit war mit einem Schlag verflogen, sie dachte nicht mehr an schmerzende Muskeln, nur noch an diesen Feuerball der Emotionen, der sie mitriss.

Frustration, Verlangen, Lust, Wut. All die Gefühle, die er so sorgfältig unter Verschluss gehalten hatte, seit dem Moment, als er sie zum ersten Mal gesehen hatte. Jetzt waren alle Dämme gebrochen, und die Leidenschaft sprudelte hervor. Er nahm, was er sich bisher versagt hatte. Nahm ihren Mund in Besitz, um seinen Hunger zu stillen. Und als sie seine Schultern fasste und zu zittern begann, nahm er mehr.

Sie waren beide atemlos, als sie sich voneinander lösten. Für einen langen Moment starrten sie einander nur an, seine Hände in ihrem Haar vergraben, ihre Finger in seine Schultern verkrallt. Und dann lagen ihre Münder wieder aufeinander, ein wilder, leidenschaftlicher Kampf von Lippen und Zungen und Zähnen. Sie nestelte fiebrig an seinem Hemd, er ließ seine Hände unter ihr T-Shirt gleiten. Verzweifelt, schwer atmend, hinweggeschwemmt von Lust, wollten sie mehr vom anderen spüren. Er schlug mit dem Rücken gegen den Kühlschrank, er spürte es nicht. Er drehte und schob sie, ohne sie loszulassen, bis sie an den Küchentisch anstieß. Fasste ihre Hüfte, wollte sie auf diese Tischplatte hieven …

»Katie, rieche ich da etwa frischen Kaffee?«

Spencer Kimball blieb wie angewurzelt in der Tür zur Küche stehen. Er griff sich unwillkürlich ans Herz, als er erblickte, wie sich sein kleines Mädchen um seinen Tischler rankte.

Sie fuhren auseinander, wie schuldbewusste Kinder, die auf frischer Tat bei einem Streich ertappt wurden.

Für Sekunden, die sich bis in die Unendlichkeit zu dehnen schienen, rührte sich niemand, niemand sprach ein Wort.

»Ich … äh …« *Du lieber Himmel* war alles, was Spencer denken konnte. »Ich bin … im Musikzimmer.« Er zog sich überstürzt zurück.

Brody fuhr sich aufgewühlt durchs Haar. »Oh Gott! Jemand reiche mir ein Gewehr, damit ich mich erschießen kann.«

»So was haben wir nicht.« Sie musste sich an einer Stuhllehne festhalten, der Raum drehte sich immer noch um sie. »Mein Vater ist sich durchaus im Klaren darüber, dass ich ab und zu mal Männer küsse.«

Brody ließ die immer noch zitternden Hände sinken. »Ich war auf dem besten Wege, wesentlich mehr zu tun, als dich nur zu küssen.«

»Ich weiß.« Schließlich hämmerte ihr Puls immer noch laut wie eine Kesselpauke. Und sie sah auch die Hitze der Leidenschaft in diesen wunderbaren Augen vor sich. »Wirklich zu schade, dass Dad heute Nachmittag keinen Unterricht gibt.«

Brody stieß zischend den Atem aus, drehte sich auf dem Absatz um und holte ungeduldig ein Glas aus dem Schrank, um kaltes Leitungswasser hineinlaufen zu lassen. Für einen kurzen Moment überlegte er, ob er es sich über den Kopf gießen sollte, entschied sich dann aber doch, es in großen Schlucken zu trinken. Es brachte ihn zwar lange nicht auf Normaltemperatur, aber es kühlte ihn immerhin ein wenig ab. »Das wäre nicht passiert, wenn du mich nicht wütend gemacht hättest.«

»Dich wütend gemacht?«, wiederholte sie. Gerne hätte sie ihm das wirre Haar glatt gestrichen, um es dann wieder zu zerwühlen. »Wie das?«

»Und dann verleitest du mich dazu, dich anzufassen, und gibst auch noch diese kleinen Sexlaute von dir.«

Sie brauchte jetzt keinen Kaffee, sie brauchte einen Drink! »Das waren keine ›Sexlaute‹.« Sie holte eine Flasche Weißwein aus dem Kühlschrank. »Das waren Muskellockerungs-Laute. Na ja, ich muss zugeben, sie können sich sicherlich ähnlich anhören. Und hol mir endlich ein verdammtes Weinglas aus dem Schrank, denn jetzt bin ich wütend.«

»Du?« Er riss die Schranktür wieder auf und schob ihr ein Weinglas in die Hand. »Du setzt dich für eine ganze Woche nach New York ab, ohne auch nur einen Ton zu sagen!«

»Entschuldige, aber du irrst.« Ihre Stimme war kalt wie Eis. »Meine Eltern wussten ganz genau, wo ich war.« Sie schenkte sich Wein ein und setzte die Flasche unsanft auf der Anrichte ab. »Mir war nicht bewusst, dass ich meinen Terminkalender mit dir absprechen muss.«

»Du hast mich für einen Auftrag angeheuert, oder? Ein ziemlich großer und komplexer Auftrag, bei dem du – wie du selbst verlangt hast – über jeden Schritt informiert werden willst. Und es hat sich so ergeben, dass in dieser Woche einige Schritte unternommen wurden. Und gerade dann bist du weg! Ohne ein Wort zu sagen!«

»Es ging nicht anders.« Sie nahm einen großen Schluck Wein und bemühte sich darum, ihr Temperament im Zaum zu halten. »Bei Problemen oder Fragen hättest du jederzeit meine Eltern kontaktieren können. Sie hätten dir auch meine Nummer geben können. Warum hast du sie nicht gefragt?«

»Weil …« Irgendein Grund musste sich doch finden lassen. »Weil meine Kunden normalerweise alt genug sind, um mir eine Nachricht zu hinterlassen, wo sie zu erreichen sind, und nicht erwarten, dass ich ihnen hinterherjage.«

»Das ist eine wirklich lahme Ausrede, O'Connell«, tat sie spöttisch ab, auch wenn es sie getroffen hatte. »Na schön. Dann sagen wir doch einfach ganz klar: In Zukunft wirst du dich an meine Eltern wenden, solltest du mich nicht erreichen können.«

»Fein!« Er vergrub die Hände in den Hosentaschen.

»Genau!« Das ist ja lächerlich, dachte sie. Sie hatte nichts gegen einen anständigen Streit, aber nicht, wenn es um Lappalien ging. »Hör zu, ich musste nach New York. Als ich die Company verließ, habe ich unserem Direktor versprochen, dass ich einspringe, wenn Not am Mann ist. Ich halte meine Versprechen. Einige Tänzer sind ausgefallen, Grippe. Wir tanzen mit Verletzungen, wir tanzen, wenn wir krank sind, aber manchmal geht es eben nicht mehr. Ich habe ihm eine Woche versprochen, bis die meisten sich wieder erholt hatten.« Sie lehnte sich gegen die Anrichte. »Mein Partner und ich sind nicht mehr aneinander gewöhnt. Außerdem habe ich drei Monate nicht mehr getanzt, ich bin nicht mehr in Form – was endlose Trainingsstunden und Proben bedeutete. Ich hatte also wirklich keine Zeit, mir Gedanken um ein Projekt zu machen, das ich in gute Hände gegeben habe. Ich war auch nicht davon ausgegangen, dass zu einem so frühen Punkt schon irgendwelche Fragen auftauchen, vor allem nicht, nachdem wir die Dinge vor Kurzem erst ausführlich besprochen haben. Ich hoffe, das reicht dir als Erklärung.«

»Ja, das reicht. Kann ich ein Messer haben?«

»Wozu?«

»Du hast kein Gewehr, also werde ich mir die Kehle aufschlitzen.«

»Warte lieber damit, bis du bei dir zu Hause bist. Meine Mutter wird über Blutflecken in der Küche nicht begeistert sein.«

»Und dein Vater sieht es wohl kaum gerne, wenn seine Tochter auf dem Küchentisch Sex hat.«

»Kann ich nicht sagen. Das Thema wurde nie zwischen uns angeschnitten.«

»Ich hatte nicht vor, dich so zu packen.«

»So.« Sie bot ihm ihr Glas an. »Wie wolltest du mich denn sonst packen?«

»Lass es.« Er nahm und trank. »Du merkst doch selbst, wie kompliziert das Ganze wird. Der Job, du, ich, Sex.«

»Ich habe ein ausgeprägtes Organisationstalent und bin sehr gut im Zuordnen und Einteilen. Manche halten das für meine größte Stärke, andere behaupten, es nervt.«

»Das kann ich mir vorstellen.« Er gab ihr das Glas zurück. »Kate.«

Sie lächelte. »Brody.«

Er lachte leise, steckte die Hände wieder in die Taschen und begann, im Raum auf und ab zu tigern. »Ich hab vieles in meinem Leben verbockt. Mit Connie, meiner Frau, und Jack. Und ich habe alles darangesetzt, dass sich das ändert. Jack ist gerade mal sechs. Ich bin alles, was er hat. Das wird immer das Wichtigste für mich sein.«

»Wenn es nicht so wäre, würde ich wesentlich weniger von dir halten. Dann würde ich mich wohl auch nicht so zu dir hingezogen fühlen.«

Er drehte sich um und studierte ihr Gesicht. »Ich werde nicht schlau aus dir.«

»Vielleicht solltest du deinen Terminkalender so planen, dass dir Zeit bleibt, über dieses Problem nachzudenken.«

»Vielleicht sollten wir uns einfach ein Zimmer in irgendeinem Motel buchen und einen Nachmittag lang so tun, als gäbe es keine Probleme.«

Er war überrascht, dass sie lachte. »Das ist eine Alternative. Ich persönlich würde gern beides tun. Aber für den Moment werde ich es dir überlassen, welche der beiden Möglichkeiten wir zuerst in Angriff nehmen.«

»Vielleicht sollten wir ...« Er sah auf die Küchenuhr und fluchte leise. »Ich muss Jack abholen. Komm morgen Mittag zur Baustelle. Dann gebe ich dir zum Lunch ein Sandwich aus, und du kannst dir ansehen, wie weit wir gekommen sind.«

»Ja, gern.« Sie neigte leicht den Kopf. »Willst du mir nicht einen Abschiedskuss geben?«

»Lieber nicht. Dein Vater hat vielleicht doch ein Gewehr im Haus, und du weißt nur nichts davon.«

Nein, Spencer Kimball war nicht dabei, ein Gewehr zu laden. Kate fand ihn in seinem Musikzimmer, wo er über den Unterrichtsplänen für das laufende Semester saß. Allerdings starrte er jetzt schon zehn Minuten lang auf die gleiche Seite, ohne auch nur ein Wort verstanden zu haben.

Sie stellte einen dampfenden Kaffeebecher neben ihm hin, schlang die Arme um seinen Hals und legte ihr Kinn auf seine Schulter. »Hi.«

»Hi. Danke.«

Sie schmiegte ihre Wange an seine und sah zum Fenster hinaus in den hübschen Garten. Sie würde ihre Mutter bitten, ihr bei der Planung des Gartens an der Schule zu helfen. »Brody befürchtet, du könntest ihn erschießen.«

»Ich habe keine Waffe.«

»Das habe ich ihm auch gesagt. Ich sagte ebenfalls, mein Vater weiß, dass ich Männer küsse. Das weißt du doch, oder, Daddy?«

Sie nannte ihn nur dann Daddy, wenn sie sich bei ihm einschmeicheln wollte. Sie beide wussten das.

»Es ist etwas ganz anderes, wenn man verstandesmäßig etwas weiß, als wenn man mitten in ein …« Spencer knirschte mit den Zähnen. »Er hatte seine Hände an deinen … Er hat mein kleines Mädchen angefasst.«

»Dein kleines Mädchen hat seine Hände auch dazu benutzt, um ihn anzufassen.« Sie kam herum und setzte sich auf seinen Schoß.

»Ich glaube nicht, dass die Küche der geeignete Ort ist, um …« *Ja, um was eigentlich?*

»Du hast natürlich recht.« Sie klang jetzt sehr brav, ganz die gescholtene Tochter. »Die Küche ist zum Kochen da.

Dich und Mama habe ich nie in der Küche küssen sehen. Dann wäre ich wahrscheinlich ziemlich schockiert gewesen.«

Seine Mundwinkel zuckten, aber er unterdrückte den Drang zu lachen. »Halt einfach den Mund.«

»Ich war mir immer sicher, dass, sollte ich einmal zufällig in die Küche kommen und sehen, wie Mama und du … dass es so aussieht, als würdet ihr euch küssen, es sich mit Sicherheit nur um eine lebensrettende Maßnahme, um eine Mund-zu-Mund-Beatmung, handeln kann.«

»Wenn du nicht still bist, wirst du gleich lebensrettende Maßnahmen brauchen.«

»Gut. Aber solange mir noch Zeit bleibt, möchte ich dir eine Frage stellen. Was hältst du von Brody? Als Mann, meine ich? Gefällt er dir?«

»Ja, aber das heißt nicht, dass ich vor Begeisterung in die Hände klatsche, wenn ich in meine Küche komme und sehe … nun, was ich gesehen habe.«

»Tja, da wäre immer noch die Möglichkeit eines Motelzimmers.«

»Ach Kate.« Er legte seine Stirn an ihre.

»Du und Mama, ihr habt mir immer gesagt, dass ich nie etwas vor euch geheim halten muss, weder meine Gefühle noch meine Wünsche oder Taten. Ich fühle etwas für Brody. Ich bin noch nicht sicher, was das bedeutet, aber meine Taten werden meine Gefühle widerspiegeln, das verspreche ich dir!«

»Das war schon immer so bei dir. Mit einer guten Portion gesundem Menschenverstand und Logik angereichert.«

»Dies hier ist nicht anders.«

»Und er? Welche Gefühle hat er für dich?«

»Er weiß es nicht. Aber das werden wir schon herausbekommen.«

»Er weiß es also nicht.« Seine Augen, vom gleichen Grau wie ihre, wurden zu schmalen Schlitzen. »Der Junge sollte sich besser schnell überlegen, was er tut, sonst ...«

»Ooh, Daddy!« Kate blinzelte und schüttelte sich leicht. »Wirst du ihn für mich verhauen, ja? Darf ich zusehen? Bitte!«

»... braucht er lebensrettende Maßnahmen.«

Sie drückte ihrem Vater einen Kuss auf die Wange. »Ach Dad, ich liebe dich. Du hast auch ein Kind über Jahre allein großgezogen. Du weißt, was es heißt, ein Kind zu lieben, die Verantwortung zu tragen.«

Seine Freddie. Sein Baby. Das jetzt schon eigene Babys hatte. »Ja, ich weiß, was das bedeutet.«

»Wie sollte ich mich da nicht zu ihm hingezogen fühlen? Zu diesem Teil, den ich an dir so liebe?«

»Und was sollte ich dagegen sagen können?« Er zog sie zu sich heran und drückte sie. »Du kannst Brody sagen, dass ich mir kein Gewehr kaufen werde. Noch nicht.«

Am nächsten Tag ging sie um die Mittagszeit zur Baustelle. In der Zwischenzeit hatte sie es sich zur Gewohnheit gemacht, mit Kuchen, Sandwiches und frischem Kaffee vorbeizukommen. Man hätte es als Bestechung bezeichnen können.

Um genau zu sein – Brody nannte es auch so. Ihre kleinen Aufmerksamkeiten machten seine Männer viel nachsichtiger, wenn sie sie mal wieder mit tausend Fragen löcherte oder wenn sie unbedingt eine neue Idee durchgesetzt haben wollte, die nicht im Plan stand.

Trotzdem hielt ihn das nicht davon ab, auf ihre Besuche zu warten, sich im Laufe des Vormittags so zu beeilen, dass er sich die halbe Stunde genehmigen konnte, um mit ihr durch die Stadt zu bummeln oder einen Kaffee in dem kleinen Café an der Ecke zu trinken.

Er wusste, seine Männer stießen sich bereits die Ellenbogen in die Rippen und warfen sich vielsagende Blicke zu, wenn er mal wieder mit Kate davonzog. Aber da er die meisten noch von der Highschool kannte, nahm er es gutmütig hin. Aber wenn einer es wagen sollte, einen zu genauen Blick auf ihr Hinterteil oder ihre Oberweite zu werfen, sah er denjenigen so vernichtend an, dass der sich beeilte, ganz schnell irgendwo ganz fürchterlich wichtige und unaufschiebbare Dinge zu erledigen – möglichst weit weg von Brody.

Er wurde immer noch nicht schlau aus ihr. Wenn sie zur Baustelle kam, wirkte sie wie frisch einem Modemagazin entstiegen. Sehr weiblich und absolut makellos. Und dann kroch sie durch Staub und kletterte über Bauschutt, als würde sie zum Bautrupp gehören, stellte genaue Fragen und verfügte über genügend Kenntnisse, um mitzureden.

Einmal überraschte er sie und einen seiner Männer, als sie in eine hitzige Debatte über das letzte Baseballspiel vertieft waren. Und eine Stunde später überhörte er ein Gespräch, das sie an ihrem Handy in fließendem Französisch führte.

Nein, auch nach zwei Wochen war er keinen Schritt weitergekommen, wenn es um sie ging. Aber er konnte auch nicht mehr aufhören, unentwegt an sie zu denken.

Und jetzt, da sie in dem zukünftigen Übungsraum umherschritt, konnte er nicht aufhören, sie anzusehen.

Sie trug einen dunkelblauen Pullover, der unglaublich weich aussah, und graue Leggings. Ihr Haar hatte sie im Nacken zusammengefasst, sodass ihr Hals – bloß und sexy – jeden Blick magisch anzog.

Im Raum war es angenehm warm, dank des neu installierten Heizungssystems. Die Wände waren fast fertig verputzt, und Brody hatte die ersten Proben für die Holzarbeiten mitgebracht. Holz, das er selbst bearbeitet hatte, um sicherzustellen, dass es der Originalausstattung so nah wie möglich kam.

»Der Putzer hat wirklich gut gearbeitet«, sagte sie nach einem Inspektionsrundgang. »Fast könnte ich ein schlechtes Gewissen bekommen, weil die ganzen Wände mit Spiegeln zugehängt werden.« Sie nahm ein Musterholz in die Hand. »Das ist wunderschön, Brody. Man kann kaum einen Unterschied zum Original feststellen.«

»So sollte es auch sein.«

»Ja, stimmt.« Sie legte das Holzstück wieder hin. »Du liegst genau im Zeitplan. Was die Arbeit anbelangt. Was das Private angeht, da hinkst du ziemlich hinterher.«

»Es dauert immer ein bisschen, bis das Fundament gelegt ist.«

»Kommt darauf an, was für ein Gebäude du errichten willst, Brody.« Sie legte eine Hand auf seine Schulter. »Ich will eine Einladung.«

»Wir waren zusammen zum Lunch.«

»Eine richtige Einladung. Die Art, die zwei erwachsene, verantwortungsbewusste Menschen sich von Zeit zu Zeit gönnen. Abendessen, O'Connell, oder auch Kino. Vielleicht ist es dir nicht klar, aber … Restaurants haben auch abends geöffnet.«

»Ja, ich habe schon so was läuten hören.« Er wich zurück, sie folgte ihm. »Kate, sieh mal … da ist Jack, und der muss früh zu Bett, und da sind gewisse Komplikationen …«

»Sicher, da ist Jack. Ich mag den Jungen, aber ich würde auch ganz gerne mal allein mit seinem Vater sein. Ich wage zu bezweifeln, dass der Junge ein Trauma davonträgt, nur weil sein Vater mal einen Abend ausgeht. Ich sage dir, was wir tun. Freitagabend, du und ich, Abendessen. Ich kümmere mich um alles, du holst mich um sieben ab. Samstagnachmittag, du,

Jack und ich, Kino. Ich hole euch um eins ab und lade euch ein. Also abgemacht.«

»Kate, so einfach ist das nicht. Da ist schließlich noch diese ganze Babysitter-Angelegenheit. Ich habe niemanden, den ich …«

Er drehte sich um, grenzenlos erleichtert, als die Tür aufgestoßen wurde und Jack hereingestürmt kam.

»Dad! Wir haben deinen Wagen gesehen, deshalb meinte Mrs. Skully, ich könnte schon hier aussteigen. Hi, Kate.« Er ließ den großen Schulranzen mit einem lauten Knall zu Boden fallen. »He, hier drinnen gibt es ein Echo. Hi, Kate, hi, Kate …«

Sie musste lachen, und bevor Brody sich noch rühren konnte, hatte sie Jack schon hochgehoben. »Hi, hübscher Jack. Gibst du mir einen Kuss?«

»Niemals!« Obwohl man ihm ansah, dass er halb darauf hoffte, sie würde ihn wieder küssen.

»Das scheint ein echtes Problem mit den Männern in eurer Familie zu sein.« Sie stellte ihn wieder auf die Füße, als eine Frau mit einem Mädchen und einem Jungen zur Tür hereinkam.

»Brody, ich sah den Pick-up, deshalb dachte ich mir, ich könnte Jack direkt hier abliefern und dir den Weg ersparen. Es sei denn, dir ist lieber, dass ich ihn mit zu uns nach Hause nehme.«

»Nein, lass ihn hier, das passt gut. Beth Skully, Kate Kimball«, übernahm er die Vorstellung.

»Kate und ich kennen uns schon.« Sie wandte sich an Kate. »Aber vielleicht erinnerst du dich nicht an mich. Meine Schwester JoBeth und deine Schwester Freddie waren Schulfreundinnen.«

»Ja, natürlich, ich weiß. Wie geht es JoBeth denn?«

»Gut. Sie hat nach Michigan geheiratet, arbeitet als Krankenschwester. Hoffentlich hast du nichts dagegen, dass wir hier so reinplatzen. Aber ich war neugierig und wollte unbedingt sehen, was du mit diesem alten Kasten vorhast.«

»Mom.« Das kleine Mädchen zupfte am Ärmel seiner Mutter und sah erwartungsvoll zu ihr hoch.

»Gleich, Carrie ...«

»Ich führe dich gern herum, wenn du möchtest«, bot Kate an.

»Würde ich zu gern tun, aber wir müssen uns sputen. Wenn man Kinder hat, wird man zum Chauffeur. Weißt du schon, wann du die Tanzschule eröffnen wirst?«

»Ich hoffe, ich kann im April anfangen.« Sie sah zu Carrie und erkannte die Hoffnung in den großen blauen Augen. »Magst du Ballett, Carrie?«

»Ich will Ballerina werden.«

»Ballerinas sind Weicheier«, warf Rod, ihr Bruder, abfällig ein.

»Rod, sei still. Du musst diesen unwissenden Zwerg entschuldigen, Kate.«

»Keine Sorge, ist schon gut«, beruhigte Kate Beth. »So«, wandte sie sich dann an Rod, der seine Schwester triumphierend angrinste, »Weicheier also?«

»Klar. Die tragen alle so alberne Röckchen und trippeln ständig auf den Zehenspitzen herum.« Er lieferte eine sehr eindrucksvolle Karikatur eines Spitzentänzers ab, worauf seine Schwester prompt in beleidigtes Geheul ausbrach.

Bevor Beth jedoch dazwischengehen konnte, fragte Kate auch schon: »Wie viele Weicheier kennst du, die das können?« Damit griff sie ihre Ferse und zog das Bein senkrecht hoch, bis ihre Wade an ihrer Wange zu liegen kam.

Ach, du lieber Himmel war das Einzige, was Brody dazu einfiel.

»Ich kann das!«, verkündete Rod laut, tat es ihr nach, griff seine Ferse, wollte sein Bein hochstrecken, verlor das Gleichgewicht und fiel hart auf seinen Allerwertesten.

»Rod, du wirst dich nur in zwei Hälften reißen«, war Beths trockener Kommentar. Sie legte einen Arm um Carries Schultern. »Tut das nicht weh, wenn du das machst?«, fragte sie Kate lächelnd.

»Man darf eben nicht daran denken.« Kate setzte den Fuß wieder auf den Boden. »Wie alt bist du, Carrie?«

»Fünf. Ich kann mich vornüberbeugen und meine Zehen berühren«, sagte sie stolz.

Fünf also, dachte Kate. Die Knochen waren noch biegsam, der Körper konnte lernen, das Unnatürliche zu tun. »Wenn du und deine Mom euch entscheidet, dass du in meine Schule kommen kannst, werde ich dir das Tanzen beibringen. Und dann kannst du deinem Bruder beweisen, dass Ballett nichts für Weicheier ist.« Sie streckte die Arme in die Luft, machte einen graziösen Bogengang rückwärts und wieder vor.

»Wow«, flüsterte Rod Jack zu. »Die ist ja cool.«

Brody sagte nichts. Er starrte nur mit offenem Mund.

»Nur Athleten können Ballett tanzen.« Sie warf ihr Haar zurück und schaute Rod durchdringend an. »Es gibt viele professionelle Footballspieler, die nebenbei Ballett trainieren, damit sie auf dem Spielfeld schneller und geschmeidiger sind.«

»Glaub ich nicht«, entgegnete Rod sofort aufmüpfig.

»Glaub's ruhig. Komm zusammen mit deiner Schwester, dann zeig ich's dir.«

»Damit handelst du dir aber Kopfschmerzen ein.« Beth lachte und winkte ihrem Sohn. »Komm schon, du kleines Monster.«

Brody schaffte es, seinen inneren Film zu stoppen, der ihm aufregende Bilder vorspielte, wie man diesen dehnbaren Körper auch noch auf anderem Gebiet einsetzen könnte … »Danke, dass du Jack hergebracht hast, Beth.«

»Kein Problem. Du weißt doch, dass ich mich jederzeit gern um Jack kümmere.«

»Ach wirklich?«, murmelte Kate und warf Brody einen langen Blick zu.

»Sicher, er ist wirklich ein ...« Beth sah von Kate zu Brody, von Brody zu Kate – und verkniff sich ein Grinsen. Sieh mal an, dachte sie, es wird aber auch Zeit, dass dieser Mann endlich wieder den Kopf aus dem Sand zieht. »Um genau zu sein – ich hatte vor, Freitagabend einen großen Topf Spaghetti zu kochen, und dachte mir, Jack hätte bestimmt Lust mitzuessen.«

»Freitagabend ist doch genau richtig für ein Spaghetti-Essen, oder, Brody?«, säuselte Kate in Brodys Richtung.

»Ich weiß nicht. Am Freitag ...«

»Aber Freitag ist perfekt!« Beth machte es diebischen Spaß, Kate zu helfen. »Jack könnte auch über Nacht bei uns bleiben, dann könnten die Jungs sich zusammen ein Video ansehen. Soll er doch am Freitag Sachen für den nächsten Tag mit zur Schule bringen, dann hole ich die Jungs ab, und sie haben den ganzen Tag zusammen. Also abgemacht. War nett, dich wiederzusehen, Kate.«

»Oh ja, das Vergnügen ist ganz auf meiner Seite. Bestimmt.« Kate zwinkerte Beth verschwörerisch zu.

»Toll! Ich schlafe bei Rod!« Jack hüpfte aufgeregt umher. »Danke, Dad!«

»Ja.« Kate strich mit einem Finger über Brodys Brust. »Danke, Dad.«

6. Kapitel

Der Freitag war nicht gerade das, was man einen runden Wochenabschluss nennen könnte. Einer seiner Männer hatte sich krankgemeldet, er war der Grippe zum Opfer gefallen, die in der Stadt grassierte. Einen anderen schickte er noch vor der Mittagspause nach Hause, weil der Mann sich vor Fieber kaum noch aufrecht halten konnte.

Da die andere Hälfte seines vierköpfigen Bautrupps in Maryland auf einer weiteren Baustelle beschäftigt war, blieb es also an Brody hängen, die Abnahme für das neu installierte Sanitärsystem mit dem Mann vom Bauamt zu machen, die Trennwand zwischen Kates Büro und der kleinen Küche einzuziehen und das Holz in diesen beiden Räumen abzuschleifen.

Das Anstrengendste allerdings war, dass er den ganzen Tag allein mit seinem Vater arbeitete.

Bob O'Connell steckte gerade mit dem Oberkörper unter der Spüle. Brody hatte Muße, die Arbeitsschuhe seines Vaters zu betrachten. Die Sohlen waren unzählige Male wieder angeklebt worden. Wenn er könnte, würde er sie sogar antackern, dachte Brody säuerlich. Auf die Idee, sich neue anzuschaffen, wäre sein Vater nie gekommen.

»Wenn ich es nicht brauche, brauche ich es nicht.« Das war der Standardsatz seines Vaters. Zu allem. Und egal was man sagte, er blieb dabei.

Na ja, das ist seine Sache, ermahnte Brody sich und wünschte sich, dass er aufhören könnte, dauernd nach Gründen zu suchen, um sich aufzuregen.

Sie rieben sich ständig aneinander auf. Hatten es immer getan.

Bob verlegte Rohre, Brody zog Gipswände ein.

»Stell endlich diesen verdammten Krach ab«, ordnete Bob an. »Wie soll ein Mensch bei diesem Geplärre arbeiten können?«

Ohne ein Wort zu erwidern, ging Brody zu der kleinen Stereoanlage und schaltete sie aus. Das war schon immer so gewesen: Ganz gleich, welche Musik er auch hörte, für seinen Vater war es »Krach« gewesen.

Aber Bob fluchte während der Arbeit ständig vor sich hin, und deshalb hatte Brody das Radio angestellt.

»So eine blöde Idee, die Küche in der Mitte durchzuschneiden. Reine Zeit- und Geldverschwendung. Büroraum, son Quatsch! Wozu braucht man überhaupt ein Büro, wenn hier doch nur eine Meute Zuckerpüppchen herumhüpft?«

Brody hatte gewusst, dass das kommen würde. Aber jetzt ließ es sich nicht mehr länger hinausschieben, die Wand einzuziehen. »Ich habe die Zeit, der Kunde hat das Geld«, sagte er und zog einen Dübel aus der Tasche.

»Sicher, die Kimballs haben genug Geld. Trotzdem völlig unsinnig, es so aus dem Fenster zu schmeißen. Du hättest ihr sagen müssen, dass sie mit der Abtrennung einen Fehler macht.«

Brody hämmerte einen Nagel in das Holzgerüst, beschwor sich, den Mund zu halten. Trotzdem sprudelten die Worte heraus. »Ich halte es nicht für einen Fehler. Sie braucht keine so große Küche für eine Ballettschule. Die hier war mal für eine Schenke gedacht.«

»Ballettschule.« Bob schnaubte angewidert. »Ich sage dir, einen Monat nach der Eröffnung kann sie gleich wieder dichtmachen. Und dann? Wer will so ein Haus dann kaufen? Mit Kinderwaschbecken! Pah! Die werden nur wieder rausgerissen, und die ganze Arbeit war umsonst. Wundert mich, dass der Mann vom Bauamt sich nicht vor Lachen gekrümmt hat.«

»Wenn man Kinder unterrichtet, braucht man auch entsprechend kindgerechte Einrichtungen.«

»Für den Unterricht ist die Schule da.«

»Soweit ich weiß, bieten die aber keinen Ballettunterricht an.«

»Eben. Das sollte dir etwas sagen.« Der Ton seines Sohnes ärgerte ihn maßlos. Bob sagte sich, es sei besser, das Thema fallen zu lassen, aber er konnte die Worte nicht zurückhalten. »Du solltest mehr tun, als nur dem Kunden das Geld aus der Tasche zu ziehen. Du solltest auch beraten, sie von sinnlosen Investitionen abbringen und sie in die richtige Richtung lenken.«

»Solange es nur deine Richtung ist.«

Bob wand sich aus dem Spülschrank hervor. Die ausgeblichene Baseballkappe, die er trug, erinnerte nur entfernt daran, dass sie einmal blau gewesen sein musste. Sein Gesicht war kantig, von tiefen Falten durchzogen. Früher musste er sehr gut ausgesehen haben mit den grünen Augen – so grün wie die seines Sohnes.

Manchmal dachte Brody, dass die Augenfarbe die einzige Gemeinsamkeit war, die sein Vater und er hatten.

»Achte darauf, wie du mit mir redest, Sohn.«

»Hast du schon mal daran gedacht, dass du dir auch überlegen solltest, was du sagst?« Brody spürte ein Hämmern im Schädel. Er kannte das. Wut-Kopfschmerzen. Bob-O'Connell-Kopfschmerzen.

Bob ließ klirrend die Rohrzange fallen und erhob sich zu seiner vollen Größe. Auch mit sechzig war kein Gramm Fett an ihm, er war drahtig und in Topform. »Wenn du erst mal so lange auf dieser Erde gelebt hast wie ich, wenn du so lange in diesem Beruf gearbeitet hast wie ich, dann kannst du sagen, was du willst.«

»Tatsächlich.« Brody wuchtete eine weitere Rigipsplatte auf den Sägebock und markierte die Maße. »Das höre ich von dir, seitdem ich acht bin. Mittlerweile hatte ich genügend Zeit, um eigene Erfahrungen zu sammeln. Und das hier ist mein Job, mein Vertrag. Deshalb wird es genau so gemacht, wie ich es sage.«

Er nahm das Tapeziermesser und sah seinem Vater ins Gesicht. »Die Kundin bekommt das, was sie haben will. Und solange sie zufrieden mit der Arbeit ist, gibt es nichts, was diskutiert werden müsste.«

»So wie ich höre, tust du weit mehr, als sie mit deiner Arbeit zufriedenzustellen.«

Das hatte er nicht sagen wollen. Der Himmel wusste, dass er entschlossen gewesen war, nichts davon zu erwähnen. Aber die Worte waren heraus. Verflucht, warum musste der Junge ihn auch immer so reizen?

Brody umklammerte das Messer fester. Für einen Moment – ein Moment, der viel zu lange dauerte – hätte er am liebsten seine Faust in dieses unnachgiebige Gesicht gesetzt. »Was sich zwischen mir und Kate Kimball abspielt, ist allein meine Sache.«

»Ich lebe in dieser Stadt. Und deine Mutter übrigens auch. Wenn die Leute über mein eigen Fleisch und Blut klatschen, betrifft mich das auch. Du hast ein Kind, um das du dich kümmern musst. Du solltest nicht irgendeinem Weiberrock nachlaufen und die Gerüchte zum Brodeln bringen.«

»Halte Jack da raus. Lass meinen Sohn aus dem Spiel.« Brodys Augen blitzten gefährlich.

»Jack gehört auch zu meiner Familie, vergiss das nicht. Du bist in die Stadt gegangen, damit du treiben konntest, was du wolltest, aber jetzt bist du hier. Hier ist mein Zuhause. Ich lasse nicht zu, dass du dich direkt vor meiner Haustür so beschämend benimmst.«

Treiben, was immer du willst, dachte Brody verächtlich. Die unzähligen Termine mit Ärzten und Spezialisten, die Tage und Nächte im Krankenhaus. Dann hatte es ihn getrieben, die Trauer zu verarbeiten und sich plötzlich der Verantwortung für einen Zweijährigen gegenüberzusehen. »Du weißt nichts von mir, gar nichts. Was ich getan habe, wer ich bin. Du hast immer nur Fehler an mir gesehen und es darauf angelegt, sie mir vorzuhalten.«

»Hätte ich dir mehr Vorhaltungen gemacht, würdest du jetzt vielleicht nicht einen Jungen ohne seine Mutter großziehen müssen.«

Brody krampfte seine Hand noch stärker um das Messer, er rutschte ab und schnitt sich tief ins Fleisch. Blut strömte aus. Bobs Erschrecken äußerte sich in einem lauten Fluch und noch mehr Vorhaltungen. Er zog sein Taschentuch hervor.

»Kannst du nicht aufpassen, was du tust, wenn du Werkzeug in der Hand hast?«

»Lass mich bloß in Ruhe«, stieß Brody zwischen zusammengepressten Zähnen hervor. »Pack dein Werkzeug ein und verschwinde von meiner Baustelle.«

»Du kommst jetzt mit zu meinem Wagen. Das muss genäht werden.«

»Ich sagte, verschwinde von meiner Baustelle. Du bist gefeuert.« Das Herz, das vor Wut wild in seiner Brust schlug, pumpte mehr Blut aus der Wunde.

Scham mischte sich mit Rage, als Bob seine Werkzeuge in den Werkzeugkasten schleuderte. »Wir haben einander nichts mehr zu sagen.« Er riss den Kasten hoch und stolzierte steif davon.

»Wir hatten einander noch nie etwas zu sagen«, murmelte Brody.

Brody O'Connell würde sich auf etwas gefasst machen können. Falls er überhaupt noch auftauchte. Er würde feststellen müssen, dass sie sieben Uhr meinte, wenn sie sieben Uhr sagte. Und nicht halb acht.

Da sie ihre Eltern überzeugt hatte auszugehen, hatte sie jetzt nicht einmal jemanden, bei dem sie ihrem Ärger Luft machen konnte. Sie marschierte mürrisch durchs Wohnzimmer, starrte wütend auf das Telefon.

Nein, sie würde ihn nicht anrufen, auf gar keinen Fall! Nicht noch einmal. Um zwanzig nach sieben hatte sie seine Nummer gewählt, aber nur der Anrufbeantworter hatte sich gemeldet.

Oh ja, sie hatte eine Nachricht für ihn, aber sie würde sie ihm persönlich überbringen.

Wenn sie nur daran dachte, wie viel Mühe sie sich für heute Abend gegeben hatte. Das richtige Restaurant wählen, das richtige Kleid aussuchen ... Wenn sie Glück hatten, würde das Restaurant die Reservierung halten. Nein, sie würde den Tisch abbestellen, sofort. Wenn dieser Mann sich einbildete, sie würde jetzt fröhlich mit ihm ausgehen, wenn er noch nicht einmal den Mindestanstand besaß, pünktlich zu sein, dann hatte er sich geirrt. Und zwar kräftig!

In dem Moment, als sie zum Hörer griff, ertönte die Klingel an der Haustür. Kate reckte die Schultern, schob das Kinn vor und ließ sich verdammt viel Zeit damit, zur Tür zu gehen.

»Entschuldige, dass ich so spät komme. Ich bin aufgehalten worden. Ich hätte anrufen sollen.«

Die schneidenden Worte blieben ihr in der Kehle stecken, als sie sein Gesicht sah. Nicht Unhöflichkeit war der Grund für sein Zuspätkommen, sondern völlige Verstörtheit. »Stimmt etwas nicht mit Jack?«

»Nein, nein, alles in Ordnung. Es tut mir ehrlich leid, Kate.« Er hob fahrig die Hand, eine entschuldigende Geste. »Können wir das Ganze verschieben?«

»Was hast du mit deiner Hand angestellt?« Sie hielt seinen Arm beim Handgelenk fest. Die Hand war dick verbunden, rotes Desinfektionsmittel war an den Rändern des Verbands zu sehen.

»Ein Arbeitsunfall, reine Dummheit. Nichts Schlimmes, nur ein paar Stiche. Die Ambulanz im Krankenhaus war voll, deshalb hat es so lange gedauert.«

»Tut es weh?«

»Nein, es ist nichts, wirklich nicht«, beteuerte er zerstreut und vermied dabei ihren Blick.

Oh doch, da war etwas. Und zwar mehr als nur diese Verletzung an der Hand. »Geh nach Hause«, sagte sie. »Ich bin in einer halben Stunde bei dir.«

»Was?«

»Mit dem Abendessen. Das mit dem Restaurant holen wir nach.«

»Kate, das ist nicht nötig, du musst das nicht tun.«

»Brody.« Sie nahm sein Gesicht in beide Hände. »Geh nach Hause. Ich komme nach. Los, zieh ab!«, kommandierte sie, als er sich immer noch nicht rührte, und schlug ihm die Tür vor der Nase zu.

Sie war pünktlich. Wie immer. Als er die Tür öffnete, rauschte sie an ihm vorbei, mit einem riesigen Korb am Arm.

»Du wirst jetzt ein Steak essen«, verkündete sie energisch. »Nur gut, dass meine Eltern die noch im Kühlschrank hatten, bevor ich sie überreden konnte, für ein romantisches Dinner zu zweit auszugehen.«

Sie war schon in der Küche angelangt und stellte den Korb auf die Anrichte, schüttelte ihren Mantel von den Schultern und begann dann mit dem Auspacken. »Kannst du mit deiner Hand eine Weinflasche öffnen?«

»Das schaffe ich wohl noch.« Er nahm ihren Mantel entgegen und hängte ihn an einen Küchenhaken. Der Mantel gehörte nicht hierher, nicht in diese Küche und nicht neben die alte Arbeitsjacke. Er strömte ihren Duft aus, so weiblich und weich.

Sie gehört auch nicht hierher, dachte Brody. »Sieh mal, Kate …«, setzte er an, kam aber nicht weit.

»Hier.«

Er nahm die Weinflasche und den Korkenzieher, die sie ihm hinhielt. »Warum machst du das alles, Kate? Warum?«

»Weil ich dich mag.« Sie kramte zwei riesige Kartoffeln aus dem Korb und wusch sie in der Spüle. »Und weil ich mir dachte, du könntest vielleicht ein Steak-Dinner gebrauchen.«

»Sag mal, wie viele Männer verlieben sich eigentlich Hals über Kopf in dich?«

Sie blickte über die Schulter und lächelte ihn an. »Alle. Mach schon, O'Connell, öffne den Wein.«

Er kümmerte sich um die Musik, drehte am Radio, bis er einen Sender mit klassischer Musik gefunden hatte. Holte das gute Geschirr hervor, von dem er schon fast vergessen hatte, dass es überhaupt existierte, und deckte den Tisch im Esszimmer, das Jack und er nur zu besonderen Anlässen benutzten.

Es gab auch Kerzen, aber nur Haushaltskerzen, einfach und plump. Er stritt mit sich, ob er sie auf den Tisch stellen sollte, entschied sich dann dagegen. Es würde nur mitleiderregend aussehen.

Als er in die Küche zurückkam, machte sie gerade Salat an. Neben der Salatschüssel standen zwei schlanke Kerzen in einfachen, klaren Glashaltern. Sie hat aber auch an alles gedacht, lobte er im Stillen.

»In deinem Kühlschrank herrscht akuter Mangel an frischem Gemüse.«

»Ich kaufe immer diese Tüten, wo der Salat schon gemischt ist. Man braucht ihn dann nur noch in eine Schüssel zu geben.«

»Ganz schön faul«, sagte sie, und er musste lächeln.

»Nein, praktisch.« Weil sie die Hände voll hatte, nahm er ihr Weinglas und hielt es ihr an die Lippen.

»Danke.« Sie trank und ließ ihn dabei nicht aus den Augen. »Das ist gut.«

Er setzte das Glas ab, zögerte einen Moment, aber dann beugte er den Kopf und strich flüchtig mit dem Mund über ihre Lippen.

»Mmh, noch besser.« Sie fuhr sich mit der Zungenspitze über die Oberlippe. »Da du verletzt bist, solltest du dich hinsetzen und entspannen, während ich hier weitermache. Du hast also genügend Zeit, dich noch einmal nach Jack zu erkundigen, bevor das Essen fertig ist.«

Er zuckte ein wenig schuldbewusst zusammen. »Ist es so offensichtlich?«

»Ja, aber es steht dir. Grüß ihn von mir und sag ihm, dass wir uns morgen sehen.«

»Willst du das wirklich tun? Das mit dem Kino?«

»He, es gibt Dinge, die muss ich tun, auch wenn ich keine Lust dazu habe. Aber ich melde mich nie freiwillig für etwas, das ich nicht tun will. Also, geh und ruf deinen Jungen an. Dein Steak wird in fünfzehn Minuten serviert.«

Sie wartete, bis sie am Tisch saßen, die Teller schon halb leer waren und das zweite Glas Wein eingeschenkt war.

»Erzähl mir, was heute passiert ist.«

»Einfach nur ein miserabler Tag. Wie hast du diese Kartoffeln so hingekriegt? Die schmecken fantastisch.«

»Altes ukrainisches Geheimrezept«, erklärte sie mit übertrieben slawischem Akzent. »Kann ich nicht verraten, sonst muss ich dich umbringen.«

»Keine Sorge, ich könnte es sowieso nicht nachmachen. Meine Kochkünste bei Kartoffeln beschränken sich darauf, ein paar Löcher hineinzubohren und sie in die Mikrowelle zu stecken. Sprichst du eigentlich Ukrainisch? Ich habe dich letztens Französisch sprechen hören.«

»Ja, ich spreche Ukrainisch. Und ich verstehe auch ganz leidlich Englisch. Also rede mit mir, Brody. Warum war dein Tag heute so miserabel?«

»Irgendwie kam heute alles zusammen. Erst fielen zwei meiner Männer aus – deine Ballettgrippe hat wohl jetzt ihren Auftritt in West Virginia. Die anderen Männer waren einer anderen Baustelle zugeteilt, was mich also so ziemlich allein hat dastehen lassen. Und dann habe ich meine Hand mit einer Rigipsplatte verwechselt, habe alles vollgeblutet, meinen Vater gefeuert und zwei Stunden in der Krankenhausambulanz zugebracht, damit sie mich wieder zusammenflicken.«

»Du hast dich mit deinem Vater gestritten.« Sie nahm seine Hand. »Das tut mir leid.«

»Wir sind noch nie miteinander ausgekommen.«

»Aber du hast ihn eingestellt.«

»Er ist ein guter Klempner.« Er zog seine Hand wieder fort und nahm sein Weinglas.

»Brody.«

»Ja, ich habe ihn eingestellt. Ein Fehler. Es ist zu ertragen, wenn die anderen dabei sind, aber wenn wir zwei allein sind, sind Probleme vorprogrammiert. Ich bin eben ein Versager. War es immer und werde es immer sein. In seinen Augen. Der

Job wird nicht richtig gemacht, mein ganzes Leben ist nicht richtig. Ich jage Weiberröcken hinterher, anstatt mich um mein eigen Fleisch und Blut zu kümmern.« Er drehte den Stiel des Glases zwischen den Fingern. »Tut mir leid, ich hätte nicht damit anfangen sollen. Ich kann mich dann nie zurückhalten.«

»Ist schon in Ordnung, es macht mir nichts aus, dass ich der Weiberrock bin, dem du hinterherjagst.« Sie schnitt ein Stück von ihrem Steak ab. Doch, es störte sie schon, aber eine hitzige Debatte war jetzt das Letzte, was Brody brauchte. »Wahrscheinlich fühlt er sich genauso frustriert und elend wie du. Ihr wisst nicht, wie ihr miteinander reden sollt. Aber das ist nicht deine Schuld. Ich hoffe, ihr versöhnt euch wieder.«

»Er hat nicht die geringste Ahnung, wer ich bin. Er sieht mich gar nicht.«

»Oh Darling, das ist auch nicht deine Schuld.« Ihr Herz floss über vor Sympathie und Mitgefühl für ihn. »Mein größter Wunsch war es, dass meine Eltern stolz auf mich sein sollten. Dafür habe ich geschuftet und geschwitzt. Aber das war nicht ihre Schuld.«

»Deine Familie ist nicht wie meine.«

»Es gibt nur wenige Familien, die so sind. Aber du und Jack, die Familie, die ihr seid, ist meiner sehr ähnlich. Vielleicht sieht dein Vater das und wirft sich vor, dass es ihm nie gelungen ist, eine so starke Bindung zu seinem Sohn aufzubauen.«

»Ich war doch der Versager.«

»Nein, du warst eben nur ein unvollendetes Werk, ein Projekt in Arbeit.«

»Ich konnte es gar nicht abwarten, bis ich die Schule beendet hatte. Achtzehn war. Um endlich hier rauszukommen. An meinem achtzehnten Geburtstag habe ich meine Tasche gepackt und bin runter nach Washington, mit fünfhundert Dollar in der Tasche und sonst nichts. Aber ich konnte endlich atmen.«

»Es hat doch funktioniert. Du hast es geschafft.«

»Drei Jahre lang hab ich von der Hand in den Mund gelebt. Habe mein Geld auf dem Bau verdient und wieder ausgegeben in Kneipen und …«, er begann zu grinsen, »… für Weiberröcke. Mit einundzwanzig hatte ich keinen Penny in der Tasche, war leichtsinnig und dumm. Und dann traf ich Connie. Unsere Truppe arbeitete an dem Gästehaus ihrer Eltern. Ich hab mich sofort in sie verliebt, und erstaunlicherweise begannen wir, uns regelmäßig zu treffen.«

»Wieso erstaunlicherweise?«

»Sie war Studentin aus gutem Hause, die konservative Tochter von konservativen Eltern. Sie hatte Klasse, Geld, Ausbildung, Stil. Und ich war nicht viel mehr als ein Stadtstreicher.«

Sie studierte ihn nachdenklich. »Sie dachte aber offensichtlich nicht so.«

»Nein. Sie war überhaupt der erste Mensch, der mir sagte, ich hätte Potenzial, dass ich, wenn ich nur an mich glauben würde, alles erreichen könnte. Sie sah etwas in mir, das ich noch nie so gesehen hatte. Also riss ich mich am Riemen und wurde erwachsen … Das willst du doch nicht alles hören, oder?«

»Doch, alles.« Sie schenkte ihm nach, hoffte, dass er weiterreden würde. »Hat sie dir dabei geholfen, dein Geschäft aufzubauen?«

»Das kam erst später.« Ihm wurde klar, dass er noch nie mit jemandem darüber gesprochen hatte. »Ich hatte Geschick für handwerkliche Dinge und ein Auge für Konstruktionspläne. Genügend Muskelkraft hatte ich auch. Ich hatte nur nie diese drei Dinge zusammengebracht. Als ich es tat, fühlte ich mich viel besser in meiner Haut.«

»Natürlich, du entwickeltest Respekt für dich.«

»Stimmt.« Sie hatte den Nagel auf den Kopf getroffen. Wieder mal. »Trotzdem, ich war Handwerker, wenn auch qualifiziert, kein Arzt oder Anwalt oder Banker. Ihre Eltern hielten nicht viel von mir.«

Sie stocherte in ihren Kartoffeln, viel interessierter an seiner Geschichte als am Essen. »Sie waren kurzsichtig. Connie nicht.«

»Es war nicht leicht für sie, sich gegen sie durchzusetzen, aber Connie schaffte es. Sie ging nach Georgetown auf die Universität, studierte Jura, ich arbeitete tagsüber und besuchte Abendkurse in Betriebswirtschaft. Wir machten Zukunftspläne, wollten irgendwann heiraten. Sie büffelte für ihren Abschluss, ich baute mein eigenes Geschäft auf. Dann wurde sie schwanger.« Er griff das Glas, starrte in die goldene Flüssigkeit, ohne zu trinken. »Wir wollten das Baby, auch wenn ich mich erst an den Gedanken gewöhnen musste. Irgendwie schien mir das anfangs unwirklich. Also heirateten wir. Ihre Eltern waren stinkwütend. Sie wollten nichts mehr mit ihr zu tun haben. Das hat Connie wahnsinnig verletzt.«

Sie konnte sich vorstellen, wie Connie gefühlt haben musste, gerade weil ihre Familie immer für sie da gewesen war. »Sie haben sie nicht verdient.«

Brody hob den Blick und sah Kate an. »Da hast du verdammt recht, sie verdienten sie nicht. Je schwieriger es wurde, desto mehr hielten wir zusammen. Wir schafften es. Sie war diejenige, die uns mit ihrer Kraft zusammenhielt, wenn ich vor lauter Panik nicht mehr ein und aus wusste und mich schon die Beine in die Hand nehmen und das Weite suchen sah. In solchen Momenten dachte ich, sie würde dann zu ihren Eltern zurückkehren und alle Beteiligten wären glücklich.« Er hielt inne. »An dem Tag, als Jack geboren wurde, war ich mit im Kreißsaal. Ich wollte nicht dabei sein, aber für Connie war es unheimlich wichtig. Also ging ich mit hinein und tat so, als wenn es auch für mich wichtig wäre. Fast hätte ich nicht durchgehalten. Kein Mensch sollte so leiden müssen. Ich habe gebetet, dass es bald vorbei wäre. Und dann war Jack da, dieses winzige, schreiende Wesen, und alles passte auf einmal zusammen. Ich hätte nie geahnt, dass sich alles von einer Sekunde auf die andere ändern kann. Jetzt wollte ich da im Kreißsaal sein, wollte immer da sein, wo Jack mich brauchte. Sie haben einen Mann aus mir gemacht, genau in diesem einen Moment, Connie und Jack.«

Kate rannen Tränen über die Wangen, sie konnte sie nicht zurückhalten, versuchte es nicht einmal.

»Entschuldige.« Er hob die Hände, ließ sie wieder sinken. »Ich weiß nicht, was über mich gekommen ist.«

Sie schüttelte nur den Kopf, konnte nichts sagen. Du blöder Kerl, dachte sie immer wieder, jetzt hast du mich dazu gebracht, dass ich mich in dich verliebt habe. *Was jetzt?* »Entschuldige mich bitte für eine Minute«, brachte sie schließlich hervor, stand auf und eilte ins Bad, um ihre Fassung wiederzugewinnen.

Da es keine echte Alternative war, sich den Kopf an der Tischkante einzuschlagen, stand Brody auf und lief unruhig im Zimmer auf und ab. Er kam zu dem gleichen Schluss wie Kate – er war ein blöder Kerl –, hatte aber andere Gründe. Da hatte er ihre nette Geste, ein ruhiges und vielleicht auch romantisches Dinner zu Hause einzunehmen, dazu benutzt, um sie mit seinen Problemen aus der Vergangenheit zu erschlagen. Er hatte sie zum Weinen gebracht.

Bravo, O'Connell, wirklich gut gemacht! Er war angewidert von sich. Vielleicht solltest du ihr auch noch erzählen, wie dein Hund gestorben ist, als du zehn warst. Das würde die Dinge sicherlich aufheitern.

Bestimmt würde sie sich jetzt so schnell wie möglich verabschieden wollen. Also konnte er genauso gut den Tisch abräumen.

»Tut mir leid«, begann er, als er ihre leichtfüßigen Schritte hinter sich hörte. »Ich bin ein Trottel, dich damit zu belästigen. Ich werde mich ums Aufräumen kümmern, und du kannst …« Er brach abrupt ab, als er ihre Arme um seine Taille gleiten und ihre Wange an seinem Rücken fühlte.

»O'Connell, ich habe slawisches Blut in mir. Starkes Blut, sentimentales Blut. Wir weinen gerne und schämen uns nicht dafür. Wusstest du, dass meine Großeltern aus der Sowjetunion geflohen sind, mit drei kleinen Kindern? Meine Tante Rachel ist die Einzige, die hier in Amerika geboren wurde. Sie gingen zu Fuß, über die Berge, bis nach Ungarn.«

»Nein, das wusste ich nicht.« Er drehte sich langsam um, bis er ihr ins Gesicht sehen konnte.

»Sie froren erbärmlich und hatten Hunger und Angst. Und dann kamen sie nach Amerika, in ein fremdes Land mit einer fremden Sprache und fremden Sitten. Sie waren arm und allein. Aber sie hatten ein Ziel, wollten etwas so sehr, dass sie bereit waren, dafür zu kämpfen. Sie wollten es schaffen. Ich habe diese Geschichte schon hundertmal gehört. Und ich heule jedes Mal. Weil es mich so stolz macht.«

Sie wandte sich um und begann, Teller aufzustapeln.

»Warum erzählst du mir das?«

»Es gibt verschiedene Formen von Mut, Brody. Da ist Stärke, das hängt mit den Muskeln zusammen. Und dann ist da noch Liebe. Das kommt vom Herzen. Wenn man beides kombiniert, kann man alles im Leben erreichen. Und das ist doch ein paar sentimentale Tränen wert, oder?«

»Weißt du, eigentlich wollte ich diesen Tag ersatzlos aus

dem Kalender streichen. Aber du hast meine Meinung geändert.«

»Danke. Weißt du was, wir räumen eben das Geschirr weg, und dann tanzen wir zusammen.« Es war an der Zeit für ein wenig Fröhlichkeit. »Es sagt viel über einen Menschen aus, wie er tanzt. Dich habe ich auf diesem Gebiet noch nicht erlebt.«

Er nahm ihr die Teller aus der Hand. »Vergiss das Geschirr. Tanzen wir jetzt gleich.«

»Tut mir leid. Nenn es eine Charakterschwäche … aber wenn ich nicht zuerst aufräume, muss ich die ganze Zeit an schmutzige Teller denken.«

»Das ist neurotisch.« Er stellte die Teller beiseite und zog sie zur Küche heraus.

»Nein, nur ordentlich. Wenn man Ordnung hält, schafft man mehr in weniger Zeit und erspart sich Kopfschmerzen.« Über die Schulter sah sie in die Küche zurück. »Es dauert doch nur ein paar Minuten …«

»Nachher dauert es auch nur ein paar Minuten.«

»Warum suchst du nicht die Musik aus, und ich räume eben …«

»Du gibst nie auf, was?« Er lachte nur und stellte die Stereoanlage auf CD um. »Hier, das habe ich mir gestern Abend angehört und dabei an dich gedacht.«

»Wirklich?« Die Musik erklang, langsam, sinnlich, erotisch, und ging sofort ins Blut.

»Ja. Muss wohl Schicksal gewesen sein«, murmelte er mit tiefer Stimme und zog sie in seine Arme.

Ihr Herz setzte einen Schlag aus. »Ich glaube stark an das Schicksal.« Sie ermahnte sich, sich zu entspannen, und stellte erstaunt fest, dass sie bereits völlig entspannt war. An ihn geschmiegt, verlangten die hohen Absätze ihrer Schuhe danach, dass sie die Wange an seine legte. »Sehr fließend und geschmeidig, O'Connell«, murmelte sie. »Höchste Punktzahl für Geschmeidigkeit.«

»Manche Dinge vergisst man eben nicht.« Er ließ sie eine Drehung machen, dass sie hell auflachte. Dann zog er sie wieder an sich, so fest, dass ihr der Atem stockte.

»Sehr schöne Drehung.« *Oh, oh.* Das Denken fiel ihr immer schwerer. Sie hatte nicht erwartet, dass er so gut tanzen würde. Es wäre ihr lieber gewesen, wenn er ein wenig unsicher gewesen wäre, dann hätte sie die Kontrolle übernehmen können. Ihre Ausgeglichenheit behalten. Da gab es viel zu viele Dinge an Brody O'Connell, die sie nicht erwartet hätte. Faszinierende Dinge. Ach, es war so wunderbar, in seinen Armen durch das Zimmer zu gleiten ...

Ihr Haar duftete so gut. Er hatte schon fast all die geheimnisvollen und verführerischen Feinheiten vergessen, die es an einer Frau gab. Die weichen Formen, den Duft, die samtene Haut. Fast vergessen, wie es war, sich mit einer Frau im Arm zur Musik zu bewegen. Die Wirkung, die das auf einen Mann ausüben konnte.

Seine Lippen strichen leicht über ihr Haar, hinunter zu ihrer Wange, fanden ihren Mund. Mit einem Seufzer ergab sie sich in diesen Kuss, genoss das Gefühl, wie die Hitze durch ihren Körper pulsierte und sie dahinschmelzen ließ.

Dann verklang das Lied, und sie standen eng aneinandergeschmiegt da.

»Das war perfekt.« Sie fühlte sich, als hätte sich dichter Nebel um ihren Verstand gelegt, ihr Puls ging schwer und rhythmisch. Und das Verlangen, das sie unter Kontrolle zu haben meinte, ließ ihren Magen Achterbahn fahren. »Ich sollte jetzt gehen.«

»Warum?«

»Darum.« Sie legte ihre Hand an seine Wange und trat ein

wenig zurück. »Es ist nicht der richtige Zeitpunkt. Heute Abend brauchst du einen Freund.«

»Du hast recht.« Er ließ seine Hände an ihren Armen hinabgleiten, bis ihre Finger sich ineinander verschränken konnten. »Das Timing stimmt nicht. Es ist nur vernünftig, wenn wir es langsam angehen lassen.«

»Ich halte sehr viel von Vernunft.«

Er führte sie zur Tür. »Ich bin auch schon eine ganze Weile darauf bedacht, das Vernünftige zu tun.«

Er blieb stehen, drehte sie zu sich herum, damit sie ihn ansehen konnte. »Ja, ich brauche einen Freund, nicht nur heute Abend.« Er trat näher an sie heran. »Und ich brauche dich, Kate. Bleib hier, hier bei mir.« Er beugte den Kopf und ließ ihren Blick nicht los, als er ihre Lippen berührte. »Komm zu mir.«

7. Kapitel

Die Wände waren noch nicht fertig. Zusammengerolltes Kabel lag auf einem Gipseimer in der Ecke des Zimmers. Am Fenster hingen keine Vorhänge. Die Schranktüren waren aus den Angeln genommen worden. Sie lagen jetzt in Brodys Werkstatt, warteten darauf, abgeschliffen und neu lackiert zu werden.

Die schweren Eichenbohlen auf dem Boden waren mit den Jahren nachgedunkelt. Aber das Abschleifen und Versiegeln stand ganz unten auf der Liste von Dingen, die erledigt werden mussten. Das Bett hatte er aus einem Impuls heraus erstanden. Die alten Messingstäbe an Kopf- und Fußteil hatten ihn fasziniert. Aber er musste sich noch genau überlegen, welches Bettzeug dazu passte. Für den Moment musste eine Bettdecke herhalten, die den Eindruck des Antiken, des Exklusiven, eher zerstörte. Mit Sicherheit war es nicht das, was Kate gewöhnt war.

»Nicht gerade das Taj Mahal, was?«, fragte er leicht verlegen.

»Ein weiteres unvollendetes Werk.« Sie sah sich im Zimmer um, dankbar für die Minute, die ihr erlaubte, ihre Nerven ein wenig zu beruhigen. »Ein hübscher Raum.« Sie fuhr mit einem Finger über die Fensterbank, die er bis auf das natürliche Pinienholz abgeschliffen hatte. »Ich erkenne Potenzial, wenn ich es sehe«, sagte sie und drehte sich zu ihm um.

»Ich wollte erst mal Jacks Zimmer fertig machen. Dann schien es sinnvoller, die Küche und das Wohnzimmer zu vollenden. In diesem Zimmer tue ich ja außer Schlafen nichts. Bis jetzt habe ich zumindest nicht mehr getan.«

Sie spürte die Erregung, die sie durchzuckte. Sie war also die erste Frau, die er in dieses Zimmer mitnahm, in sein Bett nahm. »Dieses Zimmer wird großartig werden, das weiß ich.« Mit hämmerndem Herzen ging sie auf ihn zu. »Hast du vor, den Kamin zu benutzen?«

»Ich benutze ihn jetzt schon, er gibt angenehme Wärme ab. Ich habe mir überlegt, ob ich einen Gusseiseneinsatz einbaue, wegen der Leistung, aber ...« Was zum Teufel tat er eigentlich? Er hatte die schönste Frau der Welt in seinem Schlafzimmer, und er redete über Kamineinsätze und Wärmeleistung!

»Das wäre nicht mehr so hübsch«, beendete sie den Satz und begann, sein Hemd aufzuknöpfen.

»Stimmt. Soll ich ein Feuer im Kamin machen?«

»Später, das wäre sicher nett. Aber im Moment, glaube ich, können wir selbst für genug Hitze sorgen.«

»Kate.« Er griff ihre Hände und wunderte sich, warum das Verlangen, das in ihm pulsierte, nicht durch seine Finger schoss und ihre Haut verbrannte. »Wenn ich mich ein wenig ungeschickt anstelle, schieb die Schuld darauf, ja?« Er hob die verbundene Hand.

Er ist also auch nervös, dachte sie. Gut, dann hatten sie ja beide die gleiche Ausgangsposition. »Ich wette, ein so cleverer Mann wie du kann selbst mit diesem Handicap den Reißverschluss meines Kleides aufkriegen, oder?« Sie drehte sich um und hob ihr Haar im Nacken an. »Warum versuchst du es nicht?«

»Ja, warum eigentlich nicht?«

Er zog den Reißverschluss herunter, langsam, entblößte Stück für Stück golden schimmernde Haut. Die schwungvolle Linie ihres Nackens und ihrer Schultern verzauberte ihn so sehr, dass er verweilte, mit den Lippen die Haut streichelte, knabberte, reizte. Sie erschauerte.

Er drehte sie herum, damit sie ihn ansah. Ihr Atem ging schneller. Er beugte den Kopf und berührte ihre Lippen, leicht, ein Hauch nur, aber so wunderbar. Und während er das Gefühl auskostete, fasste er ihr Gesicht sanft mit beiden Händen, ließ seine Finger in ihr Haar gleiten, ihren Rücken hinunter. Langsam, gründlich, jeden Moment genießend.

Sie hatte eine Wiederholung der Leidenschaft erwartet, die in der Küche ihrer Mutter zwischen ihnen aufgeflammt war, aber diese sanfte Zärtlichkeit überwältigte sie noch mehr.

»Sag mir ...«, er liebkoste ihr Ohrläppchen, »... wenn dir etwas nicht gefällt.«

»Ich glaube nicht, dass das Thema überhaupt aufkommen wird«, flüsterte sie.

Seine starken, zärtlichen Hände lagen jetzt auf ihren Schultern, strichen ihr unendlich langsam das Kleid ab. »Ich habe mir vorgestellt, wie es sein wird, dich zu berühren. Es hat mich halb um den Verstand gebracht.«

»Jetzt bringst du mich um den Verstand.« Sie zog sein Hemd aus der Jeans, öffnete die Knöpfe, ließ ihre Hände über harte Muskeln und weiche Haut gleiten.

Doch er hielt sie zurück. Es war so lange her, dass er mit einer Frau zusammen gewesen war. Jetzt wollte er sich Zeit lassen. Er führte ihre Hände an seinen Mund und küsste ihre Fingerspitzen, fühlte den wilden Puls an ihrem Handgelenk.

»Lass mich das machen«, murmelte er. Nach einer letzten Handbewegung sah er zu, wie das Kleid an ihrem Körper entlang zu Boden rutschte.

Sie war so schlank, so fein gebaut, dass ein Mann die stählernen Muskeln unter dieser zarten goldenen Haut fast vergessen konnte. Ihre grazilen Formen zeugten von weiblicher Eleganz, faszinierten ihn, verlangten nach seiner Berührung.

Sie hielt den Atem an, als seine Finger die Rundung ihrer Brust nachzeichneten, spürte die Hitze in sich aufwallen, als seine von der Arbeit raue Hand unter ihren Spitzen-BH glitt und die dunkle Knospe fand.

Ihr lustvolles Erschauern erregte ihn. Beide zitterten, als er sie hochhob und langsam zum Bett trug, ohne den Blick von ihren Augen zu wenden.

Wäre es ein Tanz, so würde sie es einen Walzer nennen. Kreisende Schritte in langsamem Takt. Der Kuss war innig und tief, wärmte Körper und Seele. Sie seufzte leise und ergab sich ganz dem wunderbaren Gefühl. Das, so dachte sie verträumt, ist etwas, das ich bewahren will. Die Liebe war ein Wunder, das in ihr zu erblühen begann wie eine Rose.

Dann näherte er seinen Mund ihrer Brust, er strich mit den Lippen über den Rand des Spitzengewebes, das die zarte Rundung verhüllte. Erregend, aufpeitschend, magisch. Sie stöhnte laut auf, als sie seine Zunge spürte, bog sich der Liebkosung entgegen, krallte ihre Finger in seine Schultern.

Der Walzer ging in einen Tango über – lasziv, erotisch, sinnlich.

In seinem Kopf war nur noch sie. Ihr Duft, ihre Haut, die Schönheit ihres Körpers machten ihn trunken. Er wollte berühren, erforschen, schmecken. Alles an ihr erfahren.

Als er sie zum ersten Mal mit Händen und Lippen auf den Gipfel führte, als sich ihr Körper in seinen Armen bog, als er ihr Stöhnen hörte, wirkte ihre Lust auf ihn wie eine Droge. Er wollte mehr. Und mehr. Sie war bereit für ihn. Sein Puls hämmerte gegen seine Rippen, als er in sie eindrang, dort verweilte, überwältigt von diesem einzigartigen Gefühl.

Sie bog ihm ihre Hüften entgegen, und dann begannen sie sich zu bewegen, in dem uralten Rhythmus, der seit Anbeginn der Menschheit bestand, in perfektem Einklang. Ohne die Augen voneinander zu wenden, schnell atmend, die Hände ineinander verschränkt. Haut auf Haut, feucht und seiden, Herz an Herz, stark und echt.

Und als die Flutwelle kam, um sie beide fortzureißen, küsste er sie und vollendete die Vereinigung.

Sie lag da, mit geschlossenen Augen, ein zufriedenes Lächeln auf den Lippen, und fühlte sich wie geschmolzenes Wachs, Brodys Gewicht auf sich. Sie konnte seinen Herzschlag spüren – hart und schnell – und wusste, dass er die gleiche Erfahrung wie sie gemacht hatte.

Die Erkenntnis, dass sie im Bett so wunderbar zueinanderpassten, erfüllte sie mit Glück.

Es war faszinierend, verliebt zu sein. Wirklich verliebt zu sein. Nicht wie die anderen wenigen Male, als sie von der Vorstellung zu lieben bezaubert gewesen war. Es war so unerwartet. So alles durchdringend.

Sie atmete tief durch und sagte sich, dass sie später gründlicher darüber – und über das, was es für die Zukunft bedeutete – nachdenken würde. Im Moment wollte sie es einfach nur genießen. Wollte ihn genießen.

Niemand hatte sie je so fühlen lassen, niemand hatte sie je für so viele verschiedene Gefühle empfänglich gemacht. Schicksal, dachte sie. Er gehörte zu ihr. Sie hatte es gewusst, irgendwo tief in sich, schon im ersten Augenblick, als sie ihn sah.

Und sie würde ihm klarmachen – wenn der Zeitpunkt gekommen war –, dass sie zu ihm gehörte. Sie hatte ihn gefunden, und sie würde ihn behalten.

»Für einen Mann, der behauptet, aus der Form zu sein, hast du dich aber sehr gut geschlagen.«

Er fragte sich, ob er je wieder würde klar denken können. Und wenn ja, wann das Denken wieder einsetzen würde. Im

Moment brachte er nicht mehr als ein Brummen als Antwort heraus. Sie schien das amüsant zu finden, denn sie lachte und legte ihre Arme um ihn.

Er sammelte alle verbliebenen Kräfte. Das reichte aus, um den Kopf zu drehen und sein Gesicht in ihrer Halsmulde zu bergen. Er entschied, dass dies ein guter Platz war. »Willst du, dass ich weggehe?«

»Nein.«

»Fein. Stoß mich an, falls ich schnarchen sollte.«

»O'Connell.«

»War nur ein Witz.« Er hob den Kopf und stützte sich auf einen Ellenbogen. Das Grün seiner Augen strahlte nichts als Zufriedenheit aus. »Es ist ein Genuss, dich einfach nur anzusehen.«

»Mir geht es bei dir genauso.« Sie hob eine Hand und strich durch sein Haar. Es war nicht richtig blond, aber auch nicht richtig braun. Eine wunderbare Mischung. Wie der ganze Mann. »Weißt du eigentlich, dass ich dich vom ersten Moment an genau hier haben wollte?« Sie hob den Kopf ein wenig, gerade genug, um ihn spielerisch ins Kinn zu beißen. »Lust auf den ersten Blick – das passiert mir sonst nie.«

»Ich hatte ähnliche Reaktionen. Du hast meinem System einen Kurzschluss versetzt, dabei dachte ich, es sei längst ausgebrannt. Hat mich richtig sauer gemacht.«

»Ich weiß.« Sie lächelte. »Das hat mir ja auch so gefallen. Weil du immer dieses mürrische Gesicht aufgesetzt hast und trotzdem interessiert warst. Sehr sexy. Eine Herausforderung.«

»Nun, du hast mich ja dahin gekriegt, wo du mich haben wolltest.« Er küsste sie leicht. »Danke.«

»Oh, es war mir ein Vergnügen.«

»Und da ich schon einmal hier bin ...« Er knabberte an ihrem Hals, ihrem Ohrläppchen.

Ihr Lachen erstarb und wurde zu einem Seufzer, als er sich in ihr zu bewegen begann.

»Ich hoffe, du hast nichts dagegen«, murmelte er rau. »Ich muss viel nachholen.«

»Nein.« Ihr Körper erwachte zu neuem Leben, reagierte auf ihn. »Bedien dich nur.«

Brody musste feststellen, dass es wirklich nicht einfach war, sich auf eine Beziehung einzulassen – zumindest auf eine körperliche Beziehung –, wenn man ein Kind hatte. Nicht, dass er das ändern wollte. Aber es erforderte doch eine Menge Einfallsreichtum, die Bedürfnisse eines Mannes und eines Vaters unter einen Hut zu bringen.

Er war froh, dass Kate Jack mochte und es ihr nichts ausmachte, Zeit mit ihm zu verbringen. Sie war auch nicht eifersüchtig auf die Zeit, die Brody seinem Sohn widmete. Wäre das anders gewesen, hätte es sowieso keine Beziehung gegeben, weder körperlich noch sonst wie, das war für ihn von Anfang an klar gewesen.

Man konnte es wohl ein Verhältnis nennen. Ja, Brody hatte eine Affäre. Zum ersten Mal. Seine Beziehung mit Connie hatte er nie so gesehen. Mit einundzwanzig hatte man keine Affäre, man hatte eine Romanze. Er musste sich daran erinnern, die Situation mit Kate nicht durch die romantische Brille zu sehen.

Sie mochten einander, sie wollten einander, hatten Spaß an- und miteinander. Keiner von ihnen beiden hatte irgendwelche Andeutungen fallen lassen, dass es da mehr gab als Sympathie. Und Lust. So war es auch besser.

An erster Stelle würde er immer Vater sein. Und er konnte sich schlecht vorstellen, dass Frauen – vor allem Frauen mit einer glänzenden Karriere – sich auf einen Mann mit einem sechsjährigen Sohn einlassen würden.

Außerdem … er wollte ja auch gar nicht mehr als das, was es war. Das würde nämlich bedeuten, dass er Änderungen ins Auge fassen müsste. Nach Kompromissen suchen, damit sie alle drei zufrieden waren. Und das würde nur ein heilloses Durcheinander werden.

Nein, er war ganz zufrieden so. Warum sollte ein erwachsener Mann nicht ein Verhältnis mit einer erwachsenen Frau haben, vor allem da sie die gleichen Vorstellungen hatten? Man musste die Situation ja nicht gleich mit Zukunftsplänen erdrücken. So war jeder glücklich und zufrieden.

Er trat einen Schritt zurück, ließ die Nagelpistole sinken und begutachtete die Leiste, die er gerade in Kates Büro an der Wand angebracht hatte. Doch, es sah gut aus. Elegant, klassisch. Genau wie die Frau selbst.

Er fragte sich, wo sie gerade stecken mochte. Und ob sie nicht vielleicht eine Stunde für sich abzweigen konnten, bevor er nach Hause gehen und mit Jack dieses Dinosaurierbild in Angriff nehmen musste, das der Junge für ein Schulprojekt malen sollte.

Sex, Renovierungsarbeiten und erstes Schuljahr, dachte er, als er zum Fenster hinüberging, um dort die Leisten anzubringen. Ein Mann wusste nie, welche Mischung sich in seinem Leben ergab.

»Er wird begeistert sein.« Kate schaute dem großen Plastikdinosaurier in das weit aufgerissene Maul mit den scharfen Zähnen.

»Mit Dinos liegst du nie falsch.« Annie rückte Spielzeuge auf dem Regal zurecht, die gar nicht zurechtgerückt werden mussten. »Dieser kleine Jack O'Connell ist wirklich süß, nicht wahr?« Sie warf Kate einen forschenden Blick zu.

»Mmh.«

»Sein Vater ist auch nicht gerade unansehnlich.«

»Stimmt. Beide sind süß. Und ja, wir treffen uns immer noch.«

»Ich habe doch gar nichts gesagt«, verteidigte sich Annie empört. »Ich frage niemanden aus.«

»Nein, du stocherst nur ein bisschen herum«, erwiderte Kate gutmütig. »Das mag ich ja so an dir.« Sie klemmte sich den Dinosaurier unter den Arm. »Ich werde noch schnell bei Mama vorbeischauen.«

»Soll ich dieses Biest einpacken?« Annie hatte schon die Hand auf die Geschenkpapierrolle gelegt.

»Nein. Eingepackt ist es ein Geschenk, aber so kann ich Jack den Dino geben und behaupten, es sei für sein Schulprojekt.«

»Cleveres Mädchen.«

Ja, sie war clever genug, um zu wissen, was sie wollte und wie sie es bekam. Es war jetzt zwei Wochen her, seit sie und Brody sich zum ersten Mal geliebt hatten. Seitdem hatten sie einen weiteren Abend zusammen gehabt und hier und da ein paar Stunden.

Sie wollte sehr viel mehr als das.

Sie waren mit Jack ins Kino gegangen, hatten ein paarmal zu dritt zusammen gegessen, und letzten Samstag, nachdem es endlich geschneit hatte, hatten sie sich eine wilde und fröhliche Schneeballschlacht geliefert.

Auch im Hinblick auf Jack wollte sie mehr.

Sie klopfte an die Bürotür ihrer Mutter und steckte den Kopf durch den Spalt.

Natasha saß an ihrem Schreibtisch und telefonierte. Sie winkte Kate heran, während sie das Gespräch beendete. »Ja, danke. Wir können also nächste Woche mit der Lieferung rechnen.« Sie tippte etwas in den Computer ein, legte auf und seufzte. »Du kommst genau richtig«, sagte sie zu Kate. »Ich brauche eine Tasse Tee und jemanden, mit dem ich über etwas anderes als Puppen reden kann.«

»Immer gern zu Diensten. Ich mache sogar den Tee.« Kate stellte den Dinosaurier ab und drehte sich zu dem kleinen Elektrokocher, den ihre Mutter immer für solche Gelegenheiten bereitstehen hatte.

Natasha sah auf das Plastiktier, dann zu ihrer Tochter. »Für Jack?«

»Mmh. Sie arbeiten an einem Schulprojekt. Damit wird er sich bestimmt ein paar Pluspunkte einhandeln können. Außerdem ist das Ding doch nett.«

»Ein großartiger Junge.«

»Ja, das denke ich auch. Brody hat wirklich gute Arbeit geleistet. Aber er hatte ja auch das beste Ausgangsmaterial.«

»Stimmt. Aber es ist nie einfach, ein Kind allein großzuziehen.«

»Ich habe nicht vor, ihn diese Arbeit allein weitermachen zu lassen.« Kate stellte eine Tasse frisch gebrühten Tee vor ihre Mutter hin und setzte sich ihr gegenüber. »Ich habe mich in Brody verliebt, und ich werde diesen Mann heiraten.«

Tränen schossen Natasha in die Augen, Tränen des Glücks. »Aber Kate, das ist ja wundervoll!« Sie umarmte ihre Tochter. »Ich freue mich so für dich. Für uns alle. Mein Baby heiratet.« Sie küsste Kate auf die Wange. »Du wirst die schönste Braut der Welt sein. Habt ihr schon das Datum festgesetzt? Oh, das muss ja alles noch geplant und organisiert werden. Warte nur, bis wir es deinem Vater erzählen!«

»Moment, Moment!« Kate setzte lachend ihre Teetasse ab und nahm die Hand ihrer Mutter. »Es gibt noch kein Datum, weil ich ihn noch nicht dazu gebracht habe, mich zu fragen.«

»Aber …«

»Ein Mann wie Brody – unter all dem lässigen Getue ist er eigentlich sehr konventionell – wird Wert darauf legen, ganz zeremoniell um meine Hand anzuhalten. Ich muss ihn nur noch ein bisschen in die richtige Richtung stupsen. Wenn wir in diesem Stadium angelangt sind, können wir über die Planung reden.«

Bedenken ließen die Freude ersterben. Natasha runzelte die Stirn. »Katie, Brody ist kein Projekt, bei dem es darum geht, das nächste Stadium zu erreichen.«

»So meinte ich das auch nicht, Mama. Aber du musst doch zugeben, dass Beziehungen Phasen durchlaufen, oder? Und die Menschen arbeiten sich durch diese Phasen hindurch.«

»Liebes.« Natasha setzte sich auf die Schreibtischkante. »Ich habe deinen Sinn für Logik immer bewundert, deinen Ehrgeiz, deine Zielstrebigkeit. Aber Liebe, Heirat und Familie … diese Dinge sind nicht einfach mit Logik zu meistern. Im Gegenteil, meist sind sie höchst unlogisch.«

»Mama, ich liebe ihn«, erklärte Kate simpel, und wieder stiegen Natasha Tränen in die Augen.

»Ja, ich weiß es, ich habe es gefühlt und gesehen. Und glaube mir, wenn du ihn willst, dann wünsche ich ihn dir. Aber …«

»Ich will Jacks Mutter sein.« Kates Stimme wurde brüchig. »Ich wusste noch nicht einmal, dass ich es mir so wünsche. Zuerst dachte ich nur, dass er ein süßer kleiner Kerl ist. Ich mag Kinder, aber jetzt verliebe ich mich mehr und mehr in ihn. Nein, ich bin richtig vernarrt in den Kleinen.«

Natasha nahm den Dinosaurier hoch und lächelte in Erinnerungen. »Ich weiß, wie es ist, wenn man ein Kind liebt, das nicht das eigene ist. Es ist praktisch schon fertig geformt und kommt in dein Leben und ändert alles. Ich zweifle nicht daran, dass du ihn lieben würdest wie deinen eigenen Sohn.«

»Aber warum bist du dann so besorgt?«

»Weil du mein Baby bist.« Natasha stellte die Figur wieder zurück. »Ich will nicht, dass du verletzt wirst. Du bist bereit, dein Herz und dein Leben zu geben, aber das bedeutet nicht zwingend, dass Brody das für sich ebenso sieht.«

»Ihm liegt viel an mir.« Sie war sicher, sie konnte sich einfach nicht irren. »Er ist nur vorsichtig.«

»Er ist ein guter Mann, ich zweifle auch nicht daran, dass ihm an dir liegt, Katie. Aber du hast nicht gesagt, dass er dich liebt.«

»Weil ich es nicht weiß.« Mit einem frustrierten Seufzer erhob Kate sich. »Oder ob er selbst es weiß. Deshalb will ich geduldig sein. Ich versuche, praktisch zu denken. Aber, Mama, es tut so weh.«

»Ach, mein Baby.« Natasha zog Kate in ihre Arme. »Liebe ist nun mal nicht durchorganisiert und geradlinig. Selbst für dich nicht.«

»Ich werde geduldig sein. Ein Weilchen zumindest.« Sie lachte gezwungen. »Ich werde es schaffen.« Sie schloss die Augen ganz fest. »Ich weiß es.«

Es war unheimlich schwer, nicht zur Baustelle zu gehen. Sie hatte sich mindestens schon ein halbes Dutzend Mal ermahnt und zurückgehalten. Sie lenkte sich ab, indem sie den Nachmittag am Telefon verbrachte. Auf das Inserat für die »Kimball School of Dance«, die im April eröffnen würde, hatten sich bereits einige Interessenten gemeldet. Auf ihrer Liste standen sechs potenzielle Schüler. Für nächste Woche war ein Interview mit der hiesigen Lokalzeitung angesetzt. Daraus würde sich sicher noch mehr Interesse ergeben, mehr Anrufe, mehr Schüler.

Nur noch ein paar Wochen, dachte sie, als sie hinter Brodys Pick-up in der Auffahrt parkte, und sie würde ihre neue

Karriere beginnen. Was nun ihr Privatleben anging – sie hatte nicht vor, mit dem Neubeginn viel länger zu warten.

Er kam auf bloßen Füßen zur Tür, und er roch nach Wachsmalstiften. Die Tatsache, dass sie das sowohl sexy als auch süß fand, sagte ihr, wie weit sie schon in dieser Sache drinsteckte.

»Hi. Entschuldige, dass ich unangemeldet hier hereinschneie, aber ich habe etwas für Jack.«

»Ist schon in Ordnung.« Er rieb Zeigefinger und Daumen aneinander, dort, wo ein Filzstiftstrich zu sehen war. »Wir sind gerade dabei ... Komm mit in die Küche«, winkte er sie herein. »Aber mach dich auf was gefasst, es ist kein ordentlicher Anblick.«

»Wenn man an einem Projekt für die Schule arbeitet, ist es das meistens nicht.«

Brody war ziemlich überrascht, dass sie sich überhaupt daran erinnerte. Er hatte es doch nur einmal kurz, so ganz nebenbei, erwähnt ... und ein bisschen gestöhnt vielleicht.

Sie trat vor ihm in die Küche, übersah die Sachlage.

Jack kniete auf einem Stuhl am Küchentisch, über einen Zeichenbogen gebeugt, und malte ein Bild aus, dessen Umrisse eher an ein großes Schwein denn an einen Dinosaurier erinnerten. Aber er war konzentriert bei der Sache. Aufgeschlagene Bilderbücher über Dinosaurier bedeckten den gesamten Tisch, zusammen mit naturgetreuen Abbildungen, die Brody wahrscheinlich aus dem Internet ausgedruckt hatte. Außerdem lagen überall Spielzeuge verstreut sowie Wachsmalkreiden, Filz- und Buntstifte.

Große Arbeitsschuhe und kleine Turnschuhe waren achtlos in eine Ecke gekickt worden. Auf der Anrichte stand ein Krug mit einer grellroten Flüssigkeit. Da Jack einen Schnurrbart der gleichen Farbe auf der Oberlippe trug, ging Kate davon aus, dass diese Flüssigkeit ohne Risiko trinkbar sein musste.

Als sie weiter in die Küche hineinging, blieb sie mit einem Fuß leicht am Boden kleben. Ihr Schuh gab ein schmatzendes Geräusch von sich, als sie das Bein anhob. Mit gerunzelter Stirn schaute sie auf den Boden.

»Uns ist ein kleines Unglück mit der Grenadine passiert«, erklärte Brody zerknirscht. »Offensichtlich habe ich nicht alles erwischt, als ich sauber gemacht habe.«

»Hi, Kate.« Jack sah auf und wippte auf dem Stuhl. »Ich male Dinos. Willst du mal sehen?«

Sie trat näher. »Welche Dinos sind das denn?«

»Das ist ein Stegosaurus. Siehst du? Hier ist er, in dem Buch. Aber ich und Dad können nicht sehr gut zeichnen.«

»Aber du kannst toll ausmalen.« Sie legte ihr Kinn auf sein Haar und bewunderte den grünen Kopf gebührend, an dem er gerade arbeitete.

»Man muss in den Linien bleiben, deswegen haben wir sie auch so dick gemalt.«

»Eine sehr kluge Idee. Du machst das so gut, da brauchst du das Werkzeug, das ich dir mitgebracht habe, wohl gar nicht.«

»Was ist es denn? Ein Hammer?«

»Leider nein.« Sie zog den Plastikdinosaurier aus ihrer Schultertasche hervor. »Es ist ein gefährlicher Fleischfresser.«

»Ein T. Rex! Sieh nur, Dad! Die haben wirklich alle gefressen.«

»Der sieht auch richtig gefährlich aus«, stimmte Brody zu und legte seinem Sohn eine Hand auf die Schulter.

»Kann ich den mit in die Schule nehmen? Hier, guck mal, die Arme lassen sich bewegen, die Beine auch. Und er kann sogar mit seinem Maul beißen. Oh bitte, darf ich ihn mitnehmen?«

»Ich denke, er ist gutes Anschauungsmaterial für euer Projekt.« Sie wandte sich neckend an Brody. »Nicht wahr, Dad?

Und da ist auch noch ein kleines Buch dabei, das erklärt, wie sie früher gelebt und wen sie alles gefressen haben.«

»Kann ja nichts schaden. Jack, willst du Kate nicht etwas sagen?«

»Danke! Danke, Kate.« Jack ließ den Plastikdino über das Bild laufen. »Der ist toll!«

»Freut mich, dass er dir gefällt. Wie wäre es mit einem Küsschen als Dankeschön?«

Er grinste, schlug beide Hände über den Mund und schüttelte wild den Kopf.

»Gut, dann hole ich mir das Küsschen eben von deinem Dad.« Sie drehte sich um und drückte ihre Lippen auf Brodys Mund, noch bevor er überhaupt eine Chance hatte zu reagieren.

Er hatte es immer vermieden, sie zu küssen oder auch nur zu berühren, wenn Jack dabei war. Und das, so hatte Kate beschlossen, musste sich ändern.

Jack gab hinter der Hand Würgelaute von sich, aber seine Augen strahlten.

»Eine Frau muss sehen, wo sie ihre Küsse herbekommt«, sagte Kate ungezwungen und trat von Brody zurück, während er wie vom Donner gerührt stehen blieb. »Und jetzt, da meine Aufgabe erledigt ist, muss ich wieder weiter.«

»Äh … kannst du nicht bleiben?«, bettelte Jack. »Du könntest uns beim Zeichnen helfen. Es gibt Hamburger zum Abendessen.«

»So verlockend sich das auch anhört, es geht nicht. Ich habe einen Termin in der Stadt.« Was stimmte. Aber sie war sicher, dass der Überfall – pardon, der Kurzbesuch – wesentlich wirkungsvoller wäre, wenn sie nicht zu lange blieb. »Vielleicht können wir ja am Wochenende wieder ins Kino gehen. Natürlich nur, wenn du Zeit hast.«

»Au ja!«

»Wir sehen uns morgen, Brody. Nein, nicht nötig«, wehrte sie ab, als er sie zur Tür bringen wollte. »Ich finde allein hinaus. Mach du nur mit den Dinosauriern weiter.«

»Danke fürs Vorbeischauen« war alles, was er sagte. Dann hörte er die Haustür gehen.

»Dad?«

»Hmm?«

»Gefällt es dir, Kate zu küssen?«

»Ja, ich meine ...« Auf in den Kampf, dachte er, als er sich hinsetzte, denn Jack betrachtete ihn aufmerksam. »Es ist schwer zu erklären. Aber wenn du erst älter bist ... Die meisten Männer mögen es, Frauen zu küssen.«

»Nur die hübschen?«

»Nein, Frauen, die man gernhat.«

»Und wir haben Kate gern, nicht wahr?«

»Na klar.« Brody war erleichtert, dass das Thema nicht in Aufklärungsunterricht abgerutscht war. Das wäre noch ein bisschen zu früh.

»Dad?«

»Was ist?«

»Wirst du Kate heiraten?«

»Ob ich was ...?« Er war schockiert. »Du liebe Güte, Jack, wie kommst du denn darauf?«

»Na ja, du magst sie, und es gefällt dir, sie zu küssen. Und du hast keine Frau. Rods Mom und Dad küssen sich auch manchmal in der Küche.«

»Nicht jeder ... Man kann sich auch küssen, ohne verheiratet zu sein.« Gott, das wurde ja immer schlimmer! »So eine Heirat ist etwas wirklich Wichtiges. Man muss jemanden schon sehr gut kennen und sehr mögen.«

»Aber du kennst Kate doch, und du magst sie.«

Wenn seine Fantasie ihm da keinen Streich spielte, dann spürte er einen Schweißtropfen an seinem Rückgrat hinunterrinnen. »Ja schon, aber ich kenne und mag viele Leute, Jack.« Brody fühlte sich in die Enge getrieben. Etwas abrupt stand er auf und holte zwei saubere Gläser aus dem Schrank. »Aber deswegen heirate ich diese Leute nicht. Man muss jemanden lieben, um ihn zu heiraten.«

»Und du liebst Kate nicht?«

Er öffnete den Mund, schloss ihn wieder. Schon seltsam, es war viel schwieriger, seinen Sohn als sich selbst zu belügen. Er hatte keine Ahnung, als was er das Gefühl bezeichnen sollte, das er für Kate Kimball empfand. »Jack, so einfach ist das nicht.«

»Warum nicht?«

Fragen über Sex und Aufklärung wären wohl doch einfacher gewesen, entschied Brody still. Er stellte die Gläser auf den Tisch und setzte sich wieder. »Deine Mutter habe ich geliebt. Das weißt du doch, oder?«

»Ja, und sie war auch hübsch. Und ihr habt aufeinander aufgepasst und auf mich, bis sie in den Himmel gehen musste. Ich wünschte, sie hätte da nicht hingemusst.«

»Ich weiß. Ich wünsche mir das auch. Aber nachdem sie einmal weg war, habe ich mich ganz fest darauf konzentriert, dich zu lieben. Das hat mir geholfen. Und bis jetzt sind wir doch eigentlich ganz gut zurechtgekommen, oder?«

»Klar. Wir sind nämlich ein Team.«

»Und was für eines!« Brody hob die Hand, damit Jack einschlagen konnte. »Aber jetzt sollten wir sehen, was dieses Team mit den Dinos zustande bringt.«

»Na schön.« Jack nahm die Malkreiden zur Hand. Bevor er sich über das Blatt beugte, warf er seinem Vater noch einen Blick zu. Es gefiel ihm, dass sie beide ein Team waren. Aber es wäre auch ganz nett, wenn Kate mit zum Team gehören würde.

8. Kapitel

Brody montierte den ersten Unterschrank und überprüfte noch einmal mit der Wasserwaage, ob alles gerade war. Von unten drangen Bohr- und Hämmergeräusche nach oben. Seine Männer brachen die letzte Wand im Erdgeschoss heraus. Hier oben kreischte eine Säge aus Kates Schlafzimmer.

Es wird eine verdammt hübsche Wohnung werden, dachte er. Perfekt für einen Single oder auch ein Paar ohne Kinder. Eine Familie müsste sich vielleicht ein wenig einschränken …

Wirst du Kate heiraten?

Er blieb regungslos stehen und starrte Löcher in die Luft.

Warum zum Teufel hatte Jack ihm diese Idee in den Kopf gesetzt? Dadurch wurde alles so erdrückend. Er dachte nicht an Heirat, konnte es sich nicht leisten, daran zu denken. Er hatte für ein Kind zu sorgen, sein Geschäft stand noch am Anfang, und er lebte in einem alten, zugigen Haus, das noch nicht einmal zur Hälfte fertig war.

Es war einfach nicht die richtige Zeit, um jetzt auch noch eine Heirat ins Spiel zu bringen. Er hatte genug um die Ohren.

Er war schon einmal in dieser Situation gewesen. Nicht dass er es bereute, nein, keine Sekunde davon. Aber auch damals waren es schwere Zeiten gewesen, die Situation für alle Beteiligten mehr als kompliziert. Warum sollte er diese Erfahrung wiederholen wollen, wenn er im Moment noch auf so wackeligen Beinen stand?

Damit würde er sich nur mehr Probleme aufhalsen.

Außerdem dachte Kate bestimmt nicht an Heirat. Oder? Nein, natürlich nicht. Sie war ja selbst gerade erst in der Stadt angekommen. Sie hatte ihre Schule, an die sie denken musste. Und sie hatte ihre Freiheit.

Sie war in Frankreich gewesen, in England und Russland. Vielleicht wollte sie wieder dahin zurück. Warum sollte sie das nicht wollen? Aber er war hier sesshaft geworden, in West Virginia, mit einem Kind.

Und überhaupt ... Connie und er waren total ineinander verliebt gewesen. Verliebt und jung und ... naiv. Kate und er dagegen waren erwachsen. Vernünftige Menschen, die die Gesellschaft des anderen schätzten.

Viel zu vernünftig, um noch auf einer rosa Wolke zu schweben.

Eine Hand legte sich auf Brodys Schultern und erschreckte ihn so, dass er fast einen Herzschlag bekommen hätte.

»Du liebe Güte, O'Connell! Alles in Ordnung mit dir?«

Brody ließ langsam die Luft aus den Lungen entweichen und drehte sich zu Jerry Skully um. Rods Vater und er kannten sich schon seit ihrer Kindheit, und obwohl Jerry älter als dreißig war, hatte er sich die Unbeschwertheit eines jungen Mannes und auch das übermütige Grinsen bewahrt. Und genau dieses jungenhafte Lachen stand jetzt auf seinem Gesicht.

»Ich habe dich nicht gehört.«

»So könnte man wohl sagen, allerdings. Ich hab zwei Mal gerufen. Du warst ja völlig weggetreten, Mann.«

Jerry steckte die Hände in die Tasche und ging herum, um den Raum zu begutachten. Sobald man einen Typen im Anzug auf eine Baustelle stellt, wirkt er wie ein angeberischer Gockel, dachte Brody. »Was ist? Brauchst du einen Job? Ich hab noch einen zweiten Hammer.«

»Haha.« Es war ein alter Witz aus der Jugendzeit. Jerry konnte mit Zahlen jonglieren wie kein anderer, er war ein

Mathematik-Genie. Ganz gleich in welcher gesellschaftlichen Situation, er passte sich überall hervorragend an. Aber er konnte nicht einmal eine Glühbirne austauschen, ohne nicht vorher die Bedienungsanleitung gelesen zu haben.

»Hast du eigentlich diese Regale in der Waschküche installiert?«, fragte Brody mit todernstem Gesicht.

»Sie hängen an der Wand. Beth behauptet, die Heinzelmännchen hätten sie dort angebracht. Du weißt nicht zufälligerweise was davon, oder?«

»Ich beschäftige keine Heinzelmännchen. Die haben eine knallharte Gewerkschaft.«

»Tja, zu schade. Weil ich diesen Kerlchen nämlich ewig dankbar sein werde, dass sie mir Beth vom Hals geschafft haben.«

Ein Gespräch unter Freunden. Mehr war als Dank nicht nötig, jeder wusste, was der andere meinte.

»Unten sieht es doch schon ganz gut aus«, fuhr Jerry jetzt fort. »Carrie macht Beth und mich ganz verrückt. Sie will unbedingt mit Ballettunterricht anfangen. Sieht aber so aus, als würde bis nächsten Monat alles fertig sein, was?«

»Ja, ich wüsste keinen Grund, der dagegenspräche. Hier oben werden wir noch eine Weile länger arbeiten, draußen gibt es auch noch einiges zu tun, aber das Erdgeschoss ist dann fertig.« Brody rückte den nächsten Schrank in Position. »Wieso lungerst du eigentlich so früh am Nachmittag schon hier rum? Sind das die Arbeitszeiten eines Bankers?«

»Banker arbeiten härter, als du denkst, mein Freund.«

»Du hast so weiche Hände.« Brody schnüffelte. »Rieche ich da etwa Eau de Cologne?«

»Das ist Aftershave, du Banause. Nein, ich hatte einen Außentermin und bin früher fertig geworden als gedacht. Also wollte ich mir mal die Stelle ansehen, wo das Geld unserer Bank einzementiert wird.«

Brody grinste Jerry über die Schulter hinweg an. »Deswegen hat der Kunde ja auch den Besten engagiert.«

Jerry gab einen recht barschen Kommentar ab, wie nur ein guter Freund es sich erlauben konnte. »So, ich habe gehört, dass du und die Ballerina jetzt regelmäßig miteinander tanzen.«

»Je kleiner die Stadt, desto größer die Gerüchteküche« war alles, was Brody dazu sagte.

»Sieht wirklich klasse aus, die Frau.« Jerry trat näher und studierte fasziniert, wie Brody den Schrank einhängte. »Hast du schon mal ein richtiges Ballett gesehen?«

»Nein.«

»Ich schon. Meine kleine Schwester – Tiffany, erinnerst du dich noch an sie? – hatte als Kind Ballettunterricht. Die haben den Nussknacker gemacht. Meine Eltern haben mich zu der Aufführung mitgeschleift. Es hatte auch seine netten Momente. Riesige Mäuse, Schwertkämpfe, ein deckenhoher Weihnachtsbaum. Der Rest bestand aus hüpfenden und sich drehenden Gestalten. Na ja, wer's mag ...«

»Ja, sicher ...«

»Auf jeden Fall ... Tiffany ist wieder hier. In den letzten Jahren hat sie unten in Kentucky gelebt, aber jetzt hat sie sich von diesem Idioten, den sie damals geheiratet hat, endlich scheiden lassen. Sie will hierbleiben, bis sie sich wieder gefangen hat.«

»Aha ...«

»Deshalb dachte ich mir, da du ja auch wieder in der Stadt bist, könntest du vielleicht mal mit ihr ausgehen. Ins Kino vielleicht oder zum Abendessen.«

»Mmh.« Brody legte die Wasserwaage auf die beiden Schränke und verglich sie konzentriert.

»Weißt du, sie hat viel durchgemacht, es würde ihr guttun, mal mit jemandem auszugehen, der sich zu benehmen weiß und sie anständig behandelt.«

»Klar …«

»Ich weiß noch, sie hatte ein Auge auf dich geworfen, als wir noch Kinder waren. Also, wirst du sie in den nächsten Tagen anrufen?«

»Sicher … Was sagtest du?« Endlich sah Brody auf. »Wen soll ich anrufen?«

»Mein Gott, Brody. Tiff, meine Schwester. Du rufst sie an und lädst sie ein. Hast du gerade gesagt.«

»Einen Moment mal.« Brody legte die Wasserwaage weg und versuchte zu begreifen, was hier gerade gelaufen war. »Sieh mal, ich glaube nicht, dass ich das tun kann. Ich bin … na ja, ich bin doch mit Kate zusammen. Sozusagen.«

»Du bist aber nicht mit ihr verheiratet, und ihr lebt auch nicht zusammen, oder? Wo also liegt das Problem?« Jerry blickte seinen Freund fragend an.

Brody war sicher, dass es da ein Problem gab. Auch wenn er sich vor Jahren zurückgezogen hatte, wusste er doch noch gut, wie so etwas funktionierte. Und was viel wichtiger war – er wollte gar nicht mit Tiffany ausgehen. »Jerry, ich habe schon lange nichts mehr mit dieser ganzen Verabredungssache zu tun.«

»Aber du triffst dich doch mit der Ballerina.«

»Nein. Tue ich nicht … Ich meine, wir …«

Es war eine glückliche Fügung, dass er nach einer Ausrede suchen musste. Denn so sah er von Jerry weg und erblickte Kate, die im Türrahmen stand.

»Oh, Kate. Hi.«

»Hallo.« In ihrer Stimme klirrten Eiszapfen, in ihren Augen dagegen funkelte heiße Wut. »Entschuldigt die Störung.«

Jerry erkannte blitzartig, wie brenzlig die Situation war. Er setzte sein bestes Jungenlächeln auf und wandte sich zum Gehen, um seinen alten Freund diese Schlacht allein ausfechten zu lassen. »Hallo, Kate, schön, dich wiederzusehen. Nein, ist es schon so spät? Ich muss mich beeilen. Brody, ich melde mich wegen dieser Sache noch bei dir. Also, bis dann.« Und damit war er auch schon zur Tür hinaus.

Brody nahm den Bohrer in die Hand. »Das war übrigens Jerry.«

»Mir ist bewusst, dass das Jerry war.«

»Heute werden die Schränke eingebaut. Du hast eine gute Wahl getroffen mit dem hellen Kirschholz. Den Schlafzimmerschrank schaffen wir heute auch noch, und die erste Lage Putz an der eingezogenen Wand …«

»Wie schön.«

In ihr brodelte es. In ihrem Magen ringelten und zischelten giftige Vipern. Und sie hatte keineswegs die Absicht, diese Tiere davon abzuhalten, ihre tödlichen Giftzähne in Brodys Fleisch zu stoßen.

»So, wir treffen uns also nicht, nein? Wie würdest du es denn nennen?« Sie kam in den Raum hinein. »Wir schlafen nur zusammen? Oder wäre dir ein anderer, simplerer Ausdruck lieber?«

»Kate, Jerry hat mich festgenagelt.«

»Tatsächlich? Hast du ihm darum so entschieden gesagt, dass wir zusammen sind, ›sozusagen‹? Mir war nicht klar, dass es für dich ein solches Dilemma ist, unsere Beziehung in Worten auszudrücken. Oder dass es dir so peinlich ist, unsere Beziehung, oder wie immer du es nennen willst, vor deinen Freunden zuzugeben.«

»Jetzt halt aber mal die Luft an.« Er legte den Bohrer mit einem unsanften Geräusch ab. »Wenn du schon lauschst, dann hättest du dir das ganze Gespräch anhören sollen. Jerry will, dass ich seine Schwester ausführe, und ich habe versucht, ihm zu erklären, dass ich das für keine gute Idee halte.«

»Ich verstehe.« Sie hätte jeden einzelnen Nagel aus seinem Werkzeuggürtel nehmen und ihm ins Gesicht spucken können. »Erstens: Ich habe nicht gelauscht. Dies hier ist mein Besitz, und ich kann kommen und gehen, wann ich will, ohne mich vorher anzumelden. Zweitens: Was die Sache mit Jerrys Schwester anbelangt – ist dir das Wörtchen Nein jemals in den Sinn gekommen?«

»Ja … nein«, verbesserte er sich. »Weil ich nicht richtig zugehört habe.«

»Schau an, du kennst das Wort Nein also doch. Dann will ich dir mal was sagen, O'Connell.« Sie bohrte ihm den Zeigefinger in die Brust. »Ich hüpfe nicht durch die Betten. Wenn ich mit einem Mann zusammen bin, dann bin ich nur mit diesem Mann zusammen. Und falls er unfähig oder nicht willens sein sollte, dasselbe zu tun, dann sollte er zumindest so viel Ehrlichkeit besitzen und es mir sagen.«

»Aber ich habe doch gar nicht …«

»Und es gefällt mir auch nicht, als billige Entschuldigung hervorgekehrt zu werden, wenn du keine Lust hast, einem Freund einen Gefallen zu tun. Bilde dir nicht ein, dass ich mich dazu benutzen lasse. Da es ja so scheint, dass wir nicht zusammen sind – schließlich ist es ja nur ›sozusagen‹ –, kannst du Jerrys Schwester oder wen immer du willst auch anrufen. Keine falsche Scheu!«

»Verflucht, was denn nun? Bist du jetzt sauer, weil ich Jerry einen Korb gebe oder weil ich ihm keinen Korb gebe?«

Sie ballte die Hände zu Fäusten. Wenn sie ihm jetzt einen Kinnhaken versetzte, würde er sich nur etwas darauf einbilden. »Idiot.« Sie spie nur dieses eine Wort aus, dann drehte sie sich auf dem Absatz um und marschierte aus dem Raum, nicht ohne Brody vorher noch etwas in Ukrainisch an den Kopf zu werfen.

»Weiber«, murmelte Brody wütend. Das metallene Klirren des Werkzeugkastens, als er dagegentrat, verschaffte ihm auch keine nennenswerte Befriedigung.

Eine Stunde später waren die Unterschränke eingebaut, und Brody machte sich an die Arbeit am Vorratsschrank. Mittlerweile hatte er die Szene mit Kate mindestens ein Dutzend Mal in Gedanken nachgespielt, und mit jedem Mal waren ihm neue Dinge eingefallen, die er hätte sagen sollen. Knappe, markige Bemerkungen, mit denen er gut dagestanden hätte. Bei der ersten Gelegenheit, die sich ihm bot, würde er diese Bemerkungen auch loswerden.

Kate konnte sich auf etwas gefasst machen. Er würde nicht zu Kreuze kriechen, sagte er sich, als er die Regalträger annagelte. Er hatte nichts getan, wofür er sich entschuldigen müsste. Frauen, so entschied er, waren der Hauptgrund, warum es für einen Mann besser war, solo durchs Leben zu gehen.

Wenn er so ein Idiot war, warum hatte sie dann überhaupt Zeit mit ihm verbracht?

Er trat aus dem Wandschrank, drehte sich um und wäre fast mit Spencer Kimball zusammengeprallt.

»Was ist heute hier eigentlich los?«, knurrte Brody überrascht.

»Tut mir leid. Ich dachte mir, dass Sie mich bei all dem Lärm nicht gehört haben.«

»Ich werde Schilder aufstellen.« Brody stapfte zu dem Stapel mit Regalbrettern, die er vorbereitet hatte. »Keine Anzüge, keine Krawatten, keine Frauen.«

Spencer hob verdutzt die Augenbrauen. In all den Monaten, die er Brody jetzt kannte, erlebte er ihn zum ersten Mal aufgebracht. »Ich nehme an, ich bin heute nicht der Erste, der stört.«

»Nein.« Brody legte das Regal ein. Es passte millimetergenau. »Wenn es um Ihre Küche geht – wenn Ihnen das Design zusagt, bestelle ich das Material. Dann können wir in zwei Wochen damit anfangen.«

»Ich halte mich da raus, das ist Natashas Sache. Eigentlich wollte ich nur mal sehen, wie es hier vorangeht. Ist ja schon viel geschafft worden.«

»Ja, verdammt viel.« Brody riss ein weiteres Regalbrett hoch, dann hielt er inne und holte tief Luft. »Entschuldigung, aber heute ist ein schlechter Tag.«

»Scheint wohl in der Luft zu liegen.« Und erklärt auch, so dachte Spencer, warum seine Tochter so gereizt war. »Kate ist unten und richtet ihr Büro ein.«

»So?« Die nächsten Regalbretter wurden sehr energisch an ihren Platz geschoben. »Ich wusste nicht, dass sie noch hier ist.«

»Die bestellten Möbel sind gerade geliefert worden. Unten wurde ich auch nicht gerade herzlich empfangen. Wenn ich zwei und zwei zusammenzähle, komme ich zu dem Schluss, dass ihr beide euch gestritten habt.«

»Man kann es wohl kaum einen Streit nennen, wenn der eine dem anderen ohne ersichtlichen Grund an die Kehle springt. Das wird allgemein als Angriff bezeichnet.« Brody schnaubte wütend.

»Aha. Selbst auf die Gefahr hin, mich in etwas einzumischen, das mich eigentlich nichts angeht – die Frauen in meiner Familie haben immer einen Grund, wenn sie einem Mann an die Gurgel wollen. Ob das nun ein ersichtlicher Grund ist oder nicht, darüber lässt sich diskutieren.«

»Und genau deshalb bringen Frauen nur Probleme mit sich.«

»Vielleicht. Aber es ist nicht leicht, ohne sie auszukommen, nicht wahr?«

»Jack und ich sind immer gut zurechtgekommen.« Ärger und Frustration fielen von ihm ab, als er sich zu Spencer umdrehte. »Was ist eigentlich los mit den Frauen? Warum müssen sie immer alles so kompliziert machen und einen dann als

Idioten hinstellen?« Mit einem fast hilflosen Gesichtsausdruck musterte Brody sein Gegenüber.

»Mein Junge, Generationen von Männern haben sich diese Frage gestellt und sind alle auf die gleiche Antwort gekommen: Es ist eben so.«

Brody lachte trocken auf, trat zurück und begutachtete die eingebauten Regale. »Tja, mehr kann man wohl nicht erwarten. Ist jetzt sowieso egal. Sie hat mir den Laufpass gegeben.«

»Sie scheinen mir nicht der Mann zu sein, der normalerweise vor Problemen davonläuft.«

»An Ihrer Tochter ist ja auch nichts Normales.« Brody schnitt eine Grimasse. »'tschuldigung.«

»Oh, ich nehme das als Kompliment. Ich habe den Eindruck, ihr beide habt gegenseitig euren Stolz und eure Gefühle verletzt. Wollen Sie einen Tipp von einem Insider hören? Auf so etwas reagiert Kate immer zuerst mit einem Wutanfall, danach folgt Eiseskälte.«

Brody suchte in seinem Werkzeugkasten nach Haken. Er sollte einem seiner Männer diesen Job überlassen, aber er musste jetzt irgendwie seine Hände beschäftigen. »Sie hat sich ziemlich klar ausgedrückt. Hat mich einen Idioten genannt. Und dann hat sie mir irgendetwas in Ukrainisch an den Kopf geworfen.«

»In Ukrainisch?« Spencer bemühte sich redlich, das Schmunzeln zu verbergen. »Dann muss sie aber ziemlich wütend gewesen sein.«

Brody kniff die Augen zusammen. »Die Worte habe ich nicht verstanden, aber der Ton gefiel mir ganz und gar nicht.«

»Oh, wahrscheinlich hatte es irgendetwas damit zu tun, dass man Sie auf einem Spieß über dem Höllenfeuer rösten sollte. Ihre Mutter liebt diesen Ausdruck. Brody, empfinden Sie etwas für meine Tochter?«

Brodys Handflächen wurden in Sekundenbruchteilen feucht. »Mr. Kimball, ich …«

»Spence. Ich weiß, es ist eine schwierige Frage. Aber ich möchte trotzdem eine Antwort.«

»Wenn Sie vielleicht erst von dem Werkzeugkasten zurücktreten würden? Da sind nämlich eine Menge spitzer Gegenstände drin.«

Spencer steckte die Hände in die Taschen. »Sie haben mein Wort darauf, dass ich Sie nicht zu einem Duell mit Schraubenziehern herausfordern werde.«

»Na schön. Ja, ich empfinde etwas für Kate. Meine Gefühle für sie sind unklar, wirr, aber sie sind da. Ich hatte nicht vor, etwas mit ihr anzufangen. Ich bin gar nicht in der Position dazu.«

»Darf ich fragen, warum?«

»Das ist doch wohl offensichtlich. Ich bin ein alleinerziehender Vater. Ich versuche, ein anständiges Leben für meinen Sohn aufzubauen, aber dieses Leben kann Kate nicht bieten, was sie gewohnt ist. Auf jeden Fall ist es nicht das Leben, das sie haben könnte.«

Spencer wippte auf den Fersen vor und zurück. »Die haben Sie ziemlich fertiggemacht, was?«

»Wie bitte?«

»Unsere Familie kann ziemlich laut und aufdringlich sein, beschützend bis zur Gluckenhaftigkeit und manchmal sehr irritierend. Aber eines findet man bei uns immer: Respekt und Unterstützung für die Entscheidungen des anderen. Brody, es ist ein Fehler, eine bestimmte Situation nach der Entwicklung einer anderen zu beurteilen.« Spencer machte eine Pause, fuhr dann fort: »Aber lassen wir das mal für den Moment. Da Ihnen an Kate liegt, will ich Ihnen einen Rat geben. Ob Sie ihn annehmen, bleibt Ihnen überlassen. Stellen Sie sich dem Problem. Stellen Sie sich ihr. Wenn Sie ihr gleichgültig wären, hätte sie die ganze Sache sehr kühl oder, noch schlimmer, sehr höflich beendet.«

Er entschied, dass er Brody genug zum Nachdenken gegeben hatte. Er betrachtete den Raum, der bald eine Küche sein würde. »Dieses Chaos erwartet mich also, wenn Sie bei uns anfangen.« Er grinste Brody zerknirscht an. »Mann, und Sie glauben, Sie haben Probleme.«

Als Spencer gegangen war, tippte sich Brody gedankenverloren mit dem Schraubenzieher auf die Handfläche. Dieser Mann riet ihm doch tatsächlich, mit der eigenen Tochter zu streiten. Was für eine verrückte Familie war das eigentlich?

Seine Eltern hatten nie gestritten. Sein Vater hatte die Regeln aufgestellt, und jeder hatte sich gefälligst daran zu halten gehabt. Connie und er hatten auch nie gestritten. Zumindest nicht richtig. Sicher, sie waren sich nicht immer einig gewesen, aber dann hatten sie miteinander geredet und es ausdiskutiert. Oder es einfach ignoriert, gab Brody in Gedanken zu. Denn sie beide hatten allein dagestanden, isoliert, hatten nur sich gehabt, sich nur auf den anderen verlassen können.

Außerdem hatte er sich mit Temperamentsausbrüchen nur Ärger eingehandelt. Mit seinem Vater, in der Schule mit den Lehrern, als junger Mann mit seinen Chefs. Er hatte gelernt, sich zu beherrschen, nach dem Kopf zu handeln, nicht aus dem Bauch heraus. Zumindest meistens, schränkte er ein, als er an die letzte Auseinandersetzung mit seinem Vater dachte.

Trotzdem … Vielleicht war es wirklich ein Fehler, das Gewesene mit dem zu vergleichen, was jetzt war. Eins stand auf jeden Fall fest: Er würde dieses miese Gefühl im Magen erst dann loswerden, wenn er ihr seine Meinung gesagt hatte.

Also ging er nachsehen, wie weit seine Männer gekommen waren, machte ein paar Anmerkungen, ordnete kleinere Verbesserungen an und ging mit seinen Leuten den Plan für morgen durch. Da der Arbeitstag sowieso schon fast zu Ende war, schickte er alle nach Hause.

Er wollte kein Publikum haben.

Kate traf den Nagel genau, versenkte ihn und bleckte zufrieden die Zähne. Dieser Idiot Brody O'Connell war nicht der Einzige, der mit einem Hammer umgehen konnte ...

Die letzten beiden Stunden hatte sie damit zugebracht, ihr Büro einzurichten. Alles war genau so, wie sie es sich vorgestellt hatte. Perfekt eben.

Der Schreibtisch stand genau da, wo sie ihn hatte haben wollen, in den Schubladen lagen bereits ordentlich organisiert die Broschüren, die sie entworfen hatte, das Briefpapier der Ballettschule, die Anmeldeformulare für die Schüler.

Wie der Schreibtisch war auch der Ablageschrank aus heller Eiche. Sie ging davon aus, dass sich die Ordner schon bald füllen würden.

Den Teppich hatte sie in einem Antikladen gefunden. Das schon leicht verblasste Muster von Bauernrosen passte hervorragend zu dem hellen Grün der Wand und harmonierte mit den ebenfalls grün gepolsterten Stühlen, die vor dem Schreibtisch standen.

Nur weil es ein Büro war, musste ja nicht auf Stil verzichtet werden, oder?

Sie hängte ein weiteres der gerahmten Schwarz-Weiß-Fotos, die sie ausgewählt hatte, an die Wand, trat zurück und nickte. Tänzer an der Stange, bei Proben, auf der Bühne, hinter der Bühne. Junge Ballettschülerinnen, die ihre Spitzenschuhe festbanden. In Schweiß gebadet, strahlend, triumphierend, bis zum Letzten erschöpft. Alle Aspekte aus der Welt eines Tänzers. Die Fotos würden sie tagtäglich daran erinnern, was sie getan hatte. Und was sie tat.

Sie nahm noch einen Nagel und schlug ihn an der markierten Stelle ein. Und was sie nicht tun würde! Nämlich ihre Zeit mit Brody O'Connell verschwenden!

Der Mistkerl.

Sollte er sich doch mit Tiffany amüsieren. Oh, sie erinnerte sich nur zu gut an Tiffany Skully. Die Blondine mit üppiger Oberweite war an der Highschool eine Klasse über ihr gewesen. Viel albernes Gekicher, noch mehr greller Lippenstift. Fein, sollte dieser Idiot doch mit ihr ausgehen. Was ging sie das an?

Sie war fertig mit ihm.

»Hättest du mir eher gesagt, dass du die ganze Wand mit Bildern zuhängen wirst, hätte ich mich beim Verputzen nicht so anzustrengen brauchen.«

Nicht gerade vorsichtig hängte sie das nächste Bild auf und nahm noch einen Nagel. »Man sollte eigentlich annehmen, dass du eine gewisse Berufsehre hast und stolz auf deine Arbeit sein willst, ob jemand sie nun bewundert oder nicht. Außerdem habe ich für diese Wand bezahlt, und was ich mit ihr tue, ist zum Teufel noch mal ganz allein meine Sache.«

»Sicher. Wenn du unbedingt überall Löcher reinschlagen willst, bitte.« Die Fotos sahen großartig aus, aber das würde er natürlich nicht zugeben. Nicht nur die Art, wie sie sie arrangiert hatte, zusammenhängend, ohne langweilig zu sein, nein, vor allem das Thema.

Er erkannte Kate auf mehreren dieser Bilder, als Kind, als junges Mädchen, als Frau. Auf einem Foto saß sie im Schneidersitz auf dem Boden und schlug mit einem Hammer auf ihre Spitzenschuhe ein.

Er verkniff sich das Grinsen und deutete mit dem Finger darauf. »Ich dachte eigentlich, diese Dinger sind zum Tanzen da.«

»Nur zu deiner Information: Spitzenschuhe müssen eingetragen werden. Das ist eine Methode, um es schneller zu erreichen. Wenn du mich jetzt bitte entschuldigen würdest … ich möchte mein Büro weiter einrichten. Morgen Nachmittag habe ich bereits die ersten Termine hier.«

»Dann bleibt dir ja noch genügend Zeit.« Vor allem weil das Büro schon perfekt aussah. Er hatte gewusst, dass sie es perfekt machen würde.

»Dann lass es mich mal so sagen …« Sie hämmerte den Nagel in die Wand. »Erstens bin ich beschäftigt, und zweitens habe ich kein Bedürfnis, mit dir zu reden. Ich bezahle dich nicht dafür, dass du herumstehst und Schwätzchen hältst.«

»Komm mir bloß nicht auf diese Art.« Er riss ihr den Hammer aus der Hand. »Dass deine Unterschrift auf den Schecks steht, hat nichts mit dem Rest zu tun. Und ich werde den Teufel tun und zulassen, dass du es auf dieses billige Niveau herunterziehst.«

Er hatte natürlich recht, und sie schämte sich auch dafür, dass sie sich hatte hinreißen lassen. »Okay, aber das Persönliche zwischen uns ist vorbei.«

»Das denkst du!« Er drehte sich um und schloss die Tür.

»Was glaubst du eigentlich, was du da tust?!«

»Ich schaffe Ruhe. Davon scheint es heute hier nicht viel zu geben.«

»Öffne diese Tür sofort wieder – und dann geh hindurch. Und hör nicht mit dem Gehen auf, bis du draußen bist.«

»Setz dich hin und halt den Mund.«

Sie riss die Augen weit auf, mehr aus Schock als aus Wut. »Wie bitte?«

Um dieses Problem endlich zu bereinigen, legte er den Hammer weg – außerhalb ihrer Reichweite –, ging auf sie zu und drückte sie auf den Stuhl. »Und jetzt hörst du mir zu.«

Sie wollte aufspringen, wurde aber wieder energisch hinuntergedrückt. Sie hatte ihn bisher noch nie so wütend gesehen.

»Jetzt hast du bewiesen, dass du groß und stark bist«, fauchte sie schneidend. »Du brauchst nicht auch noch zu beweisen, wie begriffsstutzig du bist.«

»Und du brauchst nicht zu zeigen, wie verwöhnt und eingebildet du bist. Solltest du noch einmal versuchen, von diesem Stuhl aufzustehen, bevor ich ausgeredet habe, werde ich dich darauf festbinden, klar?« Er wartete einen weiteren Kommentar von ihr gar nicht ab, sondern begann: »Ich arbeitete konzentriert, als Jerry hereinkam. Er ist mein Freund. Er und Beth haben viel für Jack und mich getan, deshalb bin ich ihm etwas schuldig.«

»Aha. Und du dankst es ihm damit, dass du dich mit seiner Schwester einlässt.«

»Sei still, Kate. Ich lasse mich nicht mit seiner Schwester ein. Ich habe nicht vor, mich mit ihr zu verabreden. Jerry zielte in diese Richtung, und ich habe Schränke eingebaut. Ich habe nicht richtig zugehört. Bis ich merkte, wohin der Hase lief …« Er fuhr sich frustriert durchs Haar. »Er hat mich in einem unaufmerksamen Moment erwischt, und dann musste ich versuchen, mich aus der Affäre zu ziehen, ohne ihm auf die Füße zu treten. Er und Tiff haben sich immer nahegestanden, er macht sich wohl Sorgen um sie. Und er vertraut mir. Was hätte ich denn sagen sollen? ›Sorry, aber ich bin nicht an deiner Schwester interessiert.‹?«

Kate schob das Kinn vor. »Zum Beispiel, ja. Aber darum geht es gar nicht.«

»Worum zum Teufel dann?«

»Du hast durchklingen lassen – denn offensichtlich denkst du so –, dass es zwischen uns nichts anderes als Sex gibt. Aber ich verlange mehr von einer Beziehung. Treue, Loyalität,

Zuneigung, Respekt. Ich erwarte von einem Mann, dass er in der Lage ist auszusprechen, dass wir zusammen sind, dass er etwas für mich empfindet, ohne dabei an seiner eigenen Zunge zu ersticken.«

Brody fluchte herzhaft. »Es ist über zehn Jahre her, dass ich mich überhaupt mit jemandem verabredet habe. Ich denke, du könntest mir gegenüber ruhig etwas Nachsicht walten lassen.«

»Und genau da irrst du. Bist du jetzt fertig?«

»Mann, bist du stur. Nein, ich bin nicht fertig.« Er zog sie unsanft auf die Füße. »Seit ich dich kenne, habe ich mich mit keiner anderen Frau getroffen. Weil ich es nicht will. Das werde ich auch Jerry klarmachen und jedem, der es hören will. Mir liegt viel an dir, aber es gefällt mir nicht, dass ich mir wie ein Idiot vorkommen muss, nur weil ich aus der Übung bin.«

»Schön für dich. Und jetzt lass los.«

»Wenn ich loslassen könnte, würde ich nicht hier stehen und gegen das Bedürfnis ankämpfen, dir den Hals umzudrehen.«

»Du hast mich beleidigt. Du hast uns beleidigt. Du bist derjenige, dem man den Hals umdrehen sollte.«

»Ich werde mich nicht noch einmal entschuldigen.« Er zog sie zur Tür.

»Entschuldigen? Ich habe noch keine Entschuldigung gehört! Was soll das eigentlich? Was hast du vor?«

»Halt einfach den Mund«, knurrte er und zog sie hinter sich her auf den Korridor.

Es verschlug ihr den Atem, als er sie hochwuchtete und sich über die Schulter warf. Mit einer Hand hielt er ihre Beine fest, mit der anderen riss er die Haustür auf.

»Hast du plötzlich den Verstand verloren?« Zu verdutzt, um sich noch weiter zu wehren, schob sie sich das lange Haar aus dem Gesicht, während er die Vordertreppe hinunterging und den kleinen Vorgarten durchquerte. »Bist du völlig verrückt geworden?«

»Richtig. Und zwar in dem Moment, als ich dich zum ersten Mal sah.« Er erblickte eine Frau, die gerade aus dem Wohnhaus gegenüber trat. »Äh, entschuldigen Sie, Ma'am ...«

Die Angesprochene blinzelte erstaunt. »Ja?«

»Hallo. Das ist Kate, und ich heiße Brody. Wir sind zusammen. Das wollte ich Sie nur wissen lassen.«

»Ach du liebe Güte«, flüsterte Kate entsetzt und ließ das Haar wieder fallen.

»Ich verstehe.« Die Frau begann zu lächeln. »Das ist schön, wirklich. Sehr schön.«

»Danke.« Brody packte Kate bei der Hüfte und setzte sie auf dem Boden ab. »Bist du jetzt zufrieden, oder sollen wir weitermachen?«

Sie konnte kein Wort rausbringen, so dick war der Kloß in ihrer Kehle. Sie löste das Problem, indem sie Brody die geballte Faust auf die Brust schlug und zurück ins Haus rannte.

»Das ist wohl ein Nein«, entschied Brody und stiefelte hinterher.

9. Kapitel

Er hatte sie eingeholt, bevor sie ihm die Bürotür vor der Nase zuschlagen konnte. Das hätte ihn sowieso nicht aufhalten können, jetzt, da er einmal in Fahrt war.

»Nicht so schnell, Schätzchen.«

»Nenn mich nicht Schätzchen! Wage es nicht, mich überhaupt anzureden.« Sie funkelte ihn an. »Du bist nichts als ein grobschlächtiger, rüpelhafter Klotz. Mich so zu behandeln! Mich so auf der Straße in Verlegenheit zu bringen!«

»Verlegenheit also?« Er kniff die Augen zusammen und schloss die Tür hinter sich. »Warum solltest du verlegen sein? Ich habe doch nur einer Nachbarin gesagt, dass wir zusammen sind, ohne – wie war das noch? – an meiner Zunge zu ersticken. Wo also liegt das Problem, wenn ich fragen darf?«

»Das Problem ist, dass ...« Sie wich zurück, als er auf sie zukam. Noch ein Schock. Es lag nicht so sehr daran, dass er sie in eine Ecke drängte. Vielmehr lag es daran, dass sie es zuließ. Noch nie hatte sie den Rückzug angetreten, war nie vor einem Mann zurückgewichen. »Was machst du da?«

»Ich bin nur ich selbst.« Und es fühlte sich verdammt gut an. »Es ist schon eine ganze Weile her, seit ich mich das letzte Mal keinen Deut um Selbstbeherrschung geschert habe, aber ich hab's offensichtlich nicht verlernt. Wir werden herausfinden, ob du damit umgehen kannst.«

»Wenn du dir einbildest, du könntest ...« Sie brach ab, als er sie bei den Armen packte und zu sich heranzog. »Brody, du solltest dich jetzt besser beruhigen.«

»Nein, keine Lust.« Er presste seine Lippen auf ihren Mund und spürte instinktiv ihren Protest. Ignorierte ihn.

»Und?«, verlangte er zu wissen, als er den Kopf hob. »Hast du Schwierigkeiten damit?«

»Brody ...« war alles, was sie sagen konnte, bevor er sie wieder küsste.

»Ja oder nein?«

»Ich ...« Jetzt biss er sie in den Hals. »Oh Gott.« Sie konnte nicht mehr klar denken. Es war falsch. Es musste mindestens ein Dutzend gute Gründe geben, die das belegen würden.

Sie würde später darüber nachdenken.

»Soll ich die Hände von dir nehmen oder nicht?«

Diese Hände, stark und rau, die verlangend über ihren Körper strichen ...

»Also? Was ist? Ja oder nein? Entscheide dich.«

»Nein, verflucht.« Sie griff in sein Haar und zog seinen Kopf zu sich herunter.

Sie hätte nicht sagen können, wer wen auf den Boden zog. Es war auch unwichtig. Sie wusste nicht, wer ungeduldiger war, dem anderen die Kleider vom Leib zu reißen. Es war ihr gleichgültig.

Sie wusste nur, dass sie diesen verärgerten, groben Mann genauso wollte wie den geduldigen, zärtlichen. Ihr Körper verzehrte sich nach ihm, ihr Herz verlangte nach ihm.

Leidenschaft. Heiß, wild, ungestüm. Sie wunderte sich, dass ihr Körper nicht einfach verbrannte. Ineinander verkeilt wälzten sie sich über den Boden. Sie biss in seine Schulter, liebte den Geschmack seiner Haut auf ihrer Zunge.

Er hatte vergessen, wie es war, sich gehen zu lassen, sich einfach zu nehmen, was er wollte, ohne Einschränkungen, ohne Fesseln. Hastig, begierig, fordernd. Seine Finger zerrten an der feinen Spitze, die das letzte Hindernis bildete, zerrissen sie.

Ihre Fingernägel in seinem Rücken stachelten ihn nur mehr an, die blinde Fassungslosigkeit in ihren Augen, als er mit einem einzigen kräftigen Stoß von ihr Besitz nahm, ließ ihn einen unbarmherzigen Triumph verspüren.

Sie bog ihm ihre Hüften entgegen, ihr beweglicher Körper wurde von Schauern geschüttelt. Sie klammerte sich an ihn und schrie lustvoll auf, als der Höhepunkt sie überwältigte. Lehnte sich zurück, damit er sich nehmen konnte, was er brauchte.

Als er sie freigab, lag sie einfach da, fühlte sich wie geschmolzenes Wachs, schwach, gesättigt.

Sie war wild und rücksichtslos von einem Mann genommen worden. Sie hatte es zugelassen.

Sie fühlte sich großartig.

Auch wenn seine Sicht noch nicht ganz klar war, betrachtete Brody ihr Gesicht, dann das, was von ihren Kleidern übrig geblieben war.

»Ich habe deine Bluse zerrissen.« Als sie ihre Augen öffnete, erkannte er die träge Zufriedenheit einer gesättigten Frau. »Und das hier auch.« Er hielt die zerfetzten Reste ihres Spitzenslips hoch. »Aber ich werde mich nicht entschuldigen.«

»Ich habe auch keine Entschuldigung verlangt.«

»Gut. Denn wenn du es getan hättest, wäre ich gezwungen gewesen, dich wieder nach draußen zu schleppen – diesmal nackt – und noch einen Nachbarn zu finden. Aber so leihe ich dir ein Hemd von mir. Ich habe noch eins im Wagen.«

Sie setzte sich auf und nahm sein Hemd entgegen. Die Euphorie, die sie fühlte, wurde langsam schwächer. »Streiten wir uns noch?«

»Ich für meinen Teil habe zu Ende gestritten. Es liegt also ganz bei dir.«

Sie sah auf. Seine Augen blickten jetzt klar und sehr durchdringend. Diesmal war es an ihr, unsicher zu sein und nach Worten zu suchen. Sie öffnete den Mund, schloss ihn wieder und schüttelte den Kopf.

»Sag schon. Lass uns die Sache ein für alle Mal bereinigen – hier und jetzt.«

»Du hast meine Gefühle verletzt.« Es war so erniedrigend, es zuzugeben. Mit Wut konnte sie viel einfacher umgehen als mit Schmerz.

»Das habe ich schon kapiert.« Er nahm ihr das Hemd aus den Fingern und legte es ihr über die Schultern. »Dafür entschuldige ich mich. Falls es dir hilft – du hast meine auch verletzt.«

»Was machen wir nur, Brody?«

»Ich vermute, wir versuchen, einander kennenzulernen. Das, was zwischen uns ist, ist mir nicht peinlich, Kate. Ich will nicht, dass du das denkst. Aber ich wüsste nicht, wie ich es beschreiben sollte. Ich kann nicht damit umgehen – noch nicht.«

Sie zog sich das geliehene Hemd über. »Immerhin ist das ehrlich. Mehr kann man wohl nicht verlangen.« Aber es tat weh. Sehr. Weil sie sich in ihn verliebt hatte und er sich nicht in sie. Was natürlich nicht zwingend hieß, dass er sich nie in sie verlieben würde. Sie rang sich ein kleines Lächeln ab und küsste ihn leicht. »Du bist kein Idiot. Ich entschuldige mich dafür, dass ich dich so genannt habe.«

»Du hast mir noch etwas viel Schlimmeres gesagt, nicht wahr?«

Ihr Lächeln wurde breiter. »Vielleicht.«

»Ich werde mir ein Ukrainisch-Lexikon zulegen.«

»Viel Glück. Da stehen längst nicht alle Schimpfwörter drin.«

»Ich werde mir trotzdem eines beschaffen.« Er stand auf

und zog sie auf die Füße. »Jetzt muss ich meinen Jungen abholen.«

Seine Haare standen wirr in alle Richtungen ab, seine Augen funkelten vor Zufriedenheit, und sein Oberkörper war nackt. Er sah so unglaublich sexy aus. Und er war ein Vater, der seinen kleinen Sohn vom Schulbus abholen musste.

»Das ist ein großer Teil davon, nicht wahr?«, fragte sie. »Von deinem Problem, das du mit unserer Beziehung hast, oder? Den Mann und den Vater unter einen Hut zu bringen.«

»Vielleicht. Ja«, gab er schließlich zu. »Kate, es hat niemanden gegeben, seit ewig langer Zeit …« Er strich sich das Haar zurück, versuchte, es zu ordnen. »Connie war sehr lange Zeit krank.« Er konnte jetzt nicht darüber reden, konnte nicht dorthin zurückgehen. »Jack hatte keinen sehr glücklichen Start. Wir beide wahrscheinlich nicht. Ich muss versuchen, es wiedergutzumachen.«

»Das hast du schon. Und du machst es immer noch. Ich weiß, es ist ein Balanceakt, aber ich bin sehr gut im Balancieren. Solange wir beide es wollen.«

»Ich will es.«

Ruhe kam über sie und ihr schmerzendes Herz. »Gut, so weit sind wir uns dann wohl einig. Und jetzt geh und hole Jack ab.«

»Ja.« Er ließ seinen Blick über sie wandern. »Ich wollte dir nur noch sagen, dass Flanell dir wirklich gut steht.«

»Danke.«

»Soll ich dich nach Hause bringen?«

»Nein, ich will hier noch ein paar Dinge erledigen und das Zimmer fertig machen.«

»Also gut.« Er beugte den Kopf und berührte mit seinen Lippen ihren Mund, verweilte dort. »Ich muss gehen.« Aber an der Tür drehte er sich noch einmal um. »Willst du am Samstagabend mit mir ausgehen?«

Sie zog eine Augenbraue hoch. Das war das erste Mal, dass er sie bat, mit ihm auszugehen. Das musste man wohl als Fortschritt betrachten. »Ja, sehr gern.«

Wie war es nur möglich, dass schon wieder Ferien waren? Die Weihnachtsferien waren gerade vorbei, da gab es schon wieder Osterferien. Als Brody noch ein Kind gewesen war, waren die Schultage nie so schnell verflogen, dessen war er sich sicher.

Dann hatten sich die Skullys auch noch entschlossen, die freie Zeit zu nutzen und mit ihren Kindern nach Disney World zu fahren. Eine Katastrophe! Jack hatte gebettelt, gefleht und schließlich zu jammern angefangen, damit sie auch hinfahren würden.

Brody hatte versucht, seinem Sohn zu erklären, dass es im Moment einfach nicht möglich war. Geduldig, verständnisvoll. Irgendwann war er dann in den elterlichen Autoritätston verfallen – »Weil ich es sage!« –, als alles Erklären und Verständnis keine Wirkung gezeigt hatten.

Endresultat war, dass er seit zwei Tagen mit einem schmollenden Kind und fürchterlichen Gewissensbissen lebte. Es war diese Kombination, die das Badezimmer noch kleiner erscheinen ließ, während er versuchte, Fliesen zu legen.

»Nie darf ich irgendwohin«, beschwerte Jack sich trotzig. Der Stapel Spielzeug, den er wie immer mit auf die Baustelle hatte nehmen dürfen, langweilte ihn zu Tode.

Normalerweise machte es ihm Spaß, mit seinem Dad zur Arbeit zu gehen. Aber nicht, wenn sein bester Freund in Disney World war und in einer Rakete fahren durfte. Das war eine Sauerei. *Eine große Sauerei.* Er wiederholte das Wort mehrmals in Gedanken. Er hatte es von einem der Männer aus dem Bautrupp aufgeschnappt. Es gefiel ihm.

Da sein Vater ihn immer noch ignorierte und nur Fliesen legte, schob Jack die Unterlippe vor. »Warum darf ich nicht zu Grandma?«

»Ich habe dir bereits erklärt, dass Grandma heute Vormittag etwas zu erledigen hat. In ein paar Stunden kommt sie und holt dich ab. Dann gehst du zu ihr.« Gott sei Dank.

»Ich will aber nicht dableiben. Da ist es langweilig. Es ist unfair. Ich muss hierbleiben und darf nichts tun. Alle anderen unternehmen was und haben Spaß, nur ich nicht. Ich darf nie was tun.«

Brody warf den Spachtel in den Eimer Fliesenkleber. »Jetzt hör mal gut zu. Ich habe hier eine Arbeit zu erledigen. Eine Arbeit, die dafür sorgt, dass du regelmäßig zu essen bekommst.«

Verflucht, das waren die Worte seines Vaters! Wie kamen die in seinen Mund?

»Auf jeden Fall bin ich so lange hier festgenagelt, bis es fertig ist. Und du damit auch. Mach nur weiter so, Jack. Wenn du dich ranhältst, gehst du nirgendwohin.« Brody musterte seinen Sohn streng.

»Grandpa hat mir fünf Dollar gegeben«, entgegnete Jack aufmüpfig. »Du brauchst mir also kein Essen zu kaufen.«

»Sehr gut. Dann gehe ich morgen in Rente.«

»Grandma und Grandpa können mit mir nach Disney World fahren, das machen sie ganz bestimmt. Und dann darfst du nicht mitkommen.«

»Sie fahren nirgendwo mit dir hin«, knurrte Brody böse. Die kindliche Wut traf ihn bis ins Mark. »Wenn du Glück hast, siehst du Disney World, wenn du dreißig bist. Und jetzt hör endlich auf!«

»Ich will Grandma! Ich will nach Hause! Ich mag dich nicht mehr!«

Das war der Moment, als Kate eintrat. Sie sah Brodys erschöpfte und frustrierte Miene, sah zu dem kleinen Jungen, der ausgestreckt auf dem Boden lag und heiße Tränen vergoss, und wagte sich in die Höhle des Löwen.

»Was ist denn los, hübscher Jack?«

»Ich will nach Disney World!«

Er stieß es zwischen Tränen und Schluckauf hervor. Brody richtete sich auf, aber Kate hockte sich zwischen Vater und Sohn.

»Oh Mann, ich will auch dorthin. Ich wette, jeder will nach Disney World.«

»Dad nicht.«

»Sicher will er dahin. Daddys sind überhaupt diejenigen, die am meisten dorthin wollen. Aber für sie ist es immer schwierig, weil sie arbeiten müssen.«

»Kate, ich kann allein damit fertigwerden.«

»Hat jemand behauptet, du könntest es nicht?«, murmelte sie, nahm Jack auf den Arm und stand auf. »Du hast bestimmt genug davon, hier herumzusitzen, oder, kleiner Mann? Warum gehen wir beide nicht für eine Weile zu mir nach Hause und lassen Dad hier in Ruhe weiterarbeiten?«

»Meine Mutter kommt nachher, um ihn abzuholen. Hier, gib ihn mir …« Er streckte die Arme nach seinem Sohn aus, der sich plötzlich fest an Kate klammerte. Und seinem Vater damit tief ins Herz schnitt.

Sie sah es auf Brodys Gesicht, am liebsten wäre sie mit Jack auf dem Arm an Brody herangetreten, damit sie sich alle umarmen konnten. Aber das war jetzt nicht angebracht. Im Moment war erst einmal Distanz nötig.

»Ich bin für heute fertig, Brody. Lass mich Jack doch einfach mit zu mir nehmen. Dann kann er mir Gesellschaft leisten.« Und ein Nachmittagsschläfchen machen, sagte sie lautlos, damit Brody von ihren Lippen las. »Ich rufe deine Mutter an, damit sie Jack bei mir abholt.«

»Ich will mit Kate gehen«, schluchzte Jack an ihrer Schulter.

»Fein. Großartig.« Mit einem lausigen Gefühl aus Wut und Schuld schnappte er sich den Spachtel. Wie ein schmollender, weinerlicher Junge, dachte Kate.

Er ließ sich erschöpft auf einem umgekehrten Eimer nieder, hörte noch, wie Jack, während Kate ihn hinaustrug, herzzerreißend jammerte: »Mein Daddy hat mich angeschrien.«

»Ja, ich weiß.« Sie küsste Jack auf die heiße, tränenüberströmte Wange und stieg die Treppe hinunter. »Aber du hast ihn auch angeschrien. Ich glaube, ihm geht es jetzt genauso schlecht wie dir.«

Jack ließ einen kleinen Laut der Zustimmung hören und legte seinen Kopf mit einem schweren Seufzer an Kates Schulter. »Er fährt nicht mit mir nach Disney World, so wie Rods Vater.«

»Wahrscheinlich bin ich daran schuld.«

»Wieso?«

»Nun, weißt du, dein Dad macht diese Arbeit für mich, und er hat mir versprochen, dass er bis zu einem bestimmten Tag alles fertig hat. Und weil er es mir versprochen hat, habe ich anderen Leuten versprochen, dass ich für sie Dinge tue, und die verlassen sich jetzt darauf. Wenn dein Dad sein Versprechen brechen würde, dann kann ich meine den anderen Leuten gegenüber auch nicht halten. Das wäre doch nicht richtig, oder?«

»Nein, aber … aber vielleicht nur dieses eine Mal.«

»Wenn dein Dad dir etwas verspricht, hält er das dann auch?«

Jack ließ den Kopf hängen. »Ja«, kam es ganz leise.

»Sei nicht so traurig, hübscher Jack. Wenn wir bei mir sind, werde ich dir eine Geschichte vorlesen.«

»Kann ich einen Keks haben?«

»Aber natürlich.« Mit einem Lächeln drückte sie den Jungen fest an sich.

Er war schon eingeschlafen, noch bevor der Prinz von dem Fluch der bösen Hexe erlöst war und glücklich und zufrieden sein Königreich regierte.

Der arme Kleine, dachte sie und legte eine Decke über ihn. Armer Brody.

Erst jetzt fiel ihr auf, dass sie gar nicht wusste, was Brody alles leisten musste. Als Vater tobte man nicht nur auf dem Wohnzimmerteppich oder spielte Ball im Garten. Man musste auch Tränen, Wutanfälle und Enttäuschungen hinnehmen, und man musste die richtige Mischung aus Disziplin und Güte finden. Manchmal musste man Nein sagen, wenn das Herz laut Ja schrie.

»Du wirst so geliebt, hübscher Jack«, murmelte sie und küsste ihn sanft auf die Stirn. »Er will, dass du es weißt.«

Und dieser Mann wurde auch geliebt. Sie seufzte. Sie wünschte, er würde es endlich begreifen. Denn lange würde sie nicht mehr warten. Sie wollte beide, den Mann und den Jungen.

Als das Telefon klingelte, beeilte sie sich, den Hörer abzunehmen. »Hallo. Ah.« Lächelnd nahm sie den Apparat und verließ den Raum, damit Jack nicht gestört wurde. »Davidov, der große Meister persönlich. Was verschafft mir die Ehre?«

Später frischte Kate ihr Make-up auf und kämmte sich ordentlich das Haar. Es war albern, sie wusste es, aber sie würde zum ersten Mal Brodys Eltern gegenübertreten. Und da sie vorhatte, sie zu ihren Schwiegereltern zu machen, war ein guter erster Eindruck wichtig.

Jack war voller Energie von seinem Mittagsschläfchen aufgewacht. Diese Energie fand ihr Ventil in einem Wettrennen im Garten, einem blutrünstigen Kampf mit Action-Figuren und einer zusätzlichen Massenkarambolage mit Spielzeugautos. Danach war ein Snack in der Küche notwendig.

»Mein Dad ist böse auf mich«, sagte Jack und starrte bedrückt auf die Apfelstücke und das Käsebrot.

»Nein, das glaube ich nicht. Er ist nur traurig, weil er dir nicht geben kann, was du dir wünschst. Eltern würden ihren Kindern am liebsten immer alle Wünsche erfüllen, aber manchmal geht das eben nicht.«

Sie erinnerte sich an ihre eigene Kindheit. Sie hatte beeindruckende Wutanfälle abgeliefert, gefolgt von sturem Schmollen. Und danach immer das Gefühl, kreuzunglücklich zu sein.

»Manchmal erfüllen Eltern die Wünsche ihrer Kinder nicht, weil es für das Kind nicht das Beste wäre. Und manchmal können sie den Wunsch einfach nicht erfüllen. Wenn du mal selbst einen kleinen Jungen hast und er weint und schreit und mit den Füßen stampft, wirst du auch böse werden. Aber dir wird auch das Herz wehtun.«

Jack hob den Kopf, mit großen Augen und zitternden Lippen. »Das wollte ich nicht.«

»Ich weiß. Ich wette, wenn du das deinem Dad sagst, werdet ihr euch beide gleich besser fühlen.«

»Hat dein Dad dich mal angeschrien?«

»Ja, und dann war ich böse und auch traurig. Aber nach einer Weile habe ich mir dann überlegt, dass ich es verdient hatte.«

»Habe ich es auch verdient?«

»Ich fürchte, ja, hübscher Jack. Aber eines wusste ich immer: Auch wenn mein Dad mich angeschrien hat, er hatte mich sehr lieb. Und du weißt das von deinem Dad auch, nicht wahr?«

»Ja.« Jack nickte ernst. »Wir sind ein Team.«

»Ihr seid ein richtig gutes Team.«

Jack spielte mit den Apfelstückchen, legte ein Muster auf dem Teller zusammen. Sie ist hübsch, dachte er. *Und nett.* Sie konnte spielen, und sie las ihm Geschichten vor. Er mochte es sogar, wenn sie ihn küsste, auch wenn er so tat, als würde es ihm nicht gefallen. Dad küsste sie auch gern, das hatte er selbst gesagt. Und Dad log nie.

Also, vielleicht … vielleicht könnte sie ja seinen Dad heiraten. Dann wäre sie Dads Frau und seine Mutter. Und sie würden alle zusammen in dem großen Haus leben. Dann wären sie eine richtige Familie.

Irgendwann würden sie vielleicht sogar alle zusammen nach Disney World fahren.

»Worüber denkst du denn so angestrengt nach, hübscher Jack?«

»Ich habe gerade überlegt, ob …«

»Hoppla.« Sie erhob sich, als es an der Haustür klingelte, und lächelte Jack zu. »Vergiss nicht, was du sagen wolltest, ja? Das wird deine Grandma sein.«

Sie wuschelte Jack durchs Haar und eilte zur Tür. Als sie die Hand an den Türknauf legte, atmete sie noch einmal tief durch. Es ist albern, nervös zu sein, ermahnte sie sich. Dann zog sie die Tür auf und sah Mr. und Mrs. O'Connell draußen stehen.

»Hallo. Schön, dass Sie da sind.« Sie ließ die beiden ein. »Jack ist in der Küche und isst etwas.«

»Danke, dass Sie auf Jack aufpassen.« Mary O'Connell blickte sich rasch um. Ihre Neugier sollte nicht zu auffällig sein. Auch sie hatte sich Mühe mit ihrem Make-up gegeben – sehr zum Missfallen ihres Mannes.

»Ich bin gern mit Jack zusammen. Kommen Sie doch herein, ich habe frischen Kaffee aufgebrüht.«

»Wir wollen Ihnen keine Umstände machen«, sagte Bob. Er war schon zigmal in diesem Haus gewesen. Wenn man die Toiletten anderer Leute reparierte, war man nicht mehr sonderlich beeindruckt von deren restlicher Einrichtung.

»Es macht ganz bestimmt keine Umstände. Natürlich, wenn Sie es eilig haben ...«

»Wir müssen noch ...«

Bob brach ab, als seine Frau ihm leicht mit dem Ellenbogen in die Seite stieß. »Für eine Tasse Kaffee bleibt immer Zeit. Danke für die Einladung.«

»Brody wird für meine Eltern die Küche renovieren«, erzählte Kate, während sie vorging. »Meine Eltern sind ganz begeistert von dem, was er im restlichen Haus schon für sie gemacht hat.«

»Er hat immer ein Händchen für handwerkliche Dinge gehabt«, sagte Mary und warf ihrem Mann einen kurzen Blick zu, als der die Lippen fest aufeinanderpresste.

»Ja, sein Haus hat er völlig verändert. He, Jack, sieh mal, wer hier ist.«

»Hi.« Jack schlürfte seinen Kakao. »Ich habe mit Kate gespielt.«

Wie der Vater, so der Sohn, dachte Bob säuerlich, aber seine Laune hob sich wie immer, als er Jacks strahlendes Lachen sah. »Wo hast du denn die Kakaokuh gefunden, Partner?«

»Oh, wir halten uns eine im Garten und melken sie zweimal am Tag«, sagte Kate lachend und stellte zwei Kaffeetassen auf den Tisch.

»Kate hat Spielzeug. Ihre Mom hat einen ganzen Laden voll damit. Kate hat gesagt, dass ich mir zu meinem Geburtstag in dem Laden aussuchen darf, was ich will.«

»Oh, das ist aber nett.« Mary sah von Jack zu Kate. »Wie geht es Ihrer Mutter?«

»Sehr gut. Danke der Nachfrage.«

Die Art, wie Kate den Kaffee servierte, gefiel Mary. Ruhig, geschickt, mit Stil, aber nicht affektiert. Und die Art, wie sie Jack ganz selbstverständlich einen Lappen reichte, damit er den verschütteten Kakaoklecks selbst aufwischen konnte.

Sie würde eine gute Mutter abgeben, dachte Mary. Der Himmel wusste, ihr kleines Lämmchen hatte das verdient. Was nun Kate als potenzielle Ehefrau betraf – nun, man würde sehen.

»Jeder redet über Ihre Ballettschule.« Als ihr Mann leise abfällig schnaubte, huschte verlegene Röte über ihre Wangen. »Sie müssen doch ganz aufgeregt sein.«

»Das bin ich auch. Es haben sich schon einige Schüler angemeldet, die ersten Unterrichtsklassen werden in ein paar Wochen beginnen. Falls Sie noch jemanden kennen sollten ... ich wäre Ihnen dankbar, wenn Sie ein gutes Wort für mich einlegen könnten.«

»Shepherdstown ist nicht New York«, brummte Bob und griff nach dem Zuckertopf.

»Stimmt.« Kate blieb ruhig und freundlich, auch wenn ihr der Seitenhieb nicht entgangen war. »Ich habe gern in New York gelebt und gearbeitet. Natürlich war es leichter für mich, weil ich dort Familie habe. Ich bin auch gerne gereist, es gefiel mir, andere Länder kennenzulernen, auf den großen Bühnen zu tanzen. Aber hier ist mein Zuhause, und hier will ich sein. Meinen Sie, dass das Ballett nicht hierherpasst, Mr. O'Connell?«

Er zuckte die Schultern. »Ich versteh nichts davon.«

»Sehen Sie, ich verstehe sehr viel davon. Deshalb bin ich überzeugt, dass eine gute Schule hier ankommen wird. Wir leben in einer Kleinstadt«, fuhr sie fort, »aber wir haben auch ein College. Das bringt sehr viele verschiedene Leute hier zusammen.«

»Kann ich einen Keks haben?«

Kate erhob sich bereitwillig, um Jack Kekse zu bringen, und zuckte zusammen, als sie Brody plötzlich durch das Glas der Hintertür erblickte.

Sie ließ ihn ein. »Himmel, hast du mich erschreckt.«

»'tschuldigung.« Er sah zu seinen Eltern. »Ich habe versucht, euch anzurufen, um euch zu sagen, dass ich Jack selbst abholen kann. Aber ihr wart schon weg.«

»Wir haben gesagt, um drei holen wir den Jungen ab, und um drei waren wir hier«, brummte Bob.

»Nun ... bei mir hat sich eine kleine Änderung ergeben.« Er sah zu seinem Sohn, der mit hängendem Kopf auf seinen Teller starrte, das Kinn fast auf der Brust. »Hast du Spaß bei Kate gehabt?«

Jack nickte und sah langsam auf. Tränen schwammen in seinen Augen. »Es tut mir leid, dass ich so böse war. Ich wollte deinem Herzen nicht wehtun.«

Brody ging vor ihm in die Hocke und nahm Jacks Gesicht in beide Hände. »Und mir tut es leid, dass ich nicht mit dir nach Disney World fahren kann. Es tut mir leid, dass ich dich angeschrien habe.«

»Dann bist du nicht mehr böse auf mich?«

»Nein. Ich war auch nie wirklich böse auf dich.«

Die Tränen trockneten schnell. »Das hat Kate auch gesagt.«

»Kate hat recht gehabt.« Er nahm seinen Sohn auf den Arm und drückte ihn fest an sich.

»Darf ich wieder mit dir zurück zur Arbeit? Ich verspreche, ich werde auch ganz lieb sein.«

»Nun, du könntest, aber für heute ist meine Arbeit erledigt.«

»Nennt man das jetzt Verantwortungsbewusstsein, wenn ein Mann am frühen Nachmittag aufhört zu arbeiten?« Bobs Stimme klang vorwurfsvoll.

Brody sah zu seinem Vater hinüber und nickte fest. »Ja. Denn dieser Mann ist verantwortungsbewusst genug, um ein guter Vater zu sein und sich Zeit für seinen Sohn zu nehmen.«

»Du hattest immer genug zu essen.« Bob schob unwirsch den Stuhl zurück.

»Stimmt. Aber ich will, dass Jack später mehr von mir sagen kann. Ich habe etwas für dich«, wandte er sich an Jack und bemerkte das zitternde Kinn und den ängstlichen Blick, wie immer, wenn sein Vater und er aneinandergerieten. »Es hat nichts mit Disney World zu tun, aber ich wette, es wird dir mehr gefallen.«

»Ein neuer Action Man?«

»Nein.«

»Ein Auto? Ein Laster?«

»Ganz kalt. Und du kannst auch aufhören, in meinen Taschen zu wühlen, denn da wirst du nichts finden. Es ist draußen auf der Veranda.«

»Kann ich es sehen?« Jack rannte schon zur Tür und rüttelte am Türknauf. Und als die Tür dann aufging und Jack nach unten sah, dann zu seinem Vater, hatte Brody in diesem einen glücklichen Moment alles, was er zum Leben brauchte.

»Ein Hündchen! Ein richtiges Hündchen!«

Jack hob das schwarze Fellknäuel hoch, das sofort begann, begeistert fiepend und schwanzwedelnd Jacks Gesicht abzuschlecken. »Ist der für mich? Kann ich ihn behalten?«

»Sieht aus, als wollte er dich behalten«, meinte Brody lächelnd.

»Sieh nur, Grandma, ich habe einen Hund! Er gehört ganz allein mir! Und er heißt Mike! So wie ich es mir immer gewünscht habe!« Mit strahlenden Augen betrachtete der Junge seinen neuen Spielgefährten.

»Der ist wirklich ein hübscher kleiner Kerl. Oh, sieh nur, die großen Pfoten. Der ist bestimmt bald größer als du. Aber du musst auch gut auf ihn aufpassen und dich um ihn kümmern, Jack.«

»Das werde ich, Ehrenwort! Sieh nur, Kate, das ist Mike!«

»Er ist wunderbar.« Sie ging in die Hocke und wurde dafür mit nassen Hundeküssen belohnt. »So weich, so süß.« Sie sah zu Brody auf, in seine Augen. »Unbeschreiblich süß.«

»Schon gut für einen Jungen, einen Hund zu haben.« Bob war verletzt von der Bemerkung seines Sohnes. »Aber wer wird sich um das Tier kümmern, wenn Jack in der Schule ist und du den ganzen Tag arbeitest? Du überlegst nie vorher, du machst nur das, was du willst. An andere denkst du dabei nicht.«

Bestürzt legte Mary ihre Hand auf den Arm ihres Mannes. »Bob!«

»Unser Garten ist eingezäunt«, setzte Brody beherrscht an. »Und auf viele Baustellen kann ich den Hund mitnehmen. Bis er alt genug ist, allein zu bleiben.«

»Hast du den Hund für den Jungen gekauft, oder willst du nur dein Gewissen beruhigen, weil du ihm nicht das bieten kannst, was seine Freunde haben?«

»Ich will gar nicht nach Disney World«, sagte Jack weinerlich. »Ich will bei Dad und Mike bleiben.«

Kate setzte ihr freundlichstes Lächeln auf und legte Jack einen Arm um die Schultern. »Warum gehst du nicht mit Mike hinaus und spielst mit ihm im Garten, hm? Kleine Hunde rennen genauso gern wie kleine Jungen. Hier, zieh dir erst deine Jacke an.«

Brody hielt sich zurück, bis Kate den Jungen zur Tür hinausgeschoben hatte.

»Es geht dich nicht das Geringste an, wann und warum ich meinem Sohn einen Hund kaufe. Ich habe den Hund schon vor drei Wochen ausgesucht, musste aber warten, bis er alt genug und entwöhnt war. Ich wollte ihn Ostersonntag abholen, aber Jack braucht heute eine kleine Aufmunterung.«

»Du bringst ihm keinen Respekt bei, wenn du ihn mit Geschenken überhäufst, nachdem er frech zu dir war.«

»Respekt war das Einzige, das du mir beigebracht hast, und sieh dir an, wohin uns das geführt hat.«

»Bitte.« Mary rang entsetzt die Hände. »Das müsst ihr doch nicht hier austragen …«

»Du sagst mir nicht, wann und wo ich meine Meinung sagen kann«, fuhr Bob seiner Frau über den Mund. »Es war ein Fehler von mir, ich hätte dich noch öfter den Stock spüren lassen sollen. Du hast immer nur das getan, was du wolltest. Es gab immer nur Ärger mit dir, du weißt gar nicht, wie viel Kummer du deiner Mutter zugefügt hast. Rennst in die Stadt, noch nicht trocken hinter den Ohren, und vergeudest dein Leben.«

»Es ging nicht um die Stadt, es ging darum, von dir wegzukommen.«

Bobs Kopf zuckte herum, als wäre er geschlagen worden. »Aber jetzt bist du wieder hier, nicht wahr? Krebst herum, schiebst deinen Sohn zu Nachbarn ab, damit du überhaupt über die Runden kommst. Jagst Weiberröcken hinterher und wälzt dich in Betten, während dein Sohn im Zimmer nebenan liegt …«

»Moment mal!« Hätte die Wut ihr nicht den Blick vernebelt, wäre Kate aufgefallen, dass sie sich zwischen zwei Männer stellte, die kurz davor waren, sich mit Fäusten zu bearbeiten. »Zufälligerweise weiß ich, dass Brody nicht Weiberröcken hinterherjagt, sondern mir. Und selbst wenn es Sie überhaupt nichts angeht – wir haben uns nie im Bett gewälzt, wenn Jack nebenan schlief. Wenn Sie nicht wissen, dass Brody sich eher den rechten Arm abschneiden würde, bevor er dieses Kind verletzt, dann sind Sie nicht nur blind, sondern auch begriffsstutzig. Sie sollten sich schämen, so mit ihm zu reden, nur weil Sie nicht genug Mumm besitzen, ihm zu sagen, dass Sie stolz auf das sind, was er aus seinem Leben und dem Leben seines Sohnes macht.«

»Spar dir deinen Atem«, mischte Brody sich resigniert ein, »es nützt sowieso nichts.«

»Du hältst dich da raus. Denn du bist weiß Gott auch nicht unschuldig. Du hast kein Recht, so zu deinem Vater zu sprechen. Kein Recht, ihm den Respekt zu verweigern. Und das vor deinem eigenen Kind. Siehst du denn nicht, wie sehr ihn das ängstigt, wenn er euch beiden zusehen muss, wie ihr euch gegenseitig an die Kehle geht?«

Wütende Pfeile schossen aus ihren Augen, als sie von einem zum anderen blickte. »Ihr zwei zusammen habt nicht einmal den Verstand einer Amöbe. Ich gehe jetzt raus zu Jack. Und von mir aus könnt ihr euch die Nasen blutig schlagen.« Damit riss sie die Hintertür auf und segelte hinaus.

Es brodelte immer noch in ihr, als Brody kurze Zeit später neben sie trat.

»Ich möchte mich dafür entschuldigen, dass ich das in dein Haus gebracht habe.«

»Mein Haus hat schon einige Familienstreitigkeiten erlebt. Das wird mit Sicherheit nicht das letzte Mal gewesen sein.«

»Du hast recht, es war falsch von uns, vor Jack damit anzufangen.« Als sie schwieg, steckte er seufzend die Hände in die Hosentaschen und sah eine Weile zu, wie Jack mit Mike über den Rasen tobte. »Kate, so war es immer zwischen meinem Vater und mir.«

»Muss es deshalb auch immer so bleiben? Brody, wenn du einen Aspekt deines Lebens ändern kannst, gelingt es dir auch bei einem anderen. Du musst es nur wollen.«

»Wir geraten uns ständig in die Haare. Es ist besser, wenn wir Abstand voneinander halten. Ich will nicht, dass Jack einmal für mich solche Gefühle hat.«

»Hör auf damit.« Ungeduldig drehte sie sich zu ihm herum. »Sieh ihn dir an. Ist das ein glücklicher, gesunder, wohlerzogener Junge?«

»Ja.« Brody lächelte unwillkürlich, als Jacks lautes Lachen durch die Luft schwang.

»Du bist ein guter Vater. Manchmal ist es anstrengend, aber meist ist es leicht für dich. Weil du ihn bedingungslos liebst. Als Sohn zu lieben ist viel schwieriger für dich. Weil du Bedingungen stellst, Forderungen. Ansprüche hast. Genauso ist es bei deinem Vater.«

»Wir lieben uns nicht.«

»Da irrst du gewaltig. Denn sonst könntet ihr euch nicht so verletzen.«

Brody ging nicht darauf ein. Sie verstand es nicht. Wie sollte sie auch? »Es ist das erste Mal, dass ich ihn sprachlos gesehen habe. Noch nie hat eine Frau ihn so auseinandergenommen. Ich muss sagen, ich habe mich mittlerweile daran gewöhnt.«

»Umso besser. Also, wenn du nicht willst, dass ich jetzt mit dir anfange, solltest du dich so schnell wie möglich bei deiner Mutter entschuldigen. Sie wäre vor Verlegenheit am liebsten im Boden versunken.«

»Mann, du bist ganz schön streng. Darf ich wenigstens vorher mit meinem Hund spielen?«

Sie hob eine Augenbraue. »Wessen Hund?«

»Jacks. Aber Jack und ich, wir sind …«

»Ein Team«, beendete sie den Satz für ihn. »Ich weiß.«

10. Kapitel

Kate machte einen Plan. Wartete ab, bis der richtige Moment gekommen war. Sicher, es war mit voller Absicht und kühl kalkuliert. Aber mal ehrlich, was war so falsch daran? Timing, Ansatzpunkt, Vorgehensweise – unerlässliche und grundlegende Faktoren für jeden Plan.

Freitagnacht war der richtige Zeitpunkt. Jack blieb über Nacht bei seinen Großeltern, und Brody war sehr entspannt und glücklich, nachdem sie sich leidenschaftlich geliebt hatten.

»Ich habe etwas für dich.«

»Noch mehr?« Er war, wie Jerry es genannt hätte, völlig weggetreten. »Ich habe schon ein Abendessen, eine Flasche Wein und eine Nacht mit einer wunderschönen Frau bekommen. Etwas anderes kann es doch gar nicht mehr geben.«

Mit einem leisen Lachen schlüpfte sie aus dem Bett. »Doch.«

Er beobachtete sie. Er liebte es zu sehen, wie sie sich bewegte. Langsam dämmerte es ihm, dass da vielleicht doch mehr an dieser ganzen Ballettsache war, als er bisher vermutet hatte.

Es machte ihn glücklich, sie hier in seinem Zimmer zu sehen. Dem Zimmer, in das er schon seit Längerem abends immer noch ein paar Stunden Arbeit investiert hatte, damit es endlich fertig wurde. Schließlich tat er hier jetzt wesentlich mehr als nur schlafen.

Einmal hatte sie ihre Ohrringe auf der Kommode neben dem Bett liegen lassen. Als er aufgewacht war und sie gesehen hatte, war er regelrecht zusammengezuckt. Die Ohrringe sahen so … so feminin aus.

Und dann war ihm der Platz auf der Kommode leer vorgekommen, als Kate die Ohrringe genommen und wieder eingesteckt hatte.

Er würde sich genauer überlegen müssen, was diese seltsame Reaktion zu bedeuten hatte.

Sie zog sein Hemd über und ging zu ihrer Handtasche auf dem Stuhl.

»Ich werde dir ein Dutzend Flanellhemden kaufen, nur damit ich dich darunter nackt sehen kann.«

»Ich nehme gerne an.« Sie kam zum Bett zurück und ließ einen Umschlag auf seine bloße Brust fallen. »Die sind für dich.«

»Was?« Verdutzt setzte Brody sich auf und öffnete den Umschlag. Zwei Flugtickets kamen zum Vorschein, was ihn nur noch mehr irritierte. »Was ist das?«

»Zwei Tickets nach New York. Für dich und Jack.«

Argwöhnisch runzelte er die Stirn. »Wieso?«

»Weil ich euch beide dabeihaben will. Warst du schon mal in New York?«

»Nein, aber …«

»Umso besser. Dann kann ich euch beiden die Stadt zeigen. Der Direktor meiner Company hat Anfang der Woche angerufen«, erklärte sie. »Sie machen eine Sonderaufführung, nur eine Vorstellung, nächsten Samstag. Ein Wohltätigkeitsprojekt. Es werden verschiedene Ausschnitte aus den gängigsten Balletten gezeigt. Die Tänzerin, die den *pas de deux* tanzen sollte, ist wegen einer Verletzung ausgefallen. Nichts Schlimmes, glücklicherweise, es wird ihre Karriere nicht beenden, aber sie muss zwei Wochen pausieren. Deshalb hat er mich gebeten, für sie einzuspringen. Ich sollte eigentlich schon Montag hinfliegen, um zu üben, aber ich musste einiges umorganisieren, und so kann ich erst am Dienstag nach New York.«

Das war doch ganz einfach und klar, oder nicht? Sie würde Brody keinen Raum lassen, sich herauszuwinden, das hatte sie sich fest vorgenommen.

Er fühlte den kleinen Stich, dass sie schon wieder wegmusste. »Ich weiß, du wirst exzellent sein. Aber, Kate, ich kann mir nicht einfach Jack greifen und fürs Wochenende nach New York jetten.«

»Warum nicht? Ihr fliegt Freitag nach der Schule und seid vor dem Abendessen in New York. Wir kommen bei meiner Schwester unter. Am Samstag siehst du dir die Stadt an, gehst mit Jack vielleicht aufs Empire State Building. Samstagabend Theater, die Ballettaufführung. Am Sonntag ein kleiner Stadtbummel zusammen, dann Dinner bei meinen Großeltern. Wir nehmen den letzten Flug zurück, und am Montag ist jeder wieder pünktlich in der Schule und bei der Arbeit.« Sie reckte die Schultern und musste Luft holen. »Oh, und Mike bringst du natürlich mit. Die Kinder meiner Schwester werden aus dem Häuschen sein.«

Er hatte das Gefühl, in einer Kiste zu sitzen, und jemand hämmerte Nagel für Nagel den Deckel zu. »Kate, Leute wie ich tun so etwas nicht. Mal eben nach New York ...«

»He, du fliegst doch nicht zum Mars, O'Connell.« Lachend küsste sie ihn. »Nur ein kleines Abenteuer. Jack wird vor Freude in die Luft springen, und ...«, den entscheidenden Schlag hatte sie bis zum Schluss aufbewahrt wie jeder gute General, »... dann kann er seinem Freund Rod wenigstens einen kleinen Dämpfer wegen Disney World versetzen. Immerhin kann er dann von sich behaupten, dass er auf dem Gebäude war, von dem King Kong in einen tragischen Tod stürzte.«

Das saß. Brody musste an sich halten, um nicht unruhig im Bett hin und her zu rutschen. Ach was, Kiste. Er kam sich vor wie ein Fisch an der Angel, der den Haken schon geschluckt hatte und nicht mehr loskam. »Versteh es bitte nicht falsch, aber ich habe wirklich nicht viel für Ballett übrig.«

»So?« Sie lächelte zuckersüß und klimperte mit den Wimpern. »Welche hast du denn schon gesehen?«

»Ich habe auch noch keine öffentliche Hinrichtung gesehen, und trotzdem weiß ich, dass das nichts für mich wäre.«

»Sieh es doch mal so. Du ermöglichst Jack, New York kennenzulernen. Du hast zwei volle Tage, um dich bestens zu amüsieren. Dagegen stehen zwei Stunden Flug, in denen du dich zu Tode langweilen wirst. Das ist doch kein schlechter Deal, oder? Außerdem hast du mich noch nie tanzen sehen.« Sie verschränke ihre Finger mit seinen. »Ich wünsche mir, dass du mich wenigstens ein Mal auf der Bühne siehst.«

Er blickte mit gerunzelter Stirn auf die Tickets in seinen Händen. »Du hast wirklich nichts ausgelassen, was?«

»Das hoffe ich doch. Also, abgemacht?«

»Wenn Jack hört, dass er zum ersten Mal mit einem Flugzeug fliegen darf, wird er völlig ausflippen.«

Jack flippte nicht nur aus, er überschlug sich vor Freude und war nicht mehr zu bremsen. Auch dann nicht, als sie am Freitagnachmittag das Flugzeug bestiegen.

»Dad, kannst du nicht fragen, ob Mike bei uns sitzen kann? Er hat Angst in dieser Kiste.«

»Jack, ich habe dir bereits erklärt, dass das nicht erlaubt ist. Außerdem sind da doch noch zwei andere Hunde. Die drei werden sich bestimmt bestens unterhalten und genauso viel Spaß haben wie wir.«

»Na schön.« Mit staunend aufgerissenen Augen sah Jack sich um, als sie durch die schmale Tür in die Maschine traten. »Dad, sieh nur!«, flüsterte er aufgeregt. »Da sind die Piloten.«

Der Steward begriff sofort. Jack bekam eine Führung durch das Cockpit und ein kleines Plastikflugzeug. Als die Startdurchsage kam, war Jack fest entschlossen, später einmal Pilot zu werden.

Während der nächsten fünfzig Minuten feuerte er eine Frage nach der anderen ab, meist die kleine Nase hartnäckig an die Fensterscheibe gedrückt. Als sie zur Landung ansetzten, klingelte es Brody in den Ohren, aber er musste zugeben, dass Jack einen Riesenspaß hatte.

Jetzt musste er nur noch die nächsten beiden Tage überstehen – bei Kates Familie. Und als ob das nicht reichen würde, einem Mann ernsthafte Kopfschmerzen zu bereiten, gab es da auch noch den Ballettabend.

Was treibst du hier eigentlich, O'Connell?, fragte er sich in einem Anflug von Panik. Ein Wochenende in New York. Ein Abend im Theater. Warum zum Teufel bist du nicht zu Hause, schmirgelst Schränke ab und bereitest die freitagabendliche Pizza Spezial vor?

Die Frage konnte er sich selbst beantworten. Es war wegen Kate. Nach dieser Erkenntnis flammte die Panik, bis jetzt noch verhalten, lichterloh auf. Irgendwie hatte sie alles verändert.

Die Reisetasche in der einen Hand, Jacks Hand fest in der anderen, ging er durch das Gate und befahl sich, ganz ruhig zu bleiben – schließlich waren es ja nur zwei Tage –, und sah sich nach Kate um. Als er den großen blonden Mann erblickte, der aufgeregt winkte, ging er hastig die Gesichter aller Leute, die er kannte, in Gedanken durch, bis er bei Kates Schwager ankam. Himmel, wie hieß der Mann nur noch?

»Nick LeBeck.« Nick nahm Brody die Tasche aus der Hand. »Ihr kommt bei uns unter. Kate wollte euch selbst abholen, aber sie ist bei den Proben aufgehalten worden.«

»Danke für die Mühe. Wir hätten auch ein Taxi nehmen können.«

»Kein Problem, gern geschehen. Habt ihr noch mehr Gepäck?«

»Mike.«

»Ach ja.« Lachend schüttelte Nick Jack die Hand. »Schön, dich wiederzusehen. Max kann's kaum noch erwarten, bis ihr endlich bei uns seid. Ihr habt euch Silvester schon getroffen.«

»Ja, ich weiß, und Kate hat gesagt, ich kann bei ihm schlafen.« Jack blickte Nick erwartungsvoll an.

»Richtig. Heute Abend veranstalten wir ein ganz großes Dinner. Magst du Fischkopfsuppe?«

Jacks Augen wurden tellergroß. Um nicht allzu unhöflich zu erscheinen, schüttelte er ganz langsam den Kopf.

»Das ist gut. Wir haben nämlich keine. Kommt, lasst uns Mike befreien.«

Es war lange nicht so unangenehm, wie er erwartet hatte, in einer fremden Stadt, in einem fremden Haus, mit Leuten, die er kaum kannte. Jack fand sich sofort zurecht und frischte seine kurze Freundschaft mit Max auf. Die beiden gluckten zusammen, als hätten sie sich erst gestern gesehen. Mike war bei allen der Hit, und vor lauter Aufregung pinkelte er mitten im Wohnzimmer auf den Teppich.

»Oh, entschuldigt, das tut mir wahnsinnig leid. Dabei ist er schon fast stubenrein.«

»Wie unsere Kinder«, sagte Freddie ungerührt und reichte Brody einen Lappen. »Das sind wir gewohnt, nur der Himmel weiß, was dieser Teppich schon alles aushalten musste. Also, entspannen Sie sich wieder.«

Brody war erstaunt, aber er tat es tatsächlich. Es war interessant und faszinierend, mit anzusehen, wie Jack mit Bruder und Schwester zurechtkam. Fast wie ein großer Bruder spielte er mit der dreijährigen Kelsey.

Was Brody zu dem Gedanken veranlasste, dass ein Einzelkind es vielleicht doch nicht immer so gut hatte, wie man glaubte.

»Brauchen Sie vielleicht eine kleine Pause?«, flüsterte Nick Brody zu und zeigte mit dem Kopf nach hinten zur Tür.

Diese Einladung nahm Brody nur zu gern an. Nick führte ihn in das Musikzimmer, in dem sich das alte Piano befand, das Nick schon seit über zehn Jahren aus reiner Sentimentalität behielt. In einem Regal blinkten mehrere polierte »Tonys«, auf der Bank lag ein Stapel Notenblätter. Mehrere tiefe, weiche Ledersessel standen herum.

Nick ging zu einem unauffällig in der Regalwand eingelassenen Minikühlschrank. »Bier?«

»Aber auf jeden Fall«, sagte Brody mit Inbrunst.

»Wenn man mit Kindern reist, weiß man, was man geleistet hat.« Nick ließ Kronkorken springen, reichte Brody eine Flasche. »Kommen Sie, reden Sie es sich von der Seele.«

»Von dem Moment an, als ich ihn von der Schule abholte, hat er nicht mehr aufgehört zu reden. Er muss einen neuen Rekord im Dauerreden aufgestellt haben.«

»Warten Sie's ab, wenn Sie erst mal auf einem Transatlantikflug sind. Neun Stunden, eingesperrt auf engstem Raum mit Max und Kelsey.« Nick schüttelte sich. »Können Sie sich eigentlich vorstellen, wie viele Fragen man in neun Stunden stellen kann? Nein, lassen Sie uns schnell das Thema wechseln, sonst haben wir beide heute Nacht Albträume.«

Auf Nicks Einladung hin ließ Brody sich dankbar in einen der Sessel sinken. »Ein tolles Haus haben Sie hier. Wenn ich an New York dachte, habe ich mir immer trostlose Mietshäuser vorgestellt, deren Fenster auf ein anderes trostloses Mietshaus blicken. Oder moderne Wolkenkratzer.«

»Davon haben wir hier auch genug. Als Freddie und ich zusammen zu schreiben begannen, lebte ich über der Bar meines Bruders, an der Lower East Side. Tolle Bar übrigens«, ließ er nebenbei einfließen. »Aber das ist nicht unbedingt der richtige Ort, um zwei Kinder großzuziehen.« Er sah auf und begann zu grinsen. »Ah, da kommt unsere Ballerina.«

»Tut mir leid, dass ich so spät dran bin.« Kate rauschte in den Raum, drückte Nick ein schnelles Küsschen auf die Wange und ging dann zu Brody, um ihn wesentlich ausgiebiger und länger zu küssen. »Entschuldige, dass ich euch nicht abholen konnte. Aber Davidov hat mal wieder eine seiner Krisen. Der Mann kann einen richtig zum Trinker machen. Nick, mein strahlender Held, ich werde dir ewig dankbar sein, wenn du mir ein Glas Wein beschaffen könntest.«

»Fein. Ich werde dich dran erinnern.«

»Sag Freddie bitte, dass ich gleich komme. Ich muss erst mal Luft holen.«

»Setz dich«, ordnete er an und drückte sie in einen Sessel. »Gönne diesen Goldfüßen 'ne Pause.«

»Die brauchen sie auch.« Mit einem tiefen Seufzer der Erleichterung schlüpfte sie aus ihren Schuhen, als Nick den Raum verließ.

Prompt fluchte Brody und war sofort bei ihr, nahm ihre Füße in seine Hände. »Was zum Teufel hast du gemacht?« Ihre Füße waren bandagiert und blutig.

»Getanzt.«

»Bis du blutest?«

»Wenn es nötig ist, ja. Bei Davidov kommt das häufiger vor.«

»Er gehört erschossen.«

Sie lehnte sich zurück und schloss die Augen. »Ich muss gestehen, in den letzten beiden Tagen habe ich diese Möglichkeit öfter in Betracht gezogen. Aber Schwächlinge haben beim Ballett nichts verloren. Schmerzende und blutige Füße gehören eben mit zur Arbeitsplatzbeschreibung eines Tänzers.«

»Das ist doch Wahnsinn.«

»Das ist das Leben, O'Connell.« Sie beugte sich vor und küsste ihn. »Keine Sorge, sie heilen ja wieder.«

»Und wie willst du damit morgen tanzen?«

»Ich werde großartig sein.« Sie seufzte dankbar, als Nick mit dem gewünschten Glas Wein zurückkam. »Ach, mein edler Prinz, danke. Übrigens, Brody ist der Meinung, dass man Davidov erschießen sollte.«

»Das hast du auch schon oft gesagt.« Nick blickte auf ihre Füße, zuckte zusammen. »Sieht ja schlimm aus. Soll ich dir Eiswürfel bringen?«

»Nein danke. Ich werde sie später verhätscheln.«

»Das wirst du jetzt sofort machen!« Brody hob sie resolut aus dem Sessel auf seine Arme.

»Wirklich, Brody, jetzt stell dich nicht so an.«

»Du hältst den Mund«, befahl er barsch und trug sie hinaus.

Nick trank den letzten Schluck aus der Flasche. »Mann, der Typ ist erledigt.« Dann ging er, um seine Frau zu finden und es ihr brühwarm zu berichten.

»Es war ja so romantisch.« Noch jetzt, Stunden später im gemeinsamen Schlafzimmer, floss Freddies Herz über. »Plötzlich stand er in der Küche, mit diesem wunderbar mürrisch-besorgten Stirnrunzeln, Kate auf dem Arm, und verlangte nach einer Schüssel, damit er ihr ein Fußbad machen kann.« Sie schmunzelte verträumt.

»Ich hab's dir doch gesagt.« Abrupt schlug Nick mit der Faust mehrmals gegen die Wand zum angrenzenden Kinderzimmer. Allerdings hatte er wenig Hoffnung, dass das irgendeinen Einfluss auf den Lärm haben würde, der hinter dieser Wand ertönte. »Der Mann ist verloren.«

»Und wie er sie angeschaut hat … vor allem, als er glaubte, keiner würde es bemerken. Als ob er sie am liebsten mit einem einzigen großen Biss vernaschen würde. Es war wunderbar.«

Nick hörte auf, sich den Bauch zu kratzen, und runzelte die Stirn. »Ich habe dich auch so angesehen.«

Freddie schnaubte leicht und deckte das Bett auf. »Das war einmal.«

»He.« Er ging zu ihr, fasste sie bei den Schultern und drehte sie zu sich herum. »Hier. Sieh genau hin.« Er zeigte auf seine Augen und versuchte, verführerisch zu gucken.

Sie lachte leise. »Ja, sicher. Ich zerfließe regelrecht.«

»Willst du damit andeuten, dass ich nicht romantisch bin? Dass dieser hammerschwingende Goliath auf diesem Gebiet besser ist als ich?«

Freddie genoss jede Sekunde des ehelichen Geplänkels. »Also bitte …« Sie ging zur Frisierkommode hinüber und nahm die Haarbürste auf. Im nächsten Moment fand sie sich hochgehoben, ihr erschrockener Aufschrei wurde erstickt durch einen sehr entschlossenen Mund.

»Ah, du willst also Romantik?« Ohne Freddie die Möglichkeit zu einer Reaktion zu geben, trug Nick seine Ehefrau zum Bett hinüber. »Die kannst du haben!«

Am anderen Ende des Korridors, nachdem die Kinder endlich vor lauter Erschöpfung eingeschlafen waren, zog Kate den Gürtel ihres Morgenmantels fester um die Taille. Sie hatte lange, harte Tage hinter sich, Tage, in denen sie sich völlig verausgabt hatte, die das Letzte von ihrem Körper und ihrem Geist gefordert hatten.

Aber zu wissen, dass Brody sich nur wenige Meter entfernt in seinem Zimmer befand, machte sie rastlos und unruhig.

Verlangen.

Sie hatte gehofft, dass er sich ohne Rücksicht auf Anstand und Höflichkeit in ihr Zimmer schleichen würde. Was er nicht getan hatte. Aber das hieß ja nicht, dass sie sich nicht in sein Zimmer schleichen konnte.

Sie schlüpfte zur Tür hinaus und ging auf Zehenspitzen zum Kinderzimmer. Selbst der Hund, so erkannte sie durch den Türspalt, schlief tief und fest vor Erschöpfung. Leise schloss sie die Tür wieder und ging weiter zu Brodys Zimmer.

Unter dem Türspalt schimmerte kein Licht hindurch. Nun, wenn sie ihn aufwecken musste, dann würde sie das eben tun. Sie schob die Tür auf, die Angeln knarrten leise, und trat in den Raum. Im gleichen Moment drehte Brody sich am Fenster zu ihr um.

Er hatte unentwegt an sie denken müssen – aber das war ja nichts Neues. Er trug nur noch seine Jeans, und jetzt stand er da und sah zu, wie sie hinter sich den Schlüssel im Schloss drehte. Sein Mund wurde trocken.

»Kate, die Kinder …«

»Die sind hinüber.« Sie hatte diesen Morgenmantel erst gestern gekauft, in der einstündigen Pause. Eine sündhaft teure Anschaffung aus pfirsichfarbener Seide. Aber als sie jetzt Brodys Gesicht sah, hörte, wie die Seide raschelte, als sie auf ihn zuging, war sie überzeugt, die richtige Investition getätigt zu haben.

»Ich habe gerade nach ihnen geschaut. Und falls sie wider Erwarten aufwachen sollten, wird sich eben einer von uns um sie kümmern. Siehst du dir die Aussicht an?«

»Ziemlich beeindruckend.« Er nahm ihre Hände. »Ich dachte gerade daran, dass ich heute Nacht wohl kein Auge zutun werde. Zu wissen, dass du so nah bist, und dich nicht berühren zu können …«

»Berühre mich jetzt, und keiner von uns wird sich Gedanken über schlaflose Nächte machen müssen.«

Er fragte sich, wie er je hatte glauben können, er könnte ihr widerstehen. Sie war die Verkörperung jeder Fantasie, die er je gehabt hatte, jedes Traums, jedes Wunsches. Seide und Schatten. Aber sie war echt, so echt wie dieser warme, verlangende Mund, diese langen schlanken Arme.

All die leeren Jahre, die einsamen Nächte zählten nicht mehr.

Er strich die Seide von ihren Schultern und fand nur Kate darunter. Rundungen und Muskeln, Seufzer und Zittern. Zusammen mit ihr schlüpfte er ins Bett und in die vertraute Welt, die sie sich erschaffen hatten. Duftende Haut, streichelnde Hände. Sie war ein Wunder für ihn, eine Sirene mit rauchgrauen Augen, die ihn mit einem einzigen Blick verführen konnte. Eine Frau mit eigenem Kopf und Charakterstärke, die keiner Schlacht auswich. Eine gute Freundin, immer bereit, die Schulter zu bieten, an die man sich anlehnen konnte.

Er konnte sich nicht mehr vorstellen, wie sein Leben ohne sie aussehen sollte.

Endlich hatte er es sich eingestanden. Er zog sie an sich und hielt sie einfach nur fest.

»Brody?« Sie fuhr ihm durchs Haar. Er drückte sie so fest, dass sie fast entzweibrach. »Was ist?«

»Nichts.« Er legte seine Lippen an ihren Hals und befahl sich, nicht zu denken. »Es ist nichts. Ich will dich. So wie ein Verdurstender sich nach Wasser verzehrt.«

Er küsste sie. Heiß, verlangend, wild. Damit alles Denken, alle Vernunft aufhören sollte.

Etwas geschah mit ihnen. Es war mehr, anders als sonst. Er trieb sie an, so schnell, mit einer stillen Intensität, die an Verzweiflung grenzte. Sie konnte nur noch fühlen, konnte nur noch reagieren. Ihr Herz, das sie schon vor Langem an ihn verloren hatte, klopfte wild.

Ein Laut kam aus ihrer Kehle, ein lustvolles Stöhnen. Jetzt war sie es, die ihn antrieb, sich selbst antrieb, schnell, ungestüm, rückhaltlos. Geben und Nehmen, geballte Energie. Taumelnder Rausch, Ekstase bis an die Grenzen des Wahnsinns.

Bis sie einander erschöpft und zitternd in den Armen lagen.

Liebe mich, dachte Kate. Ihr Herz schmerzte vor Liebe zu ihm. Sage es mir. Warum willst du es mir nicht sagen?

Er schob sie ein wenig zur Seite, sodass sie sich an ihn schmiegen und er sie halten konnte. »Bleibst du?«

Kate schloss die Augen. »Ja.«

Still lagen sie eng umschlungen beieinander, aber beide konnten lange nicht einschlafen.

Seine erste Bewegung galt ihr. Er griff nach ihr. Verwirrt versuchte er, sich zu orientieren. Wo war er? Dann richtete er sich schlaftrunken auf und sah in die Richtung, aus der das leise Geräusch gekommen war. Kate, im schwachen Licht der Morgendämmerung, zog ihren Morgenmantel über.

»Was ist los?«

»Entschuldige, ich wollte dich nicht wecken«, flüsterte sie und ging zu ihm, um ihn zu küssen. »Ich muss gehen. Tanzstunden.«

»Was? Du gibst mitten in der Nacht Unterricht?«

»Nein, ich nehme Tanzstunden. Und es ist auch nicht mitten in der Nacht, es ist schon sechs Uhr früh.«

Er schüttelte sich leicht, um einen klaren Kopf zu bekommen, aber nach nur vier Stunden Schlaf verweigerte sein Verstand den Dienst. »Du nimmst Unterricht? Ich dachte, du kannst tanzen.«

»Haha, sehr witzig.«

»Halt, warte.« Er griff nach ihrer Hand, bevor sie gehen konnte. »Wieso nimmst du Tanzstunden? Und warum um sechs Uhr in der Früh?«

»Ich nehme Stunden, weil ich eine Tänzerin bin, und Tänzerinnen hören nie auf zu trainieren, vor allem nicht, wenn sie am Abend eine Aufführung haben. Das Training fängt um sieben an, um elf haben wir eine Kostümprobe. Und jetzt schlaf wieder weiter.«

»Aha. Na schön.«

»Nick und Freddie werden später mit Jack und dir etwas unternehmen und euch ein bisschen herumführen. Vielleicht könnt ihr ja auch beim Theater vorbeikommen.«

Sie wartete auf eine Reaktion, doch nichts geschah. Er war längst wieder eingeschlafen.

»Ist das auch wirklich in Ordnung?« Brody ließ zweifelnd einen Blick über den bunt zusammengewürfelten Haufen schweifen, der auf den Bühneneingang zuging. Drei Erwachsene, drei Kinder, ein Hund.

»Ganz bestimmt«, versicherte Freddie ihm. »Kate hat das vorher abgesprochen.«

Er war immer noch nicht überzeugt, aber mittlerweile hatte er auch festgestellt, dass man nur äußerst selten gegen eine der beiden Kimball-Schwestern eine Chance hatte.

Die Kinder waren aufgewacht, kaum eine Stunde später, nachdem Kate gegangen war. Unüberhörbar hatten sie die aufgetankte Energie wieder freigesetzt. Sie hatten einen solchen Lärm veranstaltet, dass ganz Manhattan es gehört haben musste. Und sollte tatsächlich jemand taub genug gewesen sein, um es nicht zu hören, den hatte bestimmt Mike mit seinem aufgeregten Gebell aus dem Bett geholt.

Zum Frühstück waren sie in ein typisches Deli gegangen. Danach kam der Gewaltmarsch. Empire State Building –

Souvenirshop. Times Square – Souvenirshop. Grand Central Station – Himmel hilf! – Souvenirshop.

Vielleicht war es doch keine so üble Idee, bei Kates Probe hereinzuschneien. Soweit Brody sich erinnerte, gab es in einem Theater Stühle zum Sitzen.

»Jetzt seid mucksmäuschenstill«, warnte Nick, »oder sie werfen uns hochkant hinaus. Das gilt auch für dich, Fellknäuel«, fügte er hinzu und kraulte Mike hinter den Ohren.

»Es gibt nichts Schöneres, als hinter der Bühne zu sein.« Freddie ergriff die Hand ihres Mannes, als sie eintraten.

Die Frau in der Pförtnerloge sah ihnen über den Brillenrand entgegen, dann nickte sie lächelnd. »Schön, Sie wieder bei uns zu haben. Miss Kimball, Mr. LeBeck. Wie ich sehe, haben Sie das ganze Team mitgebracht.«

»Hat Kate uns angemeldet?«, fragte Freddie.

»Hat sie. Versteht eines von diesen Kindern Russisch?« Fast besorgt musterte sie die Kinder.

»Nein.«

»Gut. Davidov ist heute nämlich in Hochform. Lassen Sie den Hund besser bei mir, denn wenn der Kleine unruhig werden sollte, beißt der Meister ihm noch die Kehle durch.«

»Ah, so ein Tag ist es also?« Nick grinste, und die Frau blickte ergeben zur Decke.

»Sie haben ja keine Ahnung, was da drinnen los ist. Wie heißt der Kleine denn?«

»Mike«, meldete sich Jack sofort.

»Fein, ich werde gut auf ihn aufpassen. Gehen Sie nur rein, Sie kennen sich ja hier aus.«

Selbst wenn sie den Weg nicht gekannt hätten, das donnernde Gebrüll hätte ihnen die Richtung zur Bühne gewiesen. Brody glaubte, noch nie jemanden so laut schreien gehört zu haben.

»Davidov.« Freddie schüttelte sich theatralisch. »Lass uns besser vorne herumgehen, das ist sicherer.«

»Isst er wirklich Hunde?«, fragte Jack besorgt.

»Nein.« Brody nahm die Hand seines Sohnes fest in seine. »Das war nur ein Scherz.« Hoffte er zumindest.

Nein, Hunde aß er nicht, aber im Moment hätte Davidov jeden einzelnen Tänzer mit Messer und Gabel tranchieren können. Auf seine ungeduldige Handbewegung hin setzte die Musik aus. »Du! Und du!« Er zeigte mit dem Finger auf das Paar, das atemlos und schweißüberströmt zusammenstand. »Runter von meiner Bühne! Haltet den Kopf unter kaltes Wasser. In einer Stunde seid ihr wieder da, vielleicht könnt ihr dann endlich tanzen. Kimball! Blackstone!«, schrie er. »Ihr seid dran!«

Er tigerte auf und ab, ein drahtiger Mann in einem grauen Trainingsanzug, mit einer dramatischen Mähne aus wallendem silbernem Haar. Sein Gesicht wirkte wie gemeißelt, starr und eiskalt.

»Er macht mir Angst«, flüsterte Jack. Der Junge umklammerte die Hand seines Vaters fest.

»Pst!«, flüsterte Brody zurück und zog Jack auf seinen Schoß, sobald sie sich in eine der hinteren Reihen gesetzt hatten. Vor ihnen saß eine einzelne Frau.

Und als Kate auf die Bühne kam, klappte Brody im wahrsten Sinne der Mund auf.

Ihr Haar hing offen über ihren Rücken herab. Sie trug ein leuchtend rotes Kostüm, das Top eng anliegend, der Rock fiel in zahllosen Falten bis knapp über ihre Knie, die endlos langen Beine endeten in Spitzenschuhen.

Sie marschierte auf Davidov zu, die Hände in die Hüften gestemmt, bis sie direkt vor ihm stand. »Du hast mich von der Bühne geschickt. Tu das nie wieder!«

»Ich schicke dich von der Bühne, ich hole dich auf die

Bühne. Das ist mein Job. Dein Job ist es zu tanzen. Du!« Davidov deutete mit dem Finger auf den großen blonden Mann, der mit Kate herausgetreten war. »Geh wieder zurück. Du wartest. ›Red Rose‹. Wir fangen mit dem Eröffnungssolo an«, sagte er zu dem Orchester gewandt. »Kimball, du bist Carlotta. Also sei gefälligst Carlotta.«

Kate ging in Position, holte Luft. Als die Musik einsetzte, fühlte sie den Takt. Sie tanzte. Ein einzelner Scheinwerfer folgte ihr.

Es war ein verteufelt schwieriges Solo. Rasant, feurig, leidenschaftlich. Ihre Muskeln vibrierten, ihre Füße berührten kaum noch den Boden. Mit dem letzten Takt klappte sie in Pose zusammen, genau dort, wo sie angefangen hatte.

Ihr Puls raste von der Anstrengung. Sie hob den Kopf und warf Davidov einen trotzigen Blick zu, dann richtete sie sich auf und bewegte sich mit schnellen Pirouetten zurück zum Seiteneingang, um ihrem Partner die Bühne zu überlassen.

Brody saß wie erstarrt. So etwas hatte er noch nie gesehen. Hatte gar nicht gewusst, dass es so etwas gab. Es war wie Magie … sie war wie Magie.

Er versuchte, diese neue Seite an ihr noch irgendwie einzuordnen, als sie auch schon wieder zurück auf die Bühne schwebte.

Jetzt tanzten sie zusammen, Kate und der Mann in Weiß. Brody hatte nie geahnt, dass Ballett so … so erotisch sein konnte. Es war wie der uralte Paarungstanz zwischen dem arroganten, selbstsicheren Männlichen und dem trotzigen, zögerlichen Weiblichen. Er sah nicht, wie viel Anstrengung es die Tänzer kostete, sah nur den Zauber, das mitreißende Tempo, die Anmut.

Und dann wurde er unsanft aus seiner träumerischen Betrachtung gerissen.

»Stopp! Stopp! Stopp!« Davidov warf aufgeregt die Hände in die Luft. »Was soll das sein? Habt ihr überhaupt Blut in den Adern? Soll das etwa Leidenschaft darstellen, oder macht ihr einen gemütlichen Sonntagsspaziergang durch den Park? Wo bleibt die Inbrunst, das Feuer?«

»Ich werde dir schon Feuer machen!« Kate wirbelte herum.

»Gut.« Davidov griff sie um die Hüfte, noch während sie ihn erbost beschimpfte. »Zeig es mir.«

Er warf sie in die Luft, mit einem Ruck kam sie wieder auf den Boden zurück. Er fing sie auf, drehte sie. Dreifache Pirouette, wieder hielt er sie, zog sie ruckartig an sich. Eckige, harte Bewegungen, herausfordernd, blitzende Augen, dann stand sie wieder *en pointe*, starrte ihn weiterhin böse an.

»Da, es geht doch. So machst du es. Bleib wütend.«

»Ich hasse dich.«

»Nicht mich, ihn.« Nach einer Handbewegung spielte das Orchester wieder auf.

»Was will er denn? Will er Blut sehen?« Brody war außer sich.

Die Frau in der Reihe vor ihm drehte sich lächelnd um. »Ja, genau. Das wollte er immer. Davidov ist kein einfacher Mann.«

»Mein Dad sagt, man sollte ihn erschießen«, sprang Jack hilfreich ein.

Die Frau lachte. »Da ist dein Dad nicht der Einzige, der so denkt. Er ist umso strenger, je besser die Tänzer sind. Ich habe auch mit ihm getanzt.«

»Hat er Sie auch so angebrüllt?«

»Oh ja. Und ich habe zurückgeschrien. Aber er hat eine bessere Tänzerin aus mir gemacht, auch wenn ich oft sehr, sehr wütend war. Allerdings habe ich es ihm heimgezahlt.«

»Was haben Sie getan?« Jacks Augen waren mittlerweile groß wie Untertassen. »Haben Sie ihm eins auf die Nase gegeben?«

Sie lachte. »Nein, viel besser. Ich habe ihn geheiratet.« Sie lächelte Brody an. »Ich bin Ruth Bannion. Sie müssen ein Freund von Kate sein.«

»Entschuldigen Sie. Da bin ich ja wirklich mit Anlauf ins Fettnäpfchen gesprungen.«

»Machen Sie sich deswegen keine Sorgen.« Sie lächelte. »Davidov holt aus jedem Tänzer das Beste heraus, allerdings auch die schlechten Seiten. Er vergöttert Kate und ist immer noch zutiefst verletzt, dass sie die Company verlassen hat. Sehen Sie selbst.« Sie drehte sich wieder zur Bühne.

»Lassen wir es für heute genug sein.« Auf der Bühne stieß Davidov einen lauten Seufzer aus. »Ruht euch aus. Vielleicht klappt es ja heute Abend bei der Vorstellung mit etwas mehr Energie.«

Das Blut rauschte in Kates Ohren, ihre Füße schmerzten höllisch. Aber für eine kurze Tirade hatte sie noch genug Energie. Als sie fertig und jetzt völlig außer Atem war, hob Davidov ungerührt eine Augenbraue.

»Bildest du dir ein, nur weil ich Russe bin, verstehe ich es nicht, wenn eine Ukrainerin mich einen Mann mit dem Herzen eines Schweins nennt?«

Ihr Kinn schoss hoch. »Nur damit du's weißt: Ich habe dich einen Mann mit dem Gesicht eines Schweins genannt.« Damit stolzierte sie zum Seitenausgang und ließ Davidov stehen, der ihr lächelnd nachsah.

»Sehen Sie?«, sagte Ruth. »Er vergöttert sie.«

11. Kapitel

Kate küsste gerade den Russen, als Brody nach der Aufführung in ihre Garderobe kam. Sie trug immer noch das rote Bühnenkostüm und Theaterschminke. Ihr Haar war zu einem straffen Knoten zusammengebunden, so wie sie es bei dem spanischen Tanz getragen hatte – zusammen mit dem sexy roten Tutu.

Das Publikum im Saal hatte ihr zu Füßen gelegen. Er auch.

Genau das hatte er ihr sagen wollen, und dann fand er sie in den Armen dieses Sklaventreibers, den sie heute Vormittag noch so lästerlich verflucht hatte.

»Tut mir leid, wenn ich störe.«

Kate strahlte ihn an und hielt ihm die Hand entgegen. »Brody.«

Davidov allerdings rückte nur wenig von ihr ab, legte dafür aber einen Arm um ihre Schultern und beäugte den Neuankömmling kühl.

»Ist das der Tischler? Der, der mich erschießen will? Ihm gefällt es nicht, dass ich dich küsse.«

»Ach, sei nicht albern.«

Brody schaute sie mit zusammengekniffenen Augen an. »Der Mann hat recht. Es gefällt mir nicht, dass er dich küsst.«

»Das ist doch absurd. Das ist Davidov.«

»Ich weiß, wer er ist.« Brody schloss die Tür. Unschöne Szenen sollten besser hinter geschlossenen Türen stattfinden. »Ich habe Ihre Frau kennengelernt.«

»Ja, ich weiß. Sie findet Sie und Ihren kleinen Sohn sehr sympathisch. Ich habe auch einen Sohn. Und zwei Töchter.«

Da er nur selten einem Impuls widerstand und dieser Mann da vor ihm so wunderbar wütend dreinblickte, küsste Davidov Kate aufs Haar. »Meine Frau weiß, dass ich hier bin, um diese hier zu küssen. Diese Frau ...«, er trat von Kate weg und ließ langsam seine Hände an ihren Armen herabgleiten, »... die heute großartig war. Die perfekt war. Diese Frau, der ich nie vergeben werde, dass sie mich verlassen hat.«

»Ich habe mich auch großartig und perfekt gefühlt. Und ich bin glücklich.«

»Glück!« Er rollte mit den Augen. »Als dein Ballettdirektor interessiert mich nur, dass du tanzt. Als dein Freund ...«, er seufzte schwer und küsste galant ihre Hand, »... bin ich froh, dass du gefunden hast, was du wolltest.«

»Wir wären alle noch glücklicher, wenn Sie sie endlich loslassen würden«, knurrte Brody unfreundlich.

Kate runzelte die Stirn. »Eifersucht ist kein sehr schönes Gefühl – und in diesem Falle völlig unangebracht.«

»Mord ist auch nicht schön. Aber manchmal reizt es einen unheimlich.« Brody funkelte Kate herausfordernd an, diese musterte ihn nicht weniger angriffslustig.

»Einen Moment.« Davidov ging zwischen die beiden. »Wenn ihr euch streiten wollt, dann wartet damit, bis ich ausgeredet habe. Ich habe ›The Red Rose‹ für Ruth geschrieben«, sagte er an Kate gewandt. »Mein Herz. Es gibt keine andere, die die Carlotta so getanzt hat wie sie. Nur du.«

»Oh.« Tränen schossen ihr in die Augen, flossen über. »Mist!«

»Du fehlst uns hier sehr. Deshalb rate ich dir: Sei sehr, sehr glücklich da unten in West Virginia, denn sonst komme ich und hole dich zurück.« Er nahm ihr Gesicht in seine Hände und fragte liebevoll auf Russisch: »Willst du diesen Mann?«

Sie nickte. *»Da.«*

»Ja, dann …« Er küsste sie auf die Stirn und drehte sich dann zu Brody um. »Ich bin ein Mann, der seine Frau liebt. Sie haben sie gesehen, also müssen Sie wissen, dass sie mein größter Schatz ist. Diese hier«, er blickte Kate an, »ist auch ein Schatz. Deshalb küsse ich sie. Wenn Sie Augen im Kopf haben, wissen Sie selbst, was für ein Schatz sie ist.« Ein herausforderndes Lächeln trat auf sein Gesicht. »Allerdings … sollte ich einen anderen Mann küssen sehen, was meins ist, breche ich ihm die Beine. Schließlich bin ich Russe.«

»Und ich fange normalerweise bei den Armen an. Ich bin Ire.«

Davidov lachte herzhaft auf. »Er gefällt mir! Gut.« Bevor er die Garderobe verließ, versetzte er Brody einen kameradschaftlichen Schlag auf die Schulter.

»Ist er nicht ein großartiger Mensch?«

»Vor ein paar Stunden hast du ihn noch gehasst.«

»Oh, das.« Sie winkte ab und setzte sich, um sich abzuschminken. »Das war während der Probe. Bei Proben hasse ich ihn immer.«

»Und nach der Vorführung küsst du ihn immer?«

»Wenn es ein so überwältigender Erfolg ist, immer. Er ist ein Sklaventreiber, ein Genie. Eben Davidov«, sagte sie einfach, als würde das alles erklären. »Ohne ihn wäre ich nicht die Tänzerin, die ich bin. Wahrscheinlich wäre ich noch nicht einmal die Frau, die ich bin. Ja, wir stehen uns sehr nahe, aber wir haben nichts miteinander. Niemals gehabt. Er vergöttert seine Frau.«

»Willst du sagen, dass es eine Sache zwischen Künstlern ist?«

»Genau.« Sie drehte sich auf dem Stuhl zu ihm um. »Es war gut, nicht wahr? Hat es dir gefallen?«

»Du warst unglaublich. Ich habe noch nie so etwas gesehen, ich habe noch nie jemanden wie dich gesehen.«

»Oh.« Sie sprang auf und lief zu ihm, schlang die Arme um seinen Hals. »Ich bin ja so glücklich!« Sie lachte und wischte die Creme von seiner Wange. »Entschuldige. Ich wollte, dass es unvergesslich wird. Ich war so nervös, als ich merkte, dass die ganze Familie gekommen ist. Mama und Dad, Grandma und Grandpa und alle Tanten und Onkel und Cousins und Cousinen. Brandon hat Blumen geschickt.«

Sie griff ein Kleenex und setzte sich wieder. »Ich hab gedacht, ich schaffe es nicht. Mir war so schrecklich übel.« Sie presste die Hand auf den Bauch. »Aber dann habe ich nur noch die Musik gefühlt. Wenn das passiert, ist alles okay. Du weißt es einfach.«

Brody sah sich in dem kleinen Raum um. Überall rote Rosen, Hunderte von roten Rosen. Champagner im Eiskübel, exotische Kostüme. All dieser Glamour und Luxus, die neben ihrer Freude verblassten.

Wie konnte sie das alles aufgeben? Warum sollte sie das tun?

Er wollte die Frage gerade aussprechen, als die Tür aufgestoßen wurde und ihre ganze Familie hereinströmte. Damit war der Moment vorbei.

Am nächsten Tag im Haus ihrer Großeltern in Brooklyn war sie genauso in ihrem Element wie auf der Bühne. Die verführerische Sirene von gestern Abend hatte sich in eine liebenswerte junge Frau verwandelt, die barfuß und in Jeans umherging.

Brody versuchte, diese beiden Personen in Einklang zu bringen, aber es blieb ein Rätsel für ihn. Wenn er wieder Ruhe hatte, würde er noch mal gründlicher ansetzen. Für den Moment musste das warten. Das Haus war voll mit Menschen, dass er sich schon fragte, wie lange wohl noch genug Sauerstoff in den Zimmern vorhanden sein würde. Der Geräuschpegel musste inzwischen ein gesundheitsschädliches Level erreicht haben.

An der Wand stand ein Klavier, und irgendjemand spielte immer. Alles, von Bach bis Rock. Verlockende Düfte wehten aus der Küche herüber, Wein wurde großzügig ausgeschenkt, und niemand schien länger als fünf Minuten still zu stehen.

Sein Sohn ging völlig darin auf. Er sah ihn mit Max zusammen auf einem abgenutzten Teppich liegen, wo sie Karambolage mit ihren Autos spielten. Beim letzten Mal, als er ihn gesehen hatte, saß er auf Yuris Schoß und unterhielt sich ernsthaft mit ihm, wobei es sich um so etwas Wichtiges wie Weingummidrops gehandelt haben musste, die während des Gesprächs verteilt wurden. Und davor war Jack mit ein paar Teenagern die Treppe heruntergestürmt gekommen. Brody hatte gar nicht mitbekommen, dass Jack nach oben gegangen war. Da hatte er beschlossen, seinen Sohn besser im Auge zu behalten.

»Ihm geht's gut.« Eine Frau mit dem typischen Stanislaski-Aussehen – ungezähmt und schön – ließ sich neben ihn auf das Sofa fallen. »Hi, ich bin Rachel«, stellte sie sich lächelnd vor. »Kates Tante. Ist nicht so leicht, uns auseinanderzuhalten, was?«

»Es gibt ziemlich viele von euch hier.« Rachel also. Verzweifelt versuchte er, sich an die Details zu erinnern. Richterin, genau. Die Schwester von Kates Mutter. Verheiratet mit ... dem Typ, dem die Bar gehörte. Der Nicks Halbbruder war.

War es da ein Wunder, wenn ein Mann durcheinanderkam?

»Sie werden's schon noch ausknobeln. Der da drüben, der gehört zu mir.« Sie zeigte auf einen großen Mann, der gerade einen hochgeschossenen Teenager in den Schwitzkasten nahm. »Der, der gerade unseren Sohn Gideon erwürgt, während er sich mit Sydney unterhält. Der Rotschopf ist mit meinem Bruder Mik verheiratet. Laurel ist Miks und Sydneys Jüngste. Mik steht da drüben mit meinem anderen Bruder Alex zusammen, während Alex' Frau Bess – noch ein Rotschopf – scheinbar gerade etwas sehr Wichtiges mit ihrer Tochter Carmen und Nicks und Freddies Kelsey zu bereden hat. Der große hübsche junge Mann, der da gerade aus der Küche kommt, ist Griff, Miks Ältester. Anscheinend hat er etwas zu essen von Nadia, meiner Mutter, ergattert. Haben Sie alles behalten?«

»Äh …«

»Verdauen Sie das erst mal.« Sie lachte und tätschelte sein Knie. »Denn es gibt noch eine ganze Menge mehr von uns. Also, Ihrem Sohn geht es bestens – und Sie haben nichts mehr zu trinken. Noch Wein?«

»Sicher, warum nicht.«

»Bleiben Sie sitzen, ich besorge Ihnen ein Glas.« Damit war sie schon fort.

Prompt setzte sich Griff neben ihn und begann ein Gespräch über das Tischlerhandwerk.

Zumindest damit befand Brody sich auf sicherem Grund.

Kate schob sich durch die Menge, zwei Gläser Wein in der Hand, von dem sie eines Brody reichte. Dann setzte sie sich auf die Sofalehne. »Alles in Ordnung hier?«

»Ja, bestens. Alte Pfadfinderregel: Wenn du dich verlaufen hast, beweg dich nicht von der Stelle. Dann finden sie dich schon. Hier kommen alle möglichen Leute vorbei, setzen sich, plaudern ein paar Minuten, dann sind sie wieder weg. So langsam bekomme ich auf diese Art einen Durchblick.«

Noch während er redete, setzte Alex sich dazu und legte die Füße auf den Kaffeetisch. »Also, Bess und ich überlegen uns gerade, ob wir nicht noch zwei Räume an unser Wochenendhaus anbauen sollen.«

»Siehst du jetzt, was ich meine?«, sagte Brody grinsend zu Kate.

Sie überließ ihn Alex und schlenderte zur Küche. Ihre Mutter legte gerade letzte Hand an eine riesige Schüssel mit frischem Salat. Nadia stand am Herd und überwachte, wie Miks jüngster Sohn Adam etwas in einem Topf umrührte.

»Braucht ihr noch Hilfe?«

»Wir haben schon zu viel Hilfe in der Küche«, antwortete Nadia. Ihr Haar war jetzt schlohweiß, lag in sanften Wellen um ein immer noch markantes Gesicht. Ihre Augen funkelten vergnügt, als sie Adam lobend auf den Rücken klopfte. »Das hast du gut gemacht. Jetzt geh.«

»Gibt es bald was zu essen?«, fragte er voller Ungeduld, bevor er die Küche verließ. »Wir sterben nämlich schon alle vor Hunger.«

»Ja, bald. Sag deinen Geschwistern und deinen Cousins und Cousinen schon mal Bescheid, dass der Tisch gedeckt werden muss.«

»Okay!« Schon während er aus dem Raum flitzte, rief er laut seine Befehle.

»Das ist einer, der immer den Ton angeben muss.«

Natasha lachte. »Mama, sie alle wollen immer den Ton angeben. Wie hält Brody sich, Kate?«

»Er unterhält sich mit Onkel Alex.« Sie fischte sich einen Croûton aus der Schüssel. »Ist er nicht süß?«

»Er hat klare Augen«, sagte Nadia. »Direkt, warmherzig. Und er erzieht seinen Sohn gut. Du hast Geschmack bewiesen.«

»Ich habe ja auch von den Besten gelernt.« Sie küsste Nadia auf die Wange. »Danke, dass ihr ihn willkommen heißt.«

Nadia fühlte ihr Herz seufzen. »Geh und deck den Tisch mit den Kindern. Sonst denken dein junger Mann und sein Sohn noch, bei uns gäbe es nichts zu essen.«

»Sie werden sich schon bald vom Gegenteil überzeugen können.« Sie naschte noch einen Croûton, küsste ihre Mutter auf die Stirn und huschte aus der Küche.

»Nun ...« Nadia guckte in einen Topf. »Bald werden wir wohl auf ihrer Hochzeit tanzen können. Du bist zufrieden mit ihm?«

»Aber ja.« Natasha konnte kaum erkennen, was sie da mit dem Salat tat. »Er ist ein guter Mann, und er macht sie glücklich. Ehrlich gesagt, wenn ich jemanden für sie hätte aussuchen müssen, wäre ich auch bei Brody angekommen. Ach Mama ...« Mit tränenfeuchten Augen blickte sie zum Herd hinüber. »Sie ist mein Baby.«

»Ich weiß, ich weiß.« Nadia eilte zu ihrer Tochter und bot ihr eine Ecke ihrer Schürze an, während sie die andere dazu benutzte, die eigenen Tränen abzutupfen.

Die kommende Woche arbeitete Kate hart, sie freute sich darauf, die Türen für ihre ersten Schüler öffnen zu können. Das Tanzstudio war fertig, die Böden glatt und schimmernd, an den Wänden hingen blitzende Spiegel. Ihr Büro war eingerichtet und durchorganisiert, die Umkleideräume mit allem Nötigen ausgestattet.

Und jetzt, quasi als krönender Abschluss, war auch die Schrift auf dem Vorderfenster angebracht:

Kimball School of Dance

Sie stand auf dem Bürgersteig, die Handflächen aneinandergepresst, und las. Las noch einmal. Und noch mal.

»Entschuldigung, Miss ...?«

»Hm?« Gedankenverloren blinzelte Kate und drehte sich langsam um. Eine Frau kam über die Straße. Oh nein, die Frau, die vorbeigekommen war, als Brody sie wie einen Sack auf seiner Schulter getragen hatte …! »Oh. Ja. Hallo.«

»Hallo. Wir haben uns noch gar nicht richtig vorgestellt.« Man sah der Frau an, dass sie sich genauso unwohl fühlte wie Kate. »Ich bin Marjorie Rowan.«

»Kate Kimball.«

»Ja, ich weiß. Ihren Freund kenne ich auch schon. Der Vermieter hat ihn mal wegen einer Reparatur vorbeigeschickt.«

»Aha.«

»Nun, ich habe im Geschäft Ihrer Mutter eine Broschüre mitgenommen. Meine Tochter – Audrey, sie ist acht – redet schon die ganze Zeit darüber, dass sie Ballettunterricht nehmen will.«

Zuerst kam die Erleichterung. Diese Unterredung drehte sich also nicht um Erregung öffentlichen Ärgernisses, sondern nur um eine potenzielle neue Schülerin.

»Wir können uns gern darüber unterhalten. Oder wenn Sie möchten, rede ich auch erst mit Ihrer Tochter. Nächste Woche fangen die ersten Klassen an. Möchten Sie hereinkommen, sich das Studio ansehen? Kommen Sie, dann können Sie mir von Ihrer Audrey erzählen.«

»Danke. Sie kommt bald aus der Schule zurück. Das wird eine wunderbare Überraschung für sie sein.« Marjorie folgte Kate ins Haus. »Wissen Sie, als kleines Mädchen wollte ich auch immer Ballettunterricht haben. Aber wir konnten es uns damals nicht leisten.«

»Warum holen Sie das jetzt nicht nach?«

»Jetzt?« Marjorie lachte leise auf. »Ich bin zu alt für Ballettunterricht.«

»Es ist eine gute Übung, hält fit und in Form. Und es macht Spaß. Dafür ist niemand zu alt. Sie scheinen doch eine ganz passable Figur zu haben.«

»Man tut, was man kann.« Marjorie sah sich mit einem verträumten Lächeln in dem Studio um, sah die Ballettstangen, die Spiegel, die gerahmten Fotos. »Ich kann mir vorstellen, dass es großen Spaß machen würde. Aber ich kann mir keinen Unterricht für uns beide leisten.«

»Kommen Sie mit durch in mein Büro. Darüber werden wir uns bestimmt einig werden.«

Eine knappe Stunde später spurtete Kate nach oben. Sie musste ihr Glück mit jemandem teilen, und Brody war der Auserkorene. Sie hatte nicht nur zwei neue Schüler – ihr erstes Mutter-Tochter-Team –, sondern auch eine neue Idee für ihr Angebot.

Familienkurse.

Sie rannte durch das kleine Wohnzimmer und blieb plötzlich mitten in der Bewegung stehen. Drehte sich einmal um die eigene Achse.

Es war fertig. Böden und Wände waren glatt, das Holz glänzte wie Seide.

Vor lauter Aufregung und Arbeit hatte sie es gar nicht bemerkt. Die Vollendung war völlig an ihr vorbeigerauscht.

Erstaunt ging sie in die Küche. Auch hier glänzte und schimmerte alles. Die Schränke warteten nur darauf, gefüllt zu werden. Die Fensterbank schrie förmlich nach Blumentöpfen.

Sie strich mit einem Finger über den Frühstückstresen. Brody hatte recht gehabt, nein, verbesserte sie sich in Gedanken, sie beide hatten recht gehabt. In allem. Die Wohnung wie auch der Rest des Gebäudes war eine gemeinschaftliche Anstrengung gewesen. Und es war perfekt geworden.

Sie eilte ins Schlafzimmer, wo Brody vor dem Einbauschrank hockte und das Schloss montierte. Jack saß daneben auf dem Boden, die Zunge zwischen die Zähne geklemmt, und schraubte konzentriert einen Messinggriff an eine der Schubladen. Mike lag zwischen den beiden und schnarchte zufrieden vor sich hin.

»Es gibt doch nichts Schöneres, als anderen bei der Arbeit zuzusehen.« Beide sahen auf und brachten ihr Herz zum Klingen. »Hallo, hübscher Jack.«

»Ich darf mithelfen, weil Rod und Carrie zum Zahnarzt müssen. Ich war schon. Keine Löcher.«

»Das ist gut. Brody, ich war so mit dem Erdgeschoss beschäftigt, dass ich gar nicht gemerkt habe, wie weit hier oben schon alles ist. Es ist wunderschön geworden, genau richtig.«

»Da sind noch ein paar Kleinigkeiten. Draußen muss natürlich auch noch einiges gemacht werden, aber ansonsten ... alles ist bereit.« Trotzdem spürte er nicht die Befriedigung, die ihn sonst überkam, wenn ein Auftrag fast vollendet war. Im Gegenteil, seit Tagen war er deprimiert.

»Ich liebe es!« Sie ging in die Hocke und ließ sich von einem aufgewachten und begeisterten Mike begrüßen. »Gerade haben sich zwei neue Schüler angemeldet. Wenn ich jetzt noch zwei gut aussehende Männer finden könnte, die mit mir feiern ... das würde den Tag zu einem runden Abschluss bringen.«

»Wir können doch mitgehen!«

»Jack, morgen ist Schule. Du musst früh zu Bett.«

»Ich dachte an ein frühes Abendessen«, improvisierte Kate, als sie Jacks langes Gesicht sah. »Hamburger und Pommes frites bei ›Chez McDo‹.«

»Sie meint McDonald's«, erklärte Jack, sprang seinem Vater auf den Rücken und drückte ihn fest. »Bitte, Dad, können wir nicht gehen?«

Und schon wieder mit dem Rücken zur Wand, dachte Brody. »Ziemlich schwer, ein so ausgefallenes Mahl auszuschlagen.«

»Das heißt Ja!«, übersetzte Jack und umarmte Kates Beine. »Können wir jetzt sofort gehen?«

»Ich muss hier noch was zu Ende machen.« Brody strich sich das Haar aus der Stirn. Und schaute sie einfach nur an.

Das hatte er jetzt schon öfter gemacht, seit sie aus New York zurück waren. Etwas war anders an diesem Blick. So anders, dass die Frösche wieder in Kates Magen zu hüpfen begannen.

»Eine Stunde ungefähr. Einverstanden?«, fragte er.

»Sicher. Kann ich dir deine rechte Hand entführen? Ich möchte es meiner Mutter sagen. Dann können wir auch gleich mit Mike Gassi gehen.«

»In Ordnung. Jack, es wird nicht gebettelt, verstanden?« Brody musterte seinen Sohn streng.

»Er meint, ich soll nicht nach Spielzeugen fragen. Ich hole Mikes Leine. Dad, kann ich …« Den Rest flüsterte er seinem Vater ins Ohr.

»Ja, klar«, erlaubte dieser.

»Wir sind in einer Stunde wieder zurück.«

»Gut.« Brody wartete, bis er die drei die Treppe hinuntertoben hörte, dann setzte er sich auf seine Fersen.

Er würde ein paar Entscheidungen treffen müssen. Es war schlimm genug, dass er nicht von Kate loskam, aber Jack war völlig verrückt nach ihr.

Ein erwachsener Mann überlebte die paar Beulen und Kratzer an seinem Herzen. Aber das durfte er dem Herzen seines Kindes nicht zumuten. Ihm blieb nur eins: Er musste sich mit Kate zusammensetzen und ernsthaft reden. Es wurde Zeit, dass sie die Dinge zwischen sich klärten.

Und er musste mit Jack reden. Er musste wissen, was der Junge dachte, was er fühlte. Schließlich würde auch sein Leben davon betroffen sein.

Jack zuerst, entschied Brody. Vielleicht sah der Junge in

Kate ja nur eine gute Freundin, vielleicht würde es ihn verstören, sollte sie eine größere Rolle in ihrem Leben einnehmen. Schließlich hatte es für Jack immer nur ihn und seinen Dad gegeben.

Er zuckte zusammen, als er aus den Augenwinkeln eine Bewegung wahrnahm.

»Wenn du diesen Krach abstellen würdest, würdest du etwas hören können und dich nicht so erschrecken«, brummte Bob O'Connell.

»Ich höre gern Musik bei der Arbeit.« Brody richtete sich auf. »Brauchst du etwas?«

Seit jenem Tag in der Küche der Kimballs hatten die beiden Männer nicht mehr miteinander gesprochen. Jetzt sahen sie sich argwöhnisch an.

»Ich habe dir etwas zu sagen«, setzte Bob an.

»Dann sag es.«

»Ich habe mein Bestes getan für dich. Immer. Es ist nicht richtig von dir, dass du das nicht anerkennen willst. Vielleicht war ich zu hart mit dir, aber du warst ein wildes Kind und brauchtest eine starke Hand. Ich hatte eine Familie zu ernähren, und ich habe es auf die einzige Weise getan, die ich kenne. Vielleicht habe ich nicht genug Zeit mit dir verbracht ...« Er steckte die Hände in die Hosentaschen. »Ich war einfach nicht der Typ dazu, so wie du mit Jack. Tatsache ist, wenn man mit dir Zeit verbracht hat, war es nicht so einfach und angenehm wie mit Jack. Dass Jack so ist, ist dein Verdienst. Vielleicht hätte ich es dir schon früher sagen sollen, aber ich sage es jetzt.«

Brody schwieg lange, versuchte, den Schock zu verarbeiten. »Weißt du«, hob er schließlich an, »das ist die längste zusammenhängende Rede, die du je an mich gerichtet hast.«

Bobs Gesicht wurde hart. »Nun, dann bin ich fertig.« Er wandte sich zum Gehen.

Brody legte den Bohrer beiseite. »Dad … danke.«

Bob stieß den Atem aus und drehte sich wieder um. Er schien mit den Worten zu kämpfen. »Dann kann ich wohl weitermachen. Wahrscheinlich hätte ich dich an dem Tag nicht so anfahren sollen, nicht vor deinem Jungen und deiner … der Kimball-Tochter. Deine Mutter hat mir eine anständige Gardinenpredigt gehalten.«

Brody war fassungslos. »Mom?«

»Ja.« Ärgerlich und frustriert trat Bob leicht gegen die Türschwelle. »Das tut sie nicht oft, aber wenn, dann gnade einem Gott. Auch jetzt redet sie kaum mit mir. Sagt, ich hätte sie beschämt.«

»Das habe ich von Kate auch zu hören bekommen. Sie ist auch nicht schlecht in Gardinenpredigten.«

»Ich kann nicht gerade behaupten, es hätte mir gefallen, dass sie mich so angegiftet hat. Aber ich muss gestehen, sie hat Mumm. Sie wird dich auf dem richtigen Weg halten.«

»Darauf achte ich selbst.«

Bob nickte. Der Druck, der seit Tagen auf seiner Brust lastete, löste sich ein bisschen. »Du hast deinen Job gemacht. Gute Arbeit. Für einen Tischler.«

Es war das erste Mal seit langer Zeit, dass Brody seinen Vater anlächelte und es ernst meinte. »Du hast auch gut gearbeitet. Für einen Klempner.«

»Was dich aber nicht davon abgehalten hat, mich zu feuern.«

»Du hast mich wütend gemacht.«

»Verflucht, wenn du jeden Arbeiter feuerst, der dich wütend macht, kriegst du bald keinen Bautrupp mehr zusammen. Wie geht es deiner Hand?«

Brody spreizte die Finger. »Ist wieder in Ordnung.«

»Gut. Da keine bleibenden Schäden zurückgeblieben sind, könntest du ja vielleicht mal zum Telefon greifen und deine

Mutter anrufen. Ihr sagen, dass man die Luft zwischen uns wieder atmen kann. Mir wird sie es wohl nicht glauben.«

»Einverstanden, mache ich. Ich weiß, dass ich eine Enttäuschung für dich war …«

»He, jetzt warte aber …«

»Nein, ich weiß es.« Brody ließ sich nicht unterbrechen. »Vielleicht war ich selbst auch von mir enttäuscht. Aber ich habe es wiedergutgemacht. Für Connie. Für Jack. Und für mich auch. Zum Teil habe ich es sogar für dich getan. Ich wollte dir zeigen, dass ich etwas wert bin.«

»Das hast du mir gezeigt.« Bob war nie gut darin gewesen, den ersten Schritt zu tun, aber jetzt tat er es. Er kam mit ausgestreckter Hand auf seinen Sohn zu. »Ich denke, ich kann stolz darauf sein, was du aus dir gemacht hast.«

»Danke.« Brody nahm die Hand seines Vaters und drückte sie fest. »Ich habe da einen neuen Auftrag, soll eine Küche renovieren. Hast du Lust, die Installationen zu übernehmen?«

Bobs Lippen zuckten. »Kann schon sein.«

12. Kapitel

Während Vater und Sohn die Kluft zwischen sich überbrückten, schlenderte Kate mit dem jüngsten O'Connell über die Straße.

»Ich habe doch nicht gebettelt, oder?«

»Aber nein!« Sie sah ihn gespielt schockiert an. »Mama und ich mussten dich ja praktisch zwingen, das Flugzeug anzunehmen. Nein, hübscher Jack, wir haben dich angebettelt.«

Jack grinste verschmitzt. »Wirst du es Dad auch so erzählen?«

»Natürlich. Er wird bestimmt damit spielen wollen. Dieser Jet ist ziemlich cool.«

»Wie der, mit dem wir nach New York geflogen sind.« Er drehte sich im Kreis und machte das laute Motorengebrumm nach. »Das war super! Ich habe allen eine Karte geschrieben, als Dankeschön. Gefällt dir meine Karte?«

Sie tippte auf die Tasche, wo eine in ordentlicher Druckschrift geschriebene Postkarte steckte. »Ich finde sie ganz toll. Es war sehr höflich und sehr gentlemanlike, dass du Freddie und Nick und meinen Großeltern eine Karte geschickt hast.«

»Sie haben gesagt, ich darf wiederkommen. Yuri will sogar, dass ich dann in seinem Haus übernachte.«

»Würde dir das gefallen?«

Er nickte. »Er kann mit den Ohren wackeln.«

»Ich weiß.«

»Kate?«

»Hm?« Sie bückte sich, um Mike aus der Leine zu befreien, mit der er sich fast erwürgte. Als sie sich wieder aufrichtete, bemerkte sie Jacks Blick. Ein sehr ernster, sehr nachdenklicher Blick. Genau wie sein Vater vorhin. »Was gibt es denn, hübscher Jack?«

»Können ... können wir uns da auf die Mauer setzen und reden?«

»Sicher.« Das war wirklich ernst. Kate hob Jack auf die halbhohe Mauer, setzte ihm Mike auf den Schoß und zog sich ebenfalls hoch. »Also, worüber willst du reden?«

»Ich hab mich nur gefragt, ob ...« Er hatte mit seinen besten Freunden darüber geredet. Mit Max in New York und mit Rod in der Schule. Es war ein Geheimnis. Sie hatten es mit Spucke und Handschlag besiegelt. »Du magst meinen Dad doch, oder?«

»Aber ja, sehr sogar.«

»Und du magst Kinder, so wie mich?«

»Vor allem Kinder wie dich.« Sie legte ihm einen Arm um die Schultern und drückte ihn an sich. »Wir sind Freunde.«

»Mein Dad und ich mögen dich auch. Auch sehr sogar. Deshalb dachte ich mir ...« Er sah zu ihr auf, das kleine Gesichtchen so jung und so ernst. »Willst du uns heiraten?«

»Oh.« Ihr Herz stockte, machte einen Sprung, fiel mit einem lauten Pochen wieder auf seinen Platz zurück und floss über. »Oh Jack.«

»Weißt du, wenn du es tust, dann kannst du mit uns in unserm Haus leben. Dad macht es richtig schön. Und wir haben auch einen Garten, und dann können wir den Garten bepflanzen. Morgens könntest du mit uns frühstücken, dann zu deiner Schule fahren und den Leuten das Tanzen beibringen. Und dann kommst du wieder nach Hause. Es ist nicht weit.«

Gerührt legte sie die Wange an seinen Kopf. »Ach Herzchen.«

»Dad ist wirklich nett. Er schreit nur ganz selten«, fuhr Jack hastig fort. »Er hat keine Frau mehr, weil sie in den Himmel gehen musste. Ich wünschte, sie wäre bei uns geblieben, aber sie musste weg.«

»Ich weiß.«

»Vielleicht traut sich Dad ja nicht, dich zu fragen, weil du vielleicht auch in den Himmel musst. Rod glaubt das. Aber das wirst du nicht tun, oder?«

»Jack.« Sie kämpfte die Tränen zurück und nahm sein Gesicht in ihre Hände. »Ich habe vor, noch sehr lange hierzubleiben. Hast du mit deinem Vater darüber gesprochen?«

Er schüttelte den Kopf. »Nein, weil der Junge das Mädchen fragen muss. Hat Max gesagt. Ich und Dad werden dir auch einen Ring kaufen, weil Mädchen einen brauchen. Und du darfst mich auch küssen, und ich werde ganz brav sein. Du und Dad, ihr könnt auch Babys machen. Das tun Leute doch, wenn sie verheiratet sind. Ich hätte ja lieber einen Bruder, aber eine Schwester geht auch. Wir können uns lieb haben und alles. Also, wirst du uns bitte heiraten?«

Selbst in ihren wildesten Träumen hätte sie sich nie vorstellen können, einen Heiratsantrag von einem sechsjährigen Jungen zu bekommen, auf einer kleinen Mauer an einem sonnigen Frühlingsnachmittag. Nichts hätte schöner sein können.

»Jack, ich verrate dir jetzt ein Geheimnis. Ich habe dich schon lieb.«

»Wirklich?«

»Ja. Und deinen Dad auch. Ich werde ganz gründlich nachdenken über das, was du mir gesagt hast. Wenn ich dann Ja sage, dann weißt du, dass ich es mir mehr als alles andere auf der Welt wünsche. Wenn ich Ja sage, dann bist du aber nicht mehr nur Dads kleiner Junge. Du wärst dann auch mein kleiner Junge. Verstehst du das?«

Er nickte, sein Gesicht bestand nur noch aus Augen. »Du würdest meine Mom sein, richtig?«

»Ja, ich würde deine Mom sein.«

»Das ist in Ordnung.«

»Schön. Ich werde also darüber nachdenken.« Sie küsste ihn auf die Stirn und hüpfte von der Mauer.

»Wird es lange dauern, bis du fertig nachgedacht hast?«

Sie hob ihn herunter und hielt ihn fest, bevor sie ihn auf den Boden stellte. »Nein, diesmal nicht. Aber so lange soll es noch unser Geheimnis bleiben, ja?«

Sie gab sich fast volle vierundzwanzig Stunden Zeit. Schließlich war sie eine Frau, die wusste, was sie wollte. Vielleicht war das Timing nicht gerade perfekt, aber das ließ sich eben nicht ändern.

Die Dinge liefen ja auch nicht in den logisch geordneten Bahnen, wie sie es vorgezogen hätte. Aber sie war flexibel. Ja, wenn sie etwas nur stark genug wollte, konnte sie auch flexibel sein.

Sie hatte überlegt, ob sie Brody zu einem romantischen Dinner zu zweit einladen sollte. Und den Gedanken verworfen. Ein Antrag in einem Restaurant mit hundert anderen Leuten würde es schwierig machen, ihn festzunageln, falls es nötig werden sollte.

Sie spielte mit dem Gedanken, bis zum Wochenende zu warten. Ein romantisches Dinner bei Brody. Kerzenlicht, Wein, Musik.

Nein, das ging auch nicht. Wenn Jack bis dahin nicht längst mit der Neuigkeit herausgeplatzt war – sie würde es bestimmt nicht so lange für sich behalten können.

Es würde nicht so werden, wie sie es sich vorgestellt hatte. Kein Mondschein, keine Geigen am Himmel. Brody würde ihr nicht tief in die Augen schauen und ihr seine ewige Liebe erklären.

Na schön, es würde also nicht perfekt sein, aber es war richtig. Richtig und gut. Zu diesem Zeitpunkt war nicht die Atmosphäre wichtig, sondern nur das Ergebnis. Also warum noch warten?

Einmal zu diesem Entschluss gekommen, war sie schrecklich enttäuscht, als sie die Räume über dem Studio leer vorfand.

»Wo zum Teufel bist du?«, murmelte sie vor sich hin, steckte die Hände in die Taschen und marschierte auf und ab.

Der Schulbus! Sie rannte zur Tür. Er holte Jack vom Bus ab. Sie sah auf ihre Uhr, als sie die Treppe hinunterstürmte. Er konnte nur wenige Minuten Vorsprung haben.

»He! Wo brennt's denn?« Spencer fing sie auf, als sie die letzten drei Stufen hinuntersprang.

»Dad! Entschuldige, aber ich muss mich beeilen. Ich muss Brody einholen.« Sie küsste ihn hastig auf die Wange. »Ich muss ihn fragen, ob er mich heiraten will.«

»Oh, nun …« Sie war schneller als er, jünger, aber der Schock reichte aus, um ihn so schnell zu machen, dass er sie abfing, bevor sie zur Haustür hinausrennen konnte. »Was hast du da gerade gesagt?«

»Ich werde Brody fragen, ob er mich heiratet. Ich habe alles genau durchdacht.«

»Katie.«

»Ich liebe ihn, und ich liebe Jack, Dad. Ich habe jetzt keine Zeit, es dir zu erklären, aber ich habe alles genau geplant. Vertrau mir.«

»Jetzt hol erst mal Luft, und dann …« Er sah in ihr Gesicht, ihre Augen. Sterne. Sein kleines Mädchen hatte Sterne in den Augen. »Er hat keine Chance.«

»Danke.« Sie warf ihrem Vater die Arme um den Hals. »Wünsch mir trotzdem Glück.«

»Viel Glück.« Er sah ihr nach, als sie davoneilte. »Leb wohl.«

Brody hielt unterwegs an, um Milch, Eier und Brot zu besorgen. Jack hatte eine Manie für French Toast entwickelt. Als er in die Straße einbog, sah er auf seine Uhr. Zehn Minuten zu früh. Er hatte zu viel Zeit für den Einkauf eingeplant.

Also stieg er aus und ließ Mike auf dem Hügel herumtollen. Der Frühling hielt Einzug, mit Riesenschritten. Die ersten Knospen öffneten sich schon, ein Hauch von Grün, wirklich nur eine Andeutung, zog sich über die Landschaft. Etwas lag in der Luft.

Vielleicht war es Hoffnung.

Das Haus sah mehr und mehr aus wie ein Zuhause. Schon bald würde er sich eine Hängematte im Garten aufhängen können. Ein Schaukelstuhl auf der Veranda wäre auch nicht schlecht. Oder eine Hollywoodschaukel. Und er würde für Jack ein Planschbecken besorgen. An den langen, milden Sommerabenden könnte Jack mit Mike auf dem Rasen herumtollen. Und er würde auf der Veranda sitzen und zusehen. Zusammen mit Kate.

Schon seltsam. Ohne Kate konnte er sich dieses Bild nicht vorstellen. Wollte es auch nicht.

Er würde sich Zeit lassen. Erst einmal ausloten, wie Jack zu dem Ganzen stand. Danach musste er herausfinden, ob Kate bereit war, einen Schritt weiter zu gehen.

Vielleicht sollte er ihr einen kleinen Tipp in die Richtung geben. Nichts im Leben war perfekt, es war ein stetiges Projekt in Arbeit.

Es war genau wie bei einem Haus. Man brauchte ein gutes solides Fundament, darauf konnte man aufbauen. Dieses

Fundament hatten sie. Er sah es genau vor sich. Er, Kate, Jack und die Kinder, die noch kommen würden. Ein Haus brauchte Kinder. Es war an der Zeit, das Gerüst aufzustellen, es zu etwas Solidem zu machen.

Vielleicht war sie noch nicht bereit für eine Ehe. Immerhin hatte sie gerade erst ihr Tanzstudio eröffnet. Vielleicht brauchte sie auch mehr Zeit, um sich an den Gedanken zu gewöhnen, plötzlich die Mutter eines Sechsjährigen zu sein. Er konnte geduldig sein, er würde ihr Zeit lassen.

Er sah zu dem Haus auf dem Hügel empor. Es sah aus, als würde es auf etwas warten.

Aber nicht zu viel Zeit, beschloss er im Stillen. Wenn er erst mal mit dem Bauen angefangen hatte, wollte er weiterarbeiten. Und er wollte Kate mit dabeihaben, bei dem wichtigsten Projekt seines Lebens. Sie sollte mit ihm zusammen daran arbeiten.

Also, so beschloss er, während er zum Briefkasten ging, als Erstes würde er mit Jack darüber reden. Sein Sohn sollte sich sicher fühlen. Jack hatte einen Narren an Kate gefressen, aber vielleicht würde er sich Sorgen machen, welche Veränderungen sich ergeben würden, wenn er, Brody, und Kate heirateten. Diese Sorgen musste Brody schon vorab ausräumen.

Direkt heute Abend würden sie darüber reden, nach dem Abendessen. Und wenn Jack und er sich einig waren, würde er ausknobeln, was er zu Kate sagen konnte, damit sie alle für den nächsten Schritt bereit waren.

Er nahm die Post aus dem Briefkasten und sah die Briefe durch, als Kate mit ihrem Wagen neben seinem Pick-up parkte und ausstieg. »Hi.« Überrascht warf er die Briefe durch das offene Fenster in die Fahrerkabine. »Dich hatte ich hier nicht erwartet.« Aber jetzt wusste er, dass er nicht mehr lange warten konnte.

»Ich muss dich im Studio wohl gerade verpasst haben.« Ihr Blick war unergründlich.

»Gibt's ein Problem?«

»Nein. Es gibt überhaupt keine Probleme.« Sie ging zu ihm und legte ihre Hände auf seine Brust, eine Angewohnheit, die ihm wie immer den Puls hochjagte. »Du hast mir keinen Kuss gegeben, bevor du gegangen bist.«

»Deine Bürotür war geschlossen. Ich dachte mir, du seist beschäftigt.«

»Dann küss mich jetzt.« Sie strich mit ihren Lippen über seinen Mund, hob kritisch eine Augenbraue, als er den Kuss kurz hielt und sich zurückziehen wollte. »Das kannst du aber besser.«

»Kate, der Bus kommt gleich …«

»Mach es besser.« Sie schmiegte sich an ihn, und die Stimmung änderte sich sofort. Er legte eine Hand auf ihren Rücken, die andere schob er in ihr Haar. Und dann vergaßen sie beide alles um sich herum.

»Mmh, das meinte ich. Es ist Frühling«, fügte sie hinzu und legte den Kopf zurück, um ihn anschauen zu können. »Weißt du, was einen jungen Mann im Frühling beschäftigt? Außer Baseball natürlich?«

Er grinste sie an. »Dass die Felder gepflügt werden müssen?«

Sie lachte und verschränkte ihre Finger mit seinen. Ja, die Frösche waren wieder da, hüpften wild, aber es gefiel ihr. »Na schön. Was, glaubst du, beschäftigt eine junge Frau im Frühling? Im Speziellen diese junge Frau, die vor dir steht?«

»Bist du hier, um es mir zu sagen?«

»Ja, ich denke schon …« Sie kaute an ihrer Unterlippe, dann ließen sich die Worte nicht länger zurückhalten. »Brody, heirate mich.«

Er zuckte zusammen, dann erstarrte er zu Stein. In seinen Ohren summte ein wild gewordener Hornissenschwarm. Er hatte Halluzinationen, das musste es sein. Es war unmöglich, dass sie hier vor ihm stand und genau das aussprach, worüber er die letzten fünf Minuten nachgedacht hatte. Wie er es sagen sollte, wie er sie fragen sollte.

Um seine Fassung wiederzuerlangen, trat er einen Schritt zurück.

»Mit diesem heruntergeklappten Unterkiefer siehst du weder sonderlich attraktiv noch intelligent aus.«

Vielleicht träumte er ja nur. Aber sie sah so echt aus. Sie schmeckte auch echt. Sein rasender Herzschlag war bestimmt echt. Außerdem hatte er sie ja auch in seinen Träumen gefragt. *Verflucht.* »Eine Frau kommt nicht einfach mitten am Tag zu einem Mann und sagt ihm, dass er sie heiraten soll.«

»Wieso nicht?«

»Weil ...« Wie sollte er einen klaren Gedanken fassen können, wenn diese Hornissen in seinem Kopf schwirrten? »Weil sie es einfach nicht macht.«

»Ich habe es doch gerade getan.« Sie spürte Ärger in sich aufwallen und drängte ihn zurück. Ihre Finger zitterten leicht, als sie begann, Gründe aufzuführen und an ihnen abzuzählen. »Seit Monaten treffen wir uns. Wir sind keine Kinder mehr. Wir sind gerne zusammen. Wir respektieren uns. Da ist es doch nur der nächste logische Schritt, wenn man an eine Heirat denkt.«

Er musste die Zügel wieder in die Hand nehmen. Jetzt, sofort. »Du hast aber nicht gesagt: an eine Heirat denken, oder? Du hast nicht gesagt: Lass uns darüber reden, oder?« Was er vorgehabt hatte, wenn sie ihm überhaupt die Chance dazu gelassen hätte. »Es gibt noch eine Menge andere Faktoren, die wichtig sind, nicht nur zwei Menschen, die gerne zusammen sind und sich respektieren.«

Sich lieben, zum Beispiel. Gott, wie sehr er sie liebte. Aber er musste wissen, wie es weitergehen sollte. Mit der Zukunft. Getrennt oder gemeinsam. Als Familie. Es gab da Dinge, die vorher geklärt werden mussten.

»Natürlich, aber …«

»Fangen wir bei dir an«, unterbrach er sie. »Im Moment hast du die Wahl, deine Ballettkarriere zu jedem Zeitpunkt wieder aufzunehmen. Nichts hält dich davon ab, nach New York zurückzukehren, auf die Bühne.«

»Mein Tanzstudio hält mich davon ab. Diese Entscheidung habe ich getroffen, bevor ich dich kannte.«

»Kate, ich habe dich gesehen, da oben auf der Bühne. Der Unterricht wird dir das nie geben können.«

»Stimmt, denn er wird mir etwas anderes geben, und das ist das, was ich will. Brody, ich bin kein Mensch, der Entscheidungen aus einer Laune heraus fällt. Ich wusste genau, was ich tue. Was ich zurücklasse, wohin ich aufbreche. Wenn du mir nicht zutraust, dass ich mich an eine Abmachung halte, dann kennst du mich nicht.«

»Damit hat das gar nichts zu tun. Ich kenne keinen anderen Menschen, der so konzentriert auf ein Ziel hinarbeitet wie du.« Und er hatte gedacht, alles im Griff zu haben. Wie er vorgehen wollte. Wie er auf dem Fundament aufbauen wollte. Diese Frau feierte schon Richtfest. Sie würde sich gedulden müssen, denn was er baute, hielt das ganze Leben.

»Ich habe wesentlich mehr zu bedenken als nur den nächsten Karriereschritt. Ich habe Jack. Alles, was ich tue oder nicht tue, hat mit Jack zu tun.«

»Brody, das weiß ich doch. Und du weißt, dass ich es weiß.«

»Er mag dich sehr gern, aber er braucht Sicherheit. Stabilität. Er muss wissen, dass er sich auf mich verlassen kann, dass ich immer für ihn da sein werde. Kate … Gott, er hat in seinem ganzen Leben nur mich gehabt. Connie ist krank geworden, da war er erst ein paar Monate alt. Ihr blieb kaum Zeit mit ihm, bei all den Arzt- und Behandlungsterminen, den Krankenhausaufenthalten … Sie konnte sich nicht um ihn kümmern, und ich habe nur versuchen können, alles zusammenzuhalten. Unsere Welt stürzte ein, und ich konnte Jack nichts bieten. Die ersten beiden Jahre seines Lebens waren ein Albtraum.«

»Oh Brody.« Sie konnte es sich nur zu gut vorstellen, die Angst, die Panik, die Trauer. »Aber du hast es geschafft. Du hast ihm ein glückliches und normales Leben gegeben. Verstehst du denn nicht, wie sehr ich dich dafür bewundere? Respektiere?«

Er starrte sie an. Der Gedanke, dass alleinerziehende Väter bewundernswert waren, wäre ihm nie gekommen. »Kate, das musste ich doch tun. Zuerst an ihn denken. Es geht hier nicht nur um dich und mich, Kate. Wenn solch eine wichtige Entscheidung getroffen wird, eine, die das ganze Leben verändert, muss er mitreden können.«

»Behaupte ich etwas anderes?«

Brody fluchte leise. »Ich kann nicht einfach zu ihm gehen und ihm sagen, dass ich heirate. Ich muss erst mit ihm darüber reden, ihn vorbereiten. Du übrigens auch. Er muss sich deiner genauso sicher sein können wie meiner, er muss sich auf uns verlassen können.«

»Herrgott noch mal, O'Connell, meinst du denn, ich hätte all das nicht längst bedacht? Du kennst mich jetzt seit Monaten, du solltest eine höhere Meinung von mir haben!«

»Das hat doch damit nichts …«

»Jack hat mich längst gefragt, ob ich dich heiraten will.«

Brody sah ungläubig in ihr erhitztes, wütendes Gesicht, dann hob er abwehrend die Hände. »Ich muss mich setzen.« Ein Baumstumpf hielt als Sitzgelegenheit her. Mike kam angerannt und legte Brody die Leine in den Schoß. Er warf sie weit den Hügel hinauf, und der Hund rannte los, um sie zu holen. »Was hast du gesagt?«, brachte er schließlich hervor.

»Sag mal, spreche ich Chinesisch? Jack hat mir gestern einen Antrag gemacht. Offensichtlich fällt es ihm nicht so schwer zu entscheiden, was er will, wie seinem Vater. Er hat mich gebeten, euch zu heiraten. Euch beide. Und ich habe nie ein schöneres Angebot gehört. Aber von dir werde ich wohl keins hören.«

»Du hättest deinen Antrag bekommen, wenn du zwei Tage gewartet hättest«, murmelte er in sich hinein, dann, lauter: »Tust du das nur, um Jack glücklich zu machen?«

»Eines lass dir gesagt sein: Sosehr ich dieses Kind auch liebe, ich würde seinen begriffsstutzigen, sturen Vater nicht heiraten, wenn ich es nicht wollte. Jack ist der Meinung, dass wir gut füreinander sind und ein gutes Leben zusammen haben können. Ich stimme ihm da zu. Und du … du sitzt einfach da wie ein Holzklotz.«

Nicht nur Kate hatte ihm die Pointe verdorben, sein sechsjähriger Sohn war vor ihm über die Ziellinie gelaufen. Er wusste nicht, ob er eingeschnappt oder begeistert sein sollte. »Vielleicht wäre ich nicht ganz so erschlagen, wenn du dich nicht so von hinten an mich herangeschlichen hättest.«

»Von hinten? Angeschlichen? Hast du denn keine Augen im Kopf? Ich habe doch alles getan! Hätte ich es mir auf die Stirn schreiben sollen? Warum wohl bin ich noch nicht in die fertige Wohnung über der Schule eingezogen, Brody? Eine durchorganisierte, praktische Frau wie ich lässt so etwas nicht schleifen. Es sei denn, sie hat gar nicht die Absicht, dort zu wohnen.«

Er stand auf. »Weil … Ich weiß nicht.«

»Warum habe ich jede freie Minute mit dir verbracht, oder mit dir und Jack? Warum komme ich hierher, unterdrücke meinen Stolz und bitte dich, mich zu heiraten? Warum sollte ich überhaupt irgendetwas von diesen Dingen tun, wenn ich dich nicht lieben würde? Du Idiot!« Sie machte auf dem Absatz kehrt und stapfte wütend zu ihrem Wagen. Tränen der Wut und der Qual liefen ihr über die Wangen.

Ein Schraubstock legte sich um sein Herz, drückte zu, unerträglich. »Kate, wenn du in diesen Wagen einsteigst, werde ich dich mit Gewalt herauszerren! Wir sind noch nicht fertig!«

Die Hand am Türgriff, drehte sie sich zu ihm um. »Ich bin zu wütend, um mit dir zu reden.«

»Du brauchst nichts zu sagen. Setz dich.« Er deutete auf den Baumstumpf.

»Ich will aber nicht sitzen.«

»Kate!«

Sie warf die Hände in die Luft, stolzierte zum Stumpf und setzte sich. »Da! Zufrieden?«

»Erstens: Ich heirate niemanden, nur um Jack eine Mutter zu geben. Zweitens: Ich heirate niemanden, der keine Mutter für Jack sein will. So, da das nun klar ist, können wir über dich und mich reden. Ich weiß, du bist wütend, aber höre bitte mit dem Weinen auf.«

»Wegen dir würde ich keine einzige Träne vergießen, darauf kannst du dich verlassen!«

Er zog ein Taschentuch hervor und ließ es in ihren Schoß fallen. »Mach sie weg, ja? Ich habe auch so schon genug Schwierigkeiten.«

Sie rührte sein Taschentuch nicht an und wischte sich unwirsch die Tränen mit der Hand fort.

»Gut. Das ist eine Kiste.« Er zeigte auf den Boden vor seinen Füßen. »Alles, was wir bisher gesagt haben, geht in die

Kiste, und ich nagle die Kiste zu. Wir können sie später noch öffnen. Jetzt fangen wir noch mal ganz von vorne an.«

»Von mir aus kannst du diese Kiste in den tiefsten Abgrund werfen.« Kate schniefte unwirsch und warf Brody einen trotzigen Blick zu.

»Ich wollte heute Abend mit Jack reden«, begann er. »Herausfinden, wie er über ein paar Änderungen denkt. Ich ging davon aus, dass ihm die Idee gefallen würde. Ich kenne meinen Sohn ziemlich gut, aber offensichtlich nicht gut genug, um ihm zuzutrauen, dass er hinter meinem Rücken meiner Frau einen Antrag machen würde.«

»Deiner Frau?«

»Halt den Mund«, sagte er warm. »Wenn du nur ein Weilchen länger den Mund gehalten hättest, wäre dieses spezielle Gespräch folgendermaßen abgelaufen.« Er trat näher, legte seine Hand unter ihr Kinn. »Kate, ich liebe dich. Nein, bleib sitzen«, befahl er, als sie sich erheben wollte. »Ich habe die ganze Zeit darüber nachgedacht, wie ich es anfangen soll, bevor du hier aufgetaucht bist.«

»Bevor ich hier …? Oh.« Sie stieß die Luft aus und blickte auf den Boden. »Ist dieser Deckel auch wirklich dicht?«

»Vertrau mir, absolut dicht.«

»Gut.« Sie schloss für einen Moment die Augen, wollte einen klaren Kopf bekommen, aber die Euphorie, die sie ergriffen hatte, verhinderte das. Und das, so entschied sie, war perfekt. So und nicht anders musste es sein.

»Würde es dir etwas ausmachen, noch mal anzufangen? Bei diesem Teil mit ›Ich liebe dich‹?«

»Kein Problem. Ich liebe dich, Kate. Schon vom ersten Augenblick an, als ich dich sah, kam ich ins Schlingern. Aber ich dachte immer daran, dass ich mein Gleichgewicht behalten müsste. Dass du dich nie mit jemandem wie mir abgeben würdest. Und jedes Mal, wenn ich stärker schlingerte, zog ich mich wieder zurück, weil ich eine Menge guter Gründe zu haben glaubte. Jetzt sehe ich keine mehr, aber damals war es eben so.«

»Ich bin für dich geschaffen worden, Brody, so wie du für mich.«

»An diesem Abend im Haus deiner Schwester, da konnte ich mich nicht mehr zurückziehen. Ich bin genau auf der Klippe gelandet. Und als ich dich dann am nächsten Abend auf der Bühne gesehen habe, da bin ich abgestürzt, über den Rand gestürzt. Ich wusste, dass ich dich liebe. Es war ein so starkes Gefühl. Das hat mich wieder völlig durcheinandergebracht.«

Er ging vor ihr in die Hocke. »Kate, vor ein paar Minuten habe ich hier gestanden und mir überlegt, wie es sein würde. Ich habe dieses Bild gesehen – du und ich zusammen auf der Veranda, in einer Hollywoodschaukel, die ich noch kaufen muss.«

Die Tränen wollten wieder fließen, aber sie kämpfte sie entschlossen zurück. »Das Bild gefällt mir.«

»Mir auch. Siehst du, ich habe mir vorgestellt, wir bauen ein Haus. Nicht wie das da oben auf dem Hügel, sondern so eine Art Beziehungshaus. Ich lasse mir dabei lieber Zeit, denn es ist wichtig, dass es richtig und gründlich gebaut wird. Damit es länger hält.«

»Und ich habe dich gedrängt.«

»Ja, genau. Aber mir ist auch klar geworden, dass zwei Leute nicht immer mit dem gleichen Tempo planen, aber am Ende trotzdem am gleichen Platz ankommen. Am richtigen Platz.«

Eine Träne stahl sich nun doch aus ihrem Auge. »Ich bin genau da, wo ich sein will.« Sie nahm sein Gesicht in beide Hände. »Brody, ich liebe dich. Ich will …«

»Nein, jetzt bin ich an der Reihe.« Er zog sie hoch. »Siehst du das Haus da oben auf dem Hügel?«

»Ja.«

»Da muss noch einiges dran getan werden, aber es hat Potenzial. Dieser Hund, der gerade seinen eigenen Schwanz jagt, ist fast stubenrein. Ich habe einen Sohn, der gleich mit einem verspäteten Schulbus hier ankommt. Er ist ein guter Junge. All das will ich mit dir teilen. Ich will auch ab und zu bei der Ballettschule vorbeikommen und zusehen dürfen, wie du tanzt. Ich will Kinder mit dir haben. Ich glaube, ich mache mich ganz gut als Vater.«

»Oh Brody!«

»Ruhe, ich bin noch nicht fertig. Im Sommer möchte ich draußen im Garten sitzen, den wir gemeinsam angelegt haben. Du bist die Einzige, mit der ich das alles teilen will.«

»Himmel, frag mich endlich, bevor ich in Tränen aufgelöst bin und dir noch nicht einmal eine Antwort geben kann.«

»Du drängelst schon wieder. Aber das mag ich an dir. Heirate mich, Kate.« Er küsste sie leicht. »Heirate mich.«

Sie konnte nicht antworten, konnte nur ihre Arme um seinen Nacken schlingen und all ihre Gefühle in ihren Kuss legen, der mehr sagte als jedes Wort. Der Hund rannte aufgeregt bellend um sie herum. Noch an Brodys Lippen begann Kate zu lachen.

»Ich bin ja so glücklich.«

»Ich hätte nichts dagegen, wenn du endlich Ja sagen würdest.«

Sie lehnte den Kopf zurück, schaute ihm in die Augen und sagte etwas, das in den laut quietschenden Bremsen des Schulbusses unterging. Die Tür öffnete sich, und Jack kam herausgesprungen. Mike stürzte mit freudigem Gebell auf ihn zu.

»Bitte, lass mich«, murmelte Kate, dann drehte sie sich zu Jack um. »Hallo, du Hübscher.«

»Hi.« Er sah die Tränen auf ihren Wangen und warf seinem Vater einen argwöhnischen Blick zu. »Hast du dir wehgetan?«

»Nein. Manchmal weinen die Leute auch, wenn sie so glücklich sind, dass alles in ihnen zu explodieren scheint. So glücklich bin ich im Moment. Weißt du noch, was du mich gestern gefragt hast, Jack?«

Er biss sich auf die Lippen, schaute wieder besorgt zu seinem Vater und nickte.

»Nun, ich habe die Antwort. Für euch beide.« Sie hielt Brodys Hand und legte die andere an Jacks Wange. »Sie heißt Ja.«

Jack riss die Augen auf. »Ehrlich?«

»Ganz ehrlich.«

»Dad! Rate mal!«

»Was?«

»Kate wird uns heiraten. Das ist doch okay, oder?«

»Das ist absolut okay. Und jetzt lass uns nach Hause gehen.«

Sie ließen den Pick-up und den Wagen stehen, wo sie waren, und gingen zu Fuß zum Haus hinauf. Jack rannte voraus, den übermütig bellenden Mike auf den Fersen. Auf dem Rasen blieb Brody stehen, drehte sich zu Kate und küsste sie.

Nein, es ist nicht nur einfach okay, dachte Kate.

Es ist perfekt.

Epilog

»Dad, wie lange noch?«

»Nur noch ein paar Minuten. Komm her, lass mich dieses Ding gerade ziehen.« Brody hob Jack auf einen Stuhl und richtete die schwarze Krawatte, zupfte die rote Rose an seinem Revers zurecht. »Meine Hände sind ganz feucht.« Brody lachte leise.

»Hast du auch kalte Füße? Grandpa sagt, dass manche Männer an ihrem Hochzeitstag kalte Füße bekommen.«

»Nein, keine kalten Füße. Ich liebe Kate, ich will sie heiraten.«

»Ich auch. Du bist der Bräutigam, und ich darf Trauzeuge sein.«

»So.« Brody trat zurück und musterte seinen Sohn. Ein Sechsjähriger im schwarzen Anzug. »Du siehst richtig schick aus, Jack.«

»Wir beide, hat Grandma gesagt. Und sie hat geweint. Max sagt, dass alle Mädchen auf Hochzeiten weinen. Warum eigentlich?«

»Keine Ahnung. Wir werden nachher ein Mädchen fragen.« Er drehte Jack herum, damit dieser sich im Spiegel ansehen konnte. »Heute ist ein großer Tag. Wir drei werden eine Familie.«

»Ich kriege eine Mom und noch mehr Großeltern und ganz viele Onkel und Tanten und Cousins und Cousinen. Und wenn du die Braut geküsst hast, dann gibt's eine ganz große Party mit ganz viel Kuchen. Hat Nana gesagt.« Kates Mutter hatte ihm erlaubt, sie Nana zu nennen. Das gefiel ihm.

»So ist es.«

»Und dann fährst du mit Kate in die Flitterwochen, damit ihr euch küssen könnt.«

»Das ist der Plan. Wir rufen dich jeden Tag an. Und schicken Postkarten«, fügte er noch an. Trotzdem war ihm mulmig bei dem Gedanken, ohne seinen Sohn wegzufahren.

»Ja, und wenn ihr zurückkommt, wohnen wir alle zusammen. Rod hat gesagt, dass ihr in den Flitterwochen ein Baby machen werdet. Stimmt das?«

Brody räusperte sich. »Darüber müssen Kate und ich noch reden.«

»Ich darf sie doch Mom nennen, oder?«

»Ja, sie hat dich nämlich ganz doll lieb, Jack.«

»Das weiß ich.« Jack rollte mit den Augen. »Deswegen heiratet sie uns ja auch.«

Brandon öffnete die Tür und sah Bräutigam und Trauzeuge einander angrinsen. »Na, seid ihr so weit?«

»Los, komm schon, Dad. Lass uns heiraten gehen.«

Kate trat aus dem Brautraum und reichte ihrem Vater die Hand.

»Du bist so schön.« Er führte ihre Hand an seine Lippen. »Mein Baby.«

»Bring du mich nicht auch noch zum Heulen. Ich habe mich gerade wieder gefangen, nachdem Mama mich schon so weit hatte.« Sie strich fahrig über sein Jackettrevers. »Ich bin so glücklich, Daddy. Und ich will nicht mit verheulten Augen vor den Altar treten.«

»Frösche im Bauch?«

»Die tanzen eine wilde Polka. Ich liebe dich, Dad.«

»Und ich liebe dich, Katie.«

Der Hochzeitsmarsch setzte ein. »Das ist für uns.« Sie nickte ihrem Vater zu.

Am Arm ihres Vaters wartete sie, bis der Brautzug, bestehend aus ihrer Schwester und ihren Cousinen, voranschritt. Ihre kleine Nichte ging ganz vorne und warf rote Rosenblätter in den Gang.

Als sie in das Mittelschiff trat, in einem wallenden weißen Kleid, die lange Schleppe hinter sich herziehend, war alle Nervosität vergessen. Es war nur noch Raum für das pure Glück.

»Sieh sie dir nur an, Daddy. Sind meine beiden Männer nicht wunderbar?«

Ihr Vater war ganz ruhig, als er ihre Hand in Brodys legte.

»Kate.« Wie ihr Vater führte Brody ihre Finger an seine Lippen. »Ich werde sie glücklich machen«, sagte er zu Spencer, dann sah er Kate in die Augen. »Du machst mich glücklich.«

»Du siehst hübsch aus.« Jack vergaß sich und hüpfte aufgeregt herum. »Richtig hübsch, Mom.«

Ihr Herz, schon zum Bersten voll vor Glück, floss über. Sie beugte sich vor und küsste ihn auf die Wange. »Ich liebe dich, Jack. Jetzt gehörst du zu mir.« Sie richtete sich auf und traf Brodys Blick. »So wie du.«

Sie reichte ihrer Schwester den Brautstrauß, nahm Jack bei der freien Hand, und dann heiratete sie ihre beiden Männer.